Le Bada

BADA [bada] n.m. ♦ FAMILIER (MÉRIDIONAL). Petit supplément de marchandise ou de nourriture. ⇨ **rabiot** – Par ext. *Dessous-de-table, bakchich.*

1

Deux avions survolèrent la maison, puis deux autres encore. Couché là-haut, dans la chambre étroite où il faisait déjà très chaud, Aldo repoussa le drap et étendit sa jambe gauche qu'il posa en appui sur les chevilles de Jean, le contraignant à l'immobilité. Au fil des mois, les habitants de la vallée avaient appris à distinguer le bourdonnement sourd des bombardiers, qu'on entendait venir de loin, du bref hurlement des chasseurs. Ils redoutaient les premiers – bien qu'à ce jour, en dépit des alertes aériennes annoncées à grand renfort de sirènes, ils n'aient jamais lâché le moindre obus sur la région – et ignoraient les seconds. Amis, ennemis, ils ne distinguaient guère. Si le sentiment antiboche dominait, la lassitude l'emportait. Trois ans d'angoisses et de privations avaient usé les esprits. Que tout ça finisse, d'une manière ou d'une autre, et qu'on sache une fois pour toutes à quoi s'en tenir, tel était le souhait général. Dans ce pays miné par la collaboration, le mot victoire n'avait pas de sens.

Le jour se levait lorsque Aldo avait garé la camionnette à l'écart pour ne pas réveiller Gina qui, à coup sûr, serait descendue les engueuler, sous prétexte qu'elle s'était fait un sang d'encre et n'avait pas fermé l'œil de la nuit. Ils avaient gagné la maison à petits pas par le sentier qui, de terrasse en terrasse, coupait à travers la colline. Tout au fond, là où le ciel commençait à s'iriser de rose, on devinait à peine la mer, comme un coup de pinceau maladroit sur une toile peinte. Aldo s'arrimait à Jean, murmurant qu'il l'aimait, lui glissant des baisers empressés dans le cou au risque de les faire tomber tous les deux.

Sur le chemin du retour, Aldo n'avait cessé de boire de ce vin légèrement pétillant dont le chapelain du couvent Sainte-Marie, Charles Montbrun de Chassy, dit le Monseigneur, dit Charlot, était si fier parce qu'il venait de ses vignes – lesquelles, il s'en flattait, n'étaient pas sulfatées ou si peu, contrairement à celles de ses voisins, uniformément bleues de mai à septembre. Sulfaté ou non, son vin était infâme, mais il plaisait à Aldo qui lui trouvait un petit goût de réglisse. Il en avait emprunté une bouteille au passage avant de quitter, déjà passablement éméché, la résidence de l'évêque.

Pour échapper aux contrôles, ils avaient pris les routes étroites qui, par Gattières et Aspremont, conduisaient à Bendejun en évitant Nice où pullulaient les patrouilles allemandes. La nuit était claire, la camionnette filait tous feux éteints. À l'arrière, sur le plateau à ridelles, les cageots vides qu'Aldo, par fainéantise, avait négligé de décharger, brinquebalaient en tous sens. Car ils disposaient de ce seul véhicule pour leurs virées nocturnes, le même qui permettait à Gina de faire ses livraisons en ville, le lundi et le jeudi. Indifférent au vacarme, Aldo sifflotait, se gorgeant du sentiment excitant qu'il éprouvait à braver l'interdiction de circuler, à boire de ce vin au parfum de réglisse, à se précipiter à la rencontre d'obstacles qu'il évitait de justesse, comme un matador rase au plus près la corne du taureau. À chaque village qu'ils traversaient, les pétarades se répercutaient d'un mur à l'autre et Jean, sur le qui-vive, se rencognait contre la portière. Pourtant aucune lumière ne s'allumait, aucun volet ne s'entrouvrait. Terrés au fond de leur lit, les habitants avaient à peine le temps de s'inquiéter que déjà le bruit s'estompait.

À mi-chemin, alors que la camionnette abordait les premières maisons d'un bourg un peu plus important, ils étaient tombés, au détour d'une rue, sur le bâtiment de la gendarmerie. Aldo avait marqué un temps d'hésitation. Mais très vite il s'était mis à rire : à l'angle de la maison, se croyant à l'abri, un gendarme pissait contre le mur. « *Stronzo !* » avait-il murmuré en écrasant l'accélérateur, tandis que le gendarme affolé se reboutonnait en hâte.

Jean était resté silencieux depuis leur départ de Vence. Furieux contre Aldo, furieux contre le Monseigneur et sa clique – Mme de Fontanges, sœur Calixte, Pedro dit le Sacristain, leur rabatteur –, furieux contre les soirées languides à jouer aux petits chevaux ou à *tipoter*, attendant le moment où le Monseigneur, accompagné de Mme de Fontanges et de leur proie, s'éclipserait l'air de rien, le laissant en tête à tête avec sœur Calixte, tandis que Pedro irait se coucher en bâillant. Tout particulièrement furieux ce soir-là où Aldo, convoqué impromptu, avait suppléé une jeune recrue de Pedro – un apprenti maçon employé dans le village qui s'était dédit à la dernière minute. Mais surtout furieux contre lui-même. Pourquoi avait-il cédé aux caprices d'Aldo, qu'est-ce qui avait bien pu lui passer par la tête lorsqu'il avait accepté de l'accompagner, endossant de son plein gré le rôle de l'amant bafoué ? Et prenant le risque, alors qu'il se terrait chez les Borzone depuis près d'une semaine, d'être arrêté au premier contrôle, prié de baisser son pantalon et, devant l'évidence, conduit par la Gestapo à l'hôtel Excelsior ?

La jambe d'Aldo pesait lourdement sur les chevilles de Jean. Il essaya de s'en libérer, mais Aldo, agrippé au sommeil, refusa de lâcher prise. Il tourna seulement la tête, émit un grognement, puis sa respiration reprit son cours régulier. Quelle heure pouvait-il être ? Huit heures ? Neuf heures déjà ? Jean n'avait-il pas décidé de se lever tôt, d'aller jusqu'au cube cimenté qui servait tout à la fois de lavoir, de citerne et de baignoire – ce dernier usage à son seul profit, semblait-il ? Jean n'avait jamais vu aucun membre de la famille Borzone, Gina, Aldo, Felicita et encore moins Anselmo, s'aventurer dans l'eau glacée. Une source alimentait le bassin et, quelle que soit la température, même par ces jours d'octobre encore brûlants, l'eau verdâtre encombrée d'algues restait fraîche et propre, bien que peu engageante au premier coup d'œil. Jean s'immergeait avec précaution, trempant un pied, puis l'autre, s'asseyant sur le bord, les jambes dans l'eau jusqu'aux genoux, laissant son corps se faire à la morsure du froid. « Allez, vas-y ! Vas-y, de quoi tu as l'air ? » disait Aldo resté prudemment à distance. Pour rien au monde on ne l'aurait forcé à tremper ne serait-ce qu'un orteil. Et pourtant, comme le lui faisait remarquer Jean, ses pieds auraient eu bien besoin d'être lavés de temps à autre. Mais Aldo n'en voyait pas la nécessité. « À moi, ça me gêne pas », assurait-il. « À moi si, insistait Jean. Et pense aux femmes que tu fréquentes.

— Les femmes, tu parles qu'elles s'en foutent. Tout ce qu'elles veulent, c'est... » Et il tapait du plat de sa main droite contre sa main gauche qui formait un puits. Le sexe féminin, la *pachole*, comme disait Aldo. Un mot que Jean n'avait jamais entendu avant de le rencontrer.

Parfois cependant, lorsque les effluves malsains qu'il dispensait autour de lui finissaient par l'incommoder quoi qu'il prétende, Aldo consentait à entrer dans l'eau, à condition que Jean le savonne, le rince et le sèche. Alors il se laissait faire, comme un poupon en celluloïd entre les mains d'une petite fille. Mais le plus souvent, il se contentait d'observer Jean qui, d'un coup de reins, pénétrait dans l'eau, une main agrippée au rebord. Le fond était gluant de vase et la première fois qu'il s'y était risqué, il était tombé à la renverse, se cognant durement contre la pierre.

Après un temps d'adaptation, Jean lâchait le bord et gagnait le centre du bassin où il s'immobilisait, l'eau à mi-torse. Croisant les bras, il fermait les yeux.

« C'est le paradis ! » disait-il. Aldo se moquait. « Le paradis ? Il t'en faut pas beaucoup.

— Passe-moi ton chapeau, réclamait Jean.

— Tu vas me l'abîmer.

— Si je l'abîme, je t'en paierai un autre. Pour ce qu'il vaut...

— À moi, il me plaît. »

C'était, chez Aldo, l'argument massue. Celui par lequel il exprimait son total dédain pour l'opinion d'autrui, l'affirmation sans réplique de son indépendance. Le chapeau de feutre noir qu'il portait en toute saison était comme greffé sur sa tête. À peine l'enlevait-il pour dormir et, sitôt réveillé, son premier geste, avant même d'allumer une cigarette, était de le chercher à tâtons, au pied du lit, et de le poser sur son crâne. Après quoi, la journée pouvait commencer.

« Allez ! répétait Jean. Tu veux que j'attrape une insolation ? »

Aldo retirait son chapeau de mauvaise grâce.

« Si tu le mouilles..., prévenait-il.

— Passe ! » ordonnait Jean. Il récupérait adroitement le chapeau lancé au vol et s'en coiffait, non sans l'avoir remodelé du tranchant de la main. Aussitôt l'affreux galurin s'adaptait naturellement à sa tête et paraissait indiscutable, presque élégant. De même lorsqu'une cliente, dubitative, le voyait saisir une paire de ciseaux, tailler ici et là, coudre en hâte un empiècement, draper un bout d'étoffe, et que la robe, qu'elle trouvait ordinaire, en trois minutes prenait un chic fou. « Jean, vous êtes un magicien ! » s'extasiait la cliente.

Ou bien lorsque, à sept ans, enfermé dans sa chambre, il avait, à l'aide de mouchoirs en dentelle et de papier de soie, habillé à sa façon la poupée d'une cousine venue en visite. « Jean a des doigts de fée ! » avait proclamé Mouni, sa mère, ivre d'orgueil, tandis que la cousine pleurait toutes les larmes de son corps. Parce que bien sûr elle préférait la robe de princesse en organdi rose dont était originellement vêtue sa poupée. Et Mouni s'était empressée de prendre la défense de Jean lorsque Vava, indignée, avait accusé son petit-fils d'avoir dérobé les mouchoirs dans le tiroir de sa commode - des mouchoirs en dentelle, brodés par sa propre grand-mère ! précisait-elle, pâle d'indignation. Vava, cependant, avait toujours fait preuve d'une insigne faiblesse vis-à-vis de Jean. Mais il fallait que personne n'en sache rien, que les multiples bêtises dont elle se rendait complice, l'alibi qu'elle lui procurait, les billets qu'elle lui glissait pour couvrir ses folles dépenses restent un secret ignoré de tous. Les tractations se déroulaient portes closes dans la chambre de la vieille dame, tout au bout du couloir qui traversait de part en part le somptueux appartement du 429, rue Paradis où la famille Costa s'était installée lorsqu'elle avait quitté Alger pour s'établir à Marseille. Vava exigeait des pleurs, il lui fallait son lot de remontrances, de promesses arrachées et de pardons renouvelés pour que, au terme d'un rituel immuable, Jean obtienne la faveur espérée. Alors c'étaient des embrassades à n'en plus finir.

« Grand-maman, je t'adore ! disait Jean entre deux baisers.

— Pas un mot à ton père, tu m'entends ? Pas un *trrraître* mot ! »

Son accent polonais, soigneusement camouflé le reste du temps, perçait brusquement pour donner tout son poids à la consigne. Personne n'était dupe de leur manège. Voir Jean revenir en sifflotant de son expédition au bout du couloir valait tous les aveux. « Ce Jean ! Ce Jean ! » disait Mouni, admirative.

Quand Vava, l'air innocent, rejoignait à son tour le cercle familial, Eugène, son gendre, la grondait : « Vous lui avez encore cédé, n'est-ce pas ?

— Non, je vous *assurrre* ! » protestait Vava.

Eugène remuait gravement la tête.

« Ce n'est pas comme ça qu'on élève un garçon. »

Mais Vava n'avait que faire de ses observations. Le malheureux n'en finirait jamais de payer l'honneur qu'elle lui avait fait en lui cédant sa fille. En deux répliques, elle lui clouait le bec.

« On a vu le résultat avec Raymond ! ricanait-elle. Ah, vous l'avez élevé comme un garçon, votre fils aîné !

— Eh bien, quoi ?

— Pas *brrrillant*, mon petit ami...

— Vous êtes impossible, Vava. Je renonce à discuter avec vous. »

Il pliait son journal, le jetait rageusement sur la table basse et quittait la pièce. Peu après, on entendait claquer la porte de son bureau.

« Petit homme de *rrrien* du tout ! » triomphait Vava à mi-voix.

Car si son mépris pour Eugène était infini, elle n'oubliait pas un instant qu'elle dépendait entièrement de lui et se gardait d'outrepasser certaines limites. Une vie d'incertitudes lui avait enseigné la prudence.

2

Mariée à dix-neuf ans avec un homme qu'elle n'aimait pas, Mouni, trois ans plus tard, était toujours vierge. Non pas qu'elle se fût refusée à Eugène, bien qu'elle ait vécu leurs rares accouplements comme un abominable supplice. Mais celui-ci n'avait jamais pu la pénétrer. Carence physique ou résistance psychologique, la porte était à peine entrouverte et le passage trop étroit.

C'était en 1910. Les Costa habitaient encore Alger.

Dans les premiers temps de leur union, Eugène, fort peu averti des mystères de l'anatomie féminine, avait pris conseil, après bien des hésitations, auprès de son cadet qui passait pour un tombeur. Celui-ci, ravi d'étaler sa science, se livra à un exposé détaillé des différentes méthodes propres à déverrouiller les serrures les plus réticentes. Eugène l'écouta, rouge de confusion, n'osant demander le sens des mots qu'il entendait souvent pour la première fois. Il repartit la tête encombrée de figures dont l'exécution lui semblait tout à fait problématique, et les poches garnies de crèmes et lubrifiants qu'il jeta dans le premier égout rencontré sur sa route. D'ailleurs, ses besoins sexuels étant des plus modestes, il y pourvoyait, lorsque le vase menaçait de déborder, en se frottant d'un peu près à son épouse sans qu'il soit besoin de l'importuner avec des saletés dégradantes.

Mouni, de son côté, consulta Vava qui éclata de rire à l'idée de son gendre, les fesses à l'air, poireautant lamentablement sur le seuil, tel un invité qui agite en vain la sonnette tandis qu'à l'intérieur la fête bat son plein. D'abord choquée par sa réaction, Mouni finit par se joindre à elle et toutes deux convinrent que cette indisposition – un cas de force majeure, en somme – n'était pas sans avantage. Pour l'heure, elle était légitimement dispensée de tout rapport intime avec son mari, mis à part quelques trémoussements purement hygiéniques auxquels elle ne prenait aucune part et qui duraient peu. Le moment venu, si la porte restait close, on aviserait.

Cette conversation eut pour effet inattendu de rapprocher les deux femmes et de sceller entre elles une complicité si parfaite qu'elles en vinrent à oublier, les années passant, qu'elles n'étaient pas réellement mère et fille. Mouni, en effet, avait presque deux ans lorsque Vava avait épousé Messaoud Mourjan, veuf depuis la naissance de la petite fille. Elle l'éleva consciencieusement – c'était la clause principale, bien que non écrite, du contrat de mariage – mais l'instinct maternel n'était pas son fort. Elle n'avait pas eu d'enfant de son premier mari, elle n'en souhaita pas du second et se débarrassa de Mouni dès qu'il fut décemment possible de la marier.

Jusqu'alors distantes sinon hostiles, elles firent alliance sur le dos de ce maladroit d'Eugène – entendu qu'il n'était pas question d'incriminer Mouni dans l'échec de leur relation. C'était à l'homme de se frayer un chemin coûte que coûte, si besoin de haute lutte. Du moment qu'elle était consentante, la femme en avait assez fait.

De ce jour, Mouni et Vava se complurent à échanger des regards affligés et des sourires qui en disaient long, expérimentant sournoisement un arsenal de tortures qui exaspéraient Eugène sans qu'il parvienne jamais à les prendre ouvertement en défaut.

« Quoi encore ? » tonnait-il. Et Mouni, innocemment :

« Mais enfin, quelle mouche te pique, Eugène ?

— Vous souriez. Il y a bien une raison !

— On sourit ? Maman, tu as souri ?

— Jamais de la vie ! » protestait Vava.

Et leur mine apitoyée disait bien l'opinion qu'elles avaient de lui.

Il y eut ainsi plusieurs années de statu quo, une sorte d'armistice dont les belligérants connaissaient la fragilité mais qu'ils se gardaient bien de remettre en cause. Eugène avait une situation confortable, Mouni disposait d'autant d'argent qu'elle le souhaitait pour ses dépenses personnelles, elle avait un bel intérieur et plusieurs domestiques. C'était une vie oisive, certes un peu ennuyeuse, mais non dénuée d'agréments. On se recevait, on prenait le thé en papotant, on suivait la mode de Paris, une couturière venait à domicile deux après-midi par semaine et exécutait, d'après les patrons que publiaient les journaux féminins, les toilettes de saison.

C'est à cette occasion que Mouni constata qu'une robe, qui à quelques retouches près lui allait très bien la semaine précédente, la comprimait maintenant au ventre, aux hanches, aux seins, comme si le vêtement avait rétréci d'une séance à l'autre.

« Elle me boudine, dit-elle en tournant devant la glace. De là, d'ici, de partout. Qu'est-ce que vous avez fabriqué ? »

La couturière, Mme Pipeau, parut gênée.

« C'est que vous avez un peu forci, madame Costa.

— Forci ! s'exclama Mouni, vexée. Allons, je suis juste un peu ballonnée.

— Oui, acquiesça prudemment Mme Pipeau. Ballonnée, c'est ce que je voulais dire. »

Elle piqua des épingles un peu partout.

« Ne vous inquiétez pas, madame Costa. Je vais lâcher du haut, donner un peu de fond. Vous paraîtrez mince comme un fil. »

Elle saisit la grimace de Mouni et comprit qu'elle avait gaffé.

Une semaine plus tard, au nouvel essayage, la robe n'allait toujours pas, malgré les ajustements apportés par Mme Pipeau. Il semblait même qu'elle eût encore rétréci. Bien qu'elle n'en laissât rien voir devant la couturière, Mouni s'inquiéta. D'autant qu'elle n'avait plus d'appétit et restait étendue sur son lit des heures entières. « Je me traîne », se plaignit-elle à Vava, qui l'emmena chez le docteur Chouraqui.

Pour la communauté juive d'Alger, Chouraqui était, depuis quarante ans, le dieu qui fait pleuvoir. On ne discutait pas son diagnostic, ses avis avaient valeur d'oracle. À la moindre indisposition, on se précipitait rue Kléber où il avait son cabinet et sitôt passée la porte, on se sentait déjà beaucoup mieux. Il soignait Mouni depuis qu'elle était née, connaissait tous ses petits secrets, y compris – car elle l'avait consulté à ce sujet – le refus obstiné que son corps opposait, depuis leur mariage, aux tentatives d'intrusion de son époux. Il l'examina longuement, l'invita à se rhabiller et, tandis qu'il regagnait son fauteuil, il s'adressa joyeusement à Vava.

« Eh bien, ma chère, dit-il, je vous annonce que vous serez bientôt grand-mère !

— Grand-mère ! s'exclama Vava. Mais comment ?

— Le plus simplement du monde. Votre fille est enceinte. »

Mouni, encore à demi nue, apparut dans l'entrebâillement du paravent qui dissimulait la table d'examen.

« C'est impossible ! Vous vous trompez ! cria-t-elle, le visage en feu.

— Ma petite, il m'est souvent arrivé de me tromper, mais dans ton cas, je suis formel. Tu attends un enfant. Ce qui signifie, permets-moi de m'en réjouir, que ton mari a enfin réussi à accomplir l'acte conjugal. »

Il marqua un temps, puis ajouta, avec un fin sourire : « Ou que tu t'es enfin résolue à l'accueillir. »

Oubliant qu'elle n'avait pas fini de se rhabiller, Mouni se laissa tomber telle qu'elle était dans le fauteuil face au bureau.

« C'est impossible, répéta-t-elle.

— Impossible ? Et pourquoi ?

— J'ai gardé ma culotte ! »

Il y eut un silence. Puis le docteur Chouraqui éclata de rire et Vava elle-même se mordilla les lèvres pour s'empêcher de sourire. La détresse de Mouni était trop évidente pour qu'elle se risque à l'humilier davantage.

« Mon enfant, reprit le médecin, je te crois. Mais vois-tu, en dehors de nos amis catholiques qui affirment, contre toute évidence, que Marie a conçu Jésus sans cesser d'être vierge, tout le monde convient qu'il ne peut y avoir de fécondation sans acte sexuel.

— Je vous dis que je n'enlève jamais ma culotte !

— Alors, reprit patiemment le vieil homme, il faut admettre qu'il s'est trouvé, parmi des millions, un spermatozoïde particulièrement audacieux, un alpiniste de première force ou mieux, un spéléologue, qui se sera faufilé entre les mailles de ta culotte et qui aura fait connaissance avec un ovule accommodant. »

Spermatozoïde et ovule étaient des termes dont Mouni ignorait la signification précise. D'ailleurs, elle n'écoutait plus. Une seule chose avait un sens pour elle, et cette chose l'horrifiait : elle était enceinte. Le vague espoir qu'elle avait caressé d'échapper un jour à Eugène était réduit à néant. Cet enfant, qu'elle haïssait déjà, la liait définitivement à lui.

De retour chez elle, Mouni tint conseil avec sa mère. L'idée leur vint un instant de se débarrasser de l'intrus. Ce n'étaient pas les avorteuses qui manquaient, ni l'argent pour s'assurer leurs services. Mais les accidents étaient fréquents. Une camarade de Mouni, rencontrée au cours d'enseignement ménager de Mlle Pauvert, venait d'y laisser la vie, provoquant un scandale épouvantable. Cette solution fut rapidement écartée.

Il fallut bien mettre Eugène au courant. Leur ressentiment à son égard était extrême. Qu'il éprouve le besoin de se frotter à sa femme pour obtenir une satisfaction que sa main pouvait tout aussi bien lui procurer était déjà ridicule. Mais que ce gigoti-gigota réussisse à la mettre enceinte, cela atteignait des sommets. Mouni se reprochait amèrement de l'avoir laissé faire. Avait-elle été assez stupide ! D'un autre côté, fit valoir Vava, après trois ans de mariage, il était difficile de reprocher à son mari d'avoir conçu un enfant, même s'il était le fruit d'une éclaboussure. Accabler Eugène serait mal venu, d'autant que l'entourage du couple – parents, amis et connaissances – allait unanimement se réjouir que survienne enfin un événement si longtemps attendu.

Comble de malchance, la grossesse de Mouni se passa on ne peut plus mal. Nausées constantes, douleurs à devenir folle, puis, dès le quatrième mois, nécessité de rester en permanence allongée sous peine de fausse couche. Eugène supportait sans se plaindre remontrances et brimades. Il rayonnait de joie, espérait un garçon et répétait comme pour s'en convaincre qu'il était le plus heureux des hommes.

Tout laissait présumer un accouchement difficile. Le travail dura sept heures, à la fin il fallut mettre les fers pour sortir le nouveau-né qui s'avéra être un garçon. Quand on le présenta à sa mère, elle poussa un hurlement : les forceps lui avaient déformé le crâne, il était horrible à voir. Et bien qu'on lui assurât que cette difformité n'était que temporaire, c'est la première image qui lui resta.

Eugène, ivre de fierté, ne se lassait pas d'admirer le produit de ses œuvres. Il suggéra qu'on l'appelle Raymond, prénom qu'il abrégea dès les premiers jours en Ray, ce que Vava jugea du dernier vulgaire. Quant à Mouni, ce prénom ou un autre, c'était du pareil au même. Pour désigner l'enfant, elle disait « lui », « ça », ou même « la chose ». Et quand Eugène se risquait à l'appeler par son prénom, elle faisait mine de ne pas comprendre : « Qui ? »

Dès le jour de sa naissance, Raymond fut classé dans la catégorie des enfants difficiles. Il prenait mal le sein, il souillait ses couches à peine l'avait-on changé, il hurlait sans discontinuer.

« Prenez-moi ça, je renonce », disait Mouni, excédée, en tendant le paquet vociférant et nauséabond à la nurse. Elle cessa de l'allaiter, on fit appel à une nourrice, puis une autre, puis une troisième dont le lait sembla enfin convenir. Alors vint le cycle des maladies infantiles, particulièrement précoces et sous leur forme la plus aiguë. À plusieurs reprises on crut l'enfant perdu. Eugène était aux cent coups, il passait ses nuits debout. « Ce gosse est infernal », gémissait Mouni. Mais contre toute attente, il franchit victorieusement le cap de la prime enfance, rattrapa le temps perdu, grandit, prit du poids et remplit l'appartement de ses galopades. Dès lors, Mouni exigea d'Eugène la plus extrême sévérité. C'était, selon elle, un brise-fer, de la graine de voyou. Il convenait de le mater, autrement c'est lui qui imposerait sa loi à toute la maison. « Tu es trop faible, serinait-elle, il te marche sur la tête ! »

Faible, Eugène l'était. N'osant pas résister, il s'efforça de donner des gages à son épouse, punit Raymond à tort et à travers et fit de cet enfant qu'il adorait un souffre-douleur.

Vinrent août 1914 et la mobilisation générale. Loin de s'en alarmer, un certain nombre de Français y virent l'occasion de prendre l'air. Eugène fut de ceux-là. Harcelé par sa femme, méprisé par sa belle-mère, bourreau malgré lui, il vivait un enfer. La classe 1899, à laquelle il appartenait, n'était pas concernée dans l'immédiat. Il hésita quelques mois, puis voyant que les autorités ne se pressaient pas d'appeler sous les drapeaux des hommes mûrs, chargés de famille, qui allaient encombrer sans qu'on sache à quoi les utiliser les rangs de la réserve territoriale, il résolut de forcer le destin. Un matin de février 1915 – Raymond venait d'avoir trois ans –, sans prendre l'avis de personne, il se rendit au bureau militaire, caserne Pélissier, et dit au préposé qu'il désirait s'enrôler. On le prit pour un fou. La guerre était déjà bien engagée, les soldats tombaient par milliers dans les plaines d'Artois et de Champagne. Tant qu'on lui fichait la paix, qu'il laisse les autres mourir à sa place. Eugène cria au scandale. Il se trouve qu'il n'était pas seul dans son cas. Les récusés menaient grand tapage, se plaignant amèrement qu'on les empêchât d'accomplir leur devoir, alors qu'ils s'estimaient en pleine santé et parfaitement aptes, malgré leur âge, à porter les armes. Parmi eux, bon nombre d'Israélites, pour qui cette guerre était la première occasion, depuis que le décret Crémieux avait attribué d'office la nationalité française aux Juifs d'Algérie, de prouver leur attachement à la mère patrie. Les associations patriotiques donnaient de la voix, les journaux relayaient complaisamment leurs déclarations indignées, les autorités, qui attendaient en vain des instructions de Paris, ne savaient plus sur quel pied danser. Elles finirent par lâcher au cas par cas, honteusement, dans la plus grande confusion. Après un semblant de visite médicale au cours de laquelle on ne lui demanda même pas d'ôter sa chemise, on signifia à Eugène que sa demande était acceptée. Il rentra chez lui et, ignorant les observations de la bonne, pénétra dans la chambre de Mouni et lui annonça qu'il partait à la guerre. Elle en resta sans voix. Si bien qu'Eugène, qui avait affûté ses arguments en prévision d'une scène, se retrouva en carafe, comme un comédien à qui son partenaire n'envoie pas la réplique attendue.

« Tu ne dis rien ? fit-il, déconcerté.

— Mais non, mon ami, répondit Mouni, si c'est ta décision. »

Le soudain et très inhabituel accès d'autorité d'Eugène la prenait de court. Qu'avait-elle à gagner, qu'avait-elle à perdre dans sa décision ? Quelque chose lui disait qu'elle pourrait en tirer avantage. Dans l'immédiat, et c'était déjà beaucoup, le départ d'Eugène la délivrerait d'un poids devenu oppressant. Mais elle ressentait aussi confusément que la dette qu'elle s'obstinait à lui faire payer depuis la naissance de leur fils était largement remboursée. La résistance quotidienne qu'elle lui opposait l'épuisait sans profit, elle n'en tirait plus aucune satisfaction, il était temps de passer à d'autres rapports. Femme de combattant, fière de son mari, tenant bravement son rôle à l'arrière, voilà une position qui ne manquait pas d'allure.

Mouni feuilleta les revues féminines qui, depuis le début des hostilités, multipliaient les articles sur la mode en temps de guerre et la meilleure manière de rester élégante tout en respectant une certaine discrétion, « par décence vis-à-vis de nos valeureux combattants ». Elle décida de renouveler entièrement sa garde-robe et convoqua Mme Pipeau qui fut chargée d'adapter sa silhouette au nouveau personnage qu'elle entendait incarner désormais.

Fin février, Eugène rejoignit son unité, le 127e régiment d'infanterie, engagé en Champagne. À peine s'était-il fait des camarades qu'il les vit tomber, foudroyés, au cours d'un assaut meurtrier, le 1er mars, à la cote 196, près du Mesnil-lès-

Hurlus. Volontaire par convenance personnelle, il comprit alors que l'héroïsme serait maintenant son lot quotidien et sa seule chance de survie. Les jours suivants, dans un froid inhabituel pour la saison, il se battit pour défendre ou conquérir successivement des positions dont l'intérêt stratégique semblait démenti par l'insignifiance de leur dénomination : le bois Sabot, la ferme de Beauséjour, le Trou Bricot. En deux semaines, on dénombra huit mille morts. Le 16 mars, veille du jour où l'état-major, alarmé par l'étendue des pertes et les maigres résultats de l'offensive, ordonna un repli, Eugène fut blessé au lieu-dit le Bois Jaune Brûlé. Une balle lui avait fracturé une côte et troué un poumon sans rien toucher d'essentiel. Évacué vers Troyes dans un hôpital où régnait un désordre effrayant, il attendit son tour au fond d'un couloir balayé par les courants d'air. Lorsqu'on s'occupa enfin de lui, il avait contracté une pneumonie et la plaie, infectée, n'était pas jolie à voir. Pourtant, trois semaines plus tard, à la surprise des médecins, il était sur pied, affaibli mais apte à reprendre le combat après une période de convalescence. On lui accorda une permission de trois semaines. Il renonça à la passer en Algérie : son état de santé lui fit redouter la fatigue d'un long voyage et les aléas de la traversée.

Depuis sa mobilisation, Eugène entretenait une correspondance suivie avec Mouni. L'idée ne lui en était pas venue spontanément. C'est en voyant ses camarades écrire le soir sur leurs genoux, malgré l'épuisement, à leur femme, leur fiancée ou leur bonne amie, qu'il se mit à les imiter. Aussitôt, des formules inusitées jaillirent sous sa plume, comme si, à son insu, elles s'étaient tenues en réserve pour l'occasion :

« Ma petite femme chérie, mon cœur saigne en pensant à ton visage adoré », ou bien : « Dans le feu du combat, les balles sifflant à mes oreilles, mes pensées volent vers toi, ô, mon amour. » Et comme ça sans une rature, sur des pages entières. Les lettres de Mouni étaient plus courtes, mais du même tonneau. Elles firent bientôt un joli paquet. Eugène les entoura d'un ruban récupéré dans une maison dont les habitants avaient été chassés par les combats et les serra précieusement au fond de son sac.

Lorsque la perspective d'une permission se précisa, Eugène et Mouni en débattirent par lettre et convinrent, non sans maudire, à grand renfort d'élans lyriques, le sort cruel qui les tenait éloignés l'un de l'autre, qu'il était préférable qu'Eugène se ménage. Le père de Vava, Jacob Cohn, âgé de soixante-dix-neuf ans, vivait non loin de Paris dans une villa néonormande au bord du lac d'Enghien. Il fut décidé que le permissionnaire viendrait s'y installer et, grâce au bon air et aux petits plats d'une excellente cuisinière, achèverait de se rétablir tout à fait.

Par une belle journée de juillet, Eugène débarqua, tout étourdi, sur le quai de la station thermale. Il s'appuyait sur une canne. Le règlement militaire imposait aux soldats en permission de conserver l'intégralité de leur paquetage. Un voyageur obligeant l'aida à porter le sac démesuré qu'il trimbalait. Il clignait des yeux, cherchant parmi la foule le chauffeur censé l'attendre avec une ardoise à son nom. Soudain, il sursauta. Là, à deux pas de lui, il vit Mouni qui lui souriait et tendait les bras pour l'accueillir. Un instant, il songea à fuir. Mais déjà il allait vers elle et durant les quelques secondes qu'il mit à la rejoindre, il se remémora les déclarations enflammées dont il parsemait ses lettres depuis des mois. Trop tard pour reculer, il était prisonnier de son rôle.

Mouni, de son côté, alors qu'elle souriait à cet homme saucissonné dans son uniforme trop étroit, s'effrayait qu'il soit son mari. Ils s'étreignirent, et les gens qui les frôlaient en passant étaient émus d'assister à leurs retrouvailles.

Il s'avéra bien vite que la présence de Mouni, loin d'être improvisée, faisait partie d'un plan soigneusement calculé, pour ne pas dire d'un complot. Mouni, sous prétexte de se rapprocher de son époux, avait tout bonnement décidé de s'installer chez Jacob Cohn tant que durerait la guerre, laquelle ne saurait se prolonger bien longtemps tant la supériorité de nos troupes était criante. Venue d'Algérie avec ses malles, elle occupa un petit logement indépendant que son grand-père avait fait aménager en hâte à l'étage de la villa. Quant à Raymond, resté de l'autre côté de la Méditerranée, il avait été confié aux parents d'Eugène, trop heureux d'accueillir le garçonnet qu'ils chérissaient et qu'ils souffraient de voir maltraité. Bref, tout était décidé, Eugène n'avait plus qu'à acquiescer, ce qu'il fit.

Sa première journée de permission l'épuisa. Il pensait à ses camarades avec nostalgie et se demandait s'il n'était pas mieux au front, où le seul souci consistait à savoir si l'on serait en vie le lendemain. Le soir, dormir dans un lit lui parut d'autant plus étrange qu'il n'y était pas seul. La lumière éteinte, il fut saisi d'une sorte de rage. Il renversa sa femme et la prit de force. Elle n'osa protester et retint ses cris quand enfin Eugène enfonça la porte qui lui avait tant résisté. Après tout, elle savait qu'un jour ou l'autre il faudrait en passer par là. C'était fait et, sans qu'elle y ait pris le moindre plaisir, elle n'en était pas morte.

Quelques semaines plus tard, Eugène ayant regagné son unité, ils reprirent leur correspondance. Mouni était enceinte. Contrairement au martyre qu'elle avait enduré précédemment, la grossesse fut un constant bonheur et l'accouchement, une formalité. Jean vint au monde le 5 avril 1916, alors que son père combattait à Verdun. Toutes les permissions étant temporairement suspendues, Eugène ne fit la connaissance de son fils qu'en juin. Mouni le couvait d'un amour jaloux et Vava – qui, pour seconder sa fille, avait fait le déplacement – veillait en deuxième ligne sur le berceau où l'enfant repu somnolait dans ses dentelles. Au premier coup d'œil, Eugène sut à quoi s'en tenir : elles s'étaient approprié Jean et n'entendaient pas s'en laisser déposséder, fût-ce le temps d'une permission. Il se le tint pour dit. Jean grandit sous ses yeux, si différent, si peu conforme à l'idée qu'il se faisait d'un garçon. « Plus tard, se rassurait-il, plus tard, j'en ferai un homme. »

Ce moment ne vint jamais. Il aima son fils tel qu'il était.

3

Toujours plus nombreux, les citadins en quête de ravitaillement montaient de Nice, à pied ou à vélo. Gina, femme industrieuse, s'employait sans relâche à étendre les surfaces cultivables. Pour élargir les restanques, les requis agricoles brisaient la rocaille à coups de masse. La terre était rare, les requis, le torse luisant de sueur, le pantalon glissant sur leurs hanches amaigries, la transportaient dans des paniers tressés et la versaient avec précaution dans les plates-bandes faites de branches entrecroisées. Mauvaise terre sablonneuse, poussière médiocrement engraissée à coups d'arrosoirs dans lesquels ils mélangeaient à l'eau les déjections du poulailler. Mais les tomates et les haricots s'en contentaient, comme si, en temps de guerre, les plantes avaient appris elles aussi à refréner leur appétit. Si bien que Gina, dont la clientèle augmentait à mesure que duraient les privations, pouvait, comme les autres producteurs de la vallée, répondre à la demande tout en entretenant la pénurie.

Tandis qu'elle s'activait, Anselmo, son mari, assis sous la tonnelle, une cigarette pincée entre ses doigts jaunis, scrutait obstinément la mer sur laquelle, pourtant, il n'y avait rien à voir depuis que les Allemands avaient interdit toute activité maritime, la pêche aussi bien que le transport de fret ou de passagers, les plaisanciers comme les baigneurs, installant des chevaux de frise sur les plages et des soldats armés sur les escarpements rocheux. Qu'importe, Anselmo regardait la mer uniformément vide comme si lui seul pouvait distinguer, à la surface de cette flaque aux contours indécis, l'infime détail qui échappait au commun des mortels. Il est vrai qu'il avait été aide-cuisinier des années durant sur le *Patria*, de la compagnie Cyprien-Fabre, et bien qu'il ait plus souvent reniflé les entrailles puantes du navire que l'air enivrant du large, bien qu'aux escales, à Oran, Beyrouth ou New York, il ait soigneusement évité de descendre à terre et passé l'essentiel de son temps étendu sur sa couchette, allumant une cigarette au mégot de la précédente, il vivait en marin, levé aux aurores, couché à la tombée du jour, avare de ses mots, les yeux rivés sur l'horizon, ruminant Dieu sait quoi, pas grand-chose sans doute.

Les requis embauchaient à sept heures du matin. Gina payait à peine cette main-d'œuvre contrainte, mais la nourrissait largement. À dix heures, c'était la pause. Les ouvriers s'asseyaient en cercle et mangeaient avidement, comme si, en se nourrissant eux-mêmes, ils nourrissaient aussi toute leur famille. Gina ne tolérait pas les bavardages pendant le travail. Ils se rattrapaient durant ces brèves minutes.

À les entendre, Jean, sans qu'il soit besoin de consulter sa montre, sut qu'il était grand temps de se lever, de courir au bassin, d'éliminer l'odeur d'amour et de vin aigre qui imprégnait la chambre et lui collait à la peau. Puis, habillé de frais, les idées claires, il se mettrait en quête de Gilbert Malassis, parti à Vichy et retenu là-bas par des tracasseries administratives. Corinne, son épouse, attendait son retour d'un moment à l'autre. Cette fois, Jean dût-il camper devant sa porte, Malassis lui verserait enfin l'argent promis – le *bada*, comme il s'obstinait à nommer le complément âprement débattu lors de la vente forcée du magasin de couture, relativisant du même coup leur accord, le présentant comme une chose insignifiante, une formalité mesquine et vaguement ridicule à laquelle lui, Malassis, dans sa profonde mansuétude, voulait bien souscrire, par indulgence et non par obligation.

Lors de leur dernière rencontre, une semaine plus tôt, rue Dalpozzo, dans son bureau tendu de velours parme – son *boudoir*, disait-il –, Malassis s'était montré rassurant.

« Vous avez confiance en moi, n'est-ce pas, Jean ? Les yeux dans les yeux, dites-moi. » Et comme Jean tardait à répondre, Malassis avait saisi brusquement sa main.

« Jean, je suis votre ami. J'ai pris des risques pour vous, ne l'oubliez pas.

— Mais vous m'aviez promis que j'aurais la somme aujourd'hui. J'attends cet argent pour partir.

— Les comptes sont surveillés, je dois faire preuve de prudence, comprenez-moi, aussi ! »

Jean avait senti sa patte humide qui pressait sa main avec insistance.

« Je ne vous fais pas de reproche », avait-il fini par concéder en détournant la tête pour ne plus voir ce regard de noyé et cette bouche qui frémissait à la commissure des lèvres.

Pouvait-il dire autre chose ? Son sort dépendait de cet homme entre deux âges, sanglé dans son costume gris perle à fines rayures, la chevelure si parfaitement ajustée qu'on l'aurait crue posée comme un casque sur sa tête. Gilbert Malassis dont le premier soin, lorsqu'il avait ouvert, vingt ans plus tôt, sa maison de couture, avait été de répudier son patronyme honni, cible, dès l'école primaire, de toutes les moqueries. Que de listes dressées, que d'annuaires consultés, que de ratures avant que tout à coup, lumineux, évident, à la fois simple et raffiné, modeste et chatoyant, surgisse d'entre les pages d'une monumentale histoire de la peinture française acquise en souscription le nom de Chardin. Malassis avait saisi l'occasion pour transformer du même coup son prénom, Gilbert, qui lui semblait commun, en Gil, bien plus relevé. *Gil Chardin*, Malassis avait trouvé sa griffe. Et l'on comprend qu'il aurait été fâcheux d'inscrire *Malassis* sur l'enseigne de l'imposant magasin de la rue Dalpozzo. La signature *Chardin*, ornée d'un gracieux paraphe, faisait bien meilleur effet.

En application des dispositions voulues par Vichy, un comité d'organisation du vêtement avait remplacé, dès l'automne 1940, les anciennes organisations patronales. Gilbert Malassis, alias Gil Chardin, fut désigné à l'unanimité par ses pairs président de la section haute couture pour la Côte d'Azur. Le poste n'était guère enviable et les prétendants ne s'étaient pas bousculés. Le sort tomba sur le plus terne, celui qu'on pourrait manœuvrer dans un sens ou dans l'autre au gré des circonstances. Malassis accepta du bout des lèvres, puis, dès le lendemain, revint sur sa décision. « Non, vraiment, c'est trop de responsabilités, et d'autres que moi, chers collègues, sont bien plus qualifiés, bien plus aptes à tout point de vue... Bref, vous me comprenez, n'est-ce pas ? »

Dans les jours qui suivirent, sa belle propriété de Cimiez fut le centre d'une intense activité diplomatique. Chacun demandait à être reçu, on le supplia, on l'ensevelit sous les compliments. De candidat par défaut, il devint l'homme de la situation. Si bien qu'il se vit contraint – c'est ainsi qu'il présenta la chose – d'accepter un poste qu'il n'avait jamais cessé d'espérer. La manœuvre était transparente, mais comme il mena habilement son affaire, il en retira un certain prestige auprès de ses confrères, lesquels, jusqu'alors et malgré son incontestable réussite professionnelle, l'avaient toujours tenu pour un demeuré.

Du jour où il entra en fonctions, Gilbert Malassis s'épanouit. Ses travers, loin de le desservir, furent ses meilleurs atouts. N'ayant jamais professé la moindre opinion personnelle, il n'eut aucun mal à donner raison à tout le monde. Sa lâcheté fit qu'il ménagea les uns et les autres, apaisant les conflits de peur d'en être la victime. Il passa pour un négociateur hors pair, un homme d'équilibre, un pacificateur. Mieux encore, sa nature bonasse le poussa à rendre ici et là des services que personne ne lui réclamait. On lui en sut gré. Perpétuellement affairé, toujours entre deux rendez-vous, il ponctuait chacune de ses phrases par des formules nimbées de mystère : « Je ne vous ai rien dit, n'est-ce pas ? », ou bien : « Je suis d'accord avec vous, mais chut ! », ou encore, d'une voix sépulcrale : « J'œuvre dans l'ombre, on se comprend. » Ce à quoi son interlocuteur ne pouvait qu'acquiescer, même s'il n'avait rien compris du tout.

Les maisons de couture – petites ou grandes, elles étaient anormalement nombreuses depuis Hyères jusqu'à Menton – s'en remirent à lui, car toutes, ayant le plus grand mal à poursuivre leur activité quand manquait l'essentiel, vivaient d'exceptions, de passe-droits et de tricheries plus ou moins tolérées. Situation que Malassis avait anticipée aussitôt la guerre déclarée. Trouillard dans l'âme, il pressentit le pire quand beaucoup se berçaient d'illusions.

L'afflux des réfugiés avait amené à Nice, à Cannes ou à Monte-Carlo une clientèle aisée, trop heureuse de trouver ici, pour des prix bien inférieurs à ceux de Paris, les toilettes qu'elles n'avaient pu emporter. Les affaires marchaient comme jamais et rien n'indiquait que cette manne dût se tarir. C'était compter sans les restrictions futures. Et sans le fait que, même pour les plus favorisés, la situation financière des nouveaux venus se dégradait jour après jour. Poussées par la nécessité, ces dames apprirent à coudre, achetèrent des patrons, démontèrent robes et manteaux pour faire du neuf avec du vieux.

C'était aussi négliger que les arrestations, les rafles qui en avaient réjoui plus d'un parmi ces braves commerçants, indignés de voir la Promenade des Anglais ou la Croisette envahies par les *métèques*, amenuisaient du même coup leur clientèle. Ceux qui en réchappaient se terraient dans les villages de l'arrière-pays et se fichaient bien d'élégance. Passé les mois d'euphorie, il fallut se rendre à l'évidence : on était dans la panade jusqu'au cou.

C'est alors que les plus avisés comprirent que Gilbert Malassis les avait floués. Le poste qu'ils avaient dédaigné, cette présidence de la section haute couture du comité d'organisation du vêtement que Malassis avait fait mine d'accepter contraint et forcé était, tout bien considéré, une source d'avantages inépuisable. Non seulement il faisait de son titulaire l'unique interlocuteur des autorités, françaises ou d'occupation, mais il permettait d'accéder en priorité aux marchandises – tissus, soieries, accessoires, et jusqu'aux bobines de fil et aux épingles – dont les stocks étaient depuis longtemps épuisés. Obligés d'en référer à lui pour toutes leurs démarches, voués à supporter ses discours interminables et ses poses de conspirateur, ils étaient à sa merci.

Des expressions comme : « J'ai vu Malassis », « J'en ai touché un mot à Malassis », « Malassis s'en occupe » firent bientôt partie du quotidien des gens de la mode. Le boudoir couleur parme de la rue Dalpozzo devint leur confessionnal. On se vantait d'entretenir d'excellentes relations avec Malassis, on disait : « Je suis dans ses petits papiers. » Lui, les yeux mi-clos, écoutait tout le monde et ne s'engageait à rien tout en laissant entrevoir l'hypothèse d'une intervention et la possibilité – faible, faiblissime – qu'elle aboutisse. Mais craignant d'en avoir trop dit, soucieux de ne pas susciter de faux espoirs, il faisait aussitôt marche arrière. « Quoiqu'en ce moment, n'est-ce pas, pas besoin d'insister, vous me comprenez... » Le solliciteur repartait soulagé. C'étaient quinze jours de gagnés, quinze jours pendant lesquels il pourrait dire à sa femme, à ses amis, à ses confrères, que Malassis faisait le maximum et qu'avec un peu de chance... « Quoiqu'en ce moment, n'est-ce pas... »

Ainsi, les sentences précautionneuses de Malassis circulaient de proche en proche et prenaient force d'évidence. Ne pas bouger, patienter, se contenter du peu qu'on avait, qui était toujours mieux que rien – « Nous sommes les vaincus, ne l'oublions pas ! » Sans qu'on puisse le ranger dans un camp ou dans un autre, Malassis servait parfaitement les vues des autorités. On ne lui en demandait pas plus, il s'en acquitta à la perfection.

Beaucoup ne pouvaient pas le voir en peinture. Même ceux-là en convenaient : heureusement qu'il était là, ce zigomar. Qui d'autre aurait fait mieux ?

Jean faisait partie des réticents. Mais honnêtement, qu'avait-il à lui reprocher ? « Jean, disait Malassis, j'ai été le premier à vous soutenir, dites-moi le contraire ? Et pourtant, vos débuts n'ont pas été faciles, admettez-le. » Il l'admettait. Ou bien : « Jean, je n'ai rien contre vos coreligionnaires. J'aurais pu... bref, je n'en dis pas plus. On se comprend. »

Jean se taisait. « Ah, vous voyez bien », concluait Malassis. Et, coupant court à la discussion, il se penchait par-dessus la rampe de l'escalier en colimaçon qui menait à l'atelier de couture.

« Madame Gasperina ! hurlait-il.

— Oui, monsieur Gilbert, répondait d'en bas une voix féminine au fort accent méridional.

— Pouvez-vous monter un instant, je vous prie ?

— Je suis occupée, monsieur Gilbert.

— Eh bien, désoccupez-vous », ripostait Malassis. Puis, se tournant vers Jean : « Elle devient infernale, avec l'âge. Quelquefois, je me demande si je ne ferais pas mieux de... Mais d'un autre côté... »

Il laissait sa phrase en suspens, lourde de sens contradictoires. Puis, se penchant de nouveau par-dessus la rampe : « Madame Gasperina, j'attends ! »

Mme Gasperina était sa première d'atelier. Son autorité et ses compétences surpassaient à tel point celles de Malassis que, malgré ses grands airs, il devait composer avec cette femme acariâtre qui l'avait connu jeune homme. Sans Mme Gasperina, la signature *Gil Chardin* n'aurait pas tenu six mois.

« Quelle carne ! Non, mais vous êtes témoin ? geignait Malassis en poussant Jean vers l'escalier. Revenez me voir, nous finirons cette conversation. Là, je suis débordé. Vous ne m'en voulez pas ? »

Jean traversait l'atelier qu'un rideau séparait de la boutique. Mme Gasperina, entendant son pas sur les marches, s'était empressée de lui tourner le dos. Elle ne l'aimait pas. Elle n'aimait pas les Juifs, d'une manière générale. « C'est comme ça. Vous pouvez dire tout ce que vous voulez, ils me sortent par les yeux ! » disait-elle, et elle riait. Comme si le caractère irrationnel de sa détestation des Juifs lui donnait un charme particulier, en même temps qu'une forme de légitimité. Quand une opinion ne s'explique pas, quand elle résiste à tout argument, n'est-ce pas la preuve de son bien-fondé ?

« Bonne journée, mesdames », lançait Jean en sortant. Personne ne lui répondait. « Du balai ! ponctuait Mme Gasperina sitôt qu'il avait franchi le rideau. Celui-là, je peux pas le sentir. Et quand je dis le sentir... »

Elle tirait le cordon qui, relié à un loquet, permettait d'ouvrir un vasistas qui donnait sur la cour.

« Ouf ! Je respire ! »

4

Le 8 septembre 1943, Irène, la jeune sœur de Jean, quitta de bonne heure l'appartement du boulevard Carabacel où elle vivait, à Nice, avec sa mère et sa grand-mère, pour se rendre chez son amie Solange Sicard qui habitait trois rues plus loin. Elle portait en bandoulière un petit sac en toile dans lequel elle avait placé un cahier d'exercices de mathématiques et son déjeuner de midi – deux tranches de pain, une portion de crème de gruyère et un fruit. C'était peu, mais Irène savait que Solange, dont le père occupait un poste important à la préfecture, partagerait avec elle des produits devenus rares, tels qu'une omelette de vrais œufs et non d'œufs en poudre, des maquereaux en conserve ou encore, délice suprême, du lait condensé sucré et des bouchées au chocolat fourrées à la framboise. La rentrée approchait, les deux filles avaient prévu d'aller pique-niquer dans les collines, à l'ombre des chênes verts et des caroubiers, tout en repassant le programme de l'année écoulée.

Jean éprouvait une infinie tendresse pour cette sœur née dix ans après lui, « celle qu'on n'attendait plus », comme l'appelait Vava, exprimant ainsi les sentiments complexes que lui inspirait sa naissance différée. *Celle qu'on n'attendait plus* et non *celle qu'on espérait*, la nuance n'avait rien d'innocent. Le premier visé était Eugène, engendrant une fois encore par inadvertance un rejeton dont on se serait passé, une fille de surcroît. Et si peu que cet enfant capterait d'amour, ce serait autant de moins pour elle, Vava, qui l'âge venant entendait être servie la première et très largement. Irène la tenait à distance, rendant coup pour coup quand la vieille dame distillait, sur un ton d'ironie hautaine dont elle s'était fait une spécialité, un jugement à double sens, flatteur en apparence, en vérité féroce. « Tu as vu comme elle me *parrrle* ? Non, mais quelle *garrrce*, cette petite ! » se plaignait Vava, le souffle coupé. Ce à quoi Mouni, ménageant l'une et l'autre, répondait qu'elle n'avait rien entendu.

Arrivée chez Solange, Irène croisa le père de son amie qui s'apprêtait à sortir, une serviette en cuir sous le bras. Irène l'avait rarement rencontré. Il partait tôt pour son bureau, déjeunait sur place, rentrait à la nuit. Mais, sans doute parce que l'heure était exceptionnellement matinale, il n'avait pas encore quitté la maison ce jour-là. C'était un homme austère, il marchait les yeux au sol, l'air préoccupé. Solange disait qu'elle ne l'avait jamais vu en pyjama. Le matin, il sortait entièrement vêtu de sa chambre, tel qu'il y était entré la veille au soir. À croire qu'il dormait tout habillé. Les deux jeunes filles en riaient.

Il salua Irène sans même la regarder, la dépassa puis, se ravisant, revint vers elle et la prit par le bras. « Puis-je vous parler un instant, mademoiselle ? » dit-il en l'attirant vers son bureau. Il ferma la porte, lui fit signe de s'asseoir.

« Vous êtes juive, n'est-ce pas ? Mais oui, bien sûr, je ne sais pas pourquoi je vous pose la question. »

Il sortit une cigarette d'un étui, la tapota longuement avant de l'allumer.

« Écoutez bien ce que je vais vous dire. Les Allemands vont occuper Nice dès demain, peut-être même d'ici ce soir. Le préfet a reçu des informations. Les Juifs seront déportés massivement dans les jours qui viennent.

— Les Juifs étrangers, je suis au courant », répliqua Irène sans se démonter. Que prétendait-il lui apprendre ? Elle voulut lui expliquer que depuis plusieurs semaines, avec ses camarades des éclaireuses israélites, elle travaillait déjà clandestinement à mettre à l'abri des enfants juifs menacés. Tâche dont elle était fière et que personne, dans sa famille, ne soupçonnait. Il ne la laissa pas poursuivre.

« Les Juifs, mademoiselle, sans distinction. Tous les Juifs. Vous, votre maman, votre frère » et, détachant les mots : « Il faut partir, vous m'entendez ? Quitter Nice dès aujourd'hui ! »

Partir ? On ne s'en va pas comme ça ! Malgré tout son aplomb, Irène bredouilla. Partir où ? Emporter quoi ?

« Partir ! Partir ! répéta l'homme avec insistance. Enfin, vous ne comprenez pas ? »

Lorsqu'elle sortit du bureau, Irène trouva son amie qui l'attendait dans le vestibule. Sans dire un mot, Solange l'embrassa – geste auquel ni l'une ni l'autre n'étaient accoutumées. C'était un adieu.

Profondément troublée, Irène refit en sens inverse le chemin qu'elle avait parcouru quelques instants plus tôt, pleine d'allégresse, son sac de pique-nique à la main. Comment allait-elle expliquer à Mouni, à Vava, qu'il fallait fuir toutes affaires cessantes, elles qui depuis toujours étaient persuadées que les événements extérieurs ne les concernaient pas, qu'elles en étaient préservées en vertu d'un privilège dont elles bénéficiaient de plein droit ?

À sa grande surprise, de retour boulevard Carabacel, Irène trouva les deux femmes affairées à boucler les valises, inexplicablement calmes et méthodiques, comme s'il s'agissait de la chose la plus naturelle du monde.

« Prépare tes affaires, nous partons », lança Mouni sans s'interrompre.

Par le plus grand des hasards, elle qui d'habitude savourait son petit déjeuner au lit, et au besoin se rendormait une petite heure, s'était levée tôt pour courir boulevard de la Victoire chercher un médicament rarissime que le pharmacien avait mis de côté à son intention. À peine entrée, M. Wacjman l'avait entraînée dans l'arrière-boutique – de la même façon que le père de Solange Sicard avait attiré Irène dans son bureau.

Là, d'une voix nouée, et bien que leurs sources soient différentes, il lui avait tenu à peu près le même discours. Les Italiens, dans la plus complète pagaille, avaient abandonné Nice aux Allemands. Un premier détachement était attendu dans la soirée. Finie la relative impunité dont les Juifs avaient profité jusqu'alors. Français comme étrangers seraient dès le lendemain traqués et massivement déportés. Il fallait fuir à n'importe quel prix. Eux-mêmes, les Wacjman et leurs trois enfants, quitteraient Nice en voiture dans la nuit avec le minimum de bagages, laissant tout en plan, la pharmacie, leur belle maison face à la mer, leurs meubles, leurs tableaux, enfin tout.

La semaine précédente, Mouni avait reçu une lettre postée depuis la Corrèze par Yvonne Camoin, l'amie fortunée dont elle avait eu tant de mal à se séparer lorsqu'elle avait quitté Marseille pour Nice. Yvonne avait déniché à Beaulieu-sur-Dordogne un hôtel familial, l'hôtel Fournier, qui proposait à sa clientèle une *cuisine soignée dans un cadre enchanteur*. Elle y séjournait depuis trois semaines et avait pu vérifier que la réclame correspondait en tout point à la réalité. La nourriture était abondante et variée, le climat divin, elle n'avait pas à redouter les alertes et, pour peu qu'on s'abstienne d'écouter les nouvelles - ce qui n'était pas compliqué vu que l'unique poste de radio dont disposait l'établissement était tombé en panne -, on pouvait croire la guerre terminée. Bref, tout était *comme avant*. Yvonne proposait à Mouni de la rejoindre en attendant des jours meilleurs.

Sa lettre était jusqu'alors restée sans réponse. Mouni hésitait. Eugène était mort deux ans plus tôt, la laissant désemparée. À présent qu'il n'était plus là, son caractère indolent la poussait à différer toute décision en espérant qu'un événement survienne et la dispense de choisir.

Est-ce la terreur qu'elle lisait sur le visage du pharmacien, est-ce le fait de le voir abandonner sans la moindre hésitation tous ses biens, comme on s'échappe d'une maison en flammes ? Toujours est-il que Mouni remonta deux valises de la cave et se mit à préparer les bagages, faisant taire sa mère qui, élevée en Pologne, s'enorgueillissait d'une habitude héréditaire des pogroms et prétextait, roulement de « r » à l'appui, que ce qui se préparait était trois fois rien, *rrrien de rrrien !*

Passé le premier instant de stupeur, Irène protesta. Que Mouni quitte Nice avec Vava, elle s'apprêtait à l'en convaincre.

Mais pourquoi elle ? Le 1er octobre approchait, elle entrait en classe de philo, pas question de manquer les premières semaines de cours, toujours décisives. Elle était assez grande pour se débrouiller et argua qu'elle trouverait facilement, parmi ses nombreuses amies, chez qui se réfugier en cas de danger. Irène se garda bien d'invoquer, en revanche, les activités clandestines qui constituaient pourtant le principal obstacle à son départ et prenaient d'autant plus d'importance que la menace se précisait. Mouni aurait jugé inconvenant cet empressement envers des gens dont elle prenait grand soin de se démarquer. Du reste, toute discussion était inutile. Mouni considérait ceux qui l'entouraient – son mari d'abord, aussi longtemps qu'il avait vécu, mais aussi ses enfants – comme ses obligés, et son amour comme un don qu'elle leur faisait et qui justifiait une totale soumission en retour. Bien qu'elle n'eût pas encore soixante ans, c'était un personnage de l'ancien temps, habitué à être servi, vivant en vase clos, incapable de la moindre démarche, perdu dans le monde réel. Elle n'imaginait pas affronter seule un long voyage. Irène, débrouillarde, efficace, lui était indispensable. Impérieuse, elle mit rapidement un terme à ses protestations et pour commencer l'envoya à la gare se renseigner sur les horaires et réserver des billets.

Entretemps, Jean était passé en coup de vent, ainsi qu'il faisait toujours, cultivant par ses brusques apparitions et ses départs précipités sa posture de ludion imprévisible et charmant. Qu'il les accompagne en Corrèze était exclu. Il lui était impossible de quitter Nice tant que Gilbert Malassis n'aurait pas versé le *bada* promis. C'était l'affaire de quelques jours, une semaine à tout casser. Alors, mais alors seulement, l'esprit tranquille, il les rejoindrait pour goûter à son tour à la cuisine soignée et profiter du cadre enchanteur de l'hôtel Fournier. Quant au danger, n'avait-il pas la baraka, comme son père l'avait si souvent répété, mi-admiratif, mi-dépité de voir que Jean, déjouant ses funestes prévisions, retombait toujours sur ses pieds ? Il embrassa Mouni et Vava et profita du départ d'Irène pour lui emboîter le pas. Il vénérait sa mère, et plus encore peut-être sa grand-mère, mais les supportait à petites doses. Les voir quitter Nice était un soulagement. Encore ne pouvait-il se garder, malgré sa frivolité coutumière, d'un vague sentiment de honte à l'idée de se décharger sur Irène du poids de ces deux femmes égoïstes et tyranniques.

Jean fit un bout de chemin avec sa sœur. Une tiédeur bienfaisante, parfaitement accordée à la saison, la plus belle de toutes sur la côte, avait chassé l'air vif du petit matin. Mais Jean, loin de s'y abandonner, se sentait envahir par une lourde tristesse. Et les rues peu fréquentées lui apparaissaient comme les allées d'un cimetière par beau temps : plus sinistres que sous la pluie. Irène avait mis sa main dans la sienne. Cette main chaude et confiante, qu'il faudrait lâcher d'un instant à l'autre, rendit soudain la séparation intolérable. Jean n'aimait pas souffrir. Au premier carrefour, il fit mine de se souvenir d'un rendez-vous urgent et obliqua vers la ville. Au bout de quelques pas, il se retourna. Au même moment, Irène l'imita. Elle sourit et lui adressa un signe de la main. Il agita le bras, le cœur serré, puis s'éloigna vite. C'est alors qu'il s'aperçut qu'il pleurait.

Lorsqu'un instant plus tard Irène arriva à la gare, elle trouva le hall occupé par une foule qui se pressait aux guichets, traînant valises et ballots dans une confusion d'exode. Elle se mit à la file et attendit son tour près de deux heures. Curieusement, il n'y avait pas trace d'uniformes dans les parages, ni gendarmes ni miliciens, comme si la gare avait été volontairement laissée sans surveillance avant que la trappe se referme définitivement. Enfin parvenue à hauteur du guichet grillagé, Irène indiqua sa destination : Beaulieu-sur-Dordogne. L'employé fit : « Hou là là ! » et se mit à parcourir fébrilement son indicateur aux pages cornées.

« Voyons, voyons, voyons... Beaulieu-sur-Dordogne... »

Derrière, on s'impatientait.

Il s'avéra que le voyage durerait plus de douze heures, avec trois changements, à Lyon, Clermont-Ferrand et Brive-la-Gaillarde, auxquels s'ajoutait le trajet en autocar pour rejoindre Beaulieu. Les correspondances n'étaient pas garanties, l'employé prévint que les trains stationnaient parfois plusieurs heures sur des voies de garage pour céder le passage aux transports prioritaires.

« Vous voulez tout de même partir ? demanda-t-il, son ton indiquant clairement qu'il conseillait de n'en rien faire.

— Évidemment », répondit fermement Irène, tandis qu'on protestait dans son dos : « Allez, allez ! Bon sang, dépêchez-vous ! »

L'employé soupira. « Comme vous voudrez. »

Dans le bureau laissé intact après la mort d'Eugène, il y avait un coffre et, à l'intérieur – outre des papiers de famille, des titres de propriété et une liasse d'actions sans valeur –, les bijoux de Mouni, ceux de Vava, plus anciens et plus beaux, mais moins facilement négociables, ainsi qu'une réserve d'or résultant de la vente d'un immeuble, et sur laquelle on tirait au fur et à mesure des besoins, comme un paysan tire sur le jambon suspendu aux solives. Mouni embarqua or et bijoux qu'elle enfouit sous ses lingeries, persuadée qu'aucun homme, si peu éduqué soit-il, n'oserait y toucher. À six heures de l'après-midi, les trois femmes prirent l'ascenseur et, passant devant la loge de la concierge, Mme Chaussabel, elles l'avertirent qu'elles partaient se reposer quelques jours à la campagne. Inutile de faire suivre le courrier. Elles seraient de retour au plus tard dans dix jours. « Entendu. Je comprends », dit Mme Chaussabel, qui comprenait en effet fort bien qu'elles prenaient la fuite. Un taxi les déposa à la gare au milieu d'une cohue indescriptible. Elles s'installèrent dans leur compartiment, guettant le départ avec anxiété.

Au moment où le train s'ébranlait enfin, un convoi vint se ranger sur le quai voisin. Les portières s'ouvrirent et un flot de soldats allemands, armés et casqués, se répandit sur le quai.

C'était l'avant-garde annoncée.

Les Allemands quadrillèrent la ville à peine débarqués, comme si chaque homme connaissait d'avance la place qui lui était assignée. En faction devant les bâtiments publics, réglant la circulation, aidant les vieilles dames à traverser, mettant fin par leur seule présence aux trafics dans les bas quartiers. Les Niçois retenaient leur souffle. Plus d'un, pourtant, se disait qu'après tout ces gens-là n'étaient peut-être pas aussi terribles qu'on l'avait craint. « *Achtung,* bicyclette, pompe à vélo ! » criaient les enfants dans les cours de récréation.

Mais le 10 septembre arriva à Nice Alois Brunner, commandant du camp de Drancy, venu superviser en spécialiste la traque des Juifs et leur déportation. Jean, qui prenait jusqu'ici un malin plaisir à braver le danger, fut brusquement saisi de panique. Laissant le salon de couture à la garde d'une employée devenue une amie, Madeleine Colardo – qu'il appelait complaisamment son autre soi-même –, il alla toutes affaires cessantes se réfugier chez les Borzone, à Bendejun, où les multiples collines environnantes offraient autant de caches. Gina, en femme pratique, accueillit l'amant de son fils non pour le protéger – seuls comptaient ses deux enfants, sur qui elle veillait comme une louve, les autres lui étaient indifférents – mais parce qu'elle vit le bénéfice qu'elle pourrait en tirer. Qu'il soit juif, elle s'en fichait, mais selon ses principes – pas de bouche inutile –, il fallait qu'il rapporte. Il était à sa merci, elle en profita et commença par fixer un prix de pension exorbitant dont elle exigea le paiement en liquide à la fin de chaque semaine.

Gina se méfiait de Jean, sa politesse appuyée l'exaspérait, elle n'aimait pas ses grands airs. Ce n'était pas son monde. Jean, quant à lui, éprouvait peu d'affinité pour cette femme inculte, uniquement préoccupée de soucis domestiques et de biens matériels.

Pourtant, ces deux-là, par les chauds après-midi où rien ne bouge, pouvaient passer des heures à bavarder à mi-voix sous le mûrier platane en buvant de la citronnade. Une étrange fascination les liait l'un à l'autre. Gina confiait volontiers à Jean ses intentions secrètes et ses plans tortueux, ses brefs instants de doute et ses remords vite réprimés, parfois même ses désirs les plus impudiques, toute une vie intime dont elle n'avait jamais rien dit à personne, et surtout pas à Anselmo. De son côté, Jean n'hésitait pas, en sa présence, à étaler ses faiblesses et ses hontes et ne cachait rien de l'immense dégoût qu'il avait de lui. Il savait pourtant qu'il n'aurait jamais dû baisser la garde devant cette femme, qu'elle en profiterait pour obtenir de lui de nouveaux avantages. Il voyait bien la ruse dans ses yeux lorsqu'elle l'encourageait à descendre encore plus bas dans l'humiliation : « Allez, pleurez, ça fait du bien, va...

— C'est ridicule... Je suis ridicule, balbutiait-il, mortifié.

— Pourquoi ? Il n'y a pas de honte. »

Ses pleurs redoublaient. Comme c'était bon. Avec qui d'autre aurait-il osé s'avilir à ce point ? Leur différence les rapprochait. Plus que leur différence, leur complète incompatibilité. Ils étaient comme deux étrangers parlant sans précaution chacun dans sa langue, assurés que l'autre ne le comprendrait pas.

La jambe d'Aldo emprisonnait toujours les chevilles de Jean. Son poids devenait insupportable. Centimètre après centimètre, Jean entreprit de se dégager. Aldo s'agita en grognant. Il saisit à tâtons un oreiller, s'en couvrit le visage et se tourna sur le côté. Le drap s'enroula autour de sa cuisse, comme le drapé d'une statue, découvrant son énorme fessier. Cette chair offerte sans pudeur, à la fois tendre et puissante, rappela à Jean le jour de son enfance où il avait accompagné Mouni et son amie Yvonne Camoin venues visiter l'atelier du sculpteur Auguste Carli. L'artiste à la voix de stentor occupait, rue Estelle, un hangar immense autour duquel courait une passerelle mobile qui lui permettait d'accéder aisément aux parties hautes des gigantesques statues dont il s'était fait une spécialité. Il en montra le fonctionnement aux deux femmes qui s'extasièrent. Puis on passa à des œuvres moindres, qu'il détailla à tous les stades de leur exécution. Le mari d'Yvonne, l'un des plus gros savonniers de Marseille, était adjoint au maire, et le sculpteur comptait sur son appui pour obtenir la commande d'une fontaine monumentale qu'il ambitionnait d'ériger sur l'esplanade de la Bourse, immense terrain vague à l'abandon à deux pas du Vieux-Port.

Passé un premier instant de curiosité, Jean, qui s'ennuyait à mourir, demanda la permission d'aller jouer dans la cour. Là, entre les herbes folles, s'entassaient les moules en plâtre, premières ébauches ou projets mal venus. Certains, très anciens, en partie brisés, étaient mouchetés de moisissures verdâtres. Dieux et déesses, tombés dans la dèche, paraissaient gênés d'être surpris en pareil état. Jean parcourait lentement ce triste dépotoir quand soudain il tomba en arrêt devant un Hercule enfant, basculé le nez dans les orties. Le sujet était visiblement destiné à se tenir assis sur quelque rocher ou peut-être sur les genoux de Jupiter, son divin géniteur, au cœur d'une ambitieuse composition. Mais tel qu'il avait été jeté sans le moindre égard, il s'exposait à croupetons, présentant son derrière aux yeux de tous. Ses testicules, gonflés comme des grains de raisin mûrs, se devinaient dans l'entrejambe. Jean, saisi, ne pouvait détacher les yeux de ce globe de plâtre fendu par le milieu qui, sans qu'il en devine la raison, l'attirait irrésistiblement. Certes, il avait déjà vu, statues ou tableaux, des corps dénudés – de femmes, principalement. Lui-même, enfermé dans la salle de bains familiale, rue Paradis, avait réussi, le cou démanché, à entrevoir dans la glace à quoi ressemblait son arrière-train. Pourtant, jamais il n'avait éprouvé ce sentiment de proximité, cette irrésistible tentation qui, à cet instant, le poussait à s'approcher de la statue et à frôler du doigt le corps glacé du jeune colosse.

À peine avait-il esquissé son geste que la voix inquiète de Mouni se fit entendre : « Jean ! Où es-tu, Jean ? Qu'est-ce que tu fabriques ? » et lui, se redressant, s'empressa de répondre d'une voix étranglée : « Ici, maman. » Il courut vers elle et se jeta dans ses bras. Devinant quelque secret d'enfant, elle s'empressa de le rassurer. « Là, là, je suis là. Mon Jean, allons... » Ils rentrèrent enlacés dans l'atelier où le sculpteur avait préparé une collation. Il servit à Jean un verre de grenadine, tandis que les adultes prenaient le thé. Pour amuser l'enfant – et s'attirer les bonnes grâces de ses visiteuses –, il lui montra qu'il était capable, tout en fumant, de faire disparaître un mégot allumé à l'intérieur de sa bouche, puis de le faire surgir à nouveau sans se brûler. Jean, conquis, oublia la statue accroupie dans l'herbe et son brusque désir inassouvi.

5

En bas, Felicita éclata brusquement d'un rire strident. Puis ce furent des lamentations entrecoupées de râles qui, venus du fond de la poitrine, remontaient douloureusement jusqu'à sa gorge et qu'elle retenait un instant avant de les expulser comme un vomissement.

« Suffit ! » cria Anselmo. Il y eut un court moment d'accalmie. On entendit passer un camion sur la route qui, depuis Nice, menait à Bendejun, et la voix de Gina qui chantonnait en étendant son linge derrière la maison. Mais bientôt les gémissements reprirent, hachés de piaillements.

« J'ai dit suffit ! » répéta Anselmo. Le ton avait changé. C'était un avertissement, la promesse d'une sanction en cas de récidive.

Jean se redressa, appuyé sur un coude, en attente de ce qui allait advenir, toujours dans le même ordre, toujours avec la même violence. D'abord les coups sourds, lorsque Felicita se cognerait rythmiquement la tête contre le bois de la table, puis la plainte insoutenable quand elle se traînerait aux pieds de son père et tenterait d'agripper ses genoux, de saisir ses mains, de se hisser jusqu'à son visage pour l'embrasser, laissant sur ses joues de longs filets de bave. Alors, exaspéré, Anselmo se lèverait et, à coups de pied, la chasserait en l'insultant dans son patois de Lucanie, lui le fils de paysan né dans le village de San Donato in Selva, l'un des plus pauvres de cette région maudite où aujourd'hui encore, malgré les promesses de Mussolini, il n'était pas rare de mourir de faim. Terrifiée, Felicita irait se réfugier dans l'angle du mur, à l'emplacement de l'ancien four à pain qui, depuis longtemps effondré, faisait comme une grotte. Fou de rage, le corps projeté en avant, Anselmo tenterait de l'atteindre du bout du pied. Mais Felicita, tassée sur elle-même, presque incorporée au mur, parviendrait à lui échapper, tandis que l'animal favori d'Anselmo, son coq Dino, voletant dans les jambes de son maître, l'encouragerait de ses cris furieux.

À ce moment, Gina entrerait en scène. Ses hurlements couvrant les cris inarticulés de Felicita, elle se précipiterait sur Anselmo et le prendrait aux épaules, tandis qu'il continuerait à lancer vainement son pied en avant. L'affaire serait vite réglée. Tel un chien vaincu qui regagne sa niche en lâchant de brefs aboiements, Anselmo, petit homme à la poitrine étriquée, usé par l'alcool et le tabac, irait reprendre sa place sur le banc où il s'installait dès six heures du matin, coincé entre le mur et la table, pour boire son café. C'est là que Gina lui apportait son déjeuner à midi tapant, accompagné d'un litre de vin, là où elle lui servait pour dîner la soupe de pâtes qu'il mangeait lentement tout en vidant, verre après verre, sa deuxième bouteille. Et ainsi tous les jours, le regard fixé sur la mer, sans prononcer un mot, sauf pour repousser Felicita, sa fille de vingt ans, pauvre innocente, lorsqu'elle s'agrippait à lui en glougloutant. Ou pour apostropher Dino

– « Viens, mon beau ! Viens, mon mignon ! » – qui se pavanait sur la terrasse et souillait de ses fientes les carreaux rouges que Gina noyait matin et soir sous des flots d'eau de Javel, grognant après ce bon à rien, feignasse comme son maître, à qui elle tordrait le cou un jour ou l'autre, sûr et certain. De qui tordrait-elle le cou, du coq ou de son maître ? Gina laissait planer le doute.

Nés tous deux en 1901, Anselmo et Gina, originaires du même village, avaient seulement trois mois et six jours d'écart. Le père de Gina, mort d'un accident de chasse, était cousin au deuxième degré de la mère d'Anselmo – parenté complexe que Jean avait du mal à se figurer, perdu dans les méandres d'une généalogie dont Gina ne lui épargnait aucun détail. Restée veuve, la mère de Gina, désespérée, s'était pendue quelques semaines plus tard, laissant la fillette orpheline. Les parents d'Anselmo, Adriana et Vittorio Borzone, l'avaient recueillie et les deux enfants avaient grandi ensemble, fréquentant la même école à classe unique où ils avaient plus ou moins appris à lire et à écrire, puis travaillant aux champs dès huit ans, et dormant la nuit dans le même lit, car hormis celui des parents, il n'y en avait pas d'autre dans la maison. Ils n'avaient pas tardé à faire l'exploration de leur corps et en connurent très vite le fonctionnement. Anselmo, à peine pubère, déflora Gina, laquelle ne demandait pas mieux. Au moment critique, Anselmo effectuait habilement un saut de cabri qui faisait rire la jeune fille et la préservait de conséquences fâcheuses. Il n'y eut jamais d'accident. À quatorze ans, Anselmo et Gina formaient déjà un vieux couple. Qui était au courant, qui ne l'était pas ? Là comme dans les villages alentour, mais peut-être aussi dans les maisons bourgeoises, à Matera, on préférait fermer les yeux sur ce qui pouvait se passer entre les draps, les lumières éteintes.

Mobilisé à l'automne 1915, Vittorio Borzone s'était battu dans l'armée d'Orient, avait échappé au choléra, à la dysenterie, au paludisme, puis, blessé, avait été soigné pendant trois mois dans un hôpital bulgare, à la suite de quoi il était rentré au pays, avec pour preuve de sa bravoure la *Croce al Merito di Guerra* suspendue à un joli ruban bleu et argent. Médaille que, le jour même de son retour à San Donato in Selva, il était allé jeter dans l'auge du cochon, unique bien tant soit peu monnayable de la famille Borzone. Le cochon avala sans sourciller croix et ruban, et le père d'Anselmo éprouva une vive satisfaction à l'idée que la bête finirait par chier le tout, comme lui-même s'apprêtait à chier son pays. Car les mois de guerre, les voyages, la fréquentation de camarades venus de toutes les régions du pays et de tous les milieux lui avaient ouvert l'esprit. On s'était fichu de lui, le cul-terreux, le pedzouille venu du sud de l'Italie, qui lisait seulement les gros caractères et n'écrivait qu'en lettres bâton, qui se lavait quand la pluie tombait et raclait jusqu'à la dernière miette l'infect contenu des gamelles tant il était surpris d'avoir à manger chaque jour et craignait de manquer le lendemain. Mais lui, malin, supportait sans broncher moqueries et brimades, observant, imitant, s'affinant peu à peu, sachant distinguer les matamores dont il n'y avait rien à tirer de ceux dont la fréquentation pouvait lui être utile. Il se fit des copains, touchés par sa bonne volonté et sa soif d'apprendre. Un instituteur, un prêtre, un ingénieur, un agriculteur comme lui, non pas des terres arides de Lucanie, mais de la riche plaine du Pô. Début novembre 1918, alors que l'armistice avait été signé avec les Autrichiens et que son régiment, cantonné à Turin, attendait une démobilisation constamment différée, un sergent qui l'avait pris en affection lui posa la question : « Et toi, Borzone, que vas-tu faire après la guerre ? Retourner dans ton pays de merde ? » Sans qu'il y ait vraiment pensé, comme si sa décision avait mûri et s'était affermie en toute indépendance, Vittorio s'entendit répondre : « Je rentre chez moi, je prends la famille et bonsoir la compagnie ! » Le sergent le regarda, impressionné. « Eh ben toi, dis donc ! » Puis, tout de suite : « Et où iras-tu, pauvre imbécile ?

— N'importe où, mais plus jamais là-bas. » Et pour sceller sa détermination, il cracha par terre. Le sergent lui lança un regard désapprobateur.

« Borzone, on ne crache pas. Ce sont les paysans qui crachent. Si tu veux t'en sortir, il ne faut plus cracher, tu as compris ?

— Oui, sergent.

— Bon, assieds-toi. On va réfléchir à ton cas. »

Le sergent avait un beau-frère contremaître sur le chantier de la ligne de chemin de fer qui, par le col de Tende, devait relier, de Cuneo à Vintimille, le Piémont italien à la Méditerranée. Les travaux avaient été interrompus par la guerre, mais déjà ils avaient repris et progressaient vers Nice. On embauchait.

Vittorio Borzone n'hésita pas une seconde. Sitôt en possession de son certificat de démobilisation, il rentra à San Donato in Selva, vendit le cochon, mit quatre affaires dans un sac et, embarquant sa femme, Anselmo et Gina, alors âgés de dix-sept ans, ainsi que les trois enfants nés plus tard, marcha jusqu'à Matera où il prit le train pour le Nord.

Tout cela, Gina l'avait raconté à Jean aux premiers temps de sa liaison avec Aldo, en buvant de la citronnade sous le mûrier platane, lorsque les gros fruits juteux, encore verdâtres, ne risquaient pas de s'écraser sur les robes claires et les chemisettes. « Je m'en souviens comme si c'était hier », s'étonnait-elle. Et de fait, ce n'était pas si vieux, à peine plus de vingt ans. Mais tant de choses s'étaient passées depuis, la vie de Gina s'était à ce point transformée qu'il n'y avait presque plus rien de commun entre la jeune fille arrivée en France au cœur de l'hiver 1919, grelottant sous des couches de lainages troués, et la femme opulente, la propriétaire avisée qu'elle était devenue.

Le voyage avait épuisé les maigres réserves des Borzone, le portefeuille de Vittorio, perdu ou volé, avait disparu en cours de route et avec lui, l'argent du cochon. C'est démunis de tout qu'ils parvinrent à Saorge, dans la vallée de la Roya. On y construisait un viaduc où passerait la ligne du chemin de fer. Les ouvriers, presque tous célibataires, étaient logés en dortoirs, dans des baraques en planches construites à la hâte. Et ceux qui avaient une famille, qu'ils se débrouillent. La compagnie s'en lavait les mains. Les Borzone réclamèrent une indemnité, quelques sous pour compenser la dépense. On leur rit au nez. Et puis quoi, encore ? Ces macaronis ne doutaient de rien. Ils dénichèrent, non loin du chantier, une grange désaffectée que son propriétaire voulut bien leur louer en échange de bûcheronnage. Ils retapèrent la toiture, bouchèrent les fissures par où le vent s'engouffrait, d'autant que ce premier hiver fut particulièrement glacial. Mais à tout prendre, ils n'étaient pas plus mal ici qu'à San Donato in Selva, à suffoquer dans l'unique pièce constamment enfumée, où le suintement des murs s'ajoutait à l'humidité qui montait du sol en terre battue. Anselmo travaillait au chantier comme son père, Gina avait trouvé à s'employer dans le village, et la mère lavait et repassait le linge des ouvriers. Mois après mois, leur situation s'améliora. Vittorio Borzone écrivit une lettre à son ancien sergent, la plus longue qu'il ait jamais rédigée et la plus emberlificotée. Car au lieu de s'en tenir au strict nécessaire, il voulut, pour honorer celui qui l'avait si bien conseillé, faire de belles phrases. Dont celle-ci, par laquelle se terminait sa missive : « Si je n'avais pas peur d'attirer le malheur sur ma famille et sur moi-même, je dirais que je suis comblé au-delà de mes espérances. » Hélas, le conditionnel, censé tromper le mauvais sort, n'empêcha pas la famille Borzone d'être frappée de la pire des façons. À quelque temps de là, Gina, en pleurs, dut avouer qu'elle était enceinte. Et Anselmo disparut simultanément, emportant les quelques sous que Vittorio, prévoyant, était parvenu à économiser.

Car Anselmo et Gina, bien que ne dormant plus depuis longtemps dans le même lit, trouvaient encore le moyen de se rejoindre de temps à autre. Non que Gina y prît grand plaisir, mais cette étreinte rapide satisfaisait à peu de frais ses maigres désirs. Quant à Anselmo, pénétrer le bas-ventre accueillant de sa quasi-sœur avait toujours constitué sa technique favorite de masturbation, bien plus satisfaisante que toutes celles auxquelles les gamins de San Donato in Selva se livraient – et Dieu sait s'ils se montraient inventifs dans ce domaine. Hélas, manque d'entraînement, distraction, moindre souplesse, il n'avait pas effectué à temps le saut de cabri qu'il pratiquait efficacement depuis l'âge de treize ans. C'est en tout cas la conclusion à laquelle Gina, épouvantée, en était arrivée lorsque deux mois de suite elle n'avait pas vu le retour de ses règles.

D'abord assommé par la nouvelle, Anselmo n'avait pas tardé à réagir. Le salut était dans la fuite, le plus vite serait le mieux. Peu désireux d'affronter la colère de son père – qu'il craignait énormément –, d'avance horripilé par les bruyantes lamentations du côté maternel, il était surtout absolument réfractaire à l'idée d'épouser Gina, bien qu'il ait souvent songé au mariage avec impatience. Fonder un foyer, une nouvelle communauté dont il serait le chef, c'était le moyen le plus sûr d'échapper à la lourde autorité paternelle, l'espoir d'exister enfin. Au contraire, en épousant Gina, il faisait une croix sur ses rêves d'émancipation et resserrait d'un cran le collier qui l'étranglait. Perspective inimaginable. Dans la nuit, il se leva et quitta la maison sans rien emporter, à l'exception des économies familiales.

Trois semaines plus tard, il embarquait sur le *Patria*, où il trima pendant vingt-cinq ans sans jamais monter en grade, sans réclamer autre chose que sa paye dont le montant, hormis les primes qu'il empochait pour ses menus frais, était versé directement à Gina. Car au bout de trois ans de navigation, fort d'une autorité nouvelle, endurci par le rude service à bord, instruit par les prostituées aux pratiques changeantes selon les latitudes, il était retourné auprès de sa famille, établie maintenant à Sospel, le chantier du chemin de fer ayant dans l'intervalle progressé de trente kilomètres en direction de Nice. Le père, le voyant surgir, avait bien gueulé, mais comme Anselmo s'était empressé de déposer sur la table le montant intégral de la somme qu'il avait dérobée dans sa fuite, augmenté d'un bon tiers en guise de dédommagement, il s'était adouci. Ce fils aîné brusquement ressuscité lui en imposa par ses manières désinvoltes et l'aisance avec laquelle il effaça, sans même prendre la peine d'y revenir, la manière peu reluisante dont il avait déserté le giron familial quelques années plus tôt. Il comprit que le temps des remontrances et des coups était révolu et qu'il y avait bien plus à obtenir par la négociation et un apparent respect. Il récolta bientôt le fruit de sa modération.

Gina, qui avait eu le temps de remâcher nuit après nuit son ressentiment et avait longuement imaginé les supplices qu'elle infligerait à Anselmo s'il avait le malheur de tomber entre ses mains, fut très surprise de constater qu'elle était soulagée et, oui, heureuse de le revoir. Nul amour là-dedans, pas même un peu d'affection en souvenir de leur intimité passée, sinon le sentiment rassurant que tout rentrait dans l'ordre. D'ordre, en vérité, il n'y en avait jamais eu, si ce n'est qu'un jet de sperme mal contrôlé s'était malencontreusement introduit dans le réceptacle naturel auquel il était destiné au lieu de maculer le mur de la grange. Quoi qu'il en soit, un garçon de trois ans prénommé Aldo, indifférent aux circonstances de sa conception, riait aux éclats en jouant à dada sur les genoux de son père qui n'en revenait pas d'être à l'origine d'un pareil miracle.

Le soir même, Anselmo rejoignit d'autorité Gina dans la mansarde où elle était reléguée. Là, malgré ses protestations, il lui montra qu'il n'avait pas perdu son temps durant son absence et qu'on était loin des jeux sommaires de l'enfance.

Au bout d'un instant, elle cessa de se débattre, à mesure que montaient en elle des sensations inconnues. Puis tout à coup, elle se mit à hurler et, malgré la main qu'il plaqua sur sa bouche, ne cessa de clamer sa jouissance jusqu'à son parfait accomplissement, ce qui, un étage plus bas, réveilla Vittorio et lui fit entrevoir d'heureuses perspectives. « C'est quoi, ce boucan ? bredouilla Adriana, tirée du sommeil à son tour.

— Dors, dors, tout va bien. Tu as fait un mauvais rêve », la rassura Vittorio, posant une main protectrice sur sa croupe. Il ne put s'empêcher de rire en silence. Tout s'arrangeait à merveille. Bientôt, Gina et son marmot ne seraient plus à sa charge. Et tandis qu'Anselmo remontait en selle, son père, excité par les miaulements de Gina, se prouva en quelques vigoureuses secousses qu'il était encore un homme.

Anselmo, qui avait fui sa famille à toutes jambes pour éviter d'épouser Gina, trouva tout à coup bien des attraits au mariage. Les perspectives avaient radicalement changé. Il était indépendant à présent, il gagnait sa vie, ses voyages lointains, sa fréquentation du monde tenaient son père à distance. Prendre Gina pour femme lui épargnait le souci d'en trouver une. Il avait redouté de la connaître trop bien, cet inconvénient se tourna en avantage : une paire de chaussures neuve est toujours moins confortable que l'ancienne. Mieux encore, il héritait du même coup d'un enfant tout fait, un garçon de surcroît, déjà débrouillé, sachant marcher, parler, et terrorisé sans qu'il soit besoin de lui apprendre le respect. Absent les trois quarts de l'année, il reviendrait chez lui auréolé de prestige, les poches remplies de babioles achetées aux marchands ambulants à Rio, Djibouti ou Yokohama. Et lorsque, quelques semaines plus tard, il en aurait plus qu'assez de l'atmosphère douceâtre du foyer et de ses mornes contentements, il bouclerait son sac et reprendrait le large. Puis, sitôt en mer, il compterait, comme le faisaient ses camarades, les jours qui le séparaient des retrouvailles. Car, s'il n'y a pas de but, à quoi bon cocher les dates sur un calendrier ?

Gina, de son côté, n'avait pas tardé à évaluer les avantages que lui apporterait ce mariage. Cela signifiait rompre avec la lourde tutelle de ses parents d'adoption, avec leur mesquinerie, leur petitesse, leur avarice sordide, la façon odieuse dont ils lui avaient fait sentir sa dépendance et l'hypocrisie avec laquelle ils avaient utilisé son prétendu déshonneur pour la traîner plus bas que terre et lui imposer les tâches les plus dégradantes. Mariée, elle ferait un premier pas vers la liberté - et ce, d'autant plus qu'elle serait la plupart du temps seule. Plus intelligente, plus rusée, plus ambitieuse que tous les Borzone réunis, elle avait de grands projets en tête. En la comblant sexuellement, Anselmo avait cru la soumettre. C'est tout le contraire qui s'était produit. Elle n'avait pas été conquise par ses prouesses : elle avait compris de quoi son corps était capable. Puisqu'il pouvait accomplir de tels exploits, elle s'emploierait désormais à considérer les hommes selon son plaisir, rejetant sans pitié ceux qui se montreraient inaptes à utiliser correctement le merveilleux instrument qu'elle mettait à leur disposition. Ceux-là, les réprouvés, n'oseraient pas se plaindre ni médire à son sujet. Elle se chargerait de leur expliquer qu'ils n'avaient qu'à s'en prendre à leur incurable maladresse et à leurs piaulements de souris affolée au moment d'expulser leur semence poisseuse comme de la colle à papier.

Il fut décidé que le mariage aurait lieu trois mois plus tard, le temps pour Anselmo d'effectuer la traversée Marseille-New York et retour à bord du *Patria*, et pour Vittorio Borzone d'obtenir les papiers nécessaires auprès de la mairie de San Donato in Selva dont le titulaire, quasi analphabète, entassait sans la déchiffrer la correspondance, laissant au curé le soin de mettre, quand ça lui chantait, un peu d'ordre dans sa paperasse. Vittorio s'était empressé de profiter de la loi qui permettait, depuis 1927, la naturalisation des étrangers pouvant justifier d'un séjour de plus de trois ans sur le sol français, contre dix précédemment. Lui, sa femme Adriana et tous leurs enfants étaient dorénavant français, ce qui permit de publier les bans aussitôt les certificats de naissance expédiés d'Italie. Cela pour le mariage civil. Côté religieux, il avait fallu batailler ferme. Le curé de Sospel, qui n'aimait pas ce qu'il appelait, à voix basse, mais suffisamment fort tout de même pour être entendu, *la racaille apatride*, refusa de marier un couple dont l'enfant, témoignage vivant de leur inconduite, assisterait à la cérémonie. Par chance, les Borzone avaient lié connaissance, lorsqu'ils habitaient Saorge, avec un vieux prêtre originaire de Lecce, dans cette région des Pouilles qui jouxtait la Lucanie et rivalisait en pauvreté avec sa voisine. Dom Guazzaroni, petit homme bavard et rieur, disait sa messe à Saint-Sauveur tous les matins à six heures pile. Vittorio vint au petit jour lui exposer la situation. Le prêtre n'hésita pas une seconde. Il marierait Gina, et si quelqu'un y voyait un inconvénient, qu'il vienne le lui dire en face. Tout s'arrangeait à merveille. Adriana rayonnait de joie, Gina se marierait à l'église et comme Dom Guazzaroni avait lui-même recommandé que la cérémonie reste modeste vu les circonstances, Vittorio était assuré qu'on ne gaspillerait pas d'argent en vaines ripailles.

Quand Anselmo réapparut, à quelques jours de la cérémonie, Gina remarqua tout de suite que quelque chose avait changé dans son comportement. Il parlait en maître, discutait avec Vittorio par-dessus sa tête, décidant de tout et la commandant comme une domestique. Bref, il se croyait en pays conquis. Elle comprit qu'elle devait agir, et vite. Mais elle gardait de son ancienne condition un reste de timidité, une crainte d'être chassée et de se retrouver avec l'enfant, maudite et sans le sou. Pis encore, cet enfant avait désormais un père et, comme il s'agissait d'un garçon, il appartenait à la tribu des Borzone. Il y avait gros à parier que ces êtres incultes et barbares n'admettraient jamais d'en être dépossédés.

Le jour des noces approchait. Gina repoussait sans cesse la confrontation. Humilier Anselmo devant sa famille l'obligerait à réagir. Il fallait régler l'affaire en tête à tête, lui clouer le bec d'un seul coup, sans recours possible. Ce n'était jamais le bon moment. Certes, ils se retrouvaient seuls chaque soir au moment de se mettre au lit. Mais Anselmo, insatiable, s'empressait de l'enfourcher et, tandis qu'elle sentait le plaisir la submerger, elle se disait : « Demain sans faute. Je lui parlerai demain. »

6

Un jour qu'il était seul avec le petit, Anselmo entreprit de lui apprendre à se servir d'un marteau, tâche dévolue aux hommes et dont il était grand temps qu'il maîtrise les rudiments. Disposant devant lui une planche et une poignée de clous usagés, il lui montra comment procéder : tenir le clou à la base pour le guider, frapper bien droit et d'un coup sec pour qu'il pénètre le bois et se maintienne en position. « Tu vois, c'est pas difficile. Fais comme moi », dit-il en mettant le lourd engin entre les mains du garçonnet. Aldo, qui tremblait de peur, se montra particulièrement malhabile, tordant le clou ou l'enfonçant de travers. Anselmo se mit à hurler, Aldo perdit le peu de moyens qui lui restait. Le comble fut atteint quand des larmes commencèrent à perler au coin de ses yeux, puis à dégouliner sur ses joues. Anselmo, furieux, lui arracha le marteau des mains et le lui écrasa sur les doigts. « Pleure ! Maintenant, tu sauras pourquoi, espèce de femmelette ! » À l'instant même, la foudre s'abattit sur lui. Surgie sans qu'il sache d'où, Gina l'entrava de ses bras et, le poussant loin de l'enfant, le força à s'asseoir, hébété et penaud. Mais l'intuition magistrale, qui décida de toute une vie, fut qu'au lieu de trépigner et de se perdre en reproches, elle s'exprima d'une voix sèche et parfaitement calme, tout juste audible. C'est là qu'elle édicta les règles qui régiraient désormais leur couple.

Elle consentait au mariage, mais Aldo, bien qu'issu de son sang, ne serait jamais le fils d'Anselmo. Seule elle l'avait porté, seule elle l'avait mis au monde, seule elle avait veillé sur lui durant les trois premières années de sa vie. C'est à elle seule que reviendrait la complète responsabilité de son éducation. Elle interdisait à Anselmo, maintenant et pour toujours, la moindre remarque à cet égard. De même pour les enfants qui pourraient éventuellement s'ajouter à celui-ci. Car naturellement, en tant qu'épouse, et quoi qu'il lui en coûte, elle ne se refuserait jamais à lui. En contrepartie, Gina se réservait la possibilité de coucher avec qui elle voudrait, sans qu'il puisse s'y opposer – étant entendu qu'elle ne donnerait à personne l'occasion de se moquer de lui. À ses retours de voyage, elle blanchirait et repriserait son linge, recoudrait ses boutons et lui servirait ponctuellement ses repas. Mais c'est elle qui gérerait les finances du foyer et déciderait des dépenses et des investissements.

Pris par surprise, Anselmo dit oui à tout. Que pouvait-il faire ? Remettre en cause le mariage ? Il s'était accoutumé à l'idée d'une vie, sinon rangée, du moins réglée par l'alternance des voyages et des retours, et il avait pu expérimenter, durant ces derniers mois, à quel point l'image d'un foyer stable l'aidait à supporter, lorsqu'il était loin, la solitude dont il souffrait bien plus qu'il n'osait se l'avouer.

À peine essaya-t-il de protester sur la question financière, qui heurtait à la fois sa virilité et son avarice foncière. « Pourquoi toi ? demanda-t-il, méfiant.

— Parce que tu n'y connais rien et qu'avec moi, tu seras riche. »

Il n'insista pas.

La chose étant conclue, Gina alla consoler son fils et soigner ses doigts meurtris. Aldo en conserva une phalange de traviole, comme un sceau douloureux apposé sur l'accord conclu entre ses parents.

Deux ans plus tard naquit Felicita. Il apparut très vite que l'enfant avait un comportement inhabituel. Pas de joyeux gazouillis, pas de bras tendus vers sa mère ou de sourire ravi quand on lui faisait guili-guili. Petite, Felicita pouvait rester seule dans son coin des heures entières, à empiler ses cubes en bois, sans se préoccuper du dessin vivement coloré qu'il s'agissait de reconstituer en les alignant convenablement. Quant à parler, il n'en fut pas question. Elle se mit à produire, non pas des mots et des phrases organisées, mais les gargouillis, les halètements précipités et les cris d'effroi qui, jusqu'à ce jour, restaient sa seule et énigmatique façon de s'exprimer. La vigilance de Gina s'étendit automatiquement à cette enfant déshéritée. Anselmo ne chercha pas à dissimuler le dégoût que lui inspirait la malheureuse, mais s'en tint prudemment éloigné. Les très rares gestes d'impatience qu'il laissa échapper furent immédiatement sanctionnés et ces brefs mais cinglants rappels à l'ordre le dissuadèrent de récidiver.

Dans les premières années de l'enfant, Gina, accablée de honte, dissimula autant qu'elle le put son infortune. Mais lorsque Felicita eut trois ans et qu'il devint évident que son comportement ne pouvait pas s'expliquer par un simple retard, Gina redressa la tête et décida de prendre l'affaire en main. Le pharmacien de Sospel avait lui-même un fils simple d'esprit que chacun surnommait le *gobbo*, le bossu, bien qu'il ne soit nullement contrefait. On le voyait se balancer toute la sainte journée sur une chaise à bascule dans l'arrière-boutique, un sourire béat aux lèvres. Le pharmacien recommanda à Gina de consulter un psychiatre à Nice, le docteur Antoninos, un médecin *de renommée internationale*, disait-il avec emphase – comme un bonimenteur exagère le prestige d'un artiste de deuxième ordre. Il s'offrit même à prendre rendez-vous pour elle, ce que Gina accepta de bon cœur, car elle ignorait comment on se servait d'un téléphone. De même qu'elle n'avait jamais mis les pieds à Nice, ville pourtant distante de seulement trente kilomètres.

Le jour dit, elle emprunta la ligne de chemin de fer récemment inaugurée – cette ligne sur laquelle Vittorio avait trimé, à coups de pic et de barre à mine, durant dix années de sa vie. Felicita, épouvantée, ne cessa de s'agiter tout au long du voyage et Gina eut toutes les peines du monde à la maintenir sur la banquette en bois. En peu de temps, ses gestes désordonnés, ses gargouillements et ses cris inarticulés chassèrent du wagon les autres voyageurs. Mais bizarrement, au lieu d'en être gênée, Gina sentit une détermination nouvelle la gagner. À tous ceux qui, après avoir jeté un coup d'œil apeuré à l'enfant, ramassaient leur bagage et filaient vers le wagon voisin, elle adressait un regard provocateur et les insultait intérieurement dans son patois de Lucanie, infiniment plus riche en jurons et malédictions de toutes sortes que la langue française, abâtardie par des siècles de bonnes manières.

Le docteur Antoninos habitait au 35, boulevard Carabacel, au premier étage d'un immeuble de belle apparence, celui-là même où, par un curieux hasard, viendrait s'installer cinq ans plus tard la famille de Jean quand Eugène, son père, déciderait de quitter Marseille pour Nice.

Le docteur Antoninos était un petit homme fluet, le visage jaunâtre, les lèvres minces, le cheveu rare. Il examina longuement Felicita qui, tout le temps que dura l'auscultation, se laissa manipuler sans résistance, comme un animal féroce file doux chez le vétérinaire et s'offre complaisamment aux palpations les plus offensantes. Tandis que Gina rhabillait la petite fille, il lui résuma ses observations. « Madame, lui dit-il, votre enfant est une idiote profonde. Dans le meilleur des cas, une imbécile. Je pourrais, comme certains de mes confrères, utiliser des formules contournées, vous dire qu'elle est atteinte de déficience mentale, mais à quoi bon ? L'idiotie n'est pas une insulte, c'est une maladie et votre fille, hélas, en est victime. Je ne peux rien pour elle. »

Gina resta un instant silencieuse, tandis que Felicita, épuisée, s'était endormie à ses pieds, couchée sur le tapis. Puis elle demanda pourquoi. Pourquoi sa fille était ainsi, pourquoi c'était tombé sur elle. Le docteur Antoninos la dévisagea, songeur.

« D'où venez-vous, madame ? D'Italie, je suppose ? D'un petit village ? »

Elle confirma. Oui, d'un très petit village, dans le talon de la botte, à l'extrême sud du pays.

« Et le père de l'enfant ?

— Pareil. Du même village.

— Un parent, peut-être ? »

Elle hésita. « Un cousin lointain, finit-elle par admettre.

— Mais ses parents ? Et les parents de ses parents ? N'étaient-ils pas cousins eux aussi, ou même encore plus proches ? »

Gina se révolta. Elle venait d'une famille honnête, son mari également. Le docteur Antoninos haussa les épaules. Qu'est-ce que l'honnêteté venait faire là-dedans ? Il fallait bien vivre et se reproduire, c'était une loi de la nature. Dans un petit village, le choix était restreint. Gina opposa que son aîné, Aldo, n'avait rien d'un imbécile, encore moins d'un idiot. Qu'il était même très éveillé pour son âge et savait déjà lire les grosses lettres. Le médecin lui expliqua patiemment les mystères de l'hérédité et le jeu complexe des interférences. Elle ne comprit pas tout, mais réalisa qu'il était inutile de chercher des raisons. C'était comme ça, et voilà.

« Il n'y a rien à faire pour la soigner ? demanda-t-elle. J'ai entendu dire, l'électricité...

— Non, non, l'électricité, non. Pas dans son cas. Il faut l'aimer, la protéger. Il y a de petites joies pour ces enfants aussi. Et de grandes douleurs, des terreurs épouvantables. Qui peut savoir ce qu'ils ressentent ? »

Il se leva. Gina sortit son porte-monnaie. Il refusa qu'elle le paie. « Je n'ai rien pu faire. Vous ne me devez rien. » Soudain, elle éclata en sanglots, voulut prendre sa main et la baiser. Il la retira précipitamment.

« Allez, sauvez-vous », fit-il. Et vite il referma la porte.

Sur le chemin qui menait à la gare, Gina se sentit brusquement libérée. Ce n'est qu'en route, alors que le train grimpait péniblement vers les montagnes au travers de la roche fraîchement taillée, qu'elle comprit pourquoi. Depuis qu'elle était toute petite, elle vivait dans l'attente d'un grand malheur, car à San Donato in Selva, la vie était rythmée par ces épisodes extrêmes qui voyaient une famille subitement frappée par la catastrophe : enfant tombé dans le puits, paysan écrasé sous sa charrette alors qu'il se rendait au marché, maison détruite par un incendie, son propre père tué à la chasse par un voisin maladroit, sa mère suicidée. Elle avait été durablement impressionnée par l'atmosphère lugubre qui s'emparait alors du village, les cloches sonnant à la volée, les gendarmes venant du bourg voisin pour mener leur enquête, les voisins piétinant à la porte des familles écrasées par le deuil, et puis l'enterrement, la procession jusqu'au cimetière derrière le cercueil posé sur un tombereau.

Gina redoutait d'autant plus le grand malheur auquel, sans nul doute, elle était promise qu'elle ignorait quand et sous quelle forme il surviendrait. Lorsqu'elle s'était retrouvée enceinte et abandonnée, elle avait pensé : « Tiens, le voilà, mon malheur. » Mais le retour imprévu d'Anselmo avait rebattu les cartes. De nouveau, il lui avait fallu vivre dans l'angoisse d'une catastrophe inévitable. Puis était venue Felicita et, dès les premiers mois de sa vie, le constat douloureux de sa différence. Cette fois, se dit-elle, le malheur attendu s'était enfin produit. Pourtant, jusqu'à ce jour, elle avait vécu dans l'espoir d'une amélioration possible, d'une brusque pirouette de la destinée. Comme un arbre qui pousse de travers et qui, va savoir pourquoi, se redresse un beau jour et comble son retard en moins d'une saison. Le docteur Antoninos, de sa voix morose, avait mis un terme à ses illusions. Elle savait à présent que Felicita resterait à jamais cet être diminué qui, du lever au coucher, exigerait une attention constante et jamais récompensée. Loin de la désoler, cette certitude la réconforta.

Cette fois, les choses étaient claires : elle n'aurait plus à redouter un malheur à venir. Elle était quitte pour le restant de ses jours. À l'escale suivante, Anselmo trouva sa femme qui montait la garde, plus farouche que jamais, auprès de ses deux enfants, et tout particulièrement attentive à ce que Felicita n'eût jamais à souffrir de ses manières brutales.

Il en fut ainsi tant qu'Anselmo passa l'essentiel de son temps à des milliers de kilomètres de chez lui, dans les tréfonds du *Patria*. Mais le 25 novembre 1940, le navire sombra en un quart d'heure dans le port d'Haïfa, victime d'un attentat. À ses débuts, le *Patria*, avec ses sept ponts, ses neuf chaudières, ses trois restaurants, sa chapelle et son cinéma, avait fait l'orgueil de la compagnie. Vingt ans plus tard, prématurément vieilli, il avait été retiré des lignes prestigieuses, puis reconverti en transport de troupes et bateau pour émigrants. De l'équipage d'origine, il ne restait qu'une poignée d'hommes, dont l'aide-cuisinier Anselmo Borzone.

En novembre 1940, alors que le *Patria*, en tant que bâtiment appartenant à une puissance ennemie, était bloqué dans le port d'Haïfa depuis juin, les Anglais y entassèrent mille huit cents réfugiés juifs venus d'Autriche, d'Allemagne et de Tchécoslovaquie, pour les expédier dans une lointaine colonie britannique, l'île Maurice, en espérant ne plus jamais entendre parler d'eux. Résolue à obtenir des Anglais qu'ils reviennent sur leur décision, l'organisation sioniste de résistance, la Haganah, décida, pour gagner du temps, d'immobiliser le navire en plaçant une bombe à son bord. Or, pour une raison mal définie, l'engin provoqua une avarie telle que le bateau chavira en quelques minutes, suscitant une intense panique et la mort de trois cents passagers dont cinquante membres d'équipage et quelques soldats anglais.

Gina apprit la nouvelle par un télégramme de quinze mots que lui adressa, courant décembre, la compagnie Cyprien-Fabre : « Bâtiment Patria bombardé port Haïfa -stop- Votre mari sain et sauf -stop- Nouvelles suivent dès que possible. » De nouvelles, il n'y en eut jamais. Gina aurait pu téléphoner à Marseille, au bureau de la compagnie, ou même s'y rendre pour réclamer des explications. Mais elle n'en eut pas l'idée. C'était la guerre, tout était confus, indécis, contradictoire. Chaque mois, le facteur lui comptait, sur le coin de la table, la solde d'Anselmo, ce qui suffisait à la rassurer. Si on lui versait son salaire, c'est qu'il était vivant. « Toujours rien ? questionnait le facteur.

— Rien.

— Il finira bien par rentrer, allez. »

Il vidait le verre de vin que Gina lui avait servi et continuait sa tournée. Quand il était en verve, il ajoutait : « Si ça se trouve, il est mieux là-bas qu'ici, votre mari. » *Là-bas* désignant un ailleurs difficile à situer sur une carte.

Et voilà que dans les premiers jours d'avril 1941, Anselmo refit surface. Un matin vers six heures, alors que Felicita dormait encore sur la paillasse disposée, pour mieux la surveiller, à côté du lit de sa mère, Gina s'était levée en catimini pour distribuer leur tâche aux ouvriers qui travaillaient dans les jardins, en contrebas de la maison. Elle descendait précautionneusement l'escalier en finissant d'enfiler sa blouse, attentive à ne pas faire craquer les marches, quand, arrivée sur le palier, elle distingua une silhouette assise dans la pénombre. C'était Anselmo. Dès qu'il la vit, il bondit vers elle et, la serrant dans ses bras, la couvrit de baisers. Ses yeux, profondément enfoncés dans leur orbite, sous l'auvent touffu des sourcils, brillaient d'un éclat fiévreux. Il était extraordinairement amaigri. Les paroles se bousculaient dans sa bouche, il l'appelait *Mon cœur*, *Ma joie*, *Ma toute petite*, demandait pardon, mêlait les regrets d'hier, les serments d'avenir et le récit de son épopée. À l'entendre – et pourquoi en douter ? –, il était rentré à pied, ou tout comme, depuis Haïfa, après s'être évadé, en compagnie de trois camarades, du cantonnement où les autorités britanniques avaient consigné l'équipage du *Patria* après l'attentat. Ensemble, ils avaient franchi le canal de Suez et traversé l'Égypte, marchant la nuit, dormant par roulement durant la journée. Deux mois plus tard, ils atteignaient le port de Sidra, en Libye, et s'embarquaient sur un cargo que son équipage, effrayé par le danger des traversées clandestines, avait en partie déserté. Ils parvinrent ainsi en Italie, échappant par miracle aux avions des deux camps qui bombardaient indistinctement les bateaux se risquant en Méditerranée.

« Il parlait, il parlait, mais je l'écoutais pas, dit pensivement Gina tout en remuant la citronnade dans laquelle flottaient des feuilles de menthe. Encore un peu, monsieur Jean ? »

Il approcha son verre. « Tout de même, reprit-il, ce mari qui rentrait après des mois d'absence, qui demandait pardon, qui vous serrait dans ses bras, vous deviez être heureuse !

— Il m'aurait laissé le temps, il serait allé dormir – parce qu'il mourait de fatigue –, je dis pas. Mais là, d'un seul coup...

— Vous étiez heureuse ou pas ? insista Jean.

— J'arrivais pas à me décider. En vrai, je pensais qu'il était mort. Finalement, ça m'allait bien. Je m'étais mise en noir, les voisines me respectaient, j'étais la veuve Borzone. Et là, sans m'avertir, il me tombait dessus.

— Il y est allé trop fort.

— Trop fort, trop vite. Au mauvais moment. Je suis passée à côté.

— À côté de quoi ? » demanda Jean.

Il pressentait la réponse. Cette histoire, qui aurait dû le laisser indifférent, ravivait en lui des plaies mal guéries. Gina pêcha une écorce de citron dans le broc et se mit à la grignoter.

« Quand il m'a vue dans l'escalier et qu'il a couru vers moi, reprit-elle, il m'aimait, ça, j'en suis sûre. Mais sur le moment je me suis pas doutée. L'après-midi, il est descendu de la chambre où il avait dormi dix heures de suite. J'ai entendu son pas, j'ai levé la tête et j'ai vu son visage. C'était son visage d'avant, le visage de toujours. Il est sorti sur la terrasse et s'est mis à fumer en regardant la mer. Plus jamais il m'a parlé de son voyage à pied pour rentrer à la maison. Plus jamais il m'a parlé de rien. Ce soir-là, dans le lit, il m'a pas touchée. Il s'est tourné vers le mur et dodo. »

Elle chassa d'un revers de la main Dino, le coq, qui s'était aventuré sur la table.

« C'est là que j'ai compris. Mais c'était trop tard. J'étais passée à côté », dit-elle.

Puis, ramassant le broc de limonade, elle se leva et rentra dans la maison, mettant fin aux épanchements.

7

Quand avait eu lieu cette conversation ? Peu avant l'été, sans doute. Depuis, Jean n'avait cessé d'y penser. N'était-il pas passé à côté, lui aussi ? N'avait-il pas raté, par aveuglement, par prudence excessive, l'instant unique où un mot, un simple geste aurait tout changé ? Chacun était confronté, un jour ou l'autre, à une brève opportunité. Combien savaient s'en saisir ? La plupart, comme Gina, comme lui, étaient condamnés à regretter l'occasion manquée, ainsi qu'on regarde, impuissant, un ticket gagnant dont on a omis de réclamer le lot avant la date limite.

Le soleil, à présent, pénétrait à flots dans la chambre. Il aurait fallu croiser les persiennes, faute de quoi une chaleur suffocante allait envahir la pièce. Mais Jean en était incapable. Sa tête bourdonnait, il se sentait faible et vulnérable. Il avait besoin d'un café bien fort, non pas celui que Gina servait à Anselmo, qui était fait d'un mélange de caroubes et de pois chiches concassés, mais le vrai café italien dont Aldo conservait une provision qu'il distribuait avec parcimonie. D'autant qu'avec le départ des troupes italiennes et leur remplacement, début septembre, par les soldats du Reich, ses sources d'approvisionnement s'étaient brusquement taries. Pendant les quelques mois qu'avait duré l'occupation transalpine, Aldo s'était découvert un amour immodéré pour la patrie de ses ancêtres. Fréquentant assidûment la Casa d'Italia, rue Princesse-Antoinette, il avait surtout profité des distributions gratuites de vivres et de tabac aux ressortissants italiens de Nice. Et sous couvert de fraternisation, il s'était livré, sur les conseils de Gina, à un troc extrêmement lucratif consistant à échanger les boîtes de thon et de sardines à l'huile, dont les soldats italiens étaient saturés, contre les tomates et les brocolis qui leur faisaient cruellement défaut. Gina se chargeait ensuite de revendre thon et sardines aux restaurateurs, lesquels les mettaient à leur carte à des prix insensés. Ainsi, tout le monde était content, y compris les clients qui savouraient religieusement un mets dont ils n'auraient pas voulu en temps de paix.

Tandis qu'il songeait avec délice à ce café très fort qu'Aldo, s'il était bien luné à son réveil, consentirait peut-être à prélever sur sa réserve personnelle, au moment même où il pouvait presque sentir l'arôme exquis pénétrer ses narines, Jean s'était rendormi, enchaînant les rêves désordonnés.

Il se voyait boulevard Carabacel, prenant un taxi pour la gare. Mais lorsqu'il arrivait à destination, il trouvait celle-ci inexplicablement déserte. Pas un voyageur dans le hall, pas un employé derrière les guichets, son train à quai, prêt à partir, entièrement vide. Comme il s'apprêtait, non sans hésitation, à grimper dans un wagon, Jean se rendait compte qu'il n'avait plus sa valise. Sans doute l'avait-il posée machinalement en pénétrant dans la gare. Pas question de l'abandonner. D'un autre côté, le départ était imminent, si bien qu'il était absolument obligé de choisir : récupérer sa valise ou rater son train. Pris de panique, il se mettait à courir vers le hall, puis changeait d'avis et rebroussait chemin pour s'apercevoir, de retour sur le quai, que le train s'était volatilisé. Comble de malchance, il constatait au même moment qu'il avait perdu son billet. Ce qui lui apparaissait, en dépit de toute logique, comme un désastre pire que la valise égarée, pire que le train disparu. Car enfin, à quoi lui aurait servi ce billet, sans valise et sans train pour quitter Nice ?

Alors qu'il marchait vers la sortie, tête basse, une foule hurlante envahissait soudain la gare, le refoulant sur le quai et l'obligeant à monter contre son gré dans le train brusquement réapparu. Mais était-ce le même train et allait-il dans la bonne direction ? Le convoi s'ébranlait, Jean se débattait, essayait de forcer le mur compact qui, poussant en sens inverse, l'empêchait de sauter à terre. Une femme en particulier, agrippée à la barre d'appui, le corps à l'extérieur du wagon, défendait sa place avec acharnement. Tous deux se faisaient face, bouche contre bouche, s'égosillant, elle bien décidée à pénétrer dans le wagon, lui à s'en extraire. Plaquant une main contre son visage, il la poussait de toutes ses forces et elle tombait avec un grand cri. Mais au lieu de s'écraser sur le macadam, son corps restait suspendu à l'horizontale, planant parallèlement au train, bras tendu, la main essayant désespérément d'atteindre la barre d'appui qu'elle venait de lâcher. Et lui, horrifié, tentait maintenant de lui venir en aide. Un homme criait : « La porte ! Fermez la porte ! » Il ressentait une vive douleur dans le dos, le même homme, sans doute, l'avait frappé. Dans le mouvement qu'il faisait pour se protéger d'une nouvelle attaque, il perdait l'équilibre et se trouvait à son tour projeté hors du train.

On meurt rarement dans les rêves. Le réveil vient prêter main-forte à l'instinct de survie, la voiture freine au bord du précipice, la lame de la guillotine s'immobilise avant d'entamer la chair, on entend le coup partir mais la balle ne vous atteint pas – peut-être n'est-elle jamais sortie du revolver. Ainsi le rêve de Jean s'interrompit au moment précis où ses pieds quittaient la plateforme du wagon. Mais la sensation perdura bien après qu'il eut ouvert les yeux, la conscience d'une chute irrémédiable et la peur atroce qu'il éprouvait à l'idée de son corps heurtant le sol et roulant sous le train.

S'extrayant à grand-peine du drap trempé de sueur, il s'assit sur le bord du lit, sidéré d'être encore en vie. Oh merci, merci, la catastrophe qu'il redoutait depuis plusieurs jours ne s'était pas produite, il disposait miraculeusement d'un sursis, tout était encore possible. Mais en même temps que le soulagement factice d'avoir échappé à un grand péril lui venait le remords de la nuit passée, la soirée humiliante chez le Monseigneur, la course effrénée en camionnette sur le chemin du retour, Aldo à demi ivre au volant. Non, décidément, il s'était conduit comme un idiot, comme l'écervelé, la tête de linotte dont se désolait bruyamment son père en parcourant, bras au ciel, le couloir qui menait, rue Paradis, de la chambre où il venait de consigner son plus jeune fils, au salon où se tenaient Mouni et Vava, serrées l'une contre l'autre comme deux oiseaux apeurés. Et, se plantant devant les deux femmes, il assénait d'un ton définitif : « Ce garçon n'aura jamais de plomb dans la tête ! » Phrase qui faisait frissonner Mouni, car elle prenait l'expression au sens propre et voyait Jean, son fils adoré, la chair de sa chair, habillé en soldat, tunique bleue et pantalon garance, étendu dans l'herbe au bord d'un ruisseau, le flanc marqué d'une large blessure par où s'échappait le sang. Réminiscence probable d'une gravure illustrant le *Dormeur du val* dans un recueil de poésies.

« Eugène, je t'en prie, épargne-moi ces horreurs ! protestait Mouni, d'une voix défaillante.

— Allons, c'est une façon de parler », tempérait Eugène, sa colère subitement retombée. Lui-même, ancien combattant, percevait tout à coup la brutalité de la formule. En matière de plomb dans la cervelle, il savait à quoi s'en tenir et il avait vu suffisamment de camarades expirer à ses côtés, la moitié du crâne emportée, pour ne pas souhaiter à son fils pareil destin.

À dire vrai, ce qui le consternait, dans le comportement de Jean, n'était pas tant qu'il multiplie les bêtises, quel enfant n'en fait pas, mais le caractère imprévisible de sa conduite, qui allait dans la plupart des cas à l'encontre de son propre intérêt. Comme si, placé devant un choix, une bizarrerie de caractère le poussait à adopter in extremis la solution qui le desservirait. C'était à n'y rien comprendre.

« C'est un *arrrtiste* ! » concluait Vava. Argument qui, dans son esprit, mettait fin à toute discussion. Vava – la Polonaise, comme l'appelait Eugène dans ses moments d'irritation –, fille du riche Jacob Cohn, élevée au contact de la meilleure société de Cracovie, laquelle, si elle n'aimait pas du tout les Juifs, respectait au plus haut point l'argent, avait été habituée depuis son plus jeune âge à fréquenter peintres, musiciens et hommes de lettres. Son père les traitait avec munificence, bien qu'il sût pertinemment qu'à peine levés de table, ces beaux esprits le qualifieraient de youpin et de porc tout en buvant son cognac français et en puisant à pleines mains dans sa boîte à cigares. La petite Wanda, que tout le monde appelait déjà Vava, s'était forgé très tôt une image de l'artiste : un mâle – Jacob Cohn n'aurait jamais admis sous son toit une femme peintre ou écrivain – qui méritait des égards exceptionnels et dont il convenait de satisfaire toutes les fantaisies, y compris les plus déraisonnables. N'avait-elle pas vu de ses yeux le peintre Arkadiusz Piskorski, affreusement ivre, grimper sur la table à la fin d'un dîner, marcher dans les plats, renversant verres et assiettes, et se suspendre au lustre de Venise en poussant des cris de singe ? L'attache qui reliait le lustre au plafond avait fini par céder et Arkadiusz Piskorski s'était abattu au milieu des convives qui l'applaudissaient à tout rompre et poussaient des vivats en l'honneur d'un homme capable d'actes aussi manifestement créatifs. Wanda en avait été fortement impressionnée, à tel point que, saisie de fièvre, elle avait dû garder le lit toute la journée du lendemain. Dans la matinée, son père était venu lui tenir compagnie. Il avait apporté un petit tableau accroché en temps normal dans son cabinet de travail. C'était une œuvre d'Arkadiusz Piskorski, un paysage champêtre où paissaient trois vaches au bord d'un ruisseau, tandis qu'à l'horizon des lueurs violines annonçaient l'orage. Jacob Cohn avait posé le tableau à plat sur les genoux de sa fille et lui en avait longuement fait l'éloge, montrant comment l'artiste avait délicatement représenté les saules qui bordaient l'eau, si bien qu'on avait l'illusion de voir les feuilles trembler légèrement sous l'action du vent, comment il avait su, par une habile disposition, créer un sentiment d'harmonie à la vue de ces trois vaches qui, aurait-on dit, étaient là depuis l'origine des temps et pour l'éternité. Mais aussi, et c'est là qu'Arkadiusz Piskorski avait fait preuve d'un talent particulier, comment il avait eu l'idée de peindre ce ciel menaçant, donnant ainsi un sens à son œuvre, soulignant la fragilité de toute chose, incitant à savourer le moindre instant de paix avant que survienne l'orage inéluctable.

« Crois-tu, avait alors conclu Jacob – et c'est évidemment là qu'il voulait en venir –, crois-tu qu'Arkadiusz Piskorski aurait été capable de peindre un tableau aussi puissant s'il n'y avait pas en lui cette démesure, ce bouillonnement qui a jailli hier soir d'une façon, je te l'accorde, troublante pour une jeune personne telle que toi, mais ô combien révélatrice des souffrances qu'un artiste endure pour exprimer une beauté que lui seul perçoit et dont il nous fait l'inestimable présent, au prix même de sa vie ? »

Et tandis qu'il parlait, la petite fille observait sur son visage une émotion à laquelle ne l'avait pas habituée cet homme d'ordinaire secret. Voyant son regard posé sur lui, Jacob Cohn s'était empressé de nuancer son propos.

« Inutile de te dire, avait-il ajouté, que je n'approuve pas, et même que je condamne absolument le comportement scandaleux d'Arkadiusz Piskorski qui n'est pas près, je t'en donne ma parole, de remettre les pieds chez nous. »

Pourtant, lorsque Arkadiusz Piskorski, repentant, se présenta dans l'après-midi au domicile de son mécène, il obtint sans coup férir la commande d'une nature morte qu'il avait esquissée, prétendit-il, pour se faire pardonner son coup de folie. Vava en conserva toute sa vie une indulgence sans limites pour les artistes et leur extravagance. D'autant qu'elle avait hérité de son père un manque total de discernement dans le domaine esthétique et plaçait dans la catégorie « artiste » tout le monde et n'importe qui, se fondant plus volontiers sur un comportement singulier, une façon d'être qui lui paraissait farfelue, rigolote, en bref *artiste*, que sur la valeur des œuvres qui la laissaient le plus souvent indifférente.

C'est de cette manière que Jean, encore bambin, fut intronisé artiste, sur la foi de quelques gribouillages hâtivement coloriés, d'une poignée de poèmes informes et de quelques bons mots pieusement reportés par Mouni sur un carnet à tranche dorée. Mais ce qui lui permit avant tout d'accéder au rang d'artiste fut sa nullité absolue dans le domaine scolaire – nullité croissante à mesure qu'il franchissait les classes, non pas au mérite mais à l'usure. Comment Mouni, sa mère, comment Vava, sa grand-mère, qui le tenaient pour un prodige, auraient-elles admis que ses mauvaises notes résultaient de son insondable paresse, de son caractère éparpillé, voire d'une intelligence moyenne ? Se persuader qu'il était artiste et répéter pour mieux s'en convaincre qu'un artiste n'a pas à se plier aux règles du commun arrangeait tout le monde.

La faculté qu'avait Jean de se fourrer comme à plaisir dans des situations inextricables les ancra dans leur certitude. Là où d'autres auraient perçu l'écueil à éviter, lui, par inconscience ou provocation, courait au-devant du péril. Impossible d'expliquer autrement que par sa nature d'artiste qu'entre deux décisions, il choisisse délibérément la pire, comme un automobiliste qui, à l'approche d'un carrefour, bifurquerait à droite quand il savait devoir prendre à gauche.

« Jean, vous êtes suicidaire », lui dirait des années plus tard Madeleine Colardo, son ancienne première d'atelier, la seule femme qu'il ait jamais eue pour amie, lorsque, à peine rentré de déportation, il la rencontrerait par hasard boulevard des Capucines à Paris.

Il éclaterait de rire. « Suicidaire ? Moi, Madeleine, suicidaire ! Allons, j'aime tant la vie ! »

Ils étaient assis à la terrasse du Café de la Paix, sur la place de l'Opéra débarrassée des ignobles pancartes noir et blanc qui, durant l'Occupation, avaient permis aux Allemands de se repérer dans Paris. La foule déambulait sur les trottoirs, c'était comme si la guerre n'avait jamais eu lieu. Madeleine observait Jean, flottant dans son costume informe, lui qu'elle avait toujours connu tiré à quatre épingles, le teint frais, dissimulant soucis d'argent et peines de cœur derrière un sourire éclatant.

« Voyez-vous, Madeleine, l'essentiel est d'avoir l'air, affirmait Jean quand ça n'allait pas.

— L'air de quoi, Jean ?

— Qu'importe ? Avoir l'air. Et surtout : les souliers toujours bien cirés. »

Place de l'Opéra, le regard de Madeleine glissa vers les chaussures de Jean. Elles étaient d'un vilain cuir rougeâtre, elles ne lui ressemblaient pas. Comme s'il avait eu à choisir – et c'était plus ou moins le cas – parmi un tas de vieilles godasses mises à sa disposition par charité et qu'il avait opté pour les plus moches.

Au cours de sa dernière année de lycée, l'un des camarades de Jean, un dénommé Georges Mascart, fils d'un confiseur pâtissier de Septèmes-les-Vallons, s'était donné la mort en se jetant d'un train au cours des vacances de Pâques. La nouvelle s'était répandue à la rentrée, semant la consternation et l'effroi. Mascart était un garçon placide, il ne faisait partie d'aucune bande, coterie ou association, obtenait des notes moyennes dans toutes les matières, ne s'était jamais présenté à l'élection du chef de classe. Il s'appliquait à passer inaperçu et de ce point de vue il avait atteint une sorte d'excellence. Sa mort l'exposa brutalement à la lumière. Le lycée bruissa pendant quinze jours des détails les plus sordides. On raconta qu'il avait choisi, pour son dernier saut, le moment où le train passait sur le viaduc des Aygalades, peu après Saint-Antoine. Son corps avait d'abord rebondi sur la rambarde, puis s'était écrasé, trente mètres plus bas, dans le jardinet d'une maison ouvrière. Certains firent état de confidences recueillies avant le départ en vacances. Il aurait mis une fille enceinte, il aurait, avec deux copains, cambriolé une bijouterie et craignait de se faire pincer. Informations jamais confirmées. Aucun de ses condisciples ne sut jamais pourquoi le fils du pâtissier de Septèmes-les-Vallons s'était donné la mort. Alors qu'ils en discutaient pour la énième fois, l'un d'eux, exaspéré, se mit à gueuler : « Pourquoi, pourquoi ? Parce qu'il s'emmerdait, voilà ! » À ces jeunes gens, dont la plupart se demandaient ce qu'ils allaient bien pouvoir faire de leur vie, l'explication parut suffisante.

Une collecte fut organisée parmi les élèves et les professeurs pour l'achat d'une couronne, on désigna une délégation qui se rendit à l'enterrement. Jean refusa d'y participer. Georges Mascart faisait partie cette année-là des deux ou trois garçons qui nourrissaient ses rêves. Il l'épiait en secret, le guettant le matin lorsqu'il arrivait au lycée, faisant semblant de renouer un lacet pour qu'il le frôle au passage, choisissant, pour s'asseoir en classe, le banc qui lui permettrait le mieux d'observer son visage aux traits épais, sa nuque puissante, ses épaules qui gonflaient le pull jacquard probablement tricoté par sa mère et qu'il portait tout l'hiver. En somme, c'était chaque fois le même type de garçon qui suscitait son trouble, non pas les plus beaux, car alors il aurait jeté son dévolu sur José Mosca ou François Durbec, nettement plus attractifs. Non, curieusement, il affectionnait les formes un peu mastocs, les corps un peu grossiers dont le soir, au plus profond du lit, il se plaisait à évoquer la chair molle et les tendres replis. Loin de se douter qu'il puisse y avoir d'autre issue à son désir, Jean serait tombé des nues si on lui avait dit qu'il aimait les hommes.

Le suicide de Georges Mascart l'avait rempli d'horreur. Mais par un détour qu'il ne s'expliquait pas, cet acte abominable avait attisé le sentiment d'adoration qu'il éprouvait pour son camarade. Comme si les détails de sa mort – le moment où il ouvrait la porte du wagon, le moment où il se jetait dans le vide, le moment où son corps frappait la rambarde du viaduc, le moment où il s'abattait sur le sol –, toutes les étapes de son supplice, formaient autant d'instants intimes qu'il partageait avec lui. Et la nuit, dans la pénombre, il savourait avec extase les images effroyables qui accompagnaient son plaisir.

Le soir même où Mouni avait appris la nouvelle, elle frappa à la porte de sa chambre et le prit dans ses bras.

« Jure-moi, dit-elle, jure-moi que jamais tu ne feras une chose pareille ! »

Jean la regarda sans comprendre.

« Faire quoi ?

— Te tuer, comme ton ami. »

Jean éclata de rire.

« Sois tranquille, maman, j'en aurais jamais le courage ! »

Mouni le pressa contre elle.

« Ah, tant mieux, tant mieux. Oh non, non, mon tout-petit. Pas toi. »

8

En avril 1939, lorsque Jean avait voulu fonder sa maison de couture, Eugène, dont il sollicitait l'aide, s'était fermement opposé au projet. Jamais son fils ne serait capable de mener une entreprise. Tête en l'air, panier percé, il mangerait la grenouille en six mois – et encore, c'était faire preuve d'optimisme. Mouni, secondée par Vava, avait eu beau faire son siège, Eugène avait tenu bon. Les mains plaquées sur les oreilles, il refusait d'entendre leurs arguments. « Je reste sourd au concert des pleureuses. Mesdames, la discussion est close. » Elles n'osaient insister, sachant, malgré leur indulgence, qu'il n'avait pas foncièrement tort. Mais un beau matin, Jean débarqua boulevard Carabacel l'air fanfaron. « J'ai trouvé un commanditaire ! » déclara-t-il sans préambule. « Tiens, tiens, un commanditaire, voyez-moi ça ! » s'exclama Eugène. Il l'entraîna dans son bureau où ils restèrent enfermés une petite heure, tandis que Mouni et Vava, au comble de l'angoisse, tentaient en vain de saisir quelques bribes de la conversation. Quand ils ressortirent, Eugène, rayonnant, tenait Jean par les épaules. « Ma chère Cécile, annonça-t-il, je crois que ce garçon va finir par nous étonner. » Mouni respira enfin. Qu'Eugène l'appelle Cécile – son véritable prénom, rarement utilisé – était signe de grand contentement. Il sortit une bouteille de porto et quatre verres en cristal gravé et, bien qu'il ne fût que dix heures du matin, on but à la réussite de Jean.

Le commanditaire était une femme. Elle s'appelait Lucie Felder, elle était suisse, veuve, très riche, et habitait rue d'Angleterre avec une femme, amante ou dame de compagnie – les deux sans doute – prénommée Sylviane. Jean l'avait rencontrée lors d'un gala de bienfaisance où, pour se faire connaître, il avait participé à un défilé de couture suivi d'une vente aux enchères qui obtint un succès fou. À cette occasion, Lucie Felder avait acquis de haute lutte – et surpayé – une robe du soir en velours de soie et satin noir. Elle l'invita rue d'Angleterre, lui commanda d'autres modèles, en fut enchantée et décida de prendre sa carrière en main. Jean doutait de son talent, il hésitait à se lancer, elle lui insuffla l'ambition dont il manquait. Ne valait-il pas mille fois mieux que cet imbécile de Gilbert Malassis qui habillait le Tout-Nice, alors que ses robes siglées *Gil Chardin*, prétentieux édifices de meringues et de crème Chantilly, vous grossissaient rien qu'à les voir ?

Jean avait repéré, rue Gubernatis, un commerce de lingerie qui battait de l'aile. Le fonds était à vendre avec les murs, mais les propriétaires, dont la vie s'était passée derrière leur comptoir, en demandaient un prix dissuasif, trouvant ainsi une bonne excuse pour ne pas bouger. Comment Lucie Felder réussit-elle à les convaincre ? Jean n'en sut rien. Quoi qu'il en fût, leurs prétentions se trouvèrent rabotées au plus juste. Lorsqu'elle lui annonça la nouvelle, Jean s'exclama :

« Vous êtes une fée ! » Puis aussitôt, saisissant ses mains, il corrigea ce que cette déclaration pouvait avoir de superficiel et mondain. « Vous êtes ma marraine-fée », dit-il, sincèrement ému. L'expression lui resta. Tout le temps que dura leur association, Lucie Felder demeura sa marraine-fée. D'autant que, non contente d'avoir heureusement conduit la négociation, elle proposa d'apporter la moitié du capital, à charge pour Jean de se procurer le reste. C'est ce qu'il expliqua à son père durant l'heure qu'ils passèrent ensemble, tandis que Mouni et Vava se morfondaient dans le salon.

Eugène vendit l'un des appartements qu'il possédait dans un immeuble nouvellement construit avenue de la Californie, près du champ d'aviation, étant entendu que Jean le rembourserait mensuellement sur dix ans. Ce à quoi il s'efforça tant bien que mal. Eugène trouvait toujours un motif – anniversaire, Pessah ou autre fête – pour ajourner un paiement et savait se montrer patient quand une échéance était à la traîne. Mesuré, pudique, il n'avait pas le caractère démonstratif de Mouni. Mais bien que plus discret, l'amour qu'il portait à son fils était tout aussi puissant. Et à la différence de sa femme, il était profondément généreux. Lorsqu'il mourut brutalement d'une crise cardiaque, à l'automne 1947, Jean continua de verser à sa mère les mensualités prévues. Trois mois plus tard, comme il avait dû investir en tissus et accessoires pour mettre en fabrication la collection de printemps, il eut du mal à tenir ses engagements. Il alla voir Mouni et lui exposa la situation, comme il avait l'habitude de le faire avec Eugène. Elle l'écouta attentivement, mais alors qu'il croyait la partie gagnée, à peine avait-il commencé : « Dans ces conditions, maman, tu comprendras qu'il me sera impossible, ce mois-ci... » qu'elle le coupa net. « Mais mon petit, tu dois », fit-elle. Jean sut qu'il n'y avait rien à ajouter. Son ton calme, ses yeux qui le fixaient tranquillement étaient bien plus persuasifs que si elle s'était emportée. Il vendit la Delage décapotable qu'il s'était achetée avec le premier argent gagné et entra, de ce jour, dans la spirale infernale de l'endettement.

De même, sachant toute discussion superflue, Jean n'avait pas pris la peine d'argumenter lorsque Mouni, depuis la Dordogne, avait insisté pour qu'il aille relever le courrier boulevard Carabacel – sans voir à quel point il était absurde de lui recommander la plus grande prudence tout en l'exposant inutilement pour quelques lettres qu'elle n'attendait même pas. Selon une attitude qui lui était familière, il avait exprès multiplié les risques, prenant l'autocar dont il savait pourtant qu'il était régulièrement contrôlé, descendant en pleine ville, place Masséna, choisissant les artères les plus fréquentées au lieu d'emprunter les petites rues moins surveillées. Peut-être espérait-il obscurément que se produise l'incident fatal qui punirait Mouni de son incorrigible légèreté. Comme un gosse, furieux contre ses parents, imagine avec ravissement l'affreux chagrin que leur causerait sa mort.

Presque arrivé à destination, alors qu'il débouchait de la rue Gioffredo, il aperçut de loin un camion stationné face au bâtiment de la chambre de commerce, c'est-à-dire précisément devant le 35, boulevard Carabacel. Deux hommes, serrés dans l'uniforme bleu de la Milice, bavardaient sur le trottoir. Saisi de panique, Jean songea d'abord à prendre la fuite. Mais il risquait ainsi d'attirer l'attention des miliciens qui, alertés, se lanceraient à sa poursuite. Jeunes et athlétiques, ils auraient tôt fait de le rattraper. Plus décisif encore, détaler comme un lapin lui sembla manquer terriblement de classe. Le souci de paraître à son avantage suppléait son absence de courage. Il s'efforça de poursuivre son chemin d'un pas assuré. À mesure qu'il avançait, il pouvait mieux distinguer le chargement qui remplissait déjà aux trois quarts le plateau bâché du camion. Il s'agissait de meubles dont une partie, en attente, encombrait encore le trottoir. Jean reconnut les deux fauteuils Louis XVI recouverts de velours frappé qui trônaient chez eux dans le salon, de part et d'autre de la cheminée, si précieux, au dire de Mouni, qu'elle refusait qu'on s'y assoie. Il se trouvait maintenant à quelques mètres des deux miliciens qui discutaient en fumant sans lui prêter attention. Comme souvent, mû par une impulsion contraire à tout bon sens, il sortit une cigarette et s'approcha des jeunes gens.

« Puis-je vous demander du feu, s'il vous plaît ?

— Bien sûr », répondit le plus jeune, dont Jean remarqua qu'il n'était pas vilain garçon. Il secoua la cendre de son mégot et souffla dessus pour attiser le foyer. Jean, se penchant, saisit sa main. Il tira deux ou trois bouffées, puis se redressa.

« Merci, bien aimable », fit-il.

À ce moment, une fenêtre s'ouvrit au deuxième étage, dans l'appartement que les Costa avaient habité depuis leur départ de Marseille, où Eugène était mort, et qui était encore, du moins sur le papier, leur propriété. Un homme se pencha et interpella les jeunes gens. Il tenait à bout de bras ce qui semblait être une coupe en argent, mais que Jean identifia immédiatement. C'était le samovar de Vava, unique bien, si l'on en croyait la saga familiale, que son père, le banquier

Jacob Cohn, avait pu sauver du désastre après une faillite retentissante qui l'avait obligé à quitter précipitamment la Pologne, en 1906, pour éviter d'être lynché par ses créanciers. Un peu de linge dans une valise, le samovar sous le bras, ruiné mais vivant, il avait rejoint sa femme à Châtel-Guyon où, princièrement installée au Splendid Hôtel, elle faisait sa cure annuelle tandis que Vava améliorait son anglais dans un collège de luxe à Brighton. Il régla l'hôtel dans l'heure, télégraphia en Angleterre, rapatria séance tenante Vava et, une semaine plus tard, la famille était à nouveau réunie autour du samovar dans l'unique pièce d'un logement bon marché, rue de la Fontaine-au-Roi à Paris, XIe arrondissement.

Brandissant au-dessus de sa tête ce qu'il prenait pour un trophée sportif, l'homme à la fenêtre se mit à brailler pour attirer l'attention de ses copains. « Qui qu'en veut ? » hurlait-il. Et pendant que les jeunes gens se précipitaient, il balança sans attendre le samovar par la fenêtre. Celui-ci s'écrasa à grand bruit sur le seuil de l'immeuble, tandis que l'homme s'esclaffait.

Jean, effrayé, en profita pour s'éclipser. Il tourna dans la première rue à gauche, longea l'hôpital Saint-Roch et tourna de nouveau dans une rue transversale. Sitôt passé le coin, il s'arrêta, incapable de faire un pas supplémentaire. Il tremblait violemment. Quand il essaya de porter à sa bouche la cigarette allumée un instant plus tôt au mégot du jeune milicien, il tâtonna sans parvenir à trouver ses lèvres. Heureusement, la rue semblait déserte et les immeubles bas qui la bordaient étaient construits en retrait, isolés par de petits jardins. Il s'adossa contre un mur, s'efforçant de recouvrer son souffle. Au bout d'un instant, un peu plus calme, il reprit son chemin au hasard. Bien qu'il ait habité le quartier, il le connaissait mal. Aussi fut-il très surpris quand il lut sur une plaque un nom qui lui était familier : boulevard Dubouchage. N'était-ce pas là que se trouvait la synagogue où son père, très peu religieux mais attaché aux traditions, allait faire ses dévotions – des simagrées, jugeait Vava, dédaigneuse – quatre ou cinq fois par an ? Bien qu'elle fût de rite ashkénaze, Eugène préférait cette synagogue à la grande synagogue de la rue Deloye, au centre de Nice, dont l'aspect monumental et les dorures néobyzantines lui déplaisaient. Un caravansérail, disait-il, marquant bien, par l'utilisation de ce terme, qu'il la trouvait mal fréquentée. Quitte à être juif, il considérait qu'il était plus chic et plus conforme à sa position sociale de passer pour ashkénaze plutôt que d'assumer sa part orientale, abjurée une fois pour toutes quand, embarquant toute sa famille, il avait quitté Alger pour s'établir à Marseille. D'ailleurs, pourquoi traverser la ville alors qu'il avait une synagogue à deux pas de chez lui ? Ashkénazes ou séfarades, les Juifs n'avaient-ils pas le même dieu ? Les prières montant vers le Ciel étaient-elles aiguillées différemment suivant leur provenance ? Mouni et Vava, sur ce point, se gardaient bien de le contredire. Lorsque Eugène annonçait, plusieurs jours à l'avance, qu'il irait à la synagogue, elles prenaient un air entendu, haussaient les épaules, gloussaient dans son dos. Eugène affectait de ne rien voir, mais son agacement finissait par éclater. « Quoi ? s'emportait-il. Oui, j'irai à la synagogue ! Voulez-vous me dire ce qu'il y a d'extraordinaire à ça ? C'est bien mon droit, tout de même ! » Elles le regardaient comme si elles avaient affaire à un fou. « Mais voyons, Eugène, répliquait Mouni d'une voix suave, qu'est-ce qui te prend ? Va à la synagogue autant que tu veux, c'est pas moi qui vais t'en empêcher.

— Encore heureux !

— Vraiment, tu m'étonnes », insistait Mouni. Elle prenait Vava à témoin. « Enfin, maman, tu comprends, toi, pourquoi Eugène se met dans des états pareils ? » Et, pointant d'un doigt réprobateur la poitrine de son mari : « Après, tu vas encore te plaindre d'avoir des palpitations. »

À court de répliques, il filait vers son bureau, bouillant de rage. « Ah, les femmes ! les femmes ! Elles nous rendront fous ! » gémissait-il, s'exonérant de sa propre impuissance en liant son sort à la malédiction qui frappait uniformément les hommes.

Le jour venu, il apparaissait au petit déjeuner mis sur son trente et un. Et tandis qu'il s'asseyait et dépliait sa serviette, il lançait un regard terrible en direction de sa femme et sa belle-mère pour leur signifier qu'il ne tolérerait aucune réflexion.

Elles s'en gardaient bien, causaient innocemment, comme s'il s'agissait d'un matin ordinaire. Tout au plus, lorsque son gendre se levait de table, son thé avalé, Vava se risquait-elle à lancer : « Vous direz bien une petite prière pour moi, n'est-ce pas, Eugène ?

— Oh ! oui, s'il te plaît, pour moi aussi, n'oublie pas », ajoutait Mouni.

Et comme il refermait la porte, il les entendait rire et chuchoter. Heureusement, sa nature débonnaire triomphait vite de ces petites vexations et la courte marche qui le séparait de la synagogue suffisait à lui rendre son calme.

Posté à l'angle du boulevard, Jean hésitait. Devait-il prendre à gauche, vers la ville, ou revenir lentement vers le boulevard Carabacel et guetter, de loin, le départ des miliciens ? Mouni comprendrait mal pourquoi il n'avait pas relevé le courrier comme elle le lui avait demandé, à moins qu'il ne lui en donne la raison. Mais comment lui annoncer la terrible nouvelle – l'appartement dévalisé, les meubles entassés dans le camion bâché, le samovar de Vava jeté par la fenêtre, se fracassant sur le trottoir avec un bruit de ferraille ? Cela ne pouvait pas se dire au téléphone, d'autant que la communication – qu'il fallait attendre des heures – était généralement épouvantable, brouillée par un grésillement opiniâtre, hachée par les coupures et les interventions de l'opératrice qui, d'une voix revêche, vous priait de libérer la ligne. Non, il attendrait Beaulieu-sur-Dordogne, où son arrivée tant espérée compenserait le choc. L'annonce du pillage de l'appartement ne ferait que souligner, par sa barbarie, la chance inouïe qui lui avait permis d'échapper aux griffes des nazis et des collabos.

Il aurait pu mentir, prétendre qu'il n'y avait rien au courrier – rien qui en vaille la peine, des prospectus, une revue –, ce qui était probablement le cas. Mais Jean détestait mentir. Non par souci moral, mais parce qu'il méprisait cette petite lâcheté qui consiste à se tirer d'affaire en inventant des bobards. De même que, tout à l'heure, fuir à la vue des miliciens lui avait paru manquer de classe, de même ce que Mouni, qui y avait souvent recours, appelait le *pieux mensonge* lui semblait atrocement vulgaire. Par conséquent, hésitant entre s'éloigner vers la ville ou revenir sur ses pas, il choisit de retourner boulevard Carabacel, non sans avoir vérifié que le camion n'y était plus.

Alors qu'il s'engageait dans ce sens, il vit venir vers lui, sur le trottoir désert, un homme qui paraissait en proie à une grande terreur. Il progressait par bonds, cinq ou six foulées précipitées suivies d'un temps d'arrêt, son corps plaqué contre la façade des immeubles, la tête pivotant comme celle d'un oiseau, observant de part et d'autre avant de se lancer à nouveau. Soudain, Jean le reconnut. C'était M. Torteltaub, l'un des rares amis de son père, l'une des seules personnes avec qui Eugène ait lié connaissance depuis son installation à Nice. Sortant de la synagogue un jour de Pessah, les deux hommes s'étaient rendu compte qu'ils allaient dans la même direction et habitaient des immeubles proches. Ils avaient fait route ensemble, M. Torteltaub dissertant à perte de vue, Eugène se contentant d'entretenir la conversation en glissant çà et là une formule convenue : « Oui, bien sûr... Naturellement, je comprends... Tout à fait d'accord avec vous... » Le temps d'arriver à destination, Eugène savait presque tout de la vie de son voisin.

Aussi large que haut, deux jambes qui disparaissaient sous les pans d'un veston trop long, M. Torteltaub affichait en permanence une mine épanouie. Pourtant, en dehors de son commerce de brosses et pinceaux qui était florissant, il n'avait guère de raison de se réjouir. Quelques années plus tôt, sa femme était passée sous un tramway alors qu'elle traversait la Promenade des Anglais. Le talon de sa chaussure était resté coincé dans un rail et la lourde motrice l'avait percutée de plein fouet. Depuis, gravement paralysée, elle ne quittait plus son lit. « Je la soigne comme un nouveau-né, hi hi hi ! » disait M. Torteltaub, et il riait de tout son cœur, comme s'il s'agissait d'une bonne blague. De même qu'il semblait trouver suprêmement drôle que sa fille unique âgée de vingt-deux ans, sa Charlotte adorée, ne soit jamais revenue d'un voyage qu'elle avait entrepris pour rendre visite à une lointaine cousine. À vrai dire, elle n'était pas non plus arrivée à destination. Peut-être même n'avait-elle jamais quitté Nice. « La vie n'était pas bien drôle à la maison. Elle aura trouvé mieux ailleurs. J'ai bon espoir de la revoir un jour », se rassurait M. Torteltaub.

Eugène, déconcerté, ne savait s'il fallait le plaindre ou l'admirer, s'il était un sage ou un homme profondément dérangé. Il prenait goût à sa compagnie, prêtait une oreille complaisante à ses récits atroces, se demandant à chacune de leurs rencontres quelle nouvelle calamité s'était abattue sur son ami et comment il s'en était accommodé. Lui-même souffrait secrètement d'une existence monotone, sans grand drame mais dénuée tout autant d'émotions fortes et de joies puissantes. Il n'aurait pas échangé son sort contre celui de M. Torteltaub. Pourtant, il l'enviait.

Abraham Torteltaub était polonais d'origine, comme Vava. Sa famille avait émigré en France, avec des milliers d'autres, à la fin du siècle passé. Par ce biais, Eugène, qui le plus souvent préférait garder pour lui les menus événements de sa vie, osa parler de son nouvel ami à la table du dîner et exprimer son intention de l'inviter à partager un prochain repas de shabbat. Son initiative suscita surprise et méfiance. Vava se montra tout particulièrement circonspecte. Pour elle, il y avait Polonais et Polonais, Juif et Juif. Les quelques détails qu'Eugène voulut bien lâcher à propos de cette connaissance subitement tirée du chapeau suffirent à l'édifier : Abraham Torteltaub sentait son ghetto. Toute polonaise et juive qu'elle était, la fille de Jacob Cohn n'avait rien à voir avec ce monde-là. Par conséquent, sa présence à la table familiale n'était pas souhaitée. C'est alors, Jean s'en souvenait encore, que son père entra dans une colère épouvantable. Il traita Vava de Juive honteuse et de snob, il lui rappela la faillite de son père – « faillite frauduleuse, insista-t-il, oui, oui, ne prenez pas vos grands airs, frauduleuse, je sais ce que je dis ! » –, ajoutant, au cas où elle aurait besoin qu'il lui rafraîchisse la mémoire, qu'elle vivait à ses crochets depuis trente ans et qu'il ne tenait qu'à elle, si elle n'était pas contente ici, d'aller voir ailleurs. Mouni, épouvantée, implorait son mari. « Eugène, je t'en prie. Les voisins ! » Avant tout soucieuse de bienséance, elle se préoccupait de l'opinion du docteur Antoninos, qui habitait l'étage au-dessous, et de celle des Fehrenbach, au troisième, avec qui les relations étaient très froides et qu'elle suspectait d'être antisémites. Son intervention fournit un nouveau tremplin à la colère d'Eugène. « Je me contrefiche des voisins ! hurla-t-il. Il est grand temps que ta mère comprenne où est sa place et qu'elle s'y tienne ! » D'abord saisie par la violence subite d'Eugène, Vava comprit qu'il convenait d'éteindre l'incendie. Elle présenta ses excuses, assura qu'il l'avait mal comprise, jura qu'elle ne voyait aucun inconvénient à ce que M. Torteltaub partage avec eux un repas de shabbat, qu'elle en serait même honorée.

La colère d'Eugène retomba d'un seul coup. Il était lui-même surpris, et même un peu effrayé de sa réaction. Aussi préféra-t-il ignorer le petit signe qu'échangèrent furtivement Mouni et Vava, accompagné de ce plissement ironique des lèvres qui, plus que tout, marquait leur connivence.

« N'en parlons plus », dit-il. Il se remit à manger en silence, comme il avait l'habitude de le faire, prétextant des soucis, ce qui le dispensait de se mêler au babillage des deux femmes.

Finalement le dîner eut lieu et, déjouant les pronostics, se déroula au mieux. M. Torteltaub apporta un magnifique bouquet de fleurs, une bouteille d'excellent vin casher et des pâtisseries maison confectionnées par sa femme de ménage. Il se montra empressé auprès des dames, amical avec Jean, il questionna Irène sur ses études et s'intéressa à la troupe d'éclaireuses israélites dont elle était cheftaine. Il les fit rire, multiplia les anecdotes, évoqua pudiquement l'infirmité de sa femme, glissa opportunément un mot sur la disparition de sa fille, bref, comme le remarqua Mouni après son départ, ils passèrent une charmante soirée. Tout juste y eut-il un court moment de gêne lorsque, au café, il essaya d'échanger quelques mots en yiddish avec Vava. Elle lui fit comprendre sèchement qu'on ne s'exprimait pas en yiddish chez elle, son père allant jusqu'à en interdire l'usage aux domestiques, pourtant tous juifs et qui, pour beaucoup, parlaient fort mal le polonais. Ses précepteurs lui faisaient cours en français et en anglais, langues qu'elle pratiquait couramment dès l'âge de sept ans. M. Torteltaub fit amende honorable, se traita de paysan et, retournant la situation à son profit, se lança dans une imitation désopilante des Juifs récemment arrivés en France, incapables de s'adapter, persévérant dans leurs coutumes archaïques et que la République était bien bonne de tolérer sur son sol. Eugène se joignit à sa femme et à sa belle-mère pour approuver ses propos qui correspondaient en tout point à leur propre opinion. Par la suite, fort de cette expérience réussie, M. Torteltaub dîna régulièrement chez les Costa. On l'invitait *sans façon*, soulignait Mouni, *au pied levé*, comme un familier de la maison, on ne mettait pas *les petits plats dans les grands*, on ne sortait pas la vaisselle d'apparat et l'argenterie. Ce qui marquait un certain degré d'intimité, mais dénotait qu'il n'était pas non plus considéré comme un hôte d'exception. Lesquels hôtes, à vrai dire, étaient fort rares. Les Costa, à Nice, étaient comme des souverains en exil, pénétrés de leur importance mais que leur cour n'avait pas suivis.

Vint la déclaration de guerre, qui soulagea Eugène comme M. Torteltaub, confiants dans la victoire. Puis le désastre du printemps 1940, heureusement compensé par l'arrivée au pouvoir du maréchal Pétain – *mon chef*, comme le répétait complaisamment Eugène, ancien de Verdun. Ils lui pardonnèrent les premières mesures antijuives, sans doute fâcheuses mais qui frappaient avant tout – du moins feignaient-ils de le croire – les étrangers, les apatrides. Il fallait bien donner des gages aux Allemands. M. Torteltaub, maréchaliste convaincu et fidèle lecteur de *Gringoire* comme Eugène, partageait son optimisme et continuait à accueillir les pires nouvelles avec bonne humeur. Ils étaient français, qu'avaient-ils à craindre ? Un écriteau *Interdit aux Juifs* avait été accroché sur la grille du jardin Albert-Ier ? « Il y a toujours des excités, hi hi hi ! » nuançait M. Torteltaub. Et quand le décret Crémieux fut abrogé, retirant aux Juifs d'Algérie la nationalité française, il partagea l'aveuglement d'Eugène : une telle mesure ne pouvait pas concerner les anciens combattants. Eugène sollicita officiellement le bénéfice de l'article 5 de la loi du 7 octobre 1940 concernant « les Juifs indigènes d'Algérie qui se seront distingués par des services rendus au pays ». Quatre ans dans les tranchées entraient, à n'en pas douter, dans cette catégorie.

Le fonctionnaire auprès duquel il déposa son dossier se montra on ne peut plus rassurant : « Avouez, monsieur Costa, que ce serait un comble si vous n'obteniez pas satisfaction ! »

Les mois passaient, Eugène, n'obtenant aucune nouvelle, retourna à la préfecture. Le fonctionnaire qui l'avait accueilli si aimablement avait été muté. Celui qui le reçut se montra moins empressé. Il affirma, sans même vérifier, que la demande suivait son cours, et comme Eugène insistait, il s'impatienta : « Vous croyez qu'on n'a que ça à faire ? »

Dès sa création, à l'été 1940, Eugène avait adhéré à la Légion, qui regroupait toutes les associations d'anciens combattants existantes et les mettait au service de la révolution nationale. « Ma place est aux côtés de mes camarades », avait-il opposé à Mouni et à Vava qui lui reprochaient de se laisser *embrigader*. Jean, pourtant peu concerné par les événements et se targuant d'un égal mépris pour quelque engagement que ce fût, avait à son tour essayé de convaincre son père qu'il n'était pas très glorieux de s'afficher avec une bande d'énergumènes ouvertement antisémites. « Il y a parmi eux des imbéciles, comme partout, tempérait Eugène. Mais la plupart sont des gens très bien. » Peu avant sa mort, alors qu'il se désolait de n'avoir toujours aucune nouvelle de sa requête – et qu'il n'osait pas retourner à la préfecture de crainte de se faire rembarrer –, Jean lui avait lancé : « Demande un coup de pouce à tes copains de la Légion. Ils sont cul et chemise avec le préfet ! »

Eugène avait haussé les épaules. « Je ne suis pas à la Légion par intérêt personnel.

— Les autres se gênent, peut-être ?

— Les autres font ce qu'ils veulent. »

M. Torteltaub, qui assistait à la discussion, l'avait approuvé. Les combines et les passe-droits minaient l'œuvre de redressement national du Maréchal. Du reste, endurer, se taire, patienter n'était pas signe de lâcheté mais de courage. Il en savait quelque chose.

Dans le cadre de sa mission de *solidarité combattante*, la Légion avait ouvert à Nice un restaurant communautaire, rue Pertinax, très fréquenté par ces temps de rationnement.

« À propos, dit Jean par pure provocation, je suis passé devant tout à l'heure. Sais-tu ce qu'il y a d'écrit en gros sur la porte ?

— Interdit aux Juifs ?

— Exactement.

— C'est regrettable. Le Maréchal n'est certainement pas au courant.

— D'ailleurs, quelle importance ? ajouta M. Torteltaub, réjoui. Il paraît que ce qu'ils servent là-dedans n'est pas fameux, hi hi hi ! »

C'était le dernier souvenir que Jean gardait de lui. Son visage hilare et le clin d'œil complice qu'il avait adressé à son père.

Un mois plus tard, Eugène mourait d'une crise cardiaque pendant son sommeil. Le lendemain dans l'après-midi, on sonna à la porte, boulevard Carabacel. Quatre hommes, vêtus d'uniformes vaguement militaires, se tenaient sur le palier. Ils dirent à Mouni qu'ils étaient de la Légion, qu'ils venaient lui présenter leurs condoléances au nom du mouvement et qu'ils désiraient monter une garde d'honneur auprès du corps de leur camarade. Mouni, éberluée, les conduisit dans la chambre aux persiennes entrecroisées où reposait son mari. Ils prirent position de part et d'autre du lit et se tinrent au garde-à-vous une heure durant. Après quoi ils se retirèrent, renouvelant leurs condoléances et assurant Mouni de leur aide pour le cas où elle aurait besoin de quoi que ce soit.

Une lettre à en-tête de la préfecture des Alpes-Maritimes parvint un an après boulevard Carabacel. Elle informait M. Eugène Costa que, sur décision du gouverneur général de l'Algérie, sa requête en vue de conserver le statut de citoyen français était rejetée. Au bas de la lettre, il était précisé : « M. Costa étant entretemps décédé, la notification sera faite à sa veuve. »

9

Boulevard Dubouchage, Jean recula d'un pas, sans cesser d'observer M. Torteltaub qui, de sa démarche intermittente, continuait à progresser vers lui. En face, des enfants jouaient dans la cour de l'école maternelle. La température était suffocante et les institutrices, qui bavardaient entre elles sous les arbres, préféraient prolonger la récréation plutôt que de s'enfermer dans les classes torrides. M. Torteltaub était maintenant parvenu à l'angle du boulevard et de la rue latérale où se dissimulait Jean. Comme il s'apprêtait à traverser, Jean l'appela le plus doucement qu'il put, pour éviter de l'effrayer. C'était encore trop fort. M. Torteltaub jeta un regard affolé dans sa direction et esquissa un mouvement de fuite. Mais il s'arrêta aussitôt. Ses jambes courtes ne lui laissaient aucune chance. Faisant brusquement volte-face, il alla vers Jean et l'agrippa par les revers de son veston.

« Qui êtes-vous ? Qu'est-ce que vous me voulez ? » marmonna-t-il.

Jean le repoussa calmement. « Lâchez-moi. Je suis Jean, le fils de votre ami, M. Costa.

— M. Costa ? À d'autres. M. Costa est mort.

— Il n'empêche que je suis son fils.

— Son fils ? » Le vieil homme le fixait de son regard halluciné. « Ah oui, je vous reconnais, maintenant. Qu'est-ce que vous faites encore à Nice ?

— Et vous ?

— Moi ! fit-il, indigné. Comment voulez-vous que je bouge ? Impossible ! Impossible ! Ma femme est clouée au lit, vous le savez bien.

— C'est vrai. Excusez-moi, j'avais oublié.

— On vit cloîtrés, pas un bruit, pas un mouvement. J'ose à peine ouvrir un robinet. Les voisins, vous comprenez, comment être sûr ?

— En effet.

— Mais il faut bien sortir de temps en temps. Faire quelques provisions, quand on trouve quelque chose.

— Naturellement.

— Et votre maman ? Votre grand-mère, votre jeune sœur ?

— Elles sont à l'abri, Dieu merci.

— Dieu ? Allons, vous plaisantez. Dieu nous a oubliés depuis longtemps. »

Jean fixait ses yeux remplis d'anxiété, son visage ravagé de tics, si différent de la bouille réjouie – hi hi hi – du M. Torteltaub qui dînait autrefois à la table familiale et suscitait l'admiration par son inaltérable insouciance. Il voyait sa bouche noirâtre s'ouvrir sur des dents gâtées, comme rognées par un trop long usage. Il percevait l'odeur aigrelette qui s'échappait de son costume élimé, il devinait le linge douteux, le corps mal lavé, par négligence et progressif abandon, et parce qu'il ne fallait pas faire couler l'eau de peur d'attirer l'attention. Soudain, une phrase lui vint à l'esprit, ou plus exactement s'imposa à lui, d'autant plus tenace qu'elle lui faisait horreur. C'était l'inscription, écrite en lettres rouge sang sur un panneau devant lequel il s'était longuement attardé lors de l'exposition « Juifs et Francs-maçons » organisée, deux ans plus tôt, par le Parti franciste au palais des Fêtes : « LE VISAGE HIDEUX DU JUIF ». Au-dessous on pouvait voir, de profil, une figure répugnante, regard en coin, lippe vorace, barbe frisée comme des poils pubiens, oreille inquisitrice. Le nez, surtout, inspirait le dégoût. L'artiste – car aussi ignoble qu'en soit l'inspiration, il avait bien fallu que quelqu'un, doté d'un certain talent, conçoive et exécute cette caricature – avait imaginé un appendice qui évoquait allusivement un sexe circoncis, allant du rose pâle de la hampe au violacé du gland, granuleux et luisant. Les parents accompagnés de jeunes enfants accéléraient le pas, les couples échangeaient un regard complice, les jeunes gens riaient en se poussant du coude.

Pourquoi Jean avait-il éprouvé le besoin de se mêler à la foule qui, pendant deux semaines, en plein mois d'août, alors qu'il faisait si bon sur les plages, s'était pressée sous la verrière surchauffée du vaste hall ? Par curiosité ? Par défi ? Ou parce que lui-même, enrôlé de force dans une communauté qui lui était profondément étrangère, se posait depuis l'enfance la question à laquelle les dessins, les photographies et les graphiques accrochés aux murs étaient censés répondre : « Qui est le Juif ? » Pourquoi lui, Jean Costa, du simple fait qu'il était né de père et de mère juifs, le serait-il à son tour ? Pourquoi devrait-il se sentir proche et solidaire de M. Torteltaub, et s'identifier, par esprit d'entraide, au *visage hideux du Juif* ?

Une voiture remontait lentement le boulevard. M. Torteltaub, en alerte, le poussa vivement contre le mur qui, à cet endroit, formait une saillie où s'abriter.

« Attention, souffla-t-il, les voilà !

— Qui donc ?

— Les chasseurs de Juifs ! Ils ont recruté des Russes, des physionomistes. Ces bandits travaillent en équipe, l'un conduit pendant que l'autre repère les Juifs sur les trottoirs.

— Pourquoi des Russes ?

— Des Russes blancs. Il n'y a pas pires antisémites.

— Allons, fit Jean, incrédule. Vous en avez la preuve ?

— La preuve ? Mais d'où sortez-vous, mon pauvre ami ? Savez-vous combien ils touchent pour leur sale besogne ? Mille francs par tête ! Et ça peut aller jusqu'à cinq mille francs s'ils ramènent un gros poisson.

— Bigre ! »

La voiture les dépassa sans s'arrêter et disparut au carrefour. M. Torteltaub relâcha Jean, dont le ton léger ne lui avait pas échappé.

« Vous ne me croyez pas, dit-il en soupirant. Vous n'avez jamais entendu parler des rafles ?

— Mais si, voyons. Vous me prenez pour un inconscient ?

— Ils ramassent tout le monde, les vieux, les malades, les enfants...

— Je le sais bien.

— ... direction l'hôtel Excelsior, et de là...

— Monsieur Torteltaub, je le sais.

— Des centaines de malheureux partis qui sait où...

— S'il vous plaît, monsieur Torteltaub. »

Mais le gros homme était intarissable. Plus Jean tentait d'endiguer le flot, plus il poursuivait, comme s'il prenait un plaisir malsain à évoquer ces atrocités.

« Vous n'êtes pas pareil que les autres ? Vous croyez pouvoir y couper ? insistait-il, hargneux.

— Je l'espère. J'ai quelques affaires en cours mais, dès que possible, je rejoins ma famille et...

— Comment ? » le coupa M. Torteltaub. Jean le regarda sans comprendre.

« Votre famille. Vous allez la rejoindre comment ? » martela M. Torteltaub, son visage si proche que Jean pouvait sentir son haleine fiévreuse et voir, comme au travers d'une forte loupe, les pores de sa peau d'où gouttait la sueur.

« Mais par le train, je suppose.

— Par le train ? Vous êtes fou. Les trains sont des pièges à rats ambulants. Vous serez contrôlé et *couic* ! »

Jean frissonna. Depuis plusieurs jours, il évitait soigneusement de réfléchir à la façon dont il gagnerait Beaulieu-sur-Dordogne une fois ses affaires réglées. L'occasion surviendrait de la façon la plus inattendue. Y penser serait compromettre ses chances. Le destin n'aime pas qu'on lui force la main.

Soudain, Jean n'eut plus qu'un désir : se débarrasser au plus vite de M. Torteltaub.

« Cher monsieur, dit-il à la hâte, excusez-moi. Je suis un peu pressé. Je vous souhaite bonne chance. » Il lui tendit la main, bien qu'il fût d'avance révulsé à l'idée de toucher la sienne. Torteltaub s'en saisit et la secoua convulsivement. « Pas le train ! Surtout pas le train ! » répéta-t-il. Puis il traversa et reprit sa route, cinq pas précipités alternant avec un bref arrêt, plaqué au mur, sa tête pivotant de part et d'autre, surveillant la chaussée d'où pouvaient surgir les Russes blancs chasseurs de Juifs.

Lorsqu'il s'engagea, quelques minutes plus tard, sur le boulevard Carabacel, Jean vit de loin que la camionnette bâchée avait disparu. Mais rien ne prouvait que les miliciens n'avaient pas laissé des hommes sur place. Pour une fois raisonnable, Jean observa d'abord l'immeuble depuis le trottoir d'en face. Sur le parvis, plus aucune trace du désordre qui avait accompagné le pillage de l'appartement. Les débris du samovar avaient été ramassés, le sol balayé. Au deuxième étage, les volets étaient refermés. Jean nota qu'au-dessous, chez le docteur Antoninos, tous les volets étaient également clos, chose qu'il n'avait pas remarquée tout à l'heure. Il passa sans s'arrêter puis, au carrefour, fit demi-tour et redescendit le boulevard à pas lents, comme un promeneur pour qui le temps importe peu. Le bâtiment de la chambre de commerce, d'un blanc pur, étincelait au soleil. Jean, marquant le pas, leva la tête vers la grosse horloge qui surmontait le bâtiment, puis, d'un geste étudié, consulta sa montre. Tandis qu'il faisait semblant de la mettre à l'heure, il scruta de nouveau les abords. Aucune surveillance apparente. Sans plus réfléchir, Jean traversa le boulevard. Comme il y a des paresseux contrariés, il était un poltron intrépide, capable d'exploits que de plus braves n'auraient pas même tentés.

À peine eut-il franchi l'étroit passage qui séparait l'immeuble du boulevard que Mme Chaussabel, la concierge, apparut sur le seuil. Cette coïncidence parfaitement orchestrée alerta Jean. Se pouvait-il qu'elle l'ait guetté ? Mais comment prévoir que, ce jour-là précisément, il descendrait à

Nice et viendrait chercher le courrier ? À moins qu'elle ne l'ait repéré lorsqu'il avait demandé du feu aux deux miliciens et qu'elle l'ait attendu depuis, se doutant qu'il viendrait aux nouvelles sitôt la voie libre ? Jean se souvint que Mouni comme Vava ne l'appréciaient guère. « C'est une bazarette », prétendaient-elles, ce qui, dans le parler du Midi, signifiait qu'elle jacassait à longueur de temps, colportait des ragots et se mêlait de tout.

Elle vint vers Jean l'air éploré, les mains jointes, avec, comme disait Mouni, son air de *mater dolorosa*.

« Ah, monsieur Jean, quel malheur ! fit-elle, des sanglots dans la voix. Je pensais bien vous avoir reconnu tantôt ! J'ai dit à mon mari, manquerait plus qu'il se fasse prendre !

— Comment sont-ils entrés dans l'appartement ? l'interrompit Jean.

— Ils m'ont demandé les clés. Je les leur ai données, qu'est-ce que vous vouliez que je fasse ?

— Je monte voir », dit Jean en sortant son trousseau.

Mme Chaussabel le fixa comme s'il avait proféré une ineptie.

« C'est pas possible, fit-elle.

— Pas possible ?

— Ils ont changé les serrures. »

Jean sursauta. « Comment ? Mais c'est chez nous ! C'est notre appartement ! » balbutia-t-il.

À l'instant même où les mots sortaient de sa bouche, il se rendit compte qu'ils étaient totalement inadaptés. C'étaient des mots d'avant, quand tout était normal, quand on croyait à son bon droit, quand il y avait des lois protectrices et des juges pour les faire appliquer.

« Remarquez, ils ont fait pareil pour le docteur Antoninos, commenta Mme Chaussabel.

— Le docteur Antoninos ?

— C'est vrai, dit Mme Chaussabel, vous n'êtes pas au courant. Ils ont arrêté le docteur la semaine dernière. Comme quoi il faisait de la résistance. Personne s'en doutait, pensez bien, surtout pas nous. Avec mon mari, on croyait qu'il était à fond pour le Maréchal. »

Son insistance à se disculper réveilla la méfiance de Jean. Mme Chaussabel avait-elle remarqué des allées et venues suspectes chez le vieux docteur Antoninos ? L'avait-elle épié, puis, rassemblant quelques preuves plus ou moins concluantes, avait-elle couru le dénoncer pour toucher sa prime, comme les Russes blancs chasseurs de Juifs ?

De la même façon, dès que Mouni, Irène et Vava avaient quitté l'appartement, chargées de bagages, n'était-elle pas allée signaler leur départ à la Milice ?

Ainsi qu'il l'avait fait un peu plus tôt, lorsqu'il avait plaqué subitement M. Torteltaub boulevard Dubouchage, Jean éprouva l'impérieux besoin de s'éloigner le plus vite possible, comme pour se préserver d'influences maléfiques.

« Bien, dit-il, je vais prendre les dispositions nécessaires. Au revoir, madame Chaussabel. » Elle parut surprise. « Attendez au moins que je vous donne le courrier !

— Le courrier ? Ah oui, bien sûr, le courrier. »

Elle rentra dans l'immeuble. Jean patienta un temps qui lui parut bien long. Et si Mme Chaussabel en profitait pour téléphoner à la police, ou à ses amis de la Milice ? « Venez vite, il est là, le Juif qui vous a échappé tout à l'heure, ce serait trop bête de le rater une seconde fois ! »

Il fut tenté de fuir sans attendre. Mais une fois encore, le sentiment de sa dignité l'emporta. Se carapater faisait mesquin. Il attendit que Mme Chaussabel ressorte, des enveloppes dans les mains.

« Si j'avais une adresse, dit-elle, je pourrais faire suivre le courrier. Vous n'auriez pas besoin de vous déplacer.

— On verra ça plus tard, répondit Jean sèchement.

— Comme vous voudrez. »

Elle avait bien compris qu'il ne souhaitait pas qu'elle sache où les Costa avaient trouvé refuge. Il regretta d'avoir été si brusque. Après tout, rien ne prouvait qu'elle fût de mèche avec les miliciens - encore moins qu'elle ait dénoncé le docteur Antoninos. Mais il était trop tard pour faire marche arrière. Il la salua rapidement et s'éloigna, s'obligeant à adopter un pas mesuré alors qu'il n'avait qu'une envie : courir à perdre haleine, fuir à jamais cet immeuble, froid comme un tombeau désormais profané.

10

Il n'avait plus rien à faire à Nice. Il fallait regagner Bendejun au plus vite, se terrer chez les Borzone et n'en plus sortir jusqu'à son rendez-vous - très hypothétique encore - avec Gilbert Malassis. Par quelle aberration avait-il quitté l'asile inviolable des collines pour descendre en ville chercher des lettres - trois en tout et pour tout - dont les enveloppes grossières, beiges ou bleuâtres, attestaient le peu d'intérêt ?

Guidé par ses réflexions, Jean aurait dû, en bonne logique, rejoindre le Paillon et gagner Saint-André en longeant le ruisseau où croupissaient, entre les galets, quelques flaques boueuses. Là, en fin d'après-midi, quand les gendarmes impatients de rentrer chez eux relâchaient leur surveillance, peut-être aurait-il la chance de trouver un automobiliste qui accepterait de le prendre, quitte à offrir quelques billets en échange - contribution pudiquement baptisée *partage des frais*.

Pourtant, tandis qu'il échafaudait ce plan, ses pas le ramenaient vers la ville tel un automate. Il était onze heures du matin. Les rues, habituellement animées, semblaient trop calmes. Il régnait une atmosphère de dimanche, non pas l'un de ces resplendissants dimanches d'automne, d'autant plus précieux qu'ils se font rares, un dimanche de février, quand on préfère rester chez soi plutôt que d'affronter la bourrasque. De fait, depuis que les Allemands occupaient la ville, les Niçois réduisaient leurs déplacements au strict nécessaire. Flâner n'avait aucun sens. Dans les magasins restés ouverts, il n'y avait rien à acheter, les plages étaient interdites, des chicanes barraient la Promenade des Anglais. Et si, comme en témoignent les rapports de police, la population s'accordait à trouver les soldats *très corrects*, plus disciplinés, moins débraillés que les Italiens qui les avaient précédés, leur présence à tous les coins de rue créait un malaise.

La tête lourde, la démarche incertaine, Jean descendit la volée de marches qui menait à la vieille ville. Zigzaguant de ruelle en ruelle, se fiant à d'infimes repères, il finit par apercevoir la façade ocre et vert amande de Sainte-Réparate. Longeant l'église sur la droite, il tomba sur la rue Mascoïnat, sombre et peu avenante, et reconnut, presque à l'angle, la pension Berthe. Alors seulement il comprit ce qu'il faisait là.

C'est le plus souvent bien après minuit que Jean raccompagnait Joseph Rolnik, celui qu'il appelait son petit compagnon, jusqu'à la pension où le jeune homme partageait une chambre avec ses parents et sa petite sœur. Lieu immonde, se plaignait-il, grouillant de punaises, empuanti par les émanations de l'unique W-C, bouché les trois quarts du temps. De crainte d'être surpris, Joseph forçait Jean à s'arrêter peu avant d'atteindre la rue Mascoïnat. S'adossant au mur de la cathédrale, il l'attirait contre lui et se blottissait une dernière fois dans ses bras. Jean savait qu'il n'attendait rien d'autre, ni caresses ni baisers, juste cette étreinte éperdue avant de le quitter. Bien que ce frêle garçon, si loin des mâles dodus qu'il affectionnait, ne lui inspirât aucun désir, Jean continuait à le fréquenter deux ou trois fois par semaine. Il lui payait un bon dîner puis, dans quelque endroit retiré, lui procurait le bref plaisir qu'il réclamait. Joseph fermait les yeux, soupirait, un vague sourire venait éclairer son visage ingrat et Jean éprouvait alors une étrange émotion. Attouchements mis à part, Joseph était pour lui comme un jeune frère ou l'enfant qu'il n'aurait jamais. Peu sentimental, avant tout préoccupé de lui-même, Jean se reprochait cette faiblesse. On ne fait pas l'amour par charité. Pourtant, à chaque rendez-vous, l'étreinte contre le mur de la cathédrale se terminait par la promesse d'une nouvelle rencontre. Rentrant chez lui et sentant l'odeur du corps de Joseph sur ses doigts, Jean en était bouleversé.

Coincée entre deux immeubles, la pension Berthe ne payait pas de mine. Jean écarta le rideau de filoselle pendu devant l'entrée. Debout sur un tabouret, une femme nettoyait les vitres du minuscule salon qui tenait lieu à la fois de réception et de salle à manger.

« C'est pour quoi ? dit-elle, sans cesser de frotter les carreaux à l'aide d'un morceau de papier journal roulé en tampon.

— C'est bien ici que loge la famille Rolnik ? » demanda Jean.

La femme tourna vivement la tête. « C'était ici, oui, rectifia-t-elle. Mais vos collègues sont déjà passés hier. »

Jean, un instant surpris, comprit que, abusée par sa prestance et son ton autoritaire, elle le prenait pour un policier.

« Je le sais bien, enchaîna-t-il sans se troubler. Je suis là pour vérifier. »

Elle s'empressa de descendre de son perchoir. « Asseyez-vous, proposa-t-elle en tirant une chaise.

— Inutile. Je n'ai pas beaucoup de temps. Alors ?

— Qu'est-ce que vous voulez savoir ? dit la femme, précautionneuse. Ils étaient trois...

— Quatre, fit Jean au hasard.

— Ah ? Peut-être. Moi, j'en ai vu trois, mais sûrement je me trompe.

— Aucune importance. Continuez.

— Eh bien, ils sont arrivés, c'était six heures du matin, je venais de me lever. Ils ont demandé les Rolnik. Un jeune est resté en bas, les autres sont montés sans faire de bruit. Après, je sais pas, j'ai entendu des cris, mais pas beaucoup. Puis ils sont redescendus avec la famille, le monsieur portait une valise, la dame avait pas fini de s'habiller, elle pleurait, même que j'ai pensé... »

Elle s'interrompit brusquement.

« Qu'avez-vous pensé ?

— D'accord, c'étaient des Juifs, mais quand même... Vous voyez ce que je veux dire ? C'est pas que je sois contre, hein...

— Les enfants étaient avec eux ?

— Oui, la petite et son grand frère.

— Joseph, c'est ça ?

— Joseph, oui. »

Jean s'assit machinalement. Puis, d'une voix hésitante :

« Et ce Joseph, il avait l'air comment ? Il protestait, il se débattait... ?

— Il avait son air comme d'habitude.

— C'est-à-dire ?

— Comme si une catastrophe allait lui tomber dessus.

— Cette fois, elle était là, la catastrophe. »

On entendit des pas. Un homme passa la tête.

« Je sors un moment, Maguy. Si on me demande, dis que je reviens.

— Entendu, René. »

Le silence retomba. Jean aurait pu rester là des heures, vide de toute pensée, *groggy*, comme disait Vava. Car elle avait gardé de son éducation le goût des anglicismes et trouvait élégant d'en parsemer ses phrases.

Pour se donner une contenance, il sortit l'une des enveloppes qu'il avait dans sa poche et un stylo, inscrivit quelques mots au dos. La femme le regardait faire, intriguée.

« Quelque chose ne va pas ? demanda-t-elle.

— Si, si, dit Jean en revissant le capuchon de son stylo. Je me demandais juste... Toutes leurs affaires sont restées ici, je suppose ? À part ce qu'ils ont pu mettre dans la valise, évidemment.

— Toutes leurs affaires, ça fait pas lourd, dit la femme, sur la défensive. Mais vous pouvez aller voir, si vous voulez. J'ai touché à rien.

— Oui, au fait. Je jetterais bien un coup d'œil, si ça ne vous dérange pas.

— Oh ! moi, vous savez... »

Elle décrocha une clé au tableau et s'engagea dans l'escalier.

« Je passe devant », prévint-elle.

Arrivée au deuxième étage, elle ouvrit une porte. La chambre était minuscule. Un lit double occupait presque toute la place, un autre plus petit était niché dans l'angle, sous la fenêtre. À l'opposé, un placard bas sur lequel était posé un réchaud à alcool.

« C'est là qu'ils faisaient leur popote, commenta la femme. Normalement, c'est interdit, mais je fermais les yeux.

— Il manque un lit, remarqua Jean.

— La petite dormait avec ses parents et le jeune homme, sur le divan. »

Jean imaginait les nuits à attendre le retour de Joseph, les parents dévorés d'angoisse, puis, vers deux heures du matin, leur soulagement lorsqu'ils entendaient son pas furtif dans l'escalier.

La mère rechignait à voix basse :

« Tout de même, tu devrais lui dire.

— Il faut bien que jeunesse se passe », tempérait son mari, suggérant que son fils suivait sa trace, que lui-même avait pareillement couru les filles, trente ans plus tôt, à Lodz où vivaient, presque heureux, cent mille Juifs.

Jean inspecta rapidement la chambre. Un peu de linge, quelques habits pendus à une tringle, des livres sur une étagère, des photos disposées sur l'unique table de nuit. Il se pencha pour les examiner. Sur l'une d'elles, à bords dentelés, un visage pensif d'adolescent dont la douceur était encore accentuée par le léger flou du cliché. Joseph Rolnik, le petit compagnon, parti la veille pour un long voyage. Jean prit la photo et la rangea dans son portefeuille, sans se soucier du regard soupçonneux que lui jetait la femme, soudain prise d'un doute.

Tandis qu'il s'engageait dans l'escalier, elle lui lança : « Vous ne savez pas quand je serai remboursée ?

— Remboursée de quoi ?

— La chambre. Ils me devaient une semaine.

— Combien ? »

Elle dit un prix. Jean tira de nouveau son portefeuille, compta quelques billets et les lui fourra dans la main.

« Les affaires, là-haut, j'en fais quoi ?

— Ce que vous voulez.

— Et s'ils revenaient ?

— Ils ne reviendront pas. »

Plus tard, Jean fut incapable de se souvenir comment, après avoir quitté la pension Berthe, il avait traversé la ville pour gagner la place Masséna d'où partait l'autocar du soir vers Bendejun. Oubliés barrages et contrôles, il était si faible, si désespéré qu'il n'avait qu'une hâte : se laisser tomber sur les banquettes éventrées d'où s'échappait par touffes un crin rêche, fermer les yeux et, malmené par les cahots, étourdi par les vapeurs que dégageait le carburant mal raffiné, s'endormir d'un pesant sommeil. Tant pis si, en cours de route, une main secouait son épaule tandis qu'on le sommait de présenter ses papiers. Tout lui était égal à présent. Il avait sorti de son portefeuille la photo de Joseph et la tenait serrée contre sa poitrine. Jamais l'adolescent ne lui avait semblé si proche. Des mois durant, il avait entretenu avec Joseph un rapport d'affection où la pitié comptait pour beaucoup et le désir pour rien ou presque. Pourtant, à ce moment même, l'évocation du garçon descendant l'escalier à la suite des policiers et marchant au supplice, l'air indifférent, exerçait sur Jean, il le constatait avec surprise, une puissante attraction érotique. Et plus il tentait de chasser cette image, plus elle s'imposait à lui, sans cesse enrichie de détails incandescents. De même que bien des années plus tôt, le suicide de son camarade, Georges Mascart, avait nourri, soir après soir, ses pensées voluptueuses. Aujourd'hui comme alors, il en éprouvait un terrible sentiment de culpabilité. Mais loin d'être dissuasive, cette sensation, qui avait toujours accompagné sa vie sexuelle, en était devenue, à force, l'un des principaux ressorts, et il ne pouvait imaginer de plaisir sans honte.

Arrivé en avance, Jean avait pris son billet à la petite guérite vert et blanc crème des Transports du Midi et s'était installé aussitôt dans l'autocar. Rompu de fatigue, l'esprit tourmenté par mille pensées contradictoires, il s'était assoupi tandis que les voyageurs remplissaient peu à peu le véhicule. Lorsqu'il se réveilla, une heure plus tard, le soleil avait disparu derrière les collines. L'autocar était immobilisé sur le bord de la route et les passagers – ceux du moins qui n'étaient pas descendus en chemin – réunis autour du capot relevé, observaient le chauffeur dont le corps disparaissait à moitié dans le moteur. Un goût amer dans la bouche, Jean voulut se dresser, mais il retomba aussitôt sur son siège. Il n'avait rien mangé depuis le matin et crut un instant qu'il allait perdre connaissance, comme pendant son service militaire, quand, puni pour indiscipline, il avait dû rester immobile une journée entière, tête nue, en plein cagnard, avec six de ses camarades. Il parvint finalement à se mettre debout et, d'un pas vacillant, rejoignit le petit groupe au moment où le chauffeur, se relevant, déclarait qu'il y avait une bielle de coulée. L'autocar ne repartirait pas. La nouvelle fut accueillie avec une morne résignation. Quatre ans de guerre avaient émoussé toute velléité de révolte et les mauvaises nouvelles étaient si courantes qu'on ne prenait plus la peine de les commenter. La panne s'était produite peu après Contes. Il restait environ cinq kilomètres avant d'atteindre Bendejun. Les voyageurs dont c'était la destination décidèrent pour la plupart de poursuivre à pied, ceux qui allaient plus loin se mirent en quête d'un gîte pour passer la nuit en attendant l'autocar du matin. Jean laissa se disperser le gros de la troupe puis, comme la nuit tombait, il prit la route à son tour.

Presque arrivé à destination, il s'aperçut qu'il n'avait plus sur lui la photo de Joseph Rolnik. Sans doute avait-elle glissé de ses doigts lorsqu'il s'était endormi. Il songea un instant à rebrousser chemin mais, abruti de fatigue, il n'en eut pas le courage. D'ailleurs, l'aurait-il retrouvée ? La photographie avait pu être ramassée ou piétinée. L'autocar, entretemps, avait peut-être été remorqué jusqu'à Nice, à tout le moins déplacé pour ne pas risquer de provoquer un accident durant la nuit.

Il reprit son chemin, avec au cœur le cuisant remords d'avoir trahi le petit compagnon.

11

Jean atteignit les premières maisons de Bendejun vers dix heures du soir. Il lui fallut encore vingt minutes de marche pour rejoindre la maison des Borzone, perchée sur le versant opposé au village. Il aurait pu emprunter le raccourci qui coupait la route en lacets, mais la descente était périlleuse et l'ascension, une fois de l'autre côté, exténuante. Un orage grondait, on n'y voyait pas à vingt mètres, Jean ne s'y risqua pas.

Parvenu au sommet de la côte, il aperçut Gina postée au bord de la route. Elle s'élança vers lui et se mit à l'invectiver grossièrement, mêlant les mots français les plus crus à leur équivalent, sans doute bien plus obscène encore, dans sa langue maternelle. À l'entendre, elle ne respirait plus depuis la fin de l'après-midi, quand elle ne l'avait pas vu rentrer bien après l'heure de l'autocar. Où était-il allé traîner ? Avait-on idée de leur causer une frayeur pareille ? Complètement chamboulé, Aldo n'avait rien pu avaler au dîner, il pleurait comme un veau, elle avait dû lui donner cinquante gouttes de Gardénal pour le calmer. Et d'abord, était-ce si urgent de descendre à Nice ? Avait-il seulement pensé qu'en cas d'ennuis, ça finirait par leur retomber sur le nez, à eux, les Borzone, qui le cachaient par charité ?

Noyé sous le flot de paroles, Jean ne parvenait pas à s'expliquer. La seule excuse qu'il aurait pu fournir, bien que fondée, lui semblait peu crédible : « L'autocar est tombé en panne. » Il aurait fallu inventer des circonstances autrement sensationnelles pour que Gina, friande de romanesque, se laissât amadouer. Il n'en avait pas la force. Comme son père avant lui, Jean était sujet à d'affreuses migraines. Une crise s'annonçait, terriblement douloureuse, qui le clouerait au lit, dans la plus complète obscurité, des heures durant.

Dès les premiers symptômes, Eugène courait s'enfermer dans son bureau de style mauresque – seul vestige de sa vie antérieure, de l'autre côté de la Méditerranée. Là, après avoir soigneusement obturé les fenêtres, il s'allongeait, le visage couvert d'un linge humide, sur la banquette ordinairement réservée à la sieste. On faisait silence dans l'appartement, on marchait en chaussettes ou en pantoufles, on débranchait la sonnette et le téléphone. De temps à autre, Mouni venait tremper le linge dans une cuvette remplie d'eau fraîche et, après l'avoir tordu, le replaçait délicatement sur le visage de son mari. « Veux-tu un bol de bouillon ? Une biscotte ? » proposait-elle. Eugène faisait non de la tête et, prenant sa main, la gardait un instant dans la sienne. C'étaient les seuls moments de sa vie où il bénéficiait d'un peu d'attention, les rares où il se trouvait à l'abri des sarcasmes de sa femme et de sa belle-mère, où il échappait à leur pesant mépris. Si bien qu'on pouvait se demander si ces crises, pour insupportables qu'elles fussent, ne venaient pas le soulager à point nommé d'une douleur morale bien plus éprouvante encore.

Finalement, alors que Gina vitupérait toujours, Jean dit faiblement : « Pardonnez-moi, Gina, je pense que je devrais monter rassurer Aldo. » Mais elle le retint par la manche : « Vous n'allez pas vous coucher sans rien manger ! Venez, je vous prépare quelque chose. »

Selon son credo personnel, il n'était pas de maux que la nourriture ne puisse guérir et, ami ou ennemi, elle n'aurait jamais laissé personne le ventre vide. Jean eut toutes les peines du monde à refuser qu'elle lui réchauffe un reste de petit salé qu'elle avait fait mijoter avec des lentilles.

« Ne le réveillez pas s'il dort », lui recommanda Gina tandis qu'il montait l'escalier d'un pas lourd.

Dans la chambre, l'ampoule qui pendait du plafond était allumée. Aldo somnolait, couché sur le ventre en travers du lit. Il dressa la tête. « C'est toi, dit-il. D'où tu viens ? »

Il n'avait pas l'air très clair. L'effet du Gardénal, sans doute, mais aussi des deux bouteilles de vin qui traînaient au pied du lit, culbutées comme des quilles. Jean vint s'asseoir au bord du matelas. Aldo noua les bras autour de ses épaules. Il sentit ses larmes inonder son cou.

« Quel salaud, dit Aldo d'une voix brouillée par les sanglots. Salaud, salaud, salaud ! » Jean, se retournant, le renversa sur le lit. Non qu'il eût envie de lui, il était bien trop harassé pour penser à l'amour. Mais il fallait à tout prix le faire taire. La migraine dont il espérait encore, l'instant d'avant, qu'elle l'épargnerait, lui vrillait à présent les tempes, chaque élancement plus cruel que le précédent.

« Dis-moi ce que tu as fait ! insistait Aldo. Je veux savoir ! »

Plutôt que de répondre, Jean plaqua ses lèvres sur les siennes. Aldo lui rendit fougueusement son baiser.

« Méchant, dit-il, tu mérites pas que je t'aime ! »

Jean se demanda une fois de plus de quel film idiot il imitait les répliques. Aldo ne lui laissa pas le temps de s'appesantir sur ses réflexions. « Éteins la lumière », souffla-t-il.

Jean pressa la poire accrochée à la tête du lit. Dans la pièce soudain plongée dans l'obscurité, la fenêtre découpait un rectangle plus clair. L'orage, longtemps différé, avait enfin éclaté et le crépitement des trombes d'eau qui s'abattaient sur la terrasse rythmait leur empoignade.

Jusqu'à l'âge de quatorze ans, Aldo avait été l'exemple même du petit mâle aux muscles durs, au parler insolent, satisfait d'être un cancre et coinçant les filles derrière les murs pour leur faire admirer ses attributs dont le développement inattendu le comblait d'orgueil. Gina retrouvait en lui le caractère d'Anselmo, son père, et, connaissant le modèle, prévoyait ce que donnerait plus tard la copie. De cela, elle ne voulait à aucun prix. Aussi ne perdait-elle pas une occasion de lui démontrer, exemples à l'appui, à quel point il était faible, stupide et lâche, contrairement à l'excellente opinion que lui inspirait sa petite personne. Elle appelait ça *lui rabattre son caquet* ou *lui mettre le nez dans sa crotte*. Aldo frémissait de rage sous l'insulte, mais il craignait sa mère autant qu'il l'adorait et il filait doux, se vengeant sur de plus faibles des humiliations qu'elle lui infligeait.

Malgré son jeune âge, Aldo était l'un des piliers de l'équipe de football local. Sa vélocité compensait avantageusement sa petite taille. Chaque dimanche, il partait pour le stade, un coup à domicile, l'autre chez l'adversaire, avec dans son sac, outre un maillot aux couleurs de l'équipe, un demi-pain garni de saucisson et une gourde remplie de vin coupé d'eau. Gina tolérait qu'il se vante, au retour, des deux ou trois buts qu'il avait marqués l'après-midi. C'était du sérieux et non de la vaine gloriole. L'une des rares fois où elle était allée le voir jouer, un homme l'avait abordée et lui avait demandé si son fils envisageait une carrière professionnelle. Il était, affirmait-il, un ponte à l'OGC Nice et lui avait promis de la contacter la semaine suivante. Elle n'en avait plus jamais entendu parler, mais ces quelques mots lui avaient mis la puce à l'oreille. Depuis, elle voyait d'un autre œil les exploits sportifs de son fils. Si taper dans un ballon permettait de gagner sa vie, va pour le football. Elle commença à fréquenter assidûment les stades et apprit en peu de temps à repérer une position de hors-jeu ou une main furtive. Alors – et si bien sûr la faute avait été commise par le camp adverse –, elle protestait bruyamment, interpellait l'arbitre et n'hésitait pas à s'introduire sur le terrain pour s'expliquer avec les coupables. On finit par l'interdire de match. Enfin libéré de cet encombrant supporter, Aldo retrouva le plaisir de jouer et termina la saison à son meilleur niveau.

Par malheur, à la reprise de l'entraînement, tandis qu'il disputait un match amical, il s'écroula brusquement sur le terrain, la bave aux lèvres, agité de tremblements convulsifs. On diagnostiqua une crise d'épilepsie, la première d'une longue suite qui affecta profondément son caractère. À Contes, où les sœurs tenaient un dispensaire, un vieux médecin, pour s'occuper, donnait gratuitement des consultations. Il expliqua à Gina qu'il ignorait ce qui avait réveillé le mal, très certainement tapi dans le corps de son fils depuis sa naissance, qu'il ne pouvait pas dire si les crises seraient dorénavant fréquentes ou espacées, de même qu'il était incapable de prévoir si Aldo en souffrirait jusqu'à la fin de ses jours ou si elles cesseraient aussi mystérieusement qu'elles étaient apparues. Bref, il parla pour ne rien dire, d'autant que Gina aurait pu lui en remontrer sur le sujet, elle qui dans sa jeunesse, à San Donato in Selva, avait vu bien des malheureux se rouler par terre en pleine messe ou dans la cour de l'école, le corps désarticulé, les yeux exorbités, une écume blanchâtre autour des lèvres. C'était le haut mal, une fatalité contre laquelle il n'y avait d'autre remède que la prière et une cuillère à manche de bois. La prière du fait même que les crises étaient imprévisibles, ce qui autorisait à penser que Dieu faisait preuve d'indulgence ou de sévérité suivant l'intensité des implorations qui montaient vers Lui. La cuillère en bois parce qu'il était recommandé d'en placer une en travers de la mâchoire de la victime pour éviter qu'elle s'étouffe en avalant sa langue.

Aldo perdit d'un coup sa belle assurance. Fini le gamin batailleur et arrogant. Il cessa de jouer au football et délaissa la bande de fripouilles qui était sa deuxième famille. Désormais, il quittait peu la maison, traînait dans la cuisine, jouait des heures entières avec Felicita, la sœur qu'il avait ignorée jusqu'à présent. Sans doute ressentait-il obscurément ce que leurs destins avaient de commun : un sang pauvre, continuellement partagé de génération en génération.

Comme quelqu'un qui fait castrer son chat et s'étonne de ne pas reconnaître, dans la bête avachie, le fringant matou de jadis, Gina s'inquiétait de la soudaine apathie de son fils. « Sors un peu, disait-elle, va voir tes copains.

— M'en fous mes copains », répondait-il dans cette langue à la syntaxe si particulière qu'il s'était forgée peu à peu.

Il cessa d'aller à l'école. À quoi bon ? L'instituteur avait clairement fait comprendre à Gina qu'il ne le présenterait pas au certificat d'études. Dès lors, il n'y avait pas d'autre issue pour lui que d'apprendre un métier. Gina avait tenté de le faire travailler aux côtés des journaliers qu'elle employait à la ferme. Mais loin de les aider, il les gênait, cueillait péniblement un pied de tomates quand les autres en faisaient six, égarait les outils, gaspillait l'eau. Il fallait tout reprendre dans son dos. Pareil dans le garage où le patron – amant momentané de Gina – l'avait engagé comme apprenti, contraint et forcé. Il était maladroit, distrait et renonçait vite. Au bout de quelques jours, le garagiste le renvoya chez lui, malgré les bons moments qu'il passait avec sa mère et dont, par représailles, il serait privé désormais.

Pour Gina, élevée dans la gêne, tout devait rapporter, bêtes et gens, de même que les plantations – à l'exception notable des fleurs, sa seule folie. À force de patience, Felicita elle-même avait appris à trier les lentilles, à retirer les fils des haricots verts, à monder les amandes. Ce n'était pas grand-chose, mais on pouvait dire que Felicita gagnait son pain. Qu'en serait-il pour Aldo ?

Un incident vint éclairer l'avenir d'un jour nouveau. Une voisine apprit en confidence à Gina qu'Aldo couchait avec la mercière. Ils étaient si peu discrets que leurs ébats, fenêtre ouverte, ameutaient tout le quartier. Il est vrai que le mari de la mercière, adjudant de gendarmerie, n'était pas souvent chez lui. On disait que, de son côté, il ne s'embêtait pas. Tout de même, un jour ou l'autre, ça risquait de faire du vilain.

Gina promit d'y mettre bon ordre et, pour remercier sa voisine, lui offrit un café. Et tandis que l'autre égrenait les potins, elle réfléchissait à toute vitesse. Ainsi, loin d'être un matou castré, Aldo, comme son père, était au moins capable, faute d'autres talents, de donner du plaisir aux femmes. Sitôt que la voisine eut tourné les talons, elle grimpa l'escalier et débarqua dans la chambre de son fils – la même que celle où Jean, les tempes martelées par une abominable migraine, allait et venait cette nuit-là entre les cuisses potelées d'Aldo, lequel trouvait le moyen de susurrer, entre deux râles de plaisir, des répliques de roman-photo : « Amour, ô, mon amour ! Comme je t'aime, mon amour ! »

Réveillé en sursaut par l'irruption de sa mère, Aldo avoua sans difficulté ses galipettes avec la mercière. « Un beau garçon comme toi avec cette vieille bique ! Elle a les nénés qui pendent, il lui manque une dent en plein sur le devant ! Dis-moi ce qu'elle te donne pour la trombiner ?

— Rien du tout ! protesta Aldo.

— Tu te fiches de moi ? Combien ? Réponds ou je t'en balance une, tu t'en souviendras ! »

Elle ne l'avait pas souvent frappé, mais les rares fois où c'était arrivé, il l'avait senti passer. Inutile alors de croiser les mains devant son visage pour se protéger. Elle frappait fort et à coup sûr. Il préféra céder.

« Elle me fait des cadeaux, admit-il.

— Quel genre de cadeaux ? Montre-moi.

— Je les ai cachés.

— Très bien. Va les chercher, qu'est-ce que tu attends ? »

Il se tortillait, mal à l'aise. « Je peux pas, m'man. Je suis tout nu.

— Et alors ? Je suis ta mère ! Est-ce que ça te dérange avec la mercière ? »

Il hésita encore, puis finit par sortir du lit avec précaution, le sexe pointé comme un sémaphore sous l'effet d'une érection matinale. Gina ne put s'empêcher de sourire mais se reprit vite. Il lui fallait à tout prix garder sa colère intacte si elle voulait régler le problème une bonne fois. Grimpant sur un tabouret, Aldo tendit le bras pour atteindre le conduit par lequel, l'hiver, on récupérait la chaleur de l'unique poêle de la maison. Il farfouilla un instant, dressé sur la pointe des pieds, puis finit par extraire un paquet enveloppé dans un bout de chiffon noué aux quatre coins. Il revint vers le lit, le baluchon pudiquement serré contre son ventre. Gina le lui arracha des mains et, le posant sur ses genoux, en défit le nœud. Apparurent pêle-mêle : un briquet en imitation nacre et métal argenté, une montre-bracelet, un portefeuille, une épingle ornée d'une perle. Gina saisit l'objet entre ses doigts et l'examina avec curiosité.

« C'est quoi, ça ? » demanda-t-elle. Il bredouilla : « Une épingle » et, pointant du doigt son torse nu : « Pour la cravate.

— Tu portes des cravates, toi ? » Aldo baissa les yeux.

« Imbécile ! » cracha-t-elle. Elle reposa l'épingle sur le tas.

« C'est de la camelote. Tu t'es fait avoir », dit-elle.

Il protesta. « Ça vaut rien ! Et ça ? » Il attrapa le portefeuille, l'ouvrit. Sur le rabat de la poche intérieure, ses initiales étaient gravées en lettres dorées : *AB*, Aldo Borzone.

« Peuh ! se moqua-t-elle. Ça lui a rien coûté, à ta mercière.

C'est un représentant qui le lui a donné. Pareil pour le briquet et l'épingle de cravate.

— Un représentant ?

— Oui, un représentant, de la réclame !

— Pas la montre.

— Ah bon ? Tiens, regarde... »

Elle saisit la montre et désigna le cadran. Il se pencha. En haut, au-dessus des aiguilles, figurait une inscription : *Chat Botté*.

« C'est une marque de montre, ça, *Chat Botté* ? Tu connais les montres *Chat Botté* ? » Il secoua la tête. « Moi, je connais les laines du *Chat Botté*. C'est avec ça que j'ai tricoté ton pull, l'hiver passé. Le col roulé qui te va si bien. Même que c'est chez ta mercière, cette saleté, que j'ai acheté les quinze pelotes. »

Il s'assit à côté d'elle sur le bord du lit, anéanti. Elle l'attira à elle. « Mon pauvre petit, tu connais pas les femmes ! »

Elle laissa passer un temps avant d'entrer dans le vif du sujet.

« Alors maintenant, on va parler sérieusement, tous les deux. »

Le fait est qu'elle s'expliqua très clairement. Si la seule compétence d'Aldo était de faire hurler les femmes – fenêtres fermées, si possible –, alors il fallait que ça rapporte. Les montres *Chat Botté* et les portefeuilles en similicuir, c'était bon pour un apprenti. Il était temps de passer professionnel.

Aldo n'avait jamais envisagé les choses sous cet angle. La froide détermination de sa mère le surprit plus qu'elle ne le choqua. Jusqu'à cette minute, il était resté un enfant – l'apparition soudaine des crises d'épilepsie ayant prolongé cet état au-delà du raisonnable. D'un seul coup, il devint un homme. Sa nudité présente était à la fois le symbole d'une nouvelle naissance et la préfiguration de son activité future. Il ne serait plus jamais le gamin que la mercière culbutait sur le lit conjugal après avoir fébrilement retiré le bec-de-cane et accroché l'écriteau *Je reviens de suite*. Désormais, il choisirait ses clientes et imposerait ses tarifs, variables en fonction de leur âge, de leur beauté et de leurs appétits – la mercière occupant une position médiane sur ce barème. Ni trop vieille, ni trop laide, ni trop exigeante. Il entrevoyait un travail peu contraignant, on avait le choix des horaires, lui qui n'était pas du matin pourrait dormir à satiété. C'était plutôt à l'heure de la sieste ou à la nuit tombée que s'éveillaient les fringales et que cédaient les interdits.

Un mot en particulier l'avait frappé dans la démonstration de Gina. Elle avait parlé de *compétence*. Il se souvint que, dès sa première expérience – une femme d'un certain âge, pas la mercière, une autre, qui l'avait déculotté comme on retrousse la peau d'un lapin –, il s'était senti d'emblée qualifié. Dans les discussions entre garçons qui avaient suivi – discussions où la vantardise servait le plus souvent à masquer l'ignorance –, c'est avec une tranquille assurance qu'il avait proclamé : « Moi, je sais bien faire jouir. » Personne n'avait osé contester cette allégation.

Il dit à Gina : « Bon, ben, c'est d'accord » et se leva pour enfiler un pantalon. Gina fut soulagée d'un grand poids. Aldo était casé. Restait à régler les détails. À savoir le montant de la pension qu'il verserait à sa mère pour le gîte, le couvert et l'entretien de son linge, ainsi que le pourcentage qu'elle percevrait sur ses prestations. Si le premier point fut rapidement conclu, le second, par contre, donna lieu à d'âpres négociations. De quel droit Gina s'octroierait-elle une part de ses gains ? En échange de quels services ? Elle fit valoir, et d'un, que c'est elle qui, à l'instant même, lui avait suggéré de faire métier de ce qui n'était pour lui qu'un passe-temps. Et de deux, qu'elle connaissait nombre de veuves, de femmes esseulées, et encore bien plus d'épouses insatisfaites, ce qui la désignait comme intermédiaire – elle évita le terme d'entremetteuse – entre ces femmes-là, par nature peu enclines à révéler leur frustration, et lui qui n'avait aucun moyen d'entrer en contact avec elles. Toutefois l'argument majeur restait que, depuis toujours, chez les Borzone, on travaillait en communauté, selon la tradition paysanne. Que l'argent gagné par les uns appartenait aux autres et devait être versé au pot commun. Aldo ne l'entendait pas de cette oreille. Peut-être ces règles étaient-elles valables au fin fond de l'Italie, dans un village coupé du monde, où les gens marchaient pieds nus et mangeaient un jour sur deux. Mais ici, en France, à trente kilomètres d'une grande ville, dans une famille où l'on vivait à son aise, chacun avait droit à un peu d'indépendance. Ce genre de propos heurtait profondément Gina, attachée à l'ordre immuable des choses. En même temps, elle constatait avec satisfaction que son fils, dont elle pensait jusqu'à présent qu'il n'avait pas grand-chose dans le ciboulot, était capable de raisonnement et savait se défendre. Sans perdre de vue son intérêt, elle lâcha progressivement un peu de lest, comme on récompense d'une menue friandise un animal en cours de dressage. Ils parvinrent à un accord d'autant plus solide que chacun pensait avoir pigeonné l'autre. La mercière remballa ses objets publicitaires et dut payer en bon argent les attentions du jeune homme. À cette habituée se joignirent bientôt un lot de dames plutôt mûres, mais aussi une très jeune fille dont la mère – elle-même passée entre les bras d'Aldo – pensait qu'elle devait être *assouplie*, c'était son terme, avant d'épouser un lourdaud fortuné qui, qu'elle fût vierge ou pas, n'y verrait que du feu.

Tout allait pour le mieux, Aldo reversait ponctuellement à Gina la part qui lui revenait. Persuadé que, d'une manière ou d'une autre, elle finissait par tout savoir, il ne se risquait pas à la truander sur le montant de ses gains et leur comptabilité secrète était tenue au centime près. Or quelques mois plus tard, la même voisine qui avait averti Gina des relations d'Aldo avec la mercière lui annonça, scandalisée, que son fils était un habitué des soirées olé olé – « Vous voyez ce que je veux dire, pas besoin de faire un dessin » – du Monseigneur, grand amateur de jeunes gens, qui avait pris pension au couvent Sainte-Marie où il faisait office de chapelain. Gina fit mine de s'en indigner. Le fait qu'Aldo couche, ou qui savait quoi, avec un homme ne la choquait pas spécialement. C'était, en bonne logique commerciale, élargir intelligemment sa clientèle, de même qu'un boulanger avisé décide, en plus du pain et des gâteaux, de vendre de la pissaladière. En revanche, elle trouvait révoltant que son fils lui dissimule cette nouvelle source de profit. Car elle ne doutait pas, le connaissant, qu'Aldo avait su monnayer sa participation aux soirées olé olé du Monseigneur. Prétextant une tâche urgente, elle mit dehors la voisine et se rua dans la chambre d'Aldo.

En peu de temps, celui-ci avait pris de l'assurance. Il opposa une fin de non-recevoir aux réclamations de sa mère.

Leur accord portait sur les seules relations féminines. Le Monseigneur et les clients de son espèce, c'était son bénéfice à lui, sa cagnotte. Gina n'avait rien à voir là-dedans. Ce furent des hurlements, des supplications, puis des larmes. Plus que de voir un gain lui passer sous le nez, Gina était cruellement blessée d'avoir été tenue à l'écart. Il y avait un pacte entre eux, Aldo l'avait rompu sans l'en avertir. Elle fit tant et si bien qu'Aldo se laissa fléchir et consentit à transiger. Il verserait un pourcentage à sa mère, mais bien inférieur au taux précédemment négocié. Car, d'une part, c'est de lui seul que dépendait ce type de rencontres, et d'autre part, le boulot était bien plus fatigant et parfois franchement désagréable. Elle se rendit à ses arguments. Leur convention ainsi complétée fonctionna sans accrocs jusqu'à ce qu'Aldo rencontre Jean.

La guerre venue, Aldo, reconnu épileptique, échappa à la mobilisation. Tandis que des milliers de jeunes hommes stagnaient dans les casernes, il poursuivit tranquillement ses activités, nullement ralenties par les événements. Sa clientèle tant féminine que masculine s'étoffa. Il comprenait vite, ne s'étonnait de rien et répondait aux sollicitations les plus incongrues pourvu qu'elles lui rapportent. Un soir qu'il se trouvait en service commandé au couvent Sainte-Marie pour l'une de ces soirées très privées à l'occasion desquelles Mgr de Chassy réunissait quelques amateurs triés sur le volet, il fit la rencontre d'un jeune couturier devenu, au dire du Monseigneur, la *coqueluche du Tout-Nice*. Au point que Gil Chardin, jusqu'ici maître incontesté des élégances, voyait sa clientèle fondre à vue d'œil. Il s'appelait Jean Costa, il émanait de lui ce rayonnement très spécial, mélange d'arrogance et de fragilité, que diffusent les êtres promis au succès. Aldo, qui jusqu'alors n'avait jamais entretenu d'autre relation que mercantile avec les hommes, en tomba aussitôt amoureux. De son côté, Jean, perpétuellement en chasse et prompt à cibler sa proie, avait tout de suite repéré ce garçon un peu lourd dont il devinait la chair succulente sous les vêtements ordinaires. Sevré de sport du fait de sa maladie, l'adolescent filiforme s'était considérablement épaissi et, à vingt ans bien mieux qu'à seize, correspondait au profil qu'affectionnait Jean.

À la fin de la soirée, Jean, qui venait d'acheter sa Delage décapotable, proposa à Aldo de le ramener chez lui. Sur la route, impatient de vérifier si son instinct ne l'avait pas trompé, il obliqua sur un chemin forestier et, stoppant le véhicule dans une clairière, entreprit de déshabiller sa conquête. Mais Aldo prit les devants et Jean constata vite qu'il n'avait rien à lui apprendre.

12

Deux fois par semaine, vers cinq heures du matin, les journaliers, sous la direction de Gina, chargeaient la camionnette qui descendait livrer les restaurants, à Nice. Quelques cageots d'aubergines et de tomates, un panier d'abricots, un autre de prunes, une dizaine de poulets, quatre ou cinq lapins, pas grand-chose en fait. Rien à voir avec les cargaisons d'avant-guerre.

La marchandise arrimée, les hommes montaient à trois dans la camionnette : le chauffeur, un garde à côté de lui sur la banquette, un autre à l'arrière, tous deux armés d'un fusil de chasse soigneusement dissimulé. Car début juillet, alors que le chauffeur était seul au volant, il avait été attaqué, peu avant Tourrette, par des hommes cagoulés qui avaient fait main basse sur la marchandise. On avait incriminé la Résistance ou les *chapacans*, ces romanichels dont la présence était régulièrement signalée dans le pays sans que personne les ait vus. En attendant les conclusions de l'enquête – laquelle n'avait aucune chance d'aboutir –, Gina, prudente, avait pris ses dispositions pour éviter tout nouvel incident.

Vers midi, parfois un peu plus tard si elle avait été retenue par un contrôle à la sortie de Nice, la camionnette était de retour à Bendejun. Le chauffeur comptait l'argent sur la table et, tandis que Gina vérifiait, il relatait les nouvelles glanées en ville. Les Boches n'étaient pas comme les Italiens. Ils se tenaient à l'écart de la population, dépensaient peu dans les boutiques et les restaurants, avaient interdiction de fréquenter les prostituées. Pas question de faire du troc avec eux, alors que les soldats italiens, pour peu qu'ils aient un coup dans le nez, étaient capables d'échanger leur chapeau à plume contre un bocal de coulis. Bref, c'était pas la joie.

D'un autre côté, les Juifs, qui s'étaient cru tout permis du temps des Italiens, se tenaient enfin à carreau. Mais fallait pas aller trop loin non plus. On disait que le dimanche passé, sur la Promenade des Anglais, un gars de la Milice avait bousculé une femme juive qui se promenait avec son enfant. Elle était tombée par terre et le gars lui avait écrasé la tête à coups de brodequins. Le petit hurlait « Maman ! Maman ! », des passants avaient protesté, pas moyen de l'arrêter.

« Ben ça, vous voyez, madame Gina, je dis c'est pas humain. On peut faire les choses proprement », s'indignait le chauffeur. Gina ne répondit pas. Elle comptait l'argent. Impossible de dire si elle avait entendu. À la fin, les pièces soigneusement empilées d'un côté, les billets épinglés par dix de l'autre, elle dit : « C'est bon. Le compte y est. Tiens, bois un coup. » Elle lui servit un verre de vin qu'il avala d'un trait.

« Allez, ouste ! Débarrasse-moi le plancher. »

Mais à peine sorti sur la terrasse, le chauffeur tira un papier de sa poche et revint sur ses pas.

« J'allais oublier », dit-il.

C'était une carte-lettre. Dans le cadre réservé à l'adresse, on lisait : « Aux bons soins de Mme Gina », sans autre précision.

Par ce moyen, Jean gardait le contact avec Madeleine Colardo, son bras droit, *son autre soi-même* qui, lui absent, assurait fabrication et essayages. Car la maison de couture avait beau avoir officiellement changé de propriétaire, Jean, tout dépossédé qu'il était, continuait d'assurer une sorte d'intérim semi-clandestin à la demande de Malassis. L'automne approchant, les clientes s'empressaient de renouveler leur garde-robe de crainte qu'une nouvelle aggravation de la situation ne les en empêche plus tard. Il fallait faire face à l'afflux des commandes.

« Inutile de brusquer ces dames. Pour le moment, je préfère rester dans l'ombre », argumentait benoîtement Malassis. Et soudain menaçant : « Vous n'allez pas me lâcher en plein boum, Jean ? Ce ne serait pas très loyal. En attendant, je m'occupe de régler notre petite affaire. Donnant-donnant. » Il parlait du bada, bien sûr. Jean avait cédé.

Par l'intermédiaire de la camionnette, Madeleine adressait à Jean les desiderata des clientes, souvent accompagnés de suggestions découpées dans les magazines de mode. Jean, en retour, soumettait croquis et maquettes et décidait des retouches nécessaires.

Peu de particuliers, à Bendejun, disposaient du téléphone. Gina en avait fait la demande, on l'avait inscrite sur une liste d'attente en lui recommandant la patience. Depuis, rien. Pour téléphoner, il fallait aller à la cabine et demander le numéro. Quant à l'obtenir, c'était une autre affaire. Mieux valait emporter un journal ou un tricot pour s'occuper. Gina avait fortement déconseillé à Jean de se rendre au village, puis le lui avait formellement interdit après sa récente escapade à Nice. Ce n'était pas tant les gendarmes qu'elle redoutait, elle se montrait suffisamment généreuse avec eux – fruits, légumes, œufs frais, un quartier de viande de temps à autre – pour mériter leur indulgence. Par contre, elle se méfiait des commérages. Il y avait eu des dénonciations, un corbeau adressait lettre sur lettre au préfet pour se plaindre, preuves à l'appui, du manque de vigilance des autorités locales. Gina n'avait aucune envie qu'il signale, au détour d'une missive bourrée de fautes d'orthographe et de points d'exclamation, qu'elle hébergeait clandestinement un Juif, lequel, visiblement bien nourri, se prélassait au soleil sur la place du village, narguant la population durement éprouvée, etc.

Jean en était donc réduit, pour communiquer avec Madeleine, aux va-et-vient bihebdomadaires de la camionnette. C'est aussi par ce moyen qu'il recevait – plus rarement et de plus en plus difficilement – les sommes qui lui revenaient, reliquats de commandes anciennes. Car les clientes, en bonnes bourgeoises, profitaient de la situation pour faire traîner les paiements, quand elles n'oubliaient pas carrément de s'en acquitter. Suspendu au règlement du bada promis par Gilbert Malassis, Jean attendait ces quelques subsides pour régler sa pension.

À ce propos, on était déjà mercredi et Gina n'avait toujours rien encaissé. Elle s'en voulut d'avoir laissé s'éterniser la situation. Jean paierait le jour même ou il prendrait ses cliques et ses claques. Elle sortit sur la terrasse où Anselmo rêvassait, assis dos au mur, les yeux fixés sur la mer, le coq niché dans ses bras.

Levant la tête, elle appela : « Monsieur Jean ! » Et comme rien ne bougeait, elle appela de nouveau : « Monsieur Jean ! Monsieur Jean ! » Il y eut un bruit de chaise bousculée, puis Jean, torse nu, apparut à la fenêtre.

Gina agita la carte-lettre dans sa direction.

« Descendez ! » dit-elle.

Peu après, elle entendit son pas dans l'escalier. Il traversa la cuisine en terminant d'enfiler un pull à même la peau. C'était la première fois que Gina le surprenait autrement qu'habillé de pied en cap, le teint frais, précédé d'un léger parfum citronné - toujours la même eau de Cologne Jean-Marie Farina dont Gina avait admiré le flacon taillé en pointe de diamant un jour qu'elle furetait dans la chambre d'Aldo. Il lui sembla plus vieux tout à coup, au bout du rouleau, vaincu. Elle s'inquiéta. Il n'allait pas lui filer entre les pattes, celui-là. Ce serait une catastrophe pour Aldo et une perte sèche pour elle.

Mais dès qu'il devina le regard de Gina posé sur lui, Jean rectifia son attitude. Toujours avoir l'air.

Elle lui tendit la carte-lettre.

« Pour vous. Le chauffeur l'a remontée de Nice. »

Il prit la lettre, en déchira les bords en papier gommé et la déplia.

De son écriture minuscule - elle-même s'en moquait, des *pattes de mouche*, disait-elle -, Madeleine Colardo l'avertissait que Gilbert Malassis rentrerait de Vichy au début de l'après-midi. Corinne, sa femme, était passée à la boutique pour le lui dire. Il désirait voir Jean au plus tôt, si possible le soir même, pour « régler leur affaire », ajoutant qu'il était prêt à se déplacer, car vu les contrôles, il pouvait être dangereux pour

Jean de circuler. Corinne Malassis avait insisté pour avoir son adresse, mais Madeleine s'était bien gardée de la lui communiquer. Elle attendait des instructions.

Après la signature, Madeleine avait cru bon d'ajouter cette mise en garde :

« P.S. Je n'ai pas du tout confiance dans ces gens-là. Surtout, méfiez-vous ! Pas d'imprudence ! »

Après avoir parcouru la lettre une première fois, Jean resta songeur un instant, puis la lut à nouveau. Gina ne le quittait pas des yeux.

« Pas de mauvaise nouvelle, au moins ? risqua-t-elle.

— Excellentes, au contraire », répondit Jean. Il laissa la phrase en suspens, comme s'il se préparait à ajouter quelque chose. Mais il répéta simplement : « Excellentes... excellentes...

— Alors vous allez bientôt pouvoir me payer ? fit Gina d'un ton acerbe.

— Pardon ?

— Vous êtes devenu sourd ? Me payer. Vous me devez de l'argent.

— Bien sûr ! Où avais-je la tête ? Ne vous inquiétez pas, chère Gina. Ce soir, tout sera réglé. En attendant, si vous permettez, je remonte un instant.

— Vous déjeunerez ?

— Naturellement.

— À quelle heure ? Je ne suis pas à votre disposition.

— Eh bien disons, une heure et demie. Si cela vous convient. »

Elle inclina la tête. « Un café en attendant ?

— Ma foi... »

Elle prépara un plateau, deux bols, du sucre, des cuillères.

Puis, saisissant la cafetière, elle versa le liquide faiblement coloré et probablement tiède dans les bols. Elle ne se pressait pas. Elle donnait même l'impression de retarder exprès chaque geste, parlant de choses et d'autres pour gagner du temps. Car elle avait toujours l'impression que leurs conversations se terminaient sans qu'ils se soient dit l'essentiel.

Les bols étaient servis, Jean remercia, prit le plateau et s'engagea dans l'escalier. Gina le regarda disparaître, mécontente d'elle-même. À ce moment, Anselmo l'appela depuis la terrasse. Il était midi passé. Elle se hâta de lui apporter son vin pour le faire patienter.

Dans la chambre qui empestait, Jean heurta du pied les bouteilles éparpillées sur le plancher. Le bruit réveilla Aldo. Il gémit, s'étira, puis, balayant le sol du bras, récupéra son chapeau dont il se coiffa. Adossé à la tête de lit, il resta un instant immobile, clignant des yeux, émettant des petits claquements de langue et pétant pour finir.

« Mon café ! » réclama-t-il en allumant sa première cigarette.

Jean prit les bols et, s'asseyant sur le lit, tendit le sien à Aldo qui le but avidement. « Putain, ça fait du bien ! » s'exclama-t-il. Pour que son contentement soit total, il avait besoin que les choses soient clairement énoncées, et plusieurs fois si possible. Puis, observant Jean, il s'inquiéta : « Ça va pas ? Tu fais la tronche ?

— Mais non.

— Mais si. »

Jean fut tenté de lui faire part de ses préoccupations. Il y renonça aussitôt. Trop compliqué à expliquer. D'ailleurs, que pouvait-il attendre de ses conseils ?

« Alors ? s'impatienta Aldo. Ça va durer longtemps, les cachotteries ? »

Jean, pour le faire taire, posa la main sur son ventre tiède et légèrement poisseux. Le visage d'Aldo s'épanouit.

« Ben mon salaud ! dit-il en se pressant contre lui.

— Ton chapeau ! » ordonna Jean.

Et tandis qu'Aldo s'offrait complaisamment à ses caresses, il réfléchit au mot rédigé en hâte par Madeleine Colardo.

Gilbert Malassis avait refait surface. Il serait à Nice incessamment et, loin de se dérober, il souhaitait le rencontrer. Mieux encore, conscient des risques, il proposait de se déplacer en personne. Pourtant, Madeleine avait éprouvé le besoin de le mettre en garde.

Ce qui troublait Jean, c'étaient les mots soulignés et les deux points d'exclamation. Madeleine était d'une nature réservée. Qu'elle exprime aussi clairement sa défiance, qu'elle la réitère, témoignait de son inquiétude.

Mais pourquoi diable refuserait-il un rendez-vous qu'il avait lui-même sollicité et qu'hier encore il désespérait d'obtenir ? D'un autre côté, si, comme le redoutait Madeleine, ce rendez-vous était un piège, alors les atrocités rapportées par M. Torteltaub - le hall de l'hôtel Excelsior rempli d'une foule terrorisée, l'officier SS égrenant le nom des déportés depuis l'escalier monumental, les clameurs qui s'échappaient des wagons stationnés en plein soleil dans l'attente du départ -, ces horreurs qu'il n'avait pas voulu entendre, dont il se persuadait qu'elles ne le concernaient pas, deviendraient réalité.

Partagé entre la hâte d'en finir et la crainte de tout perdre, Jean était incapable de trancher.

À ses côtés, Aldo gémissait. « Plus fort ! Plus fort ! »

Jean, rappelé à l'ordre, se concentra sur sa tâche. Il était midi passé. Au village, le bureau de poste ne rouvrirait qu'à trois heures. Il avait encore le temps d'y penser. D'autant qu'il savait bien qu'après avoir longtemps balancé, il finirait, au dernier moment, par faire exactement l'inverse de ce qu'il aurait prévu.

•

13

En novembre 1898, à l'occasion des élections municipales, les Algérois votèrent en masse pour les candidats de la liste antijuive. Dans la foulée, leur chef, Max Régis, vingt-cinq ans, grand organisateur des *youpinades* qui, à intervalles réguliers, mettaient les rues à feu et à sang, fut élu maire. « Et maintenant, proclama-t-il le soir même, il faut qu'ils crèvent tous ! » Il parlait des Juifs, naturellement. Et pour marquer sa détermination, il prit immédiatement deux arrêtés : l'un contraignait les cochers juifs à stationner dans des endroits déterminés, le second interdisait aux Juifs l'accès au théâtre municipal. Stationner ici ou là gêna modérément les cochers. La bourgeoisie juive, par contre, n'apprécia pas du tout d'être privée d'un divertissement qui lui permettait d'afficher, lors des soirées de gala, que les Juifs d'Algérie, depuis l'adoption du décret Crémieux, n'étaient plus des *Israélites indigènes* mais des Français de plein droit.

Dans les mois qui suivirent, le fauteuil de maire changea de titulaire à plusieurs reprises, sans échapper pour autant aux élus antijuifs. Cette situation convenait parfaitement à l'administration coloniale. Avec une personnalité d'envergure à la tête de la municipalité, il aurait fallu négocier, composer, faire des ronds de jambe. Tandis qu'avec des braillards qui n'étaient d'accord sur rien excepté leur obsession antisémite, le gouverneur – autant dire Paris – avait les mains libres.

Longtemps la ville avait poussé n'importe comment, il y avait de la place, on ne se gênait pas. Il n'était pas rare de trouver, en plein centre, les restes de vastes demeures ottomanes entourées de jardins retournés à l'état sauvage. Leurs nouveaux propriétaires se hâtaient de construire sur les terrains libérés les immeubles de rapport, sans plan d'ensemble, à peine alignés. Les boulevards ressemblaient à des mâchoires mal plantées. D'un point de vue politique, ce laisser-aller engendrait un fâcheux désordre social. Bourgeois et prolétaires, indigènes et colons, chrétiens, juifs et musulmans, les frontières n'étaient pas claires, il était temps de mettre un peu d'ordre. Bab El Oued en prenait à son aise, on lui mit des bornes à grand renfort d'avenues où la construction de beaux immeubles et l'implantation de commerces chics étaient favorisées. Ainsi, toute une population mélangée à l'extrême fut contenue dans un périmètre soigneusement délimité. Et bien que rien ne l'empêchât officiellement d'en franchir les contours, elle se tenait d'elle-même dans le secteur qui lui était assigné, comme si des gardes étaient postés en lisière.

Le boulevard Général-Farre, qui allait des hauteurs d'Alger jusqu'au front de mer, formait l'un des bras de ce dispositif. Un terre-plein laissé à l'abandon le divisait par le milieu. Dans cette succession de tumulus hérissés d'épineux, les enfants s'en donnaient à cœur joie, creusant des tunnels, élevant des fortifications, traçant des itinéraires adaptés à leurs jeux. C'était trop de liberté. On décida de domestiquer cet espace qui nuisait au standing des constructions flambant neuves jaillies peu à peu de part et d'autre. L'aménagement d'un square monumental fut entrepris. Une vue d'artiste le représentait s'étageant majestueusement du haut en bas de la colline par une succession de glacis plantés dans le style colonial et agrémentés de fontaines et de bassins. Depuis quatre ans, le chantier s'éternisait dans un vacarme épouvantable et une poussière qui, les jours où le vent s'engouffrait dans la tranchée, obligeait les riverains, quelle que soit la température, à boucler soigneusement toutes les issues. Ce qui n'empêchait pas qu'une fine pellicule couleur safran se déposât sur les meubles soigneusement encaustiqués, les faux biscuits de Sèvres et les pianos droits.

Mouni, dix-sept ans, le front collé aux vitres, observait au-dessous les ouvriers indigènes courbés sur leurs outils, le chèche enroulé autour du visage pour se protéger des tourbillons de sable qui les cinglaient sans répit. Ils portaient de longs manteaux déchirés ou de vieux imperméables qui, en leur temps, avaient dû être élégants sur le dos de leurs propriétaires français. Pourquoi se couvraient-ils autant quand il faisait si chaud ? Un ingénieur parcourait le chantier à cheval et du haut en bas de la colline houspillait les contremaîtres, qui à leur tour invectivaient la main-d'œuvre, hurlant en pure perte car le vent était si fort qu'on ne s'entendait pas à trois pas.

Le grand appartement où logeaient les Mourjan était désert, à part les domestiques. M. Mourjan vaquait à ses affaires et ne rentrerait qu'à la nuit, Vava prenait le thé chez des amies, comme chaque après-midi de la semaine, tantôt chez l'une, tantôt chez l'autre, les recevant parfois. Alors

Mouni, enfermée dans sa chambre, pouvait les entendre piailler, sachant, si le vacarme s'interrompait un instant, qu'elles étaient en train d'échanger quelque secret à voix basse. Une affaire de coucherie, sans doute. Mouni n'était pas très avertie, mais suffisamment tout de même pour savoir qu'il arrivait aux hommes de tromper leur femme et, chose plus difficile à concevoir, aux femmes de voler le mari des autres. Lorsque les conversations reprenaient à voix haute, c'étaient toujours les mêmes sujets. Celui dont elles ne se lassaient jamais, qui était perpétuellement remis sur le tapis, qu'on examinait sous tous les angles, concernait les domestiques et leur comportement odieux. Pour ces femmes qui, à quelques exceptions près, n'auraient pu prétendre en France qu'à une bonne, aidée à la rigueur d'une cuisinière, le grand luxe de la vie coloniale, la source inépuisable de fierté, était d'avoir à leur service une flopée d'employés. Elles en concevaient un sentiment de puissance qui les consolait de bien des frustrations. Qu'elles se vantent de les traiter correctement ou les tyrannisent sans vergogne, toutes les considéraient comme des êtres par nature voleurs, menteurs et paresseux qu'il convenait de tenir en respect. Comme il y avait de bonnes épouses, de bonnes mères ou des *cordons-bleus*, il y avait celles qui savaient *mener* leur personnel et celles qui en étaient incapables. Sévèrement jugées, ces dernières étaient accusées d'encourager, par leur faiblesse ou leur excessive indulgence, la mauvaise mentalité des indigènes. Vava, en tant que patronne, s'était rapidement imposée. On la regardait comme un modèle, on lui demandait conseil. Son enfance en Pologne, au sein d'une maison où s'activaient pas moins de vingt domestiques, dont six en livrée, l'avait dotée d'une solide expérience en la matière. Les gens qui servaient chez Jacob Cohn – comme dans n'importe quelle famille riche en Pologne – étaient traités si durement, ils étaient à ce point privés de tout droit qu'ils auraient probablement volontiers échangé leur sort contre celui, pourtant peu enviable, de leurs semblables algériens. Certes, la faillite retentissante de son père, l'exil en France, les premières années à Paris dans leur logement miteux, rue de la Fontaine-au-Roi, lui avaient montré la vie sous un autre angle. Elle avait dû s'astreindre aux basses besognes, d'autant que sa mère, perpétuellement malade, lui en avait presque entièrement laissé la charge. Mais justement, pour s'être usé les mains au ménage et à la lessive, Vava s'était juré que, sitôt libre de ses choix, elle y échapperait par n'importe quel moyen.

Dans le grand salon, la fatma préposée au ménage frottait machinalement les bibelots, déplaçant la poussière plus qu'elle ne l'essuyait. Qu'importe ? Il suffisait qu'elle ait l'air occupé. Elle avait interdiction de s'asseoir pendant la journée, sauf pour une courte pause à l'heure du déjeuner. Le reste du temps, elle allait d'une pièce à l'autre, balai, seau et chiffon à la main, ombre silencieuse dont on finissait par oublier la présence. De même qu'on ignorait le vieil homme en djellaba qui se tenait dans l'entrée et dont le rôle n'était pas très clair. Il avait toujours servi chez les Mourjan, on le gardait par charité. Il montait le courrier, portait paquets et bagages, débarrassait des vêtements, se chargeait des tâches qui n'étaient pas explicitement dévolues à tel ou tel membre de la domesticité. Il s'appelait Fayçal, mais Vava, trouvant son nom ridicule, l'avait rebaptisé Ahmed, ce dont il s'accommodait comme d'une lubie parmi d'autres. Les jours de réception, on l'affublait d'un costume de cérémonie, gilet brodé, pantalon bouffant, fez à gland sur la tête - déguisement d'opérette imaginé par Vava et dont personne ne s'était jamais vêtu dans la réalité.

L'obligation de maintenir les fenêtres fermées privait l'appartement du courant d'air bienfaisant qu'on créait, avant ces maudits travaux, entre les différentes pièces, surtout l'après-midi, pour rendre la chaleur supportable. Mouni mourait de soif. Pour boire, il fallait qu'elle aille jusqu'à la cuisine, située dans une aile distincte de l'appartement. Là s'ouvrait une cour intérieure où donnaient les fenêtres grillagées des pièces de service. Et comme le vaste appartement, dans son aspect actuel, procédait de la réunion de deux logements plus petits, on avait abattu le mur qui séparait les cuisines mitoyennes pour n'en faire qu'une seule, d'une taille impressionnante.

C'était le royaume exclusif de Chafia, la cuisinière qui, contrairement à la bonne qu'on appelait Fatma ou à Fayçal devenu Ahmed, avait droit à son véritable prénom. Il faut dire qu'elle contribuait pour beaucoup au prestige de la maison. C'était une *perle*, sa cuisine était réputée dans tout Alger, des recettes portaient son nom : le merlan *à la Chafia*, les poivrons farcis *à la Chafia*. Elle avait fait l'objet, au fil des années, de multiples tentatives de débauchage, on lui avait proposé ailleurs *des ponts d'or* – à la mesure, n'exagérons rien, de ce à quoi pouvait prétendre, selon le barème colonial, un travailleur indigène de sa catégorie –, mais Chafia ne s'était jamais laissé séduire par les offres mirifiques qui lui étaient faites entre deux portes. Entrée chez les Mourjan du temps de la mère d'Isaac Messaoud, sa propre existence se confondait, depuis quarante ans, avec celle de ses patrons. Elle logeait dans un boyau étroit, anciennement un couloir, qui jouxtait la cuisine. Il y avait là une paillasse, presque à ras du sol, et une malle où elle rangeait ses affaires personnelles. Une sorte de meurtrière ouvrait sur le puits noirâtre d'où montaient les senteurs croupies de l'immeuble. Levée à cinq heures, jamais couchée avant minuit, Chafia occupait cet endroit seulement pour dormir et faire ses prières. Le reste du temps, elle vivait dans la cuisine. On savait qu'elle avait été mariée, qu'elle avait des enfants et de nombreux petits-enfants. Sans doute les voyait-elle durant son unique jour de repos, une fois par mois. Mais rien n'était moins sûr, car si, ce jour-là, elle quittait bien l'appartement dès sept heures du matin, on ignorait à quoi elle employait la journée. M. Mourjan affirmait l'avoir aperçue, sans oser l'aborder, une fois où il avait à faire sur le port. Elle errait à petits pas le long des quais, suçotant comme une enfant l'une de ces glaces à l'eau qu'on appelait des *frigolos*, s'arrêtant pour observer un paquebot en partance ou l'étalage d'un vendeur à la sauvette. Le soir, alors que Chafia était rentrée selon la règle à dix-sept heures pour préparer le dîner, M. Mourjan avait bien tenté de l'interroger. Venu dans la cuisine avec cette intention, il s'était finalement contenté de lui demander si elle était satisfaite de sa journée, ce à quoi elle avait répondu, tout en battant des œufs en neige : « Très satisfaite, grâce à Dieu, monsieur Messaoud. Il faisait un beau soleil. »

De tous les membres de la famille, Mouni était la préférée de Chafia. « Tu es comme ma fille », répétait-elle en la prenant par la taille. Mouni, embarrassée, se dégageait vite. Elle n'aimait pas qu'on la touche.

Privée de mère dès sa naissance, Mouni, toute petite, avait vu surgir dans sa vie une femme dont son père lui avait dit qu'elle devait l'appeler maman. C'était Vava. Durant toute son enfance, elle ne manqua de rien sauf d'affection. À la rigueur un baiser le soir, donné du bout des lèvres, comme un coup de bec. Et si elle s'attardait, Vava s'impatientait. « Quoi encore ? disait-elle. Tu veux qu'on se lèche la pomme ? » À force, Mouni apprit à refréner ses élans qui se firent de plus en plus rares jusqu'à cesser tout à fait.

Venant du salon, Mouni entra dans la cuisine. Chafia, qui somnolait, recroquevillée dans un coin, ouvrit les yeux. « Tu veux quelque chose, ma fille ? » dit-elle. Elle essaya de se lever, mais ses reins la faisaient souffrir. Se déplier était tout une affaire.

« Reste assise, je n'ai pas besoin de toi », répondit Mouni d'une voix dure. Si elle empêchait Chafia de se lever, ce n'était pas pour la ménager, par égard pour elle. Elle lui faisait sentir qu'on se passait très bien d'elle, qu'elle ne servait à rien.

La gargoulette était posée sur l'évier, Mouni se versa un verre d'eau qu'elle but d'un trait. « Elle n'est pas fraîche, dit-elle. Tu as encore oublié de remplir la gargoulette après le repas. »

Chafia leva les mains en signe d'impuissance. Oui, elle avait oublié. Est-ce que c'était si grave ?

Mouni haussa les épaules et sortit. Chafia l'exaspérait. Tout l'exaspérait. Elle se sentait vide, elle ne savait plus où était sa place. Peut-être était-elle de trop dans cet appartement où rien ne traînait, pas la moindre trace de vie, un livre, un journal, un mégot dans un cendrier. Impersonnel à force d'être épousseté.

Élève appliquée, elle avait poursuivi ses études, sans briller, jusqu'à la classe de quatrième. Vava qui, en Pologne, n'avait rien appris des coûteux précepteurs engagés par son père, jugea qu'elle en savait bien assez et la retira du lycée, munie d'un certificat d'études secondaires aussitôt mis sous verre et dont il ne fut plus jamais question. Après quoi elle l'inscrivit au cours d'enseignement ménager de Mlle Pauvert qui jouissait d'une excellente réputation à Alger. On y préparait les jeunes filles d'un certain milieu à devenir de bonnes épouses. Couture, ménage, cuisine, puériculture, l'enseignement n'était pas destiné à leur apprendre comment coudre elles-mêmes un bouton ou s'occuper d'un bébé, mais à *mener* leurs domestiques en connaissance de cause. Mouni avait vécu jusqu'à présent entourée de gens qui accomplissaient à sa place toutes ces choses ennuyeuses et fatigantes. Savoir utiliser la cendre de bois pour blanchir le linge ou ajouter une pincée de bicarbonate à l'eau de cuisson des légumes afin qu'ils soient plus digestes lui paraissait absolument vain.

Mouni comprit vite que son inscription au cours de Mlle Pauvert marquait le début d'une période de transition qui l'amènerait directement au mariage – en d'autres termes, à son éviction du nid familial. De ce côté, Vava ne lui laissait aucun doute. Elle cachait mal son impatience, convaincue qu'elle avait scrupuleusement obéi à l'accord passé avec son mari. Il était temps pour elle de récupérer son entière liberté – gain en réalité bien faible, car le temps qu'elle avait consacré à Mouni, durant toutes ces années, n'avait jamais excédé quelques minutes par jour. Elle fit entendre à Mouni – à petits pas, sans rien brusquer – qu'on s'occupait de lui trouver un bon parti, commença à parler trousseau, multiplia les allusions à son état futur, suggérant de toutes les manières possibles qu'un jour prochain elle aurait à tenir une maison, se faire obéir des domestiques, contenter son mari, et qu'il convenait de s'y préparer sans perdre un instant. À ce propos, elle la sonda pour évaluer ce qu'elle connaissait des hommes et fut soulagée de constater que Mouni savait au moins que garçons et filles se distinguaient par une différence essentielle au bas du ventre. Passé ce stade, son ignorance était totale. Elle jugea indispensable de lui expliquer certains phénomènes intimes. Comme elle manquait de patience et s'exprimait par images qui prêtaient à confusion, ses exposés laborieux eurent pour résultat d'affoler Mouni sans rien lui apprendre. Le comble fut atteint lorsqu'elle voulut l'avertir que son mari tenterait de lui enfoncer, sans doute dès leur première nuit partagée, et régulièrement par la suite, une sorte de bâton – oui, comment dire mieux, plongerait ce bâton, son bâton, entre ses cuisses. Dans son ventre, somme toute. Mouni poussa les hauts cris et courut se réfugier dans sa chambre, refusant d'écouter plus longtemps ces discours répugnants. Un instant, Vava pensa la rattraper, mais y renonça. Mouni verrait bien quoi faire le moment venu. Elle n'était pas plus bête qu'une autre et se débrouillerait comme elle-même l'avait fait entre les bras du fougueux et très exigeant lieutenant Daumal, son premier mari.

On l'attendait pour le thé. Elle courut s'apprêter, la conscience en paix.

14

L'immeuble du boulevard Général-Farre comportait deux bâtiments distincts. La partie noble donnait sur le square, l'autre, assez quelconque, sur la cour. L'immeuble sur rue était équipé d'un ascenseur, l'immeuble sur cour en était dépourvu. D'un côté, des familles jouissant d'une position sociale élevée, de l'autre, un milieu plus commun. Il n'empêche qu'on tirait parfois le diable par la queue côté square, alors que certains, en face, nageaient dans l'opulence.

C'était le cas de la famille Costa, qui occupait un appartement de cinq pièces au deuxième étage sur cour. Moïse Costa était l'heureux propriétaire de la mercerie-bonneterie Costa, place des Trois-Horloges, à proximité du marché couvert, en plein centre de Bab El Oued. Du modeste commerce hérité de son père, Nissim Costa, il avait fait, rachetant une par une les boutiques attenantes, l'un des plus grands magasins d'Alger, peut-être même de toute l'Algérie. Dès le matin, les femmes se pressaient dans les rayons, alors même que les employés n'avaient pas fini de sortir sur le trottoir les bacs remplis de vêtements soldés en permanence, et dont les prix, inscrits sur des ardoises, variaient parfois à plusieurs reprises dans la journée, comme les cours de la Bourse. À l'intérieur, on se perdait dans les allées sinueuses, trouées de brèches, avec de brusques déclivités et des marches là où on ne s'y attendait pas. Car au fur et à mesure que Moïse Costa grignotait un commerce voisin tombé en faillite – ex-salon de coiffure, ex-boucherie –, il se hâtait d'ouvrir un passage et y installait de nouveaux rayons, sans même donner un coup de peinture, sans rattraper les niveaux, sans retirer les miroirs du coiffeur ou les crocs du boucher. Bien sûr, il aurait pu tout abattre et, dans le volume ainsi récupéré, aménager un magasin fonctionnel. Mais il s'en était bien gardé. L'attrait de la mercerie Costa résidait dans ce fouillis, cette atmosphère fiévreuse, ce sentiment d'urgence irraisonné qui faisait que les ménagères galopaient d'un bout à l'autre du magasin, lâchant leurs gosses, oubliant toute décence pour se précipiter sur un coupon de tissu qu'elles s'arrachaient des mains et dont elles découvriraient, une fois rentrées chez elles, qu'elles n'en avaient pas l'usage.

Moïse Costa avait trois fils. Les deux premiers, Eugène et Édouard, ne s'étaient pas embarrassés d'études et avaient rejoint dès l'âge de quinze ans le magasin paternel. Ils s'y préparaient depuis leur plus jeune âge et n'avaient jamais envisagé d'autre avenir. Le troisième par contre, Benjamin, encore au lycée, voulait être médecin. Il aurait dit architecte ou ingénieur, Moïse aurait mis le holà. En revanche, la perspective d'avoir un fils médecin le flattait. Il faisait le modeste, disait : « On verra bien », mais se gargarisait d'un titre encore hypothétique. Futur médecin, on l'était déjà un peu.

Au magasin, les rôles étaient distribués : Eugène se chargeait des achats – domaine où il excellait –, Édouard, du personnel et de l'administration. Quant à Moïse, il avait l'œil à tout, mais gardait en personne la haute main sur les ventes, entretenant par sa présence quotidienne aux quatre coins du caravansérail ce climat de frénésie qui faisait de la mercerie-bonneterie Costa un lieu aussi excitant qu'un casino ou un champ de courses. Il connaissait sa clientèle par cœur et l'embobinait sans scrupule.

Les trois garçons vivaient encore à la maison. Eugène était célibataire. Il avait un physique sévère, paraissait plus vieux que son âge et ne plaisait pas aux filles. Moïse se faisait du souci à son sujet. Parviendrait-il à le caser ? Édouard, joli garçon dans le genre freluquet, avait une fiancée. Au contraire de son aîné, il n'éprouvait aucune difficulté à séduire et se hâtait d'en profiter avant que le mariage lui impose, au moins temporairement, une certaine retenue. Benjamin, lui, en était au stade des amourettes sans conséquence. Ses frères s'amusaient de le voir rougir jusqu'aux oreilles lorsqu'ils abordaient la question.

Mouni, dont la chambre donnait sur la cour, ne se privait pas d'observer, toutes lumières éteintes, ce qui se passait dans les appartements vis-à-vis. Elle ne lisait pas, n'avait jamais vu l'un de ces films projetés avec un vif succès dans les salles de cinéma qui essaimaient aux quatre coins d'Alger, son imagination avait pour unique stimulant les magazines illustrés qu'Ahmed lui passait en cachette. Une dame un peu folle, au troisième, les jetait par la fenêtre de sa cuisine après les avoir lus. Il les récupérait dans la courette obscure où ils atterrissaient. Mouni s'en régalait, sidérée qu'on puisse vivre tant d'aventures alors que chez elle, comme chez ses camarades, il ne se passait jamais rien. Elle s'était fait une cartographie très personnelle de l'immeuble sur cour, imaginant, appartement par appartement, la vie des occupants. D'une image fugitivement saisie par le rideau entrebâillé, avec la peur continuelle d'être surprise, soit depuis l'immeuble d'en face, soit par Vava ouvrant brusquement la porte de sa chambre, elle déduisait tout un roman, d'autant plus enivrant qu'elle le savait entièrement fictif et qu'elle pouvait l'enrichir à volonté.

Depuis sa fenêtre, elle disposait d'un point de vue idéal, légèrement plongeant, sur l'appartement des Costa situé juste en face. Elle les épiait chaque matin tandis que, assis dans la salle à manger, ils prenaient leur petit déjeuner. Puis le père et ses trois fils traversaient la cour en procession pour s'adonner à leurs activités. On ne les voyait plus de la journée. Seuls apparaissaient Mme Costa et les domestiques, occupés aux tâches ménagères. En fin d'après-midi, père et fils rentraient en ordre dispersé, pour se retrouver autour du dîner. Dès la nuit tombée, on fermait les volets à claire-voie et plus rien ne filtrait de ce qui se passait à l'intérieur de l'appartement, hormis un peu de lumière entre les lamelles. À dix heures, tout était éteint.

Parfois, le matin, Mouni surprenait le fils aîné, vêtu d'une stricte robe de chambre, en train d'ouvrir sa fenêtre. Elle avait cru comprendre, d'après les bavardages de Vava, qu'il s'appelait Édouard. Elle le trouvait bien moins séduisant que son cadet – Eugène, selon ses déductions. Mais ce dernier partait sans avoir aéré sa chambre, et les volets restaient fermés une partie de la matinée.

Quant à Benjamin, il n'était qu'un gamin, et il avait beau apparaître brièvement, peut-être à dessein, en pyjama ou quelquefois même torse nu, Mouni s'en fichait royalement. Elle n'aimait pas les garçons de son âge, tous des idiots.

En définitive, des trois fils Costa, seul le supposé Eugène méritait qu'elle s'y intéressât. Mais elle n'arrivait pas à lui fabriquer un destin romanesque. Elle l'avait vu trop souvent, de même que son frère ou M. Costa lui-même, s'activer parmi les rayons de la mercerie-bonneterie familiale. Il était trop réel, trop évidemment satisfait de son sort pour qu'on puisse le doter d'une vie d'emprunt. Ce qui n'empêchait pas Mouni d'éprouver, en le regardant traverser la cour depuis sa fenêtre, ou en le croisant dans l'entrée commune aux deux bâtiments, un émoi dont elle n'osait s'avouer la nature, comme elle n'osait admettre que ces rencontres avaient tendance à se multiplier puisqu'elle les provoquait. Elle avait plaisir à le voir retirer son chapeau et s'incliner cérémonieusement pour lui céder le passage. « Après vous, mademoiselle », disait-il et il souriait d'une certaine façon. Car pour lui, toute femme était susceptible, un jour ou l'autre, de succomber à son charme, pour peu qu'il ait préparé le terrain.

Rentrée dans sa chambre, elle se remémorait ce sourire, accompagné, lui semblait-il, d'un imperceptible clignement de l'œil, et sa pensée glissait alors de façon incontrôlable vers le bâton dont lui avait parlé Vava et qui l'avait épouvantée. Bâton dont étaient pourvus les hommes, sans doute très différent de l'innocent tire-bouchon qu'arboraient les angelots fessus suspendus par grappes au plafond de la pâtisserie La Princière, rue Michelet, ou même de l'appendice nettement plus volumineux qu'elle avait remarqué, surplombant un mystérieux petit sac de marbre, sur une statue antique représentée dans son livre de latin. Désormais, lorsqu'elle croisait le fils cadet de M. Mourjan, elle ne pouvait s'empêcher d'imaginer ce bâton qu'un homme - lui, peut-être - plongerait un jour dans son ventre. Et cette pensée, sans cesser d'être insupportable, l'enflammait tout entière.

Isaac Messaoud Mourjan avait épousé Camille Tabet, de cinq ans plus jeune, en 1887. C'était un mariage arrangé. Les Tabet étaient des Juifs de Livourne, pratiquant de longue date le négoce entre les deux rives de la Méditerranée, avec des correspondants à Marseille, Gênes, Athènes et plus loin en Turquie et au Liban. La fortune des Mourjan était loin d'égaler celle des Tabet, mais ils avaient acquis une position enviable comme transitaires au service des particuliers. Un flot ininterrompu de militaires et de fonctionnaires circulait entre la France et l'Algérie. Par le jeu des mutations, beaucoup étaient nommés par la suite au Maroc, en Tunisie, au Niger ou en Haute-Volta. Nomades obligés, ils trimballaient leur fourbi, que les Mourjan se chargeaient d'expédier et de suivre à la trace. D'entrepôt en entrepôt, il n'était pas rare que la salle à manger en noyer ou le bureau à cylindre dit *américain* s'égarent en route. S'engageaient alors de patientes recherches et des négociations sans fin pour obtenir que les autorités consentent à libérer le chargement bloqué pour des motifs obscurs à Libreville ou à Pointe-Noire.

M. Mourjan père, fondateur de l'entreprise, choyait la clientèle moyenne dont il tirait, petite somme par petite somme, de substantiels bénéfices. Les Tabet, jaloux, lorgnaient cette niche fructueuse qui manquait à leur empire. Une occasion se présenta. M. Mourjan, vieillissant, passait progressivement les rênes à son fils Messaoud. Les Tabet, quant à eux, avaient une fille, Camille, en âge d'être mariée. L'union des deux familles scellerait, sans débourser un sou, l'inclusion de l'entreprise dans leur giron. Ainsi fut fait.

Messaoud et Camille Tabet n'éprouvaient pas la moindre attirance l'un pour l'autre. Mais il se trouva que, passé la désagréable formalité de la nuit de noces, ils découvrirent, à leur grande surprise, qu'ils s'entendaient à merveille. Elle était joyeuse, avait une jolie voix et jouait assez bien du piano. Lui faisait preuve d'un caractère égal et, pourvu qu'il ait la paix, s'estimait heureux. Plus souple que son père, il était très aimé des clients qui l'appelaient familièrement Mémé et appréciaient qu'il ne s'offusque pas des plaisanteries antisémites dont ils se délectaient, poussant la complaisance jusqu'à mimer, pour la distraire, le personnage du Juif cupide et sournois.

Amis bien plus que mari et femme, Mémé et Camille n'en revenaient pas, jour après jour, de s'accorder si bien. Au bout d'un an, Camille tomba enceinte, ce fut une autre période de bonheur – si on dépouille ce mot de ce qu'il peut avoir d'exalté. Mouni-Cécile naquit un 10 octobre. Trois jours plus tard, Camille mourait de fièvre puerpérale. L'accouchement avait été pratiqué à la maison par une sage-femme qui avait pour seule qualité d'avoir mis Messaoud au monde trente ans plus tôt.

La mort de celle qui avait été si brièvement sa femme plongea Messaoud dans un abattement complet. Il se persuada qu'il avait aimé Camille, alors qu'il l'avait seulement appréciée – ce qui, à bien des points de vue, était encore mieux. Il se sentit infiniment coupable de sa mort. C'est lui qui avait imposé cette sage-femme à son épouse. Les Tabet, plus modernes, plus occidentalisés, auraient souhaité qu'elle accouche dans l'une des maternités propres et bien équipées récemment ouvertes à Alger et qui appliquaient strictement les principes de l'asepsie. Il passa l'année suivante dans un brouillard perpétuel, gérant machinalement ses affaires, rentrant tôt chez lui et passant ses soirées et une partie de la nuit au pied du berceau de sa fille, qu'il entoura d'un bataillon de nurses et d'infirmières aux responsabilités mal définies, mais à l'hygiène irréprochable. Mouni grandissant, il comprit qu'il serait incapable de l'élever seul. Les Tabet auraient aimé plus que tout la recueillir, au moins les premières années. Il s'y refusa. Dès lors, il ne vit plus qu'une solution : se remarier. Un mariage sans amour, de pure convenance.

Peu avant qu'il épouse Camille, il avait eu affaire à un jeune couple, les Daumal, dont le mari, lieutenant de cavalerie, était affecté en Algérie. Sa femme, Juive d'origine polonaise, était fort belle, impérieuse, volontiers arrogante. Ses papiers d'identité indiquaient le prénom de Wanda, mais le lieutenant, qui était en pâmoison devant elle, l'appelait par son petit nom, Vava, et faisait ses quatre volontés. Messaoud s'était dépensé sans compter pour qu'ils puissent disposer dans les meilleurs délais de leur déménagement, particulièrement volumineux.

Trois ans plus tard, il avisa, dans la file qui patientait à la porte de son bureau, une femme qu'il eut d'abord du mal à reconnaître. C'était l'épouse du lieutenant Daumal, la Juive polonaise. Quelque chose en elle s'était brisé. Elle avait perdu cette insolence de grande dame qui la rendait à la fois odieuse et séduisante. Il la reçut avant tout le monde, sans se préoccuper des protestations de ceux qui attendaient depuis des heures et rageaient de perdre leur tour.

Vava était au trente-sixième dessous. Elle avait grand besoin de parler. Le hasard fit qu'elle le choisit pour confident, peut-être parce qu'il avait été le premier témoin de son arrivée – adulée, conquérante – en Algérie. À présent qu'elle se voyait contrainte de rentrer en France, elle se trouvait de nouveau face à lui. La boucle était bouclée. Il l'écouta patiemment.

Vava lui expliqua que, à peine installé dans la belle villa louée à Maison-Carrée, le lieutenant avait été happé par la vie mondaine que menaient alors les officiers français, désœuvrés la plupart du temps. Le pays était pacifié, on partait rarement en manœuvres, l'armée s'ennuyait. Le lieutenant Daumal, quand il n'était pas de service, passait ses journées au club nautique d'Alger, dans la darse de l'Amirauté, au pied de la Casbah. Les premiers temps, Vava le rejoignait en fin de matinée, ils déjeunaient en compagnie d'une joyeuse bande. Daumal l'exhibait comme un trophée. Qu'elle soit juive le posait, c'était une singularité dans ce milieu férocement antisémite. « Pensez ce que vous voulez, je m'en fiche », semblait-il dire, provocant. Il était taillé en athlète, personne n'aurait osé la moindre réflexion en sa présence. D'ailleurs, Vava ne s'attardait jamais longtemps. Elle détestait le soleil, portait de grands chapeaux et des voiles pour s'en protéger et n'avait qu'une hâte : rentrer chez elle et recevoir ses propres amies, tant elle était fière de sa maison et de la troupe de domestiques, maître d'hôtel, servantes, cuisinière, jardinier, qu'elle se plaisait à commander. Les bals, les réceptions dont raffolait la bonne société coloniale l'indifféraient. Elle éprouvait un certain mépris pour ces fastes provinciaux, loin d'égaler en luxe et en fantaisie les soirées données par son père à Cracovie, du temps où le peintre Arkadiusz Piskorski, ivre mort, se suspendait au lustre en poussant des cris de singe.

Daumal, qui se barbait à la maison, sortait tous les soirs. Elle lui disait : « Va, mon ami, va. Amuse-toi », fière de son attitude libérale qu'elle trouvait moderne et chic. Il adorait jouer au bridge, il perdit beaucoup d'argent, but sans mesure et finit par la tromper. Une amie charitable se chargea d'avertir Vava. Elle en fut extrêmement surprise. Son orgueil l'avait prémunie contre la jalousie. Comment imaginer qu'on puisse en désirer une autre quand on avait l'immense chance de l'avoir pour épouse ? Profondément blessée, elle lui fit de violents reproches. Ce fut leur première dispute. Bien d'autres suivirent. Par dépit, naïvement, pour lui rendre la monnaie de sa pièce, elle eut une aventure avec un capitaine qui, à l'usage, se révéla un amant désastreux. Daumal ne tarda pas à l'apprendre, ce couillon de capitaine ayant cru habile, pour devancer toute moquerie, de dire à qui voulait l'entendre que la Juive, au lit, ne valait pas un coup de cidre. Daumal commença par rosser le capitaine sous les fenêtres du colonel qui n'en perdit pas une miette, puis se précipita chez lui, fou de rage, et annonça à Vava, en la traitant de « pute juive », qu'il demandait le divorce. Elle ne voulut pas le croire : « Mais toi, toi, suffoqua-t-elle, tu ne te gênes pas !

— Moi, je suis un homme ! »

Les jours suivants, Vava comprit que son mari ne reviendrait pas sur sa décision. Elle consulta un avocat, Maître Bitoun, qui ne lui laissa aucun espoir.

« Vous êtes femme et vous êtes juive. Vous n'avez pas une chance. On le plaindra. On dira : Il a été bon pour elle, il l'a épousée, il lui a donné son nom bien qu'elle soit juive. Et regardez comment elle le remercie...

— Mais peut-être sera-t-il obligé de me verser une compensation ?

— N'y comptez pas. Vous n'aviez rien lorsqu'il vous a épousée, vous n'aurez pas un sou quand il vous quittera. »

À vrai dire, les dettes du lieutenant Daumal avaient atteint en quelques mois un niveau tel qu'il avait en grande partie mangé sa fortune, laquelle n'était pas si considérable. Divorce ou pas, Vava devrait renoncer, à brève échéance, au niveau de vie auquel elle s'était habituée et dont elle estimait qu'il lui était dû. En attendant, elle ne voyait pas d'autre solution que de rentrer en France avec ses seuls effets personnels et quelques meubles - un chiffonnier en acajou, une coiffeuse en bois de rose - qui lui appartenaient en propre. Là, elle trouverait provisoirement refuge à Enghien-les-Bains, chez Jacob Cohn, son père, désormais veuf. Retiré des affaires, il gérait prudemment sa petite fortune, dépensant peu sauf pour s'offrir, de temps à autre, l'une de ces prostituées de haut vol qui opéraient dans des garnis aux alentours du casino.

Contrainte de déguerpir, Vava vint donc voir Messaoud pour qu'il achemine ses meubles et quelques autres babioles au moindre coût. Il demanda à réfléchir, prétextant qu'il lui fallait étudier la meilleure formule. Tout le temps qu'elle avait exposé son cas, il l'avait observée. C'était une très belle femme, aux abois et disponible. Elle aimait vivre sur un grand pied, il avait les moyens de l'entretenir et, point important, elle était juive. Polonaise, indéniablement, mais juive. Il était en quête d'une épouse de circonstance, elle répondait parfaitement à son attente. Mais comment lui présenter la chose ? Allait-il prétendre qu'il en était brusquement tombé amoureux ? Cette femme, il le devinait, était dure et pragmatique. Inutile de finasser avec elle. Elle dirait oui ou non, en fonction de son seul intérêt.

À leur prochain rendez-vous, il lui mit le marché en main. Elle accepta sans hésiter. Qui sait si elle n'y avait pas pensé elle-même ? Sitôt le divorce prononcé – ce fut vite fait, puisque les deux parties étaient au moins d'accord sur un point : en finir au plus vite –, ils se marièrent. Le chiffonnier en acajou et la coiffeuse en bois de rose prirent place dans l'appartement du boulevard Général-Farre et Mouni se découvrit une maman.

Le 11 octobre 1907, Mouni fêta ses dix-neuf ans. Cette année-là, après les vacances d'été durant lesquelles elle passa un mois en France avec Vava – fidèle au Splendid Hôtel de Châtel-Guyon qu'affectionnait Mme Cohn mère –, elle refusa de reprendre les cours de Mlle Pauvert. Vava, qui la jugeait mûre à point pour le mariage, fit mine de céder par complaisance alors qu'elle n'attendait que ça.

Le jour de son anniversaire, Messaoud offrit à Mouni une travailleuse qu'il avait fait confectionner en secret par le meilleur ébéniste d'Alger. C'était une sorte de meuble bas muni de casiers qui s'étiraient en accordéon et contenaient tout le nécessaire pour coudre, repriser ou broder – un cadeau utile, souligna Messaoud, par opposition aux cadeaux superflus qui n'étaient plus de son âge. En complément, Vava lui tendit, soigneusement enveloppé, un livre de *nursery rhymes* qu'elle avait eu toutes les peines du monde à se procurer. Séquelle de son éducation à l'anglaise, elle jugeait que les enfants devaient se familiariser le plus jeune possible avec les sonorités d'une langue qui leur serait de la plus grande utilité par la suite. Mouni, perplexe, parcourut les pages où se succédaient *Three Blind Mice*, *Humpty-Dumpty* ou *Baa Baa Black Sheep*, accompagnées d'illustrations adéquates.

« Mais, maman, protesta-t-elle faiblement, je ne vais pas chanter ça, tout de même ?

— Idiote, c'est pour tes enfants, pas pour toi, répliqua Vava, vexée.

— Mes enfants ?

— Tu auras des enfants un jour ou l'autre, que je sache ! » répliqua Vava qui pourtant n'en avait jamais eu.

Après la cérémonie des cadeaux, on passa à table. Chafia s'était surpassée. Des boureks à la viande, légers comme de la dentelle, des totènes farcis aux épinards et aux pignons de pin, sa spécialité. Messaoud ouvrit une bouteille de champagne, il en servit un doigt à Mouni qui avait horreur de ça. Il régna, pendant tout le repas, une atmosphère de gaieté forcée, comme on exagère les rires quand on rend visite à un malade dont on sait qu'il n'en a plus pour longtemps. Vava et Messaoud, à l'insu de Mouni – du moins le croyaient-ils –, échangeaient de fréquents coups d'œil. Les bougies soufflées,

Messaoud finit par se lancer. Il avait pris contact avec leur voisin d'en face, M. Costa, en vue de, n'est-ce pas, comment dire ? Il se reprit sans avoir terminé sa phrase : à bien réfléchir, c'était plutôt M. Costa qui avait fait le premier pas. Quoique peut-être...

Vava coupa court aux circonlocutions. Que ce soit Costa ou Messaoud qui fût à l'origine de la démarche, le résultat était le même. Les deux familles envisageaient de marier leurs enfants, à savoir Mouni d'un côté et Eugène de l'autre. Voilà, c'était dit. Qu'en pensait-elle ?

Mouni resta sans voix. Se pouvait-il que d'un seul coup, miraculeusement, sans qu'elle ait eu besoin d'intervenir, lui fût attribué l'homme dont elle rêvait depuis plusieurs semaines ? Eugène, son air gaillard, ses clins d'œil furtifs... Sans parler des images troublantes qui l'assaillaient lorsqu'elle le déshabillait par la pensée et qu'apparaissait cet objet curieux, apparemment élastique, tantôt inoffensif et mou, tantôt rigide et menaçant.

Mouni garda le silence un court instant, puis d'une voix sucrée, baissant les yeux, elle dit : « Eh bien, papa, maman, je suis d'accord, si vous pensez que c'est une bonne chose pour moi. » Ce fut une explosion de joie. Messaoud, qui n'embrassait jamais sa fille, la serra dans ses bras, Vava substitua à ses habituels coups de bec une pression des lèvres plus appuyée, presque affectueuse. On trinqua de nouveau et, cette fois, Mouni but d'un trait une demi-coupe.

Une semaine plus tard, les Costa au grand complet – le père, la mère et les trois fils – traversèrent la cour pour les présentations officielles. Messaoud prononça quelques mots,

M. Costa y ajouta les siens. Mouni ne quittait pas des yeux son futur époux et le garçon lui adressa un sourire accompagné d'un clin d'œil suggestif. Après quoi M. Costa, avec la même solennité qu'il mettait, dans son magasin, à annoncer un quart d'heure de vente à prix exceptionnel, tendit le bras et dit : « Et maintenant, mon garçon, embrasse la ravissante jeune fille que tu vas avoir la chance d'épouser ! » Alors se détacha du groupe que formaient les trois fils, le plus âgé, le plus triste, le véritable Eugène, que Mouni, depuis toujours, prenait pour Édouard. Il s'avança, terriblement mal à l'aise, se plia, car il était très grand, et déposa un rapide baiser sur le front de sa fiancée.

Mouni aurait dû pousser les hauts cris, faire un scandale, objecter qu'il y avait erreur sur la personne, qu'elle n'était pas du tout d'accord pour épouser cet Eugène-là, mais qu'en revanche, Édouard, s'il était disponible... Elle n'osa pas. La stupeur l'en empêcha, mais surtout la peur du ridicule, et plus encore ce souci du paraître, cet orgueil que rien ne justifiait et qui pourtant, toute sa vie, devait lui inspirer sa conduite, laissant inemployé ce qu'il y avait de meilleur en elle.

15

Quand Jean descendit enfin, il était plus de deux heures. Gina avait servi son déjeuner sur la terrasse, tant pis si ça refroidissait : il avait dit une heure et demie. Anselmo occupait sa place habituelle, dos au mur, son coq sur les genoux, le bec niché à la saignée du bras. Jean, assis du côté opposé, à bonne distance, souleva le couvercle de la marmite en fonte, se servit largement et commença à manger. C'était tiède, il aurait dû mettre le plat à réchauffer, mais il avait faim et la cuisine de Gina – parfumée, onctueuse, presque confite à force d'être cuite et recuite – excitait sa gourmandise, lui qui n'avait jamais accordé beaucoup d'intérêt à la nourriture et mangeait peu.

En haut, Aldo s'était rendormi après l'amour. Il avait rendez-vous dans l'après-midi avec une femme dont il faisait mystère, une actrice réfugiée depuis peu dans la région – « une Juive comme toi », avait-il précisé –, qui lui avait fait jurer la plus grande discrétion. Serment qu'il respectait d'autant mieux qu'il avait oublié son nom.

« Lucette... Lucette... Ah, c'est trop bête, je l'ai sur le bout de la langue. Lucette... tu sais bien !

— Lucette ? Je vois pas.
— Elle a joué avec Fernandel. Lucette...
— Excuse-moi, ça ne me dit rien. »

Bref, cette Lucette était très exigeante et Aldo, consciencieux, ne voulait pas la décevoir. Voilà pourquoi, après sa nuit tumultueuse, il avait jugé nécessaire de s'accorder deux heures de sommeil supplémentaires. C'était une question d'honnêteté.

Jean mangeait en silence. Au moment où il était apparu sur la terrasse, Anselmo ne l'avait pas gratifié d'un regard. Une brume de chaleur brouillait l'horizon, l'eau et le ciel se confondaient, il n'y avait rien à voir là-bas, moins encore que d'habitude, mais Anselmo s'obstinait à garder les yeux fixés sur la mer. Du pouce, il gratouillait la tête de Dino et, de temps à autre, il se penchait et l'embrassait - ou plutôt, effleurait sa crête, dans un geste encore bien plus sensuel qu'un simple baiser, et l'animal, levant le bec, le picorait au coin des lèvres. C'était obscène et ridicule, comme s'il s'était masturbé en public. Gina, quand elle le voyait faire, levait les yeux au ciel et remuait la tête d'un air apitoyé. « Santa Madonna ! » murmurait-elle. Mais elle se gardait d'en dire plus. Il fallait bien qu'Anselmo conserve un espace de liberté : ce banc, où il demeurait assis d'un bout à l'autre de la journée, Dino dans ses bras.

Depuis que Jean avait trouvé refuge dans cette maison qui restait malgré tout la sienne, Anselmo avait fait comme s'il n'existait pas. Gina l'avait-elle seulement consulté, lui avait-elle demandé son accord ? Du jour où il était rentré de son long périple, repentant, fou d'amour, et que Gina l'avait éconduit ou tout comme – parce qu'en fait elle s'était contentée d'opposer un silence méfiant à ses propos désordonnés –, Anselmo n'avait pas prononcé vingt mots de suite. Il communiquait par gestes, hochements de tête, froncements de sourcil, agrémentés de quelques rares onomatopées. Comme il n'avait rien à dire – ou n'estimait pas utile d'exprimer ce qui lui passait par la tête –, cela suffisait largement.

Quelques jours après sa résurrection, Anselmo avait de nouveau disparu. Il n'avait rien emporté, Gina s'était dit qu'il reviendrait tout en espérant secrètement le contraire. En effet, trois jours plus tard, il était de retour. Entretemps, il s'était rendu à Marseille, au bureau de la compagnie Cyprien-Fabre, où sa réapparition soudaine, fantôme vindicatif, avait produit un gros effet. Le *Patria* gisait depuis novembre de l'année précédente dans le port d'Haïfa, couché sur le flanc, la coque entaillée de part en part. On était sans nouvelles de l'équipage, retenu semblait-il en Palestine par les autorités britanniques. Vendu, racheté, loué et maintenant détruit, personne ne savait plus à qui le navire appartenait – peut-être aux compagnies d'assurances, mais lesquelles ? Et qui pouvait dire si les contrats étaient à jour et honorés ? Les mois passant, on avait cessé d'y penser. C'était la guerre, on avait d'autres chats à fouetter.

Anselmo campa fermement dans les bureaux de la compagnie, d'abord reçu par un sous-fifre, puis de bureau en bureau, grimpant dans la hiérarchie. Ce qui compliquait les choses, c'est qu'on ne comprenait pas très bien ce qu'il réclamait. La compagnie estimait qu'elle s'était montrée bienveillante à son égard. Tout le temps de son absence, sa solde avait été versée sans interruption par mandat-poste à son épouse, il n'était pas question de le licencier, on pouvait à la rigueur envisager de lui accorder une indemnité pour les peines qu'il avait endurées. Mais Anselmo accueillait chaque proposition d'un ton outragé : « C'est pas ça que je veux !

— Mais quoi alors ? »

Il se taisait. L'affaire remonta jusqu'à Léon Cyprien-Fabre, le tout-puissant patron et héritier du fondateur. Celui-ci s'enferma dans son bureau en tête à tête avec Anselmo, réclamant qu'on les laisse absolument tranquilles. Comment le richissime armateur et le marin loqueteux parvinrent-ils à s'entendre quand tout le monde s'y était cassé les dents ? Un quart d'heure plus tard, on les vit ressortir du bureau, la mine épanouie, échangeant une vigoureuse poignée de main. L'accord était simple : Anselmo toucherait à vie, sans avoir besoin de travailler, une pension égale à la moitié de son salaire - lequel n'avait bénéficié d'aucune augmentation depuis son engagement, excepté un coup de pouce par-ci par-là lorsque les syndicats du port, exaspérés par la pingrerie des patrons, brandissaient la menace d'une grève générale. En cas de décès, il était tacitement convenu que sa veuve n'aurait droit à rien.

Ce fut le dernier acte social d'Anselmo. Il rentra à Bendejun et exposa sommairement à Gina la nouvelle situation. Il ne travaillerait plus jamais. Elle enregistra la nouvelle sans émotion particulière. La demi-solde, si minime soit-elle, compléterait les revenus, par ailleurs substantiels, qu'elle tirait de ses multiples activités.

Anselmo rangea dans le fond du placard le costume de ville désormais inutile. Il sortit sur la terrasse, s'installa sur le banc, dos au mur, et n'en bougea plus, sauf le soir, après avoir dîné et bu son deuxième litre de vin, pour regagner en titubant sa place dans le lit conjugal.

Felicita tenait mal sur ses jambes. Elle était trop lourde, elle n'avait pas de muscles. On lui avait donné une canne, mais elle se prenait les pieds dedans. Finalement, c'était plus simple pour elle de se traîner sur les genoux, les bras fléchis, son gros derrière oscillant d'un côté et de l'autre. À force d'utiliser ce mode de locomotion, elle avait acquis une certaine habileté et se déplaçait comme une tortue, lentement mais poursuivant sa route, sauf quand elle se coinçait dans un angle, car elle ne savait pas faire marche arrière. Alors elle cognait contre l'obstacle avec sa tête, au risque de se blesser, jusqu'à ce qu'on vienne la mettre dans le bon sens. Gina avait fini par commander au menuisier du village un engin dont elle avait conçu le plan, une sorte de youpala formé d'un cadre de bois monté sur roulettes, avec à l'intérieur un harnais où elle installait Felicita lorsqu'elle voulait avoir la paix. Une petite tablette fixée sur le devant complétait le tout. Gina y posait, pour que Felicita dessine, une boîte de Crayolor et des feuilles récupérées un peu partout et repassées d'un revers de main : enveloppes décortiquées, papiers rugueux qui avaient servi à emballer les légumes et les fruits. Ou encore une pile de vieux magazines que Felicita découpait avec des ciseaux à bouts ronds. Grâce aux roulettes, en se poussant des pieds, elle pouvait se déplacer d'un bout à l'autre de la terrasse, mais l'encombrement de l'engin l'empêchait d'en franchir les limites. Du reste, elle aimait bien ce qu'elle appelait sa « ouature » et pouvait y passer des heures, faisant *broum-broum* pour imiter le bruit du moteur et *tut-tut* celui du klaxon. Gina, qui se méfiait d'Anselmo, ne comptait pas sur lui pour la surveiller. Elle restait à portée de voix, prête à accourir dès qu'elle entendait les gloussements et les râles annonciateurs de crise.

Tandis que Jean finissait son repas, Felicita, qui jusqu'ici s'était tenue silencieuse, plongée dans la contemplation d'une série de ronds colorés qu'elle avait tracés sur un bout de carton, fondit brusquement sur lui, tricotant des pieds, *broum-broum*, *tut-tut*, et s'arrêta à sa hauteur, la main tendue. Il trempa un bout de pain dans son assiette et le lui offrit. Elle s'en saisit puis, vite, alla se réfugier près du four à pain pour le grignoter.

Le silence régnait à nouveau. On entendit chantonner : *Mia sorella, mia sorella, mia sorella è la più bella*... C'était Gina qui travaillait en contrebas. Jean repoussa son assiette et, passant à l'intérieur, se servit une tasse de l'ersatz noirâtre dont il restait un fond dans la cafetière. Puis il alla s'asseoir sur le parapet en maçonnerie qui ceinturait la terrasse. Au-dessous, en dénivelé, s'étendait le domaine exclusif de Gina, son jardin qu'elle avait péniblement arraché à la rocaille, utilisant la moindre parcelle de terre, remblayant, un sac après l'autre, les plus petites niches où planter une touffe d'asphodèles ou un buisson de chardons bleus. Elle aurait eu les moyens de lever un bataillon de journaliers et les faire trimer comme des esclaves pour défricher, raboter, assagir – au besoin à coups de dynamite – ce territoire inoccupé qui, depuis toujours, accueillait sans discrimination les espèces nomades. Au contraire, l'instinct lui avait dicté de laisser intactes les variétés rustiques qui s'étaient sédentarisées au cours des siècles. Loin de la gêner, les oliviers, les chênes verts, les pins d'Alep, précieusement conservés, jalonnaient son jardin comme des repères. Et la vigne sauvage enroulée à leurs branches continuait à proliférer librement, servant d'abri aux oiseaux qui, dès septembre, venaient par centaines picorer les raisins minuscules et acides qu'elle produisait en abondance.

Mais l'apport de Gina, sa touche personnelle et sa passion, c'étaient les fleurs. Il y en avait un entrelacs prodigieux, tiges hautes ou fleurettes, en taillis, buissons, couvre-sol, ou qui avaient pris racine à la va-vite au creux des pierres. Hellébores, bougainvillées, oxalis, arums et pavots, elle les avait plantées peu à peu, se gardant bien d'éliminer pour autant les genêts, les arbousiers et les lavandes, occupants de longue date et qui s'entendaient parfaitement avec les nouveaux venus. Le tout entremêlé aurait pu constituer un affreux barbouillage, comme ces tumulus bigarrés qu'on voit dans les jardins publics. Pourtant, là où la disposition semblait dictée par le hasard, il y avait, chez Gina, une science, sans doute irréfléchie mais non moins sûre, qui lui inspirait sans la moindre fausse note les assemblages les plus improbables. Jean ne cessait de s'en étonner. Comme il s'étonnait lorsque, à l'improviste, au marché de la Buffa, il tombait en extase devant l'étalage d'une marchande de nouveautés où, à côté d'articles quelconques qui prétendaient suivre la mode, il dénichait un chemisier cousu main, tout simple mais si juste, si bien fini, orné d'un motif si inventif, si évident qu'il en aurait pleuré de dépit.

« C'est vous qui avez fait ça ? demandait Jean.

— Qui, vous croyez ? Il y a au moins cinquante heures de travail là-dessus. Ah, j'en ai bavé ! répondait la femme.

— Vous aviez un modèle ? Un patron, quelque chose ?

— Jamais de la vie ! C'était tout dans ma tête. Pas besoin de modèle. »

Jean n'en revenait pas. Comment cette matrone à peine propre, avec ses doigts boudinés et son regard stupide, avait-elle pu concevoir et fabriquer une telle merveille, auprès de laquelle ses propres créations, longuement pensées et cent fois rectifiées, lui paraissaient si pauvres ?

De même, comment Gina, qui n'avait jamais ouvert un livre, jamais mis les pieds dans un musée, jamais vu un tableau à part ceux qui étaient suspendus derrière l'autel, à San Donato in Selva, presque noirs à force d'avoir absorbé la fumée des cierges et les bouffées d'encens, comment pouvait-elle avoir imaginé un jardin plus somptueux aux yeux de Jean que le parc de Versailles, plus magnifique encore que celui qu'il avait entrevu, à dix-sept ans, rue de la Faisanderie, à l'arrière de l'hôtel particulier de Jean Patou à qui il était allé porter une lettre ?

Il était coursier – on disait *groom* ou encore trottin, bien que le terme fût plutôt réservé aux jeunes filles – chez le célèbre couturier, venait d'arriver à Paris et arpentait les rues chargé des paquets qu'il livrait à de riches clientes. Le soir, harassé, il se jetait sur son lit et s'endormait sans dîner. Du moins les premières semaines, car, le rythme pris, il fit des rencontres qui le tinrent éveillé jusqu'aux petites heures du jour.

Ce furent les plus beaux mois de sa vie.

16

L'année où Jean redoubla sa première, il parut évident dès le mois de février qu'il raterait à nouveau son bac. C'était un charmant garçon, apprécié par ses professeurs malgré ses mauvais résultats, populaire parmi ses camarades bien que nul en sport et dispensé de gymnastique pour un prétendu souffle au cœur. Il était ponctuel, n'occasionnait aucun trouble, se fondait dans la masse, mais il ne fichait rien.

Le lycée Périer, où il avait fait toute sa scolarité, était distant d'une centaine de mètres de l'appartement familial. Dès la fin des cours, il rentrait et s'enfermait dans sa chambre. Lorsque Ernestine, la bonne, que Mouni désignait pompeusement sous le nom de *gouvernante*, lui apportait son goûter – un café au lait et deux biscottes enduites de marmelade d'orange et rapidement passées au four –, elle le trouvait plongé dans ses revues de mode, découpant les silhouettes et les collant sur des feuilles répertoriées par catégorie de vêtements : robes de jour, robes d'après-midi, tenues de soirée, tailleurs, manteaux, etc. Il en avait des cartons pleins. Ou bien, debout devant le mannequin en bois que Vava lui avait offert pour ses quinze ans, il épinglait les pans d'une robe qu'il avait dessinée à l'encre de Chine – pas très bien, d'ailleurs, car au bout de trois séances, il avait laissé tomber les leçons particulières de dessin que Mouni payait un prix fou. « Je préfère travailler de chic », expliquait-il.

Eugène avait fini par admettre à contrecœur la passion exclusive de son fils pour la mode. Après tout, ce n'était qu'un pas de côté. Lui-même comme Moïse, son père, et Nissim, son grand-père, avaient toujours travaillé dans le chiffon. Mais quitte à en faire son métier, autant que Jean acquière une formation. Il avait donc, par l'intermédiaire de la chambre syndicale du vêtement, trouvé une école semi-professionnelle où l'on enseignait la coupe à raison de deux fois trois heures par semaine. Heureux de voir son père aller dans son sens, Jean s'était astreint à suivre assidûment les cours. Ceux-ci se tenaient de six à neuf heures du soir à l'autre bout de Marseille, dans une zone désertique et lugubre, derrière la gare Saint-Charles. La salle était glaciale, il fallait garder son manteau par-dessus la blouse grise obligatoire, ce qui n'empêchait pas de grelotter. Le maître d'apprentissage repéra au premier coup d'œil que Jean n'était pas du même modèle que les autres jeunes gens, pour la plupart d'origine modeste, qui fréquentaient le cours. Ceux-là marchaient au doigt et à l'œil, riaient à ses plaisanteries grasses et ne se souciaient pas de l'odeur insupportable qu'il dégageait lorsqu'il passait dans les rangs. Il surnomma Jean *Monsieur-je-sais-tout*, le *nabab*, le *fils à papa*. Un soir, Jean l'entendit murmurer dans son dos : « Pour qui il se prend, ce youpin ? » Il rentra à la maison et annonça à son père qu'il ne remettrait plus jamais les pieds au cours, sans rien dire de la raison qui avait motivé sa décision.

Eugène attendit le milieu du second trimestre, mais comme les résultats de Jean ne cessaient d'empirer, il décréta que la comédie avait assez duré. Jean ne ferait jamais d'études. Oui, mais à quoi occuper ce garçon, docile et pourtant rétif à toute contrainte ? Son premier réflexe fut de l'obliger à devancer l'appel. Un an de service militaire lui apprendrait la discipline. Certes, il souffrirait un peu, mais il était temps qu'il échappe à l'influence amollissante qu'exerçaient sur lui sa mère et sa grand-mère. Celles-ci, au contraire, auraient bien vu Jean passer ses journées à la maison. Elles étaient folles de lui et se réjouissaient de l'avoir enfin tout à elles, débarrassées de la stupide et bien inutile parenthèse des heures de classe. Jean dessinerait et coudrait dans sa chambre, les appelant à grands cris lorsqu'il aurait assemblé, sur le mannequin en bois, l'un de ces modèles extravagants qui parfois l'autorisaient à croire qu'il avait un peu de talent. Alors elles accourraient et, les yeux brillants, elles contempleraient, transportées d'émotion, ce chef-d'œuvre spontanément jailli de ses doigts de fée. « Tu vois, tu vois ! Je savais. Ah, mon Jean ! » dirait Mouni, et Vava renchérirait : « J'en suis baba ! »

Eugène, dans ses plans, avait omis un détail : l'âge de Jean. Au bureau de recrutement, on lui signifia que, hors temps de guerre, il n'était pas possible de devancer l'appel avant dix-huit ans. Jean en avait tout juste dix-sept. Eugène eut beau remuer ciel et terre, implorer une dérogation, rien n'y fit. Son fils lui restait sur les bras. Que faire en attendant qu'il ait atteint l'âge requis ? Il eut soudain une illumination. Parmi ses camarades d'escouade figurait un certain Bigorne – que tout le monde appelait Bigorneau, comme il se doit –, un maigrichon natif de Belleville qui, par l'intermédiaire d'un cousin, avait trouvé après guerre une bonne place chez un grand couturier parisien. Un comble, vu qu'il était, et de loin, le plus sale et le plus mal fringué du bataillon. Quel était son emploi exact, Eugène l'ignorait. Sans doute un poste administratif. Comptable peut-être. L'essentiel, pensa-t-il, était d'avoir un pied dans la place. Embobineur comme il l'était, Jean ferait vite son chemin, d'où qu'il parte.

Eugène et Bigorne s'étaient perdus de vue depuis au moins dix ans, mais les amitiés de guerre étaient imprescriptibles et n'avaient nul besoin, pour rester vivaces, des rituels sociaux censés favoriser les bonnes relations. Le lien, parfois distendu, n'était jamais tout à fait rompu. Les nouvelles circulaient, relayées de proche en proche, imprécises, déformées, souvent caduques à force d'avoir tardé. On apprenait qu'untel était gravement malade alors qu'il était déjà mort. Qu'importe ? L'essentiel était que demeure, petite flamme vacillante mais tenace, ce sentiment de communauté entre des hommes si dissemblables, unis seulement parce qu'ils avaient eu peur ensemble.

Lorsqu'un camarade de guerre l'avertissait d'un prochain passage à Marseille, Eugène se mettait en quatre pour lui faire honneur. Mais jamais il ne l'invitait rue Paradis, comme s'il avait secrètement honte du luxe apparent dans lequel il vivait. L'anonymat des tranchées, l'uniforme, la boue, le sang avaient nivelé les différences sociales. Privé de ce masque trompeur, chacun retrouvait sa place. Eugène redoutait les remarques à double sens de Vava, les railleries de Mouni, les regards condescendants que les deux femmes ne manqueraient pas d'échanger si l'étranger se servait de la mauvaise main pour tenir ses couverts ou mordait à même le fruit au lieu de l'éplucher délicatement avec fourchette et couteau. À vrai dire, de telles visites ne s'étaient pas produites très souvent, trois fois tout au plus en quinze ans, mais du fait même de leur rareté, elles avaient fait figure d'événement, mobilisant plusieurs semaines à l'avance toute l'attention d'Eugène et le plongeant dans des abîmes de perplexité. Quelle tenue mettre ? Quel restaurant choisir ? Irait-il chercher son ami à la gare ? Prendrait-il la voiture, et avec la voiture, le chauffeur, car il ne savait pas conduire ? Mais une voiture avec chauffeur, plus encore que l'appartement rue Paradis, pourrait créer une gêne immédiate, le sentiment d'une tromperie. « Dis donc, mon salaud, tu nous avais caché ça ! T'es pas youpin pour rien ! » Non, non, un taxi ferait l'affaire. Ou mieux encore, donner directement rendez-vous au restaurant.

La délicatesse naturelle d'Eugène lui avait à chaque fois dicté le bon comportement. Pour Guignard, un instituteur de la Sarthe venu à Marseille à l'occasion d'un congrès syndical, il avait choisi, le sachant curieux de coutumes locales, un petit restaurant de la rue d'Aubagne qui servait des spécialités marseillaises. Guignard, conquis, s'était pourléché de supions à l'ail et de pieds paquets, tout en initiant Eugène aux subtilités de la lutte syndicale, où l'unité de façade cachait une guerre fratricide entre tendances rivales. Eugène, qui s'était toujours soigneusement tenu à l'écart de la politique, écoutait d'une oreille distraite et approuvait en bloc. Il prenait plaisir à la conversation, non pas que le sujet l'intéressât, mais parce qu'il retrouvait, dans ces échanges absolument dénués d'enjeu, la molle atmosphère des journées d'attente, sur le front, lorsque les hommes assis côte à côte, le fusil entre les jambes et le casque sur la tête, causaient interminablement pour chasser l'ennui et oublier qu'une attaque soudaine pouvait à tout moment leur coûter la vie. Ils avaient passé trois ou quatre heures à table, le restaurateur disait : « Vous pouvez rester, ça ne me dérange pas. » Engourdi par la nourriture trop grasse, l'instituteur demandait de temps à autre : « Alors, toi ? Raconte ! Tu ne dis rien. » Mais c'était pour la forme. Ce qui comptait, pour lui comme pour Eugène, c'était le sentiment d'être ensemble, que quelque chose subsistait de ce qu'avait été leur vie pendant les quatre années les plus rudes, mais aussi les plus exaltantes de leur existence. Ils s'étaient quittés tard dans l'après-midi, quand déjà, dans les rues, les enfants rentraient de l'école, leur cartable sur le dos. Alors ils s'étaient étreints, toute pudeur oubliée, et Guignard avait dit, d'une drôle de voix : « En fin de compte, on n'a pas tellement changé ! »

Il en était allé de même, à quelques détails près, avec Plantin, dit Plan-Plan, un artiste de variétés, chansonnier imitateur, brave type s'il en fut, qu'Eugène avait invité à déjeuner juste avant qu'il embarque pour Saigon à bord du *Paul-Lecat*. Trois semaines de traversée au cours de laquelle Plantin serait chargé, le soir, de divertir les passagers de première classe en compagnie d'une diseuse à voix et d'un équilibriste. Après mûre réflexion, Eugène avait choisi une brasserie sur le Vieux-Port, le Cintra-Bodega, perpétuellement animée et repaire de jolies femmes. Car il imaginait que son camarade, à coup sûr habitué à mener la grande vie, s'ennuierait vite dans un établissement plus traditionnel. Mais à sa grande surprise, Plan-Plan, qu'il avait connu si gai sur le front, expert en contrepèteries, jamais à court de plaisanteries gaillardes, les soûlant à force de bonne humeur, était devenu terne et désenchanté. De son propre aveu, il souffrait de neurasthénie. Dès le premier verre, il se mit à larmoyer. Bien qu'il se méfiât des confidences, Eugène jugea nécessaire, par correction, de l'interroger sur les causes de son état. Ce à quoi Plantin répondit : « Va savoir. » Et quand Eugène, à sa demande, le renseigna sur sa propre vie, il soupira : « Tu en as, de la chance, toi ! » Puis, jetant un regard sur la foule qui se pressait dans la salle enfumée, il constata, mélancolique : « Ils s'amusent, eux ! » Eugène, oppressé, brusqua la fin du repas en réclamant l'addition. Ils se quittèrent quai de Rive-Neuve, alors que soufflait ce mistral cinglant qui certains jours balaie la ville. Plantin, qui tenait sa valise à la main, la lâcha tout à coup pour serrer Eugène dans ses bras – mieux vaudrait dire : pour s'agripper à lui, car il était tout petit, alors qu'Eugène, de belle carrure, le dominait largement. « On a vécu le meilleur, mon vieux, le meilleur ! » cria-t-il pour couvrir le bruit du vent. Puis il se précipita dans le premier taxi qui passait. Eugène, stupéfait, resta un instant immobile, regardant la voiture s'éloigner. Certes, comme tous les hommes qui avaient vécu la guerre, il communiait dans le regret d'une fraternité, illusoire peut-être, en tout cas surestimée, mais dont il gardait un chaud souvenir. Il sentait bien, pourtant, que dans ce souvenir exclusif et sans cesse rabâché, il y avait un abandon de soi, une lâcheté dont il ne voulait pas. À quoi bon s'être battu si c'était pour ne plus vivre ? Il fallait continuer. Oui, continuer, quoi qu'il en coûte.

Deux ans plus tard, la nouvelle lui parvint par l'entremise de Guignard : Plantin n'avait jamais atteint Saigon. Il était mort d'une embolie sur le *Paul-Lecat*, au beau milieu d'une représentation. « La mort de Molière ! » écrivait Guignard, grandiloquent, ce qui fit sourire Eugène. Sans même avoir fait beaucoup d'études, il mesurait la différence entre une pièce de Molière et les couplets grivois que débitait Plan-Plan pour les divertir, le soir, dans leur cagna, juste avant que l'un d'eux, jamais le même d'un soir à l'autre, mette un terme à la veillée : « Au schlof, les gars ! Encore une journée où on n'est pas mort. » D'un même mouvement, ils s'enroulaient dans leur couverture et s'endormaient vite, impatients de retrouver leurs rêves.

Le dernier à s'être arrêté à Marseille, en juillet 1932, fut Croizat, un bonnetier de Troyes, qui n'avait jamais fait mystère de sa fortune, étayée par la fourniture à l'armée de guêtres et de bandes molletières, un marché très sûr que la guerre avait encore stimulé. Les hommes auraient pu lui en vouloir, le traiter de sangsue et de profiteur, mais sous l'effet de cette naïveté qui fait crédit aux riches de ne pas ressembler à leur caricature, on vantait sa simplicité et son sens du partage – en l'occurrence, andouillettes, prunelle et champagne qu'il recevait par colis entiers et répartissait aussitôt.

Croizat était le seul de ses camarades de guerre qu'Eugène aurait pu envisager d'introduire chez lui, rue Paradis, sans craindre les ricanements et les mines dédaigneuses de sa femme et de sa belle-mère. Tout au contraire, elles auraient été flattées de recevoir un hôte de marque, auraient sorti des placards les nappes et les serviettes brodées, la vaisselle en porcelaine de Sèvres et l'argenterie gravée qui ne quittait presque jamais ses écrins capitonnés. Mais alors qu'il avait redouté que Guignard ou Plantin soient intimidés par l'opulence dans laquelle ils vivaient, lui et sa famille, ou le soupçonnent *de vouloir leur en mettre plein la vue*, Eugène appréhendait que Croizat ne juge au premier regard ce luxe de parvenu. Lui-même trouvait soudain terriblement vulgaires les meubles et les bibelots achetés bien au-dessus de leur valeur, à commencer par la paire de fauteuils Louis XVI recouverts de velours frappé dont Mouni s'enorgueillissait et qui lui apparaissaient sans le moindre doute pour ce qu'ils étaient : de médiocres copies.

Il résolut de l'inviter chez Peron, un fameux restaurant sur la Corniche, dont la terrasse offrait une vue incomparable sur la rade et le château d'If. Eugène conseilla un loup grillé au fenouil, spécialité de la maison qui servait des poissons si frais que toute préparation en aurait altéré le goût. Il savait Croizat amateur de vin et s'apprêtait à commander un grand cru pour lui faire honneur, mais Croizat, le devançant, demanda au sommelier quel vin il choisirait s'il s'agissait de son propre repas. Le sommelier lança un regard autour de lui puis, baissant la voix, il répondit sans hésiter : « Un Cassis Bodin bien glacé. C'est le moins cher et c'est le meilleur. »

Croizat se tourna vers Eugène. « Ça te convient ? fit-il, puis, sans attendre la réponse, au sommelier : Apportez tout de suite une bouteille, nous la boirons en apéritif. »

Le sommelier esquissa un clin d'œil et tandis qu'il s'éloignait pour exécuter la commande, Croizat, écartant sa chaise de la table, alluma une cigarette, les yeux tournés vers la baie qui paraissait grise tant la forte chaleur estompait l'horizon. « C'est magnifique, dit-il. Je te remercie, Costa. » Mal à l'aise, Eugène inclina la tête. La manière dont Croizat s'était adressé au sommelier, la connivence qui s'était aussitôt établie entre eux, sa façon de prendre la situation en main sans en avoir l'air, et jusqu'à sa pose décontractée, cigarette au bec, un pied posé sur la rambarde, dans ce restaurant plutôt collet monté, tout dénotait chez son camarade une autorité innée, une habitude du pouvoir si lointainement acquise qu'elle se passait de règles.

« C'est cela, un bourgeois. Un bourgeois français », pensait Eugène. L'image de Moïse, son père, parcourant les rayons de la mercerie-bonneterie Costa, place des Trois-Horloges à Bab El Oued, s'égosillant, poussant les ventes, faisant l'article, lui revenait en mémoire. Eugène avait cru s'extraire de ce monde en traversant la Méditerranée. Mais ce n'était qu'illusion. En s'arrogeant le choix du vin, et plus encore en commandant le moins cher de la carte, Croizat l'avait brutalement ramené à sa condition.

Justement, le vin arrivait dans un seau embué. Le sommelier déboucha la bouteille et voulut servir Croizat pour qu'il le goûte. Celui-ci l'arrêta d'un geste.

« Non, à monsieur, dit-il.

— Oh ! moi, tu sais, je n'y connais rien », se défendit Eugène.

Mais Croizat insista. Le sommelier lui versa un peu de vin. Il était presque incolore, transparent comme de l'eau. Eugène leva son verre et l'examina comme il l'avait vu faire aux amateurs.

« Ne fais pas de manières, dit Croizat. Bois et dis-moi s'il te convient. »

Eugène avala une gorgée. À sa grande surprise, elle lui parut délicieuse. Le vin était vif, parfumé, il avait quelque chose d'innocent et de joyeux. Il leva la tête. Un sourire enfantin éclairait son visage.

« Eh bien, je pense... il me semble, oui... Je crois qu'il est excellent.

— Je vous l'avais dit », triompha le sommelier. Il remplit les verres.

« À quoi allons-nous boire ? demanda Croizat.

— À notre amitié », répondit Eugène sans réfléchir. Cette gorgée de vin avait chassé ses idées noires.

Croizat, surpris, resta le verre levé. « Notre amitié ? dit-il. Mais nous ne sommes pas amis. »

Eugène le fixa, soudain dégrisé.

« Nous sommes bien mieux, reprit Croizat. Nous sommes camarades. Un ami, on se fâche. Camarade, c'est pour la vie, on ne peut rien y changer. »

Eugène posa son verre. Il était terriblement ému. S'il était habitué à dissimuler ses sentiments profonds au point de les oublier, sa pudeur s'était encore accrue sous l'effet des persiflages incessants de Mouni et de Vava. Devant elles, mieux valait s'en tenir à des propos insignifiants, ou bien se taire. La remarque de Croizat réveillait en lui une effervescence affective qui le bouleversait.

Il reprit son verre et le choqua contre celui de Croizat.

« À ce que tu viens de dire », fit-il gravement. Puis il but lentement, et le vin frais qui coulait dans sa gorge le lavait de siècles d'humiliation.

17

De la guerre, Eugène avait gardé un mauvais sommeil. Combien de fois, au front, avait-il été réveillé à peine assoupi, alors que chacun dans la cagna avait enfin trouvé sa place au sec, entortillé dans sa couverture, les pieds libérés des lourds brodequins malgré l'interdiction de se déchausser, la tête posée sur le casque en guise d'oreiller ? À l'annonce d'une alerte, il fallait se lever en hâte, s'équiper dans le noir, puis sortir dans le froid glacial et guetter au bas des échelles, prêt à bondir hors de la tranchée. Des tirs d'artillerie résonnaient au loin, le ciel parfois s'illuminait un court instant. On chuchotait : « Cette fois, c'est la bonne. » Le plus souvent, après une ou deux heures passées à piétiner en vain, un morne silence retombait sur la campagne figée. Un ordre circulait alors de proche en proche et les hommes, harassés et transis, regagnaient leur abri sordide comme on rentre chez soi, heureux de retrouver la tiédeur du foyer.

Quinze ans plus tard, Eugène continuait à s'éveiller au moindre bruit, un battement de porte, le grincement du tramway sur ses rails, des jeunes gens bavardant et riant au pied de l'immeuble. Il luttait pour se rendormir, mais restait le plus souvent les yeux ouverts jusqu'au matin. Pour ne pas perdre tout à fait son temps, Eugène en profitait pour passer mentalement en revue ce qu'il appelait ses « dossiers en cours ».

Le plus urgent concernait l'avenir de Jean. Eugène hésitait encore entre ce qu'il convenait de dire par lettre à son camarade Bigorne et ce qui ne pouvait s'exprimer qu'en tête à tête. Plutôt que de vanter les qualités de Jean, l'honnêteté le poussait à lui exposer ses défauts : sa paresse indécrottable, sa tendance à papillonner, ses vantardises. Il avait un bon fond, mais il avait été élevé dans du coton, gâté pourri par sa mère et sa grand-mère. Tout était à reprendre. Partie sur cette voie, la lettre de recommandation risquait fort d'être dissuasive. Nuit après nuit, il rédigea, ratura et déchira dans sa tête quantité de brouillons, jamais satisfait. Puis, un beau matin, levé tôt, il s'enferma dans son bureau et écrivit d'un seul jet dix lignes qu'il alla poster aussitôt, de crainte de changer d'avis. La réponse lui parvint par retour du courrier : Bigorne serait trop heureux de lui rendre service, qu'il lui amène son fiston, on trouverait bien à l'occuper jusqu'à son départ pour le régiment.

Eugène s'était bien gardé jusqu'alors d'informer Mouni de ses projets. Il ne voulait pas laisser la moindre place à la discussion, le moindre interstice par lequel sa femme, soutenue par Vava, puisse se glisser pour contester sa décision. Fort de la réponse de Bigorne, il jugea qu'il avait en main tous les atouts pour dévoiler son jeu. Ce qu'il fit le soir même. C'était un vendredi. Pour le repas de shabbat, Rosa, la cuisinière oranaise, avait préparé une téfina aux épinards, sa spécialité, qu'on trouvait invariablement meilleure que la fois précédente, la viande plus goûteuse, les légumes plus fondants. Eugène attendit, pour annoncer la nouvelle, ce court moment de silence où chacun, repu, repoussait son assiette et s'adossait à sa chaise, pensant déjà au gâteau à la cannelle et aux pommes qui clôturerait le repas.

« Voilà ce que j'ai décidé », déclara-t-il sans préambule. Et, profitant de l'effet de surprise, il exposa son plan. Les billets de train étaient retenus, l'hôtel réservé, Jean avait trois jours pour préparer son bagage et faire ses adieux. Mouni, incrédule, échangea un regard avec sa mère. « Mais, dit-elle, Jean reviendra, n'est-ce pas ? Ce n'est qu'une prise de contact, on peut encore changer d'avis ? »

Eugène fronça les sourcils, qu'il avait très épais.

« Que veux-tu dire, "changer d'avis" ?

— Au moins réfléchir.

— Mon amie, trancha Eugène, c'est tout réfléchi. Il est temps que ce garçon quitte tes jupes et celles de ta mère. D'ailleurs, qu'en pense-t-il ? » Il se tourna vers Jean, resté silencieux depuis le début de la conversation. Tous les regards convergèrent dans sa direction.

« Mais oui, Jean. Dis-nous, toi. »

Francine, la bonne, tournoyait autour d'eux, changeant les assiettes, disposant les fourchettes à gâteau.

« Francine, laissez-nous un instant, je vous prie », lança Eugène, impatienté. Et comme Irène s'agitait sur sa chaise, il ajouta : « Et dites à Mademoiselle de coucher cette petite.

— Mais monsieur, elle n'a pas mangé son dessert, fit remarquer Francine.

— Elle le mangera à la cuisine. Allez ! »

Francine quitta la salle à manger, l'air pincé, poussant Irène devant elle.

Le silence retomba. Les yeux baissés, Jean grattait la nappe du bout de sa fourchette. Vava, qui était assise à sa droite, lui prit la main.

« Allons, mon Jeannot, tu as bien une idée », dit-elle.

Il fondit en larmes.

« Voilà ! Voilà ! lança Eugène, agitant un doigt accusateur qui allait de Mouni à Vava. Voilà le résultat de votre éducation ! »

En vérité, Jean n'avait rien, bien au contraire, contre l'idée de passer l'hiver seul à Paris. D'autant qu'Eugène – qui s'était renseigné entretemps – avait lâché le nom de la maison de couture où travaillait son copain Bigorne : Jean Patou.

Patou ! L'artiste inspiré que Jean admirait bien plus que Madeleine Vionnet, Coco Chanel ou Lucien Lelong, qui portait le même prénom que lui et dont il avait collé deux portraits dans son album. L'un, intime, le montrant assis négligemment sur le rebord de son bureau, un livre à la main. L'autre, plus officiel, où il posait en smoking, le regard impérieux, la main gauche dans la poche de sa veste, la droite le long du corps, tenant une cigarette. L'attitude d'un chef, d'un visionnaire, d'un homme né pour guider les autres. Et dans les pages qui suivaient se succédaient ses créations – *Colomba*, *Sortilège*, *Caprice* –, des modèles d'une élégance raffinée, ponctués çà et là de réminiscences triviales. Comme si, pour faire preuve de distinction, la mode devait se moquer d'elle-même en empruntant au tout-venant : un motif bigarré aperçu sur la blouse d'une gardeuse d'oies lors d'un voyage dans les Balkans, des perles de pacotille enchâssées dans de savantes broderies chinoises, ou une simple frise au tracé maladroit inspirée d'une poterie rustique. Cette liberté enthousiasmait Jean. Il lui semblait qu'il possédait lui aussi la faculté de repérer, dans le flot ordinaire, le détail singulier dont il pourrait tirer parti.

La perspective de passer le seuil du 7, rue Saint-Florentin, siège de la maison Patou, d'accéder au saint des saints, d'avoir une chance d'apercevoir, même de loin, le grand homme, peut-être de le croiser, qui sait, de lui être présenté, lui apparaissait comme un miracle auquel il n'aurait jamais osé rêver.

Mais alors pourquoi pleurait-il ?

C'était du Jean tout pur. Incapable d'envisager une situation dans son ensemble, il se concentrait sur ses conséquences les plus immédiates, si insignifiantes soient-elles. Ainsi le brusque tournant qui intervenait dans sa vie se résumait pour lui à ce voyage imminent à Paris en compagnie de son père – voyage au cours duquel il serait présenté à Bigorne et où seraient réglés les détails matériels de son installation. Trois jours d'intimité forcée, de promiscuité inéluctable, d'échanges imposés avec un homme qu'il avait toujours soigneusement évité. Non qu'il ait quoi que ce fût à lui reprocher, pas même une sévérité excessive. Nombre de ses camarades évoquaient devant lui punitions, brimades et brutalités – gifles, coups de ceinture, bras cassé pour l'un d'eux. Rien de tel de la part d'Eugène, qui se vantait de ne jamais avoir touché son fils. De ne jamais l'avoir frappé, voulait-il dire, comme il l'avait fait, et parfois si brutalement, avec Raymond, son aîné. Mais ne pas le toucher signifiait aussi qu'il s'était gardé de toute caresse, qu'il ne l'avait jamais serré contre lui, encore moins dans ses bras. Sa pudeur, sa timidité, sa conception des rapports virils le lui avaient interdit. Sans bien s'en rendre compte, il avait prudemment tenu Jean à distance. Peut-être aussi parce qu'il sentait chez son cadet une émotivité, un abandon, une féminité qui le mettaient mal à l'aise et dont il préférait laisser le soin à Mouni.

Jean lui-même avait pris l'habitude d'esquiver tout tête-à-tête. Bien souvent, rentrant du lycée, il s'appliquait à tourner silencieusement sa clé dans la serrure, à refermer la porte en évitant de la faire claquer, puis, marchant sur la pointe des pieds, à contourner une certaine lame du parquet pour ne pas éveiller l'attention de son père qui travaillait dans son bureau.

Et voilà que, sans y être préparé, Jean allait être contraint de vivre trois jours durant sous le regard d'un homme qui lui était étranger et dont la seule présence le figeait. C'était trop d'émotions, trop de sentiments contradictoires. Jean, dont les larmes gouttaient jusqu'ici silencieusement, s'attardant au bord de ses longs cils, éclata en sanglots bruyants.

« Cet enfant nous fait une crise de nerfs ! » cria Mouni, alarmée. Elle voulut se lever pour lui venir en aide. Mais Eugène, d'un geste, la cloua sur sa chaise. Puis, se tournant vers Jean :

« Allons, dit-il fermement, reprends-toi, mon garçon. Va faire un tour et reviens t'asseoir. Es-tu un homme, oui ou non ? » Question dont personne, et surtout pas Jean, ne comprit dans l'instant qu'elle résumait toutes les autres. Était-il un homme ? Avait-il envie de l'être ? Et d'ailleurs, qu'est-ce que cela pouvait bien vouloir dire, être un homme ?

Trois jours plus tard, vers dix heures du soir, le chauffeur les conduisit au train. Sur le trajet, alors qu'ils traversaient les rues désertes, Jean s'étonna. La voiture ne suivait pas la direction de la gare Saint-Charles d'où chaque année au mois d'août il partait pour la Savoie en compagnie de sa mère et de sa grand-mère. Eugène sourit d'un air mystérieux. C'était la première surprise qu'il réservait à son fils au cours de ce voyage qu'il voulait en tout point exceptionnel. Il avait retenu des places dans le prestigieux Train bleu qui, bizarrement, s'arrêtait à la Blancarde, une gare annexe éloignée du centre. Un employé des wagons-lits les guida vers leur compartiment. Sur le seuil, il s'effaça pour laisser passer Jean. Celui-ci fit quelques pas et s'arrêta, médusé. Il se trouvait dans une bonbonnière parée de velours bleu, de cuivre et d'acajou. À gauche, un lit, plus loin, dissimulé par une porte articulée, un cabinet de toilette, sur la cloison droite, une tablette qu'on pouvait déplier pour prendre une collation ou rédiger sa correspondance. L'employé ouvrit une porte communicante. Comme reflété par un miroir apparut un second compartiment, parfaitement identique.

« Je vous laisse vous installer. Bonne nuit, messieurs. Si vous avez besoin de quoi que ce soit, n'hésitez pas à sonner », dit l'employé avant de se retirer.

Eugène lui tendit un pourboire et referma la porte. Père et fils étaient désormais seuls.

« Crois-tu que c'est beau, dit Eugène. Où veux-tu t'installer ? Je te laisse le choix. »

Jean ne répondit pas. Eugène se méprit sur son silence.

« Ah ! Ça t'épate, n'est-ce pas ? » Il passa familièrement un bras autour des épaules de Jean. « Tu t'en souviendras, de ce voyage, crois-moi ! »

Jean remua vaguement la tête. Il était catastrophé.

Lorsqu'il partait en Savoie, l'été, il voyageait assis entre Mouni et Vava, s'appuyant alternativement sur l'une ou l'autre, bercé par leur douce chaleur, comme incorporé à ces deux femmes qu'il aimait plus que tout. Au petit matin, à Pontcharra ou Montmélian, Mouni abaissait la vitre du compartiment et, penchée à la fenêtre, elle achetait au marchand ambulant qui circulait sur le quai des croissants et du café au lait dans des gobelets en carton. Jean dévorait le croissant, avalait en vitesse le liquide brûlant, puis, retrouvant sa place entre Mouni et Vava, se rendormait, délicieusement niché contre leurs rondeurs odorantes. Il s'était imaginé voyageant de même avec son père, non pas serré contre lui, mais au contraire protégé d'un embarrassant tête-à-tête par la présence d'autres voyageurs. Et voilà qu'ils partageaient la même chambre ou quasiment. Car au lieu de refermer la porte entre les deux espaces, Eugène la maintint ouverte, comme pour mieux afficher une proximité virile. Et sans attendre il se mit en devoir de se préparer pour la nuit, s'asseyant sur le bord du lit, retirant son pantalon, apparaissant en caleçon mi-long tout en sifflotant pour marquer qu'il trouvait cette situation tout à fait naturelle – alors qu'elle était absolument inédite et sans doute aussi gênante pour lui que pour Jean, car il était pudique en diable.

Profitant de ce qu'Eugène s'était isolé un instant dans le cabinet de toilette, Jean arracha rapidement ses vêtements et se glissa dans le lit. Il ne dormit pas de la nuit, paralysé par la présence de son père qu'il entendait respirer lourdement à quelques pas de lui. Tandis que les roues martelaient les rails, *tatoum*, *ratatoum*, il se dit que personne, non, personne n'avait connu pareil malheur.

Il arriva gare de Lyon dans un état pitoyable, manqua tomber en descendant du train et eut toutes les peines du monde à attraper la valise que son père lui tendait. « Il faut que j'achète une carte postale, déclara-t-il, la voix mourante.

— Ça peut attendre. Tu as tout le temps.

— J'ai promis à grand-maman de lui écrire dès que j'arriverais à Paris.

— Tu le feras depuis l'hôtel.

— Non, tout de suite. J'ai promis. »

Son visage se plissa, ses lèvres frémirent, il sut qu'il allait pleurer et, dans l'état de nervosité où il se trouvait, cette pensée suffit à faire jaillir ses larmes. Eugène, déconcerté, battit en retraite. Ils s'arrêtèrent devant un kiosque, au bout du quai, où Jean acheta une vue de la tour Eiffel et un timbre. Dans une buvette, accoudé au comptoir, il griffonna quelques mots sur la carte qu'il glissa dans une boîte en sortant de la gare.

Eugène avait réservé deux chambres au Scribe, derrière l'Opéra. Il dépensait volontiers mais n'aimait pas *péter plus haut que son derrière*. Cet hôtel, luxueux sans ostentation, correspondait à la place qu'il estimait être la sienne sur l'échelle sociale. Jean fut grandement soulagé de constater que sa chambre était séparée de celle de son père par toute la largeur du couloir, l'une côté pair, l'autre côté impair. Eugène lui donna quartier libre jusqu'à midi, heure à laquelle ils rejoindraient Bigorne pour le déjeuner. Il lui recommanda de se préparer avec soin. La première impression était décisive. Impatient de se retrouver seul, Jean promit de faire le nécessaire. Il referma sa porte en hâte et la verrouilla.

La chambre lui parut splendide, tout particulièrement la salle de bains carrelée de marbre, avec son lavabo sur pied et sa baignoire à pattes d'aigle. Comme dans beaucoup d'intérieurs bourgeois, la salle de bains de la rue Paradis n'était pas la pièce la plus reluisante de la maison. Une lumière mal répartie, un lavabo étroit, des faïences ternies, une baignoire à l'émail fendillé. Mais après tout, c'était bien suffisant pour l'usage extrêmement réduit qu'en faisaient les occupants des lieux. Vava professait que quand on était propre, on n'avait pas besoin de se laver, et Eugène ressassait ses souvenirs de la guerre durant laquelle, affirmait-il, il se nettoyait des pieds à la tête en utilisant son casque comme cuvette et une bande molletière usagée en guise de gant de toilette.

Jean se fit couler un bain brûlant et, en attendant qu'il soit prêt, il profita des miroirs qui garnissaient les murs pour jouer avec son sexe et admirer son corps sous des angles imprévus. Puis il se plongea dans l'eau bienfaisante et s'endormit aussitôt. Deux heures plus tard, ce fut Eugène qui le réveilla en tambourinant à la porte. L'eau était glacée, il grelottait. Sortant du bain en vitesse, il enfila le peignoir suspendu au mur et alla ouvrir, non sans batailler avec le verrou mystérieusement bloqué. Pendant ce temps, Eugène, furieux, s'époumonait derrière la porte. Quand elle céda enfin, il resta ébahi en découvrant son fils, les cheveux détrempés, les yeux hagards, une mare d'eau à ses pieds.

« Eh bien, je ne te félicite pas, mon garçon ! » dit-il, partagé entre la colère et une forte envie d'éclater de rire. Il lui donna cinq minutes pour s'habiller et le rejoindre dans le hall.

Rue Saint-Florentin, la maison Jean Patou, en pleine expansion, occupait tout un pâté d'immeubles. Bigorne avait fixé rendez-vous dans un bistrot proche. « Tu verras, avait-il dit à son camarade de guerre, ça paie pas de mine, mais c'est comme ça ! » En effet, l'endroit était si exigu, la devanture si modeste qu'Eugène crut s'être trompé d'adresse. Il entrouvrit la porte pour jeter un coup d'œil à l'intérieur, très sombre et qui empestait la friture. Non, ça ne pouvait pas être là. Mais comme il s'apprêtait à refermer la porte, une voix l'interpella : « Costa ! Eh, Costa ! » C'était Bigorne qui faisait de grands signes dans sa direction. Eugène eut d'abord du mal à retrouver dans ce gros homme élégamment vêtu le Parigot maigre et dépenaillé qu'il avait côtoyé nuit et jour dans les tranchées quinze ans plus tôt. Mais l'autre, déjà, bousculant tout le monde, s'était rué vers lui et le serrait dans ses bras.

« Ça fait sacrément plaisir de te revoir ! » s'écria-t-il et, se tournant vers les habitués qui, dans la salle enfumée, avaient suspendu un instant leur conversation : « C'est mon pote, c'est mon p'tit Juif! On a fait la guerre ensemble, et pas qu'un peu ! Pas vrai, mon p'tit Juif ? » Et tandis qu'il attrapait Eugène par la taille et le serrait contre lui, il émit un petit sifflement tout en imitant, de l'index et du majeur, une paire de ciseaux. Ce qui fit marrer tout le monde. Eugène lança un petit coup d'œil embarrassé vers Jean qui suivait la scène sans comprendre.

Cette plaisanterie – le sifflement, les ciseaux, allusion au fait qu'il était juif donc circoncis –, combien de fois Eugène l'avait-il entendue sans en prendre ombrage, dans les tranchées ? Elle lui semblait alors aussi inoffensive que les moqueries qui visaient les Auvergnats, les Marseillais, les Bretons ou les gars du Nord. Dans le grand brassage de la guerre, les Français découvraient leur diversité et s'en amusaient. La nation, concept abstrait, trouvait dans ce collage une illustration pratique.

Démobilisé en février 1919, Eugène était rentré en Algérie avec le sentiment que les haines entre communautés étaient oubliées pour toujours et qu'il avait gagné, autrement que par un simple décret, le droit de se dire français. En effet, pendant quelques mois, un an peut-être, l'antisémitisme se fit discret. Mais au printemps 1920, une ligue antijuive, longtemps moribonde et depuis peu réanimée, organisa au Modern-Cinéma, boulevard Bon-Accueil, une réunion qui rassembla environ deux cents personnes. Les orateurs se succédèrent à la tribune pour dénoncer l'arrogance insultante des youpins, les traiter d'accapareurs et de traîtres à la patrie – patrie qu'ils avaient fait mine d'embrasser pour mieux la poignarder, etc.

À l'issue de la séance, l'assemblée chauffée à blanc se groupa devant le cinéma et entonna la *Marseillaise antijuive* qu'on n'avait plus entendue dans les rues d'Alger depuis les années d'avant-guerre :

Allons enfants d'Algérie,
Notre vengeance est arrivée,
Loin de nous cette tyrannie,
La bannière antijuive est levée,
Aux armes, Algériens !
Chassons tous ces youpins !
Marchons ! Marchons !
Qu'un sang impur abreuve nos sillons !

Cet incident, minimisé par la presse, qui l'attribua à « une poignée d'extrémistes », bouleversa Eugène. Ce fut, matin, midi et soir, plusieurs jours durant, l'unique sujet de conversation autour de la table. Mouni trouvait qu'Eugène s'inquiétait pour pas grand-chose. « Voyons, Eugène, disait-elle de ce ton persifleur qui exaspérait son mari, tu ne vas tout de même pas te rendre la vie impossible par la faute de quelques imbéciles ? » Quant à Vava, si elle se reconnaissait comme juive, elle avait toujours refusé de lier son sort à celui des Juifs ordinaires. Elle s'était inventé, à son usage exclusif, une race à part, distinguée, noble en quelque sorte, et approuvait sans le dire le mépris, voire le dégoût des antisémites pour le Juif vulgaire.

Eugène renonça vite à partager son inquiétude avec les deux femmes. De retour à Alger, Mouni avait retrouvé avec soulagement sa vie indolente, les après-midi passés à papoter en prenant le thé chez l'une ou l'autre de ses amies, servie par une armada de domestiques qui n'avaient pas, comme en France, le toupet de se plaindre et de revendiquer. Délivrée de son rôle d'épouse exemplaire, elle avait peu à peu mis fin à la relative soumission à laquelle elle s'était astreinte en temps de guerre et tenait désormais son mari à distance – tout particulièrement au lit, où elle négociait âprement ses brefs abandons.

Moïse Costa, vieillissant, s'était retiré des affaires. Mettant à profit la longue absence de son frère, Édouard avait pris en main les destinées de la mercerie-bonneterie Costa. À son retour, Eugène constata qu'il n'avait plus son mot à dire. Sous prétexte de s'adapter aux nouvelles attentes de la clientèle, Édouard avait modernisé le magasin, remplaçant le réseau de vieilles boutiques raboutées à la va-vite par un espace unique, clair et bien distribué. Ce fut une erreur. L'esprit des lieux disparut avec les gravats. Autrefois, les multiples recoins, les allées tortueuses, les passages dérobés donnaient le sentiment d'un grouillement perpétuel. La foule était un appât. À présent le magasin, à toute heure du jour, paraissait à moitié vide. Eugène sentit au premier coup d'œil qu'on s'engageait sur une pente dangereuse. Mais Édouard n'admettait pas la moindre remarque. Eugène redoutait les conflits comme la peste. Il baissa les bras.

Peu avant Noël 1921, Moïse Costa fut emporté par une embolie pulmonaire. Eugène était encore jeune, sa part d'héritage lui assurait une certaine indépendance. À ce stade, il n'envisageait pas d'autre avenir qu'en Algérie. Mais peut-être fallait-il créer une rupture, quitter Alger, ouvrir un magasin à Oran, Constantine ou Mostaganem, ne serait-ce que pour éviter de concurrencer son frère sur son propre terrain. Il s'en ouvrit à Mouni qui s'offusqua : comment pouvait-il oser lui proposer d'aller s'enterrer dans ces villes lointaines et démunies, s'éloigner de sa mère, quitter ses amies, renoncer à la vie privilégiée à laquelle elle avait droit, elle, la fille de M. Mourjan ? C'était une insulte, il aurait dû avoir honte, ne serait-ce que d'y avoir songé. Il fit marche arrière. Elle consentit à lui pardonner.

Un incident changea brusquement la donne. Un jour qu'il était en négociation avec l'un de ses fournisseurs, un certain Martinez, un mauvais coucheur, alors qu'ils discutaient âprement des prix sans parvenir à un accord, la discussion s'envenima.

« Oh, vous autres, on vous connaît ! » lâcha Martinez. Et, détournant la tête, entre ses dents : « Sale youpin ! »

Eugène pâlit. « Qu'est-ce que vous avez dit ?

— Ça va. Vous avez très bien entendu.

— Levez-vous. On ne frappe pas un homme assis. »

Martinez s'effraya. « Allons, monsieur Costa, il n'y a pas d'offense. J'ai dit ça en passant.

— Pas d'offense ? En passant ? » répéta Eugène.

Il se dressa de toute sa taille.

« Monsieur, j'ai combattu pour la France, moi !

— Mais oui, pas la peine de s'énerver. On dit les choses, on les pense pas.

— Dehors !

— Pour le prix, allez, je suis d'accord. Voyez, on peut toujours s'entendre entre gens de bonne volonté.

— J'ai dit : dehors ! »

Martinez ramassa ses papiers, se leva et sortit sans un mot.

Il n'avait pas besoin de parler, ses yeux, ses épaules, son dos disaient ce qu'il pensait :

« Sale youtre, Juif de merde, je te revaudrai ça ! »

Et tous les Martinez d'Algérie, avides de vengeance, scandaient avec lui : *Aux armes, Algériens ! Chassons tous ces youpins !*

Avant même que l'autre ait passé la porte, la décision d'Eugène était prise : sa place n'était plus ici. Un doux soulagement l'envahit. Il rentra chez lui. Il était dix heures du matin. Mouni dormait encore. Il entra dans la chambre, tira les rideaux. Mouni se redressa, les yeux papillonnant.

« Réveille-toi, nous partons, déclara Eugène, comme il lui avait annoncé, cinq ans plus tôt, qu'il partait à la guerre.

— Nous partons ? Où donc ? articula péniblement Mouni.

— À Marseille. Nous quittons l'Algérie.

— Maintenant ?

— Dès que possible.

— Mais enfin, Eugène, tu as perdu la tête !

— C'est décidé, et tu ne me feras pas changer d'avis. »

Tout fut réglé en trois allers-retours à Marseille. Le 18 janvier 1922, Eugène et Mouni accompagnés de leurs deux garçons, Raymond et Jean, respectivement âgés de dix et six ans, embarquèrent sur le *Gallieni*. Leur déménagement les avait précédés. Mouni, finalement résignée, avait obtenu une seule contrepartie, non négociable : elle disposerait à Marseille du même nombre de domestiques qu'à Alger, à savoir une femme de chambre, une bonne à tout faire, une cuisinière, une nurse et un chauffeur. Eugène avait cédé. Une grande partie de son héritage était déjà engagée et les charges s'accumulaient. Mais il avait confiance dans l'avenir. Il allait en France, le pays qui lui avait rendu l'orgueil.

Plus personne ne le traiterait de youtre.

18

« Viens t'asseoir, mon p'tit Juif, dit Bigorne. J'ai les crocs, pas toi ? » Il se tourna vers Jean. « Et toi, jeune homme ? Mais je suis bête, on a toujours faim à ton âge. » Il l'examina attentivement. Ses cheveux blond cendré soigneusement ondulés, la taille bien prise dans son costume neuf, Jean était à son avantage.

« Bien, bien. Excellent, approuva Bigorne. Tout à fait ce qu'il me faut. »

Il occupait, ils l'apprirent enfin, le poste de responsable des expéditions. Une fonction stratégique, à l'entendre. Les paquets, les colis, la robe livrée juste à temps après d'ultimes retouches, c'était lui.

« Tu vas plaire aux clientes, petit. Mais attention, pas touche ! On admire mais ça va pas plus loin, compris ? »

Jean acquiesça, bien qu'il n'eût aucune idée de ce dont parlait Bigorne. Celui-ci les entraîna vers la table d'angle qu'il venait de quitter et où étaient dressés trois couverts. Il leur recommanda les rognons flambés sauce madère, c'était le plat du jour, il ne fallait surtout pas rater ça. Sans même attendre leur réponse, il passa la commande, puis saisit la bouteille de vin qu'il avait déjà largement entamée. Tout en remplissant les verres, il s'adressa à Jean :

« Un sacré bonhomme, ton père. J'en ai vu passer, crois-moi. Un sacré bonhomme, tu as compris ? Regarde-moi quand je te parle ! »

Il leva son verre et le choqua contre celui d'Eugène.

« À nos retrouvailles ! dit-il. Ça me fait plaisir de te voir. Tiens, j'en pleure... » Il s'essuya les yeux, but, se resservit, consulta sa montre, réclama les rognons à grands cris.

« C'est qu'il faudrait pas qu'on se pointe en retard ! »

Il leur expliqua qu'ils avaient rendez-vous à deux heures pile avec le chef du personnel, Maurice Le Bolzer, l'ancienne ordonnance de Jean Patou à Salonique, pendant la guerre, quand celui-ci était lieutenant au 148e régiment d'infanterie.

« C'est mon petit-cousin par ma femme. Un chic type quand on le connaît, mais il faut pas rigoler avec lui. Une connerie et *vlan*, dehors ! »

D'ailleurs, le malheur des uns faisant le bonheur des autres, c'est justement parce qu'un coursier s'était fait virer la veille que Jean pouvait être engagé à sa place.

« Coursier ? s'exclama Jean.

— Ben oui, tu t'attendais à quoi ? Tu verras, on gagne des haricots, mais si on est malin, on peut se faire de bons pourliches.

— Et je commencerais quand ? s'enhardit Jean.

— Comment ? Mais tout de suite ! Enfin, demain matin à huit heures. »

Jean lança un regard éperdu à son père. Ses lèvres tremblaient, déjà ses longs cils se perlaient de larmes.

« Demain ? C'est parfait, s'empressa de conclure Eugène. C'est même inespéré. N'est-ce pas, Jean ? »

L'arrivée des rognons, tout fumants, fit diversion. Eugène et Bigorne se mirent à passer en revue leurs camarades d'escouade. À l'énoncé d'un nom, chacun apportait une information que l'autre n'avait pas. Beaupoil, qu'Eugène croyait mort, se portait comme un charme, Chabanette avait perdu sa femme, Turlure, ce couillon, s'était fait poisser dans une sombre affaire de carambouille. Ils s'exclamaient : « Tiens par exemple ! » ou « Ça ne m'étonne pas ! » et s'émerveillaient qu'après tant d'années le fil de leur amitié ne soit pas rompu. On oublia Jean. Celui-ci avait repéré, officiant dans l'étroite cuisine au fond de l'établissement, un garçon dont les fesses rebondies, serrées dans un pantalon bleu chiné, l'attiraient irrésistiblement. À un moment, le garçon se retourna et saisit son regard. Il posa deux doigts sur ses lèvres ourlées d'une fine moustache et il sembla à Jean qu'il lui adressait un baiser. Mais était-ce vraiment un baiser et lui était-il destiné ? Il se sentait bizarre, le verre de vin qu'il avait bu pour ne pas déplaire à Bigorne lui pesait sur l'estomac. Dans l'assiette de porcelaine, les rognons, baignant dans une sauce brunâtre, avaient des allures d'excréments. Il se leva précipitamment et courut vers les W-C qui voisinaient avec la cuisine. Au passage, le garçon au pantalon bleu lui fit un signe qui, cette fois, ne laissait aucun doute. Mais Jean avait d'autres soucis. Il s'enferma dans le local aux murs couverts de graffitis obscènes et, penché sur la cuvette, vomit à la fois la vinasse aigrelette et toute l'angoisse accumulée depuis le soir où sa vie avait brusquement obliqué.

À deux heures moins cinq, un peu retapé, Jean franchit pour la première fois l'entrée du personnel de la maison

Patou. Sitôt passé l'étroit vestibule où trônait l'horloge de pointage, une rumeur lui parvint des étages, un piétinement sourd, des éclats de voix, des galopades, une atmosphère de catastrophe imminente qui lui rappela un souvenir d'enfance. C'était dix ans plus tôt au théâtre du Gymnase à Marseille. Yvonne Camoin, l'amie de sa mère, s'était procuré des billets de faveur pour une opérette qui avait triomphé à Paris la saison précédente. Jean ignorait tout du théâtre. Il supplia Mouni de l'emmener. Elle céda – ce qu'elle regretta après coup, car elle trouva le livret un peu leste pour un enfant de sept ans. Les allusions coquines échappèrent à Jean, mais le reste l'enchanta à peine le rideau levé : les personnages qui sortaient de scène en smoking et reparaissaient, l'instant d'après, vêtus d'une robe de chambre, la salle de bal du palais princier, à Vienne, escamotée pour céder la place à une humble masure où vivait une pauvresse d'une grande beauté, les lumières mouvantes et colorées, tantôt diffuses, tantôt éblouissantes, les musiciens tapis dans la fosse, enfin tout. Mais le comble fut atteint lorsque, à l'entracte, Yvonne Camoin les entraîna vers les coulisses – car elle était parente avec l'un des chanteurs, marseillais de naissance, qui l'avait invitée à lui rendre visite dans sa loge. Pour y accéder, il fallait traverser la scène où les machinistes s'affairaient à monter le décor suivant. Il régnait sur le plateau ce même affolement, cette même atmosphère de fièvre que Jean humait à présent avec délice en grimpant les étages de la maison de couture. Les ordres fusaient, on se heurtait les uns les autres, chacun investi d'une tâche dont il était le seul à apprécier l'importance et qui à ses yeux l'emportait sur toute autre. Au passage, il constata avec stupéfaction que les marbres et les colonnades du palais qui l'avaient tant impressionné étaient en carton-pâte et que deux ouvriers suffisaient à les déplacer. Loin de le décevoir, cette découverte le remplit d'admiration. Le faux, l'artifice, l'imitation lui parurent infiniment plus intéressants que le vrai, et faire semblant bien plus enviable qu'être pour de bon. Dès ce moment, il n'eut plus qu'une idée en tête : rejoindre un jour, d'une manière ou d'une autre, ce monde d'illusions. En parcourant le couloir qui menait au bureau de Maurice Le Bolzer, le terrible directeur du personnel, il eut la certitude qu'il touchait au but.

« Tu t'es occupé des zouaves, maintenant tu t'occuperas des femmes », avait dit le capitaine Patou à son ordonnance en lui proposant de demeurer à ses côtés, la paix revenue. Ce qui signifiait qu'il comptait sur lui pour appliquer au personnel essentiellement féminin de la maison de couture les méthodes qui avaient fait leurs preuves dans l'armée d'Orient. À lui la discipline et les sanctions, au patron l'exquise bienveillance et l'octroi d'avantages sociaux - congés payés, soins gratuits - alors inusités. L'un était haï, l'autre encensé. La recette n'avait rien d'original, mais a-t-on jamais inventé mieux ?

Lorsque Jean, piloté par Bigorne, se présenta au seuil de son bureau, Le Bolzer était en train de faire sa sieste, calé dans un fauteuil, les deux jambes en travers d'une chaise. Il n'était pas encore tout à fait deux heures. Bigorne attendit l'heure juste pour toquer à la porte. Le Bolzer ouvrit un œil, examina brièvement Jean puis, tournant la tête de côté, il murmura :

« 14 francs de l'heure. Premier retard, un avertissement, le deuxième, dehors. Tenue négligée, gros mot, comportement indécent, désobéissance caractérisée, dehors immédiatement. »

L'entretien d'embauche était terminé. Bigorne tira Jean par la manche et l'entraîna dans le couloir.

« Allez, viens avant qu'il change d'avis. Tu t'en es bien tiré », chuchota-t-il.

Le coursier fichu à la porte la veille occupait l'une des chambres de bonne que la maison Patou louait dans le quartier pour ses employés célibataires. En perdant son travail, le malheureux avait perdu son logement du même coup. Jean pourrait l'occuper à sa place. Bigorne suggéra qu'il aille le visiter avec son père. S'il lui convenait, c'était une affaire réglée.

L'immeuble se trouvait dans une petite rue derrière la Madeleine, où les bâtiments anciens, frappés d'alignement, attendaient la démolition. L'escalier était sale, les murs, couverts de moisissures. Au sixième, un escalier plus étroit conduisait aux chambres de service. La chambre 7, que leur avait indiquée Bigorne, se trouvait à l'extrémité du couloir. Eugène batailla avec la serrure. À bout de ressources, l'idée lui vint de tourner la poignée. La porte s'ouvrit d'elle-même. C'était une pièce mansardée, seulement éclairée par une lucarne de toit. Une table, une chaise, un lit étroit, des draps gris de crasse. Derrière un rideau en cretonne délavé, une étagère et trois cintres en fil de fer. Une cuvette et un broc complétaient le mobilier. Pas d'eau, un robinet sur le palier. Eugène se tourna vers Jean.

« Bon, mon garçon, dit-il, on va te trouver autre chose.

— Pourquoi ?

— Comment, pourquoi ? Tu n'envisages pas d'habiter ici, tout de même ?

— Pourquoi ? » répéta Jean. Il s'assit sur le lit. « Ici, c'est très bien. Et c'est tout près de mon travail.

— Jean, Jean, voyons, tu plaisantes ? Imagine que ta mère vienne te voir, elle pensera que je suis fou de t'avoir laissé dans ce trou à rats.

— Il s'agit de moi, pas de maman.

— Mettons que tu veuilles amener ici une... une conquête.

— Eh bien ? »

Eugène s'assit sur le lit, à côté de son fils. Il passa le bras autour de son cou.

« Tu n'es qu'un enfant », dit-il.

Il réfléchit. « Après tout, pour deux ou trois jours, le temps de trouver autre chose... Tu comprendras vite que j'ai raison. »

Soudain, il fit une grimace et porta la main à son cœur. Jean s'alarma. Il savait que son père souffrait de faiblesse cardiaque. Chaque jour, avant les repas, il comptait dix gouttes dans un demi-verre d'eau qu'il avalait en grimaçant. Mais Jean ne s'en était jamais inquiété. Tout ce qui concernait son père lui paraissait lointain, mystérieux et vaguement malpropre.

« C'est rien, le rassura Eugène. Allons, partons d'ici. »

Toute la joie qu'il s'était faite à l'idée de leur escapade à deux était retombée. Selon le programme qu'il avait mis tant de soin à élaborer, il était prévu d'aller dîner dans un excellent restaurant, puis d'emmener Jean dans un cabaret. Et qui sait, peut-être, pour finir la soirée, le conduire dans une maison dont l'un de ses fournisseurs lui avait vanté la bonne tenue – de même que Moïse, son propre père, trente ans plus tôt, l'avait confié, l'âge venu, à Chochana, une Juive épanouie dont il usait lui-même et qu'il avait chargée de le déniaiser. Il voyait bien, à présent, à quel point ce programme était grotesque. Il ne connaissait pas son fils, il ne savait rien de ses désirs et de ses peurs. Habiter une chambre immonde dans une ville inconnue ne semblait pas l'inquiéter. En revanche, il fondait en larmes à l'idée que sa grand-mère ne recevrait pas la carte postale promise dès son arrivée à Paris. Inutile de se raconter des histoires : il avait échoué avec ses deux fils, autant avec Raymond, martyrisé, qu'avec Jean, abandonné aux mains de sa femme et de sa belle-mère. Et maintenant, soulagé d'un fardeau, il se préparait à rentrer toutes affaires cessantes à Marseille, trop heureux d'en finir. C'était lamentable.

Ils regagnèrent l'hôtel à pied. Arrivé à destination, Eugène annonça qu'il allait se reposer avant le dîner. Ils montèrent chacun dans leur chambre en se donnant rendez-vous dans le hall à huit heures. Sa porte refermée, Eugène retira son chapeau, son manteau, son veston, déboutonna son gilet, desserra sa ceinture. Puis il fit coulisser les rideaux et s'étendit sur le lit. Il attribuait ses pensées moroses à la fatigue – son cœur qui le travaillait. Accoutumé aux siestes rapides, il pensait s'endormir vingt minutes, peut-être une demi-heure, et se relever frais et dispos. Mais le sommeil tardait à venir. Loin de se dissiper, l'angoisse qui l'oppressait depuis le début de l'après-midi le gagnait par vagues et le paralysait. Il se leva, alluma dans la salle de bains, se passa de l'eau sur le visage. Puis, de retour dans la chambre, il se laissa tomber dans un fauteuil. Qu'avait-il, bon sang ? Il repassa dans sa tête le fil des événements qui s'étaient déroulés depuis le début de la journée. Le moment où Jean, qui s'était endormi dans son bain, lui avait ouvert, dégoulinant et penaud. Eux deux se rendant à pied vers leur rendez-vous tout proche, lui fier de ce fils qu'il trouvait si beau dans le costume qu'il lui avait fait confectionner dans un tissu de chez Dormeuil, souple et confortable. Son premier costume d'homme. Pour la première fois depuis leur départ de Marseille, Jean s'était montré détendu, souriant, presque bavard. Eugène se réjouissait de ce changement d'attitude. Finalement, il avait eu raison de brusquer le mouvement. S'il avait écouté Mouni, on y serait encore.

Il se vit traverser la rue Saint-Honoré et se mettre en quête du restaurant indiqué par Bigorne. C'est là que tout avait basculé, pensa Eugène. Quand il avait entrouvert la porte et qu'à travers la fumée opaque, il avait aperçu Bigorne gesticulant dans sa direction. Ce qui signifiait sans aucun doute possible que c'était bien ici, dans ce médiocre restaurant d'habitués, que Bigorne lui avait donné rendez-vous, jugeant sans doute inutile de se mettre en frais pour un camarade de peu d'importance, son obligé de surcroît.

Secrètement blessé, il s'était efforcé de penser que Bigorne n'avait pas voulu l'offenser, qu'il s'agissait d'une maladresse de sa part, d'une absence de raffinement dont il n'y avait pas lieu de lui tenir rigueur. Se montrer tel qu'on est, sans honte et sans déguisement, n'était-ce pas une preuve d'amitié ? Après tout, dans les tranchées, n'avaient-ils pas partagé leur quotidien jusque dans les activités les plus triviales – pisser, déféquer ou pire encore sans la moindre pudeur ? À peine était-il parvenu à s'en persuader que Bigorne, interrompant les conversations, rameutait la salle en l'appelant *son p'tit Juif*. Sobriquet dont il l'avait affublé cent fois, mille fois pendant quatre ans sans qu'Eugène y trouve à redire. Mais ici, dans ce bistrot parisien, au milieu d'une clientèle anonyme dont il sentit – dont il crut sentir – immédiatement l'hostilité, les mots sonnaient différemment. Plus grave encore, Bigorne suscitait les rires en évoquant la circoncision d'un mouvement de l'index et du majeur agrémenté d'un sifflement obscène. Eugène, à cet instant, avait eu l'impression de se retrouver nu devant l'assistance qui désignait en se gaussant son sexe mutilé. Tournant la tête, il avait saisi le regard de Jean, devenu à cet instant l'enfant dont on insulte le père et qui souffre pour lui. À moins qu'il ne se demandât comment ce père, mis à l'épreuve, allait réagir et s'étonnât de le voir si lâche. Déjà Bigorne l'entraînait vers sa table, coupant court à toute riposte.

Mais tandis qu'ils ressassaient leurs souvenirs, une question avait tourmenté Eugène : et si tout cela était un leurre, la fraternité des armes, la camaraderie qui résiste au temps, l'oubli des antagonismes et des haines ? S'il avait quitté en vain l'Algérie, son pays depuis des siècles, des millénaires peut-être ? Si le rejet des Juifs, si évident et comme naturel dans la société coloniale, était tout aussi violent, quoique dissimulé, dans cette France métropolitaine où il se croyait enfin à l'abri ? S'il s'était aveuglé, s'il avait ignoré les regards en coin, les allusions voilées, la ségrégation implicite qui les excluait, lui et les siens, de certaines fréquentations ? S'il avait attribué faussement à une frange limitée de la population des sentiments de méfiance et de haine solidement ancrés et communément partagés dans la société française ?

Tout ce qu'il avait accompli, sa réussite, le confort et la sécurité qu'il avait offerts à sa famille, le bel appartement de la rue Paradis, la nombreuse domesticité, les vacances en Savoie, les bijoux offerts à sa femme lui parurent dérisoires.

À quoi bon si d'un mot, d'un geste, un Bigorne parvenait à vous mettre à terre ? Il songea un instant à annuler le dîner prévu. Il donnerait quelques billets à Jean pour qu'il se restaure dans une brasserie voisine et lui-même se mettrait au lit sans attendre. Mais il renonça vite à ce projet. C'était la dernière soirée qu'il passerait avec son fils avant longtemps. Il ne pouvait pas s'en dispenser.

Ils dînèrent au Petit Riche, rue Le Peletier. Ni l'un ni l'autre n'avait d'appétit. La conversation languissait. Malgré tous ses efforts, Eugène revenait sans cesse à ses réflexions. Il aurait voulu s'en ouvrir à Jean, pourtant il hésitait. Jamais il n'avait abordé ces questions avec lui. À vrai dire, il ne se souvenait pas d'avoir eu, sur quelque sujet que ce fût, une conversation sérieuse avec son fils. Était-ce le moment de le troubler en instillant dans son esprit des préoccupations qui lui étaient très probablement étrangères ? D'un autre côté, pouvait-il se permettre de faire comme si Jean n'avait pas entendu les propos de Bigorne, comme s'il n'avait pas vu la salle rire grassement devant sa pantomime ? Tandis qu'ils attendaient leur dessert, Eugène se jeta à l'eau.

« Puis-je te poser une question, Jean ? »

Jean parut soudain hostile. Eugène se demanda s'il n'avait pas prévu qu'on en viendrait là.

« Je me demandais – note bien, je ne le crois pas, mais je préfère tout de même te poser la question –, je me demandais, insista Eugène, si tu avais eu à souffrir d'être juif. »

Jean prit un air surpris. Eugène s'emporta.

« Ne me regarde pas comme ça ! Tu es juif, tu le sais, tout de même ? Tu es circoncis, je t'ai emmené quelquefois à la synagogue, tu as fait ta bar-mitsvah, même si tu as été incapable de retenir les trois mots d'hébreu qu'on t'avait demandé d'apprendre !

— Oui, oui, je suis juif. Et alors ?

— Tout le monde n'aime pas les Juifs. Certains même les détestent. Ça aussi, tu le sais ?

— Oui, je le sais.

— Eh bien, ma question est simple : est-ce que, au lycée ou ailleurs, on t'a déjà traité de sale Juif, de youpin, de youtre ? Est-ce que certains de tes camarades ont refusé que tu t'assoies à côté d'eux ? Est-ce qu'ils ont refusé que tu joues au football avec eux ?

— Je ne joue pas au football.

— Ne fais pas l'idiot. J'ai dit football comme j'aurais dit autre chose.

— Qu'est-ce que tu veux savoir ?

— Tu le fais exprès ! Je répète ma question. Est-ce que, d'une manière ou d'une autre, tu as eu à souffrir d'être juif ?

— Non, affirma Jean.

— Pas de brimades, pas de remarques désobligeantes ? Jamais ?

— Je t'ai dit que non. »

Il ne mentait pas – ou très peu. Il est vrai qu'à l'époque où il avait suivi brièvement des cours du soir, le maître d'apprentissage l'avait traité de youpin. Mais, des petites classes jusqu'en terminale, personne parmi ses condisciples ne l'avait tourmenté du fait de ses origines. Ceci pour la bonne raison qu'aucun ne s'était jamais douté qu'il était juif. Son patronyme, Costa, n'avait pas de consonance juive, et quand on l'interrogeait sur ses origines, Jean répondait, sans s'étendre autrement, que sa famille avait de lointaines racines portugaises. Tout au plus l'un de ses camarades l'avait-il soupçonné d'être arménien. « Toi, tu es pas français, tu es arménien. Ton vrai nom, c'est Costakian. » Jean s'en était accommodé. Les Arméniens, qui avaient afflué à Marseille au début des années 1920, étaient plutôt bien acceptés. Cette méprise servait finalement de paravent à sa véritable identité. D'ailleurs, ce camarade disparut du lycée au milieu du deuxième trimestre. Son père, militaire de carrière, avait été nommé à l'autre bout de la France.

Il en serait allé tout autrement s'il s'était appelé, par exemple, Choukroun, comme un autre de ses camarades, dont la vie était un enfer. À l'inverse du précédent, son père avait été muté de Nantes à Marseille. Arrivé en cours d'année, Choukroun, par ailleurs brillant élève, s'était vu traiter comme un pestiféré, poursuivi, injurié, battu, harcelé du seul fait qu'il était juif. Pour son malheur, il était fort laid. Un rictus involontaire retroussait en permanence sa lèvre supérieure, si bien que sous les coups ou les insultes, au lieu de faire profil bas, il semblait provoquer ses tortionnaires. « Non, mais quel toupet ! » disaient les autres, qui en remettaient une tournée. Loin de plaindre Choukroun, Jean le méprisait et n'hésitait pas, si l'occasion s'en présentait, à se joindre à la meute. On n'avait pas idée d'être juif à ce point.

Un jour où Jean avait participé au jeu qui consistait, pendant les classes, à subtiliser ses cahiers pour les maculer d'encre, Choukroun s'était approché de lui à la fin du cours. « Pas la peine de faire le malin. Je sais que tu es juif », lui avait-il glissé avant de disparaître. De ce jour, Jean vécut dans la hantise que Choukroun, pour se venger ou pour répartir équitablement les brimades, le dénonce. Mystérieusement, cela ne s'était jamais produit et Jean put continuer sans crainte d'être contredit de se prétendre portugais.

De tout cela – qui avait nourri jusqu'à l'obsession ses craintes d'enfant, puis d'adolescent –, Jean ne dit rien à son père.

« Non, vraiment, jamais, papa, assura-t-il une fois encore. Jamais je n'ai souffert d'être juif. »

Ils rentrèrent à l'hôtel sans échanger un mot de tout le trajet. Eugène, qui repartait tôt pour Marseille le lendemain, avait proposé de prolonger son séjour de quelques heures. S'il prenait le train suivant, il pourrait accompagner Jean durant sa première journée à Paris, le conduire au travail, aménager sommairement la chambre qu'il allait habiter, l'agrémenter de quelques objets essentiels, des draps propres, un réchaud pour faire sa popote, un radiateur électrique, car la pièce sous les toits n'était pas chauffée et les nuits étaient encore froides. Jean avait refusé catégoriquement. Plus les heures passaient, plus il paraissait impatient d'affronter seul sa nouvelle vie. Par quel prodige ce jeune homme trop sensible avait-il pu troquer si vite son indolence naturelle et ses anxiétés contre cette tranquille audace, Eugène ne parvenait pas à se l'expliquer.

« Tu veux te débarrasser de moi », ne put-il s'empêcher de conclure, amer.

Jean s'arrêta et, saisissant son père dans ses bras, le serra contre lui.

« Allez... allez... Mon fils, allez... », dit Eugène.

Il n'avait jamais été aussi ému de toute sa vie.

19

Il y avait trois catégories de coursiers chez Patou : les grooms, les coursiers fournisseurs et les coursiers clientes. Les grooms, à peine âgés de treize ou quatorze ans, étaient attachés aux ateliers, aux salons et aux boutiques. On les appelait familièrement les mickeys à cause de leur uniforme pourvu de ces gros boutons qui ornaient la culotte de la petite souris. Et peut-être aussi parce qu'on les voyait trottiner par grappes, l'air affairé, du haut en bas des trois immeubles de la rue Saint-Florentin. Les coursiers fournisseurs portaient également un uniforme, mais plus discret, gris à parements bordeaux. C'étaient les prolétaires du lot, ils méprisaient les mickeys, qu'ils harcelaient, et les coursiers clientes, qu'ils traitaient de feignasses, de chiens-chiens à leur mémère et de fragiles du cul. Choisis parce qu'ils avaient un physique agréable et de bonnes manières, les coursiers clientes passaient leurs journées à se prélasser dans l'attente d'une mission, fumant des cigarettes et lisant des illustrés dans la salle qui leur était spécialement réservée. Salle à laquelle n'avaient accès ni les mickeys ni les pue-des-pieds – ainsi qu'ils nommaient entre eux les coursiers fournisseurs. Insultes et provocations étaient fréquentes, mais Bigorne veillait au grain et, chacun tenant à conserver son emploi, il était rare qu'on en vienne aux mains.

Jean restait soigneusement éloigné de ces querelles. Versé sans discussion dans la brigade des coursiers clientes, ses goûts personnels le portaient plus volontiers à admirer le physique puissant et les manières rudes des pue-des-pieds plutôt que les poses étudiées de ses alter ego. Pour la première fois, sorti de son milieu, il fréquentait toutes sortes de gens dont il ne soupçonnait même pas l'existence quelques semaines plus tôt, et cette découverte le comblait. Aimable, poli, souriant, il se glissait partout, y compris dans les ateliers où pourtant il n'avait rien à faire. Il avait gagné les faveurs de Paulette Le Dantec – communément appelée Mme Paulette –, la *première* de l'atelier flou, celui où s'élaboraient ces vêtements souples, ces robes d'une suprême élégance, à la fois sobres, presque sévères, mais pleines d'imagination, relevées d'un détail surprenant, car « il faut qu'une robe *rigole* », disait Patou – Jean l'avait lu dans *Modes et Travaux*.

Paulette Le Dantec était un personnage singulier. On disait qu'elle avait perdu à la guerre un mari tendrement aimé. Après quoi elle avait juré qu'elle ne se remarierait jamais. Ce qui ne l'empêchait pas, selon la rumeur, de s'envoyer en l'air. Encore belle femme, elle se vantait d'avoir du tempérament. Dans ce monde où l'éducation prévalait, elle était d'une rare grossièreté, multipliant les allusions douteuses à ses fonctions intimes et à son goût prononcé pour des pratiques sexuelles inusitées. Avec ça, d'une méchanceté noire, disant du mal de tout le monde, à tel point que le patron lui-même l'avait réprimandée.

« Paulette, vous êtes une mauvaise langue.

— Monsieur, s'il n'y avait que des bonnes langues, on passerait ses journées au lit ! » avait-elle rétorqué.

Jean Patou avait clappé de la bouche comme un poisson à court d'oxygène. Puis, haussant les épaules, il s'était éloigné sans répondre. On la prenait en bloc ou on s'en séparait. Et comme Patou savait qu'à peine renvoyée, ses confrères se la disputeraient, il la supportait.

Elle avait un œil extraordinaire, repérant immédiatement ce qui n'allait pas et trouvant la solution. « Ça bâille, disait Patou, ça gode, ça pendouille, c'est mal foutu. Je me suis trompé.

— Laissez-moi faire. Vous allez voir si ça pendouille », répondait Mme Paulette. Elle renvoyait la robe à l'atelier et le lendemain, la présentait à nouveau, parfaite.

« Comment vous y êtes-vous prise ? s'extasiait Patou.

— Ça vous regarde ? » répliquait Mme Paulette.

Elle lui vouait une admiration sans bornes, mais décelait chez lui une faiblesse de caractère qu'elle analysait à sa manière : « Il est mou d'où je pense. » Sans qu'on puisse conclure s'il s'agissait d'une métaphore ou si elle le soupçonnait d'impuissance malgré sa réputation de séducteur.

Sa passion était le football. Elle était abonnée au Racing et, tous les quinze jours, quand le club jouait à domicile, elle allait encourager son équipe au Parc des Princes. Le lundi matin, de retour à l'atelier, elle décrivait par le menu les principales phases de jeux et les exploits de ses joueurs favoris.

Jean plaisait beaucoup aux clientes. La plupart du temps, lorsqu'il apportait en dernière minute la robe de soirée impatiemment attendue, il était reçu par le majordome ou la gouvernante qui lui tendait un pourboire préparé d'avance et refermait vite la porte derrière lui. Mais quelquefois, on lui disait d'attendre et la maîtresse de maison elle-même, superbe dans sa nouvelle tenue, venait lui remettre un petit billet.

« Vous direz à Mme Paulette que je suis positivement ravie ! roucoulait-elle.

— Elle vous va très bien, risquait Jean.

— Pardon ?

— La robe. Elle vous va très bien. Vous êtes très belle. »

Ce n'était pas l'usage. La cliente aurait pu appeler la maison de couture et se plaindre du coursier. Mais la sincérité de Jean, son charme, mi-enfant, mi-homme, sa beauté androgyne plaidaient pour lui. Tout au contraire, la cliente doublait son pourboire et, à la prochaine occasion, réclamait qu'on lui envoie le même coursier que la fois précédente - « Vous savez, ce jeune homme charmant et si bien élevé ! »

Mme Paulette prit l'habitude de faire appel à lui pour les missions délicates. Résolu à pousser l'avantage, Jean devint un lecteur assidu du *Miroir des sports* et du supplément sportif du *Petit Parisien*. En peu de temps, sans avoir jamais mis les pieds dans un stade, il sut par cœur le nom de tous les joueurs de l'Olympique de Marseille, dont il se proclama un ardent supporter - Rabih, Di Lorto, Joseph Alcazar dit *Pepito* - et s'y connaissait suffisamment pour pouvoir glisser dans la conversation que l'entraîneur du Racing, Jimmy Hogan, avait eu tort de faire jouer Delfour à droite le dimanche précédent, alors qu'il était bien plus à l'aise à l'aile gauche. Distillées l'air de rien, ses compétences achevèrent de lui attirer la sympathie de Mme Paulette. Elle se mit à l'appeler *Mon you-you*, terme d'affection dont Jean pensa qu'il était l'équivalent parisien de *Mon niou-niou*, utilisé par Yvonne Camoin lorsqu'elle s'adressait à son fils de vingt ans atteint d'un léger retard mental.

Il s'enhardit, avoua qu'il rêvait d'ouvrir un jour sa propre maison de couture, lui montra ces esquisses qui arrachaient des cris d'admiration à Mouni et mettaient Vava au bord du malaise. Mme Paulette les examina attentivement, hocha la tête et les lui rendit sans le moindre commentaire. Mais de ce jour, elle le laissa traîner à sa guise dans l'atelier où travaillaient une cinquantaine d'ouvrières sous la lumière crue qui tombait des lampes suspendues au-dessus des tables. Il découvrit, très surpris, qu'un drapé, un plissé, un bouillonné, une finition en biais ne se combinaient pas à l'aveuglette. C'était tout un équilibre, une architecture complexe, un savoir dont il ignorait le b.a.-ba. Les filles, qui avaient d'abord vu cet intrus d'un mauvais œil, furent touchées par sa bonne volonté. Il se postait derrière leurs épaules et, s'il n'était pas sollicité par une course urgente, pouvait passer des heures à les regarder faire.

Tout en travaillant, les filles causaient entre elles. Le sexe était leur thème favori. C'était extraordinaire. De quelque façon que débutât la discussion – le prix des légumes au marché, les dents du petit dernier, les politicards, la religion –, il y avait toujours un moment où, sans même savoir comment, un sous-entendu, un clin d'œil, la question revenait sur le tapis. Était-ce la promiscuité, la tiédeur moite de l'atelier, l'ennui qui poussait ces femmes – certaines toutes jeunes, d'autres déjà grands-mères – à débattre, sans la moindre gêne, des mérites comparés de leurs époux, amants ou amoureux, de la taille et la forme de leur pénis, de la fermeté de leurs érections, de leurs petites manies, de leur odeur, et souvent du dégoût qu'ils leur inspiraient ? La présence de Jean donnait un piment nouveau à ces discussions. « Regardez, disaient-elles, il n'en perd pas une miette, ce petit saligaud ! » et elles redoublaient d'obscénité pour le faire rougir.

L'obsession du sexe n'était pas réservée à l'atelier flou. Entre coursiers, on parlait cul du matin au soir et la crudité du langage ne le cédait en rien à celle des femmes. N'osant pas s'attaquer aux ouvrières, qui faisaient bloc et avaient du répondant, les pue-des-pieds aussi bien que les chiens-chiens à leur mémère avaient couramment recours, par la menace ou moyennant quelques pièces, aux services des mickeys pour calmer leurs appétits entre deux portes. C'était un secret de polichinelle, mais personne ne s'en souciait. Les mickeys, enfants mal grandis, continuaient à trottiner sous le regard indifférent des adultes, évitant autant que possible de se retrouver seuls dans un couloir d'où pourrait surgir le danger.

Jean était parfaitement heureux. Il avait aménagé au mieux sa petite chambre qu'il entretenait soigneusement. Deux fois par semaine, il se rendait aux bains-douches, à l'angle de la rue de Vienne et de la rue de Rome. Le reste du temps, il se débarbouillait à la fontaine, dans le couloir, et parvenait à rester toujours impeccable. Dans cet immeuble à l'agonie habité en majorité par des vieux, sa gentillesse, sa modestie apparente – Eugène aurait dit : ses talents d'embobineur – eurent tôt fait de lui attirer des sympathies. On le plaignait. « Seul à Paris ? Mon pauvre garçon... » Une veuve, au deuxième, blanchissait son linge pour une somme dérisoire. Une autre, au quatrième, le guettait chaque soir avec un bol de soupe, un reste de pâtes, une part de gâteau. Il était lui-même surpris de s'en tirer si bien avec si peu.

Mais la petite chambre sous les toits, le repas du soir hâtivement avalé, les dimanches solitaires n'étaient qu'une parenthèse assommante dans sa vie, par ailleurs si excitante. Il se couchait tôt, non pas qu'il eût sommeil, mais pour vite effacer la nuit. Dès sept heures, il était dans la rue, pressé de retrouver l'atmosphère enfiévrée qui imprégnait les coulisses de la maison de couture. Car, de même qu'au théâtre du Gymnase autrefois, il y avait, rue Saint-Florentin, un envers et un endroit. D'un côté les salons immenses, les parquets cirés, l'intimité des cabines d'essayage, les vendeuses attentionnées, les frôlements, les chuchotis, le bar avec son comptoir en bois précieux où ces messieurs - maris ou amants -, perchés sur des tabourets, patientaient en buvant des drinks. De l'autre, soigneusement dissimulé, un univers parallèle où régnait ce climat de folie, cette agitation frénétique qui lui plaisait énormément. Jean passait l'essentiel de sa journée à courir d'une cliente à l'autre, des cartons plein les bras. Mais lorsque, à l'issue de harassants trajets en métro, il descendait à la station Concorde, il regagnait vite le chaudron de la rue Saint-Florentin où, si Mme Paulette était bien lunée - « Va, mon you-you, va. Mais ne les distrais pas, ces gourdes ! » -, il pourrait se glisser dans l'atelier.

Un autre motif le ramenait irrésistiblement vers la rue Saint-Florentin, au point de lui faire paraître les nuits trop longues, les dimanches odieux et les courses dans Paris franchement inopportunes. Parmi les pue-des-pieds, il avait repéré un garçon qui depuis nourrissait ses rêves comme l'avait fait, des années plus tôt, Georges Mascart, le camarade de classe qui s'était jeté du train depuis le viaduc des Aygalades. Dodu lui aussi, de gros muscles, le visage massif, pas de cou, si bien que pour regarder à droite ou à gauche, c'est tout son corps qui pivotait, comme si sa tête était soudée au tronc. Il s'appelait Jacky. Il n'était pas commode, on l'évitait. Même Bigorne prenait des précautions avec lui. Il lui arrivait de refuser une course qui lui déplaisait : trop loin, trop tard, il en avait assez fait. Il parlait peu, sauf pour taper ses potes d'une cigarette, car il n'en avait jamais sur lui bien qu'il fumât sans arrêt. Son unique sujet de conversation, le seul capable de le tirer de sa léthargie apparente, c'était les pédés, les *pédérastres* comme il disait. Il en voyait partout, jusqu'au gouvernement, et se vantait de les débusquer au premier coup d'œil. Ses Juifs à lui, en somme.

On le laissait dire. Au bout d'un moment, fatigué de parler dans le vide, il interrogeait : « Vous êtes pas d'accord ?

— Si, si, Jacky. Tu as raison.

— Un peu que j'ai raison. File-moi un clope. »

Jean avait tout à fait conscience d'être attiré par les garçons, sans pour autant se ranger dans une catégorie spécifique. Il n'avait jamais eu de rapport sexuel avec un homme, pas plus qu'avec une femme, et n'imaginait pas ce qui pouvait se passer entre deux personnes du même sexe. Mais il ne lui échappait pas, à entendre vitupérer Jacky, qu'il avait tout intérêt à dissimuler les sentiments que celui-ci lui inspirait. Comme avec Georges Mascart et bien d'autres depuis, il utilisa tous les stratagèmes possibles pour le croiser, l'effleurer, partager le même espace que lui, respirer le même air et, en douce, admirer ce corps mal équarri auquel lui seul trouvait du charme.

Un soir qu'il s'était attardé plus que de coutume, il vit soudain surgir Jacky qui lui barra le passage, le saisit brutalement par le cou et le précipita dans le réduit où on entreposait les élégants cartons à vêtements marqués *Jean Patou, Paris*. Il crut sa dernière heure venue. Jacky avait repéré son manège, il allait lui régler son compte. Mais au lieu des coups attendus, Jacky le bascula sur les cartons et, l'écrasant de tout son poids, répétant d'une voix ridiculement aiguë : « Je t'aime ! Je t'aime, tu entends ! Dis, tu m'aimes, toi aussi ? », il le déflora avec une dextérité qui témoignait d'une longue expérience. Puis, roulant sur le côté, tandis qu'il reprenait son souffle, il tint à mettre les choses au clair : « Je suis pas une tapette ! Tu me crois ? »

Le mot *tapette* avait toujours surpris Jean. Une tapette, pour lui, c'était l'instrument dont se servait Vava, l'été, pour chasser les mouches qui l'importunaient. Ou bien les tapettes disposées dans l'appartement pour se débarrasser d'une souris aperçue dans la cuisine, puis dans le salon, puis dans le bureau d'Eugène. On avait fini par la voir partout. Le plus probable étant qu'il y avait plusieurs souris. Mais pas question de l'admettre. Une seule, c'était déjà trop.

« Tu entends, je suis pas une tapette ! répéta Jacky. Dis-le.

— Non, t'es pas une tapette », confirma Jean.

Étendu sur les cartons écrabouillés, ses vêtements en bataille, il rêvassait. Des émotions violentes qui s'étaient succédé en si peu de temps, il ne savait laquelle dominait : la surprise, la douleur, le plaisir, ou bien les mots bredouillés par

Jacky : « Je t'aime ! Je t'aime, tu entends ! » Était-ce possible ? Un homme pouvait-il tomber amoureux d'un autre homme ? Et Jacky être amoureux de lui ? Maintenant qu'il avait obtenu ce qu'il voulait, l'était-il encore ?

La lumière venue des réverbères au-dehors éclairait faiblement le réduit. Jean se pencha sur Jacky qu'il distinguait à peine.

« C'est vrai, tu m'aimes ? demanda-t-il.

— Ben oui, je t'aime ! Je te l'ai dit, non ? » Jacky l'attira vers lui. « Tiens, embrasse-moi. Quand on aime, on s'embrasse.

— Qu'est-ce qu'on va faire pour les cartons ? s'inquiéta Jean.

— T'occupe. Embrasse-moi. »

Jacky était fiancé. Il comptait bien se marier dès que possible. Célibataire, c'était pas une vie. Déjà pour les sous. Avec deux payes, on y arrivait mieux. Puis pour tout le reste, le linge, le ménage, la croque. Une femme, c'était quand même pratique.

« Mais tu n'aimes pas les femmes ! s'étonnait Jean.

— Et d'une, j'ai pas dit que j'aimais pas les femmes. Et de deux, les femmes, elles en demandent pas beaucoup. Même souvent ça les débecte de faire ça. Tertio, je veux des enfants.

— Des enfants ?

— Ben quoi ? Pas toi ? »

Jean ne s'était jamais posé la question. Il resta silencieux.

« Puis ça m'empêche pas d'avoir ma vie, reprit Jacky. Des garçons, on en a tant qu'on en veut. Tandis qu'une femme... »

C'était dimanche. Ils n'avaient pas à se presser. Couchés dans la chambre de Jean où Jacky, qui habitait au diable, passait souvent la nuit, ils paressaient. Plus tard, ils iraient déjeuner dans une brasserie alsacienne pas trop coûteuse, sur les boulevards. Puis ils marcheraient jusqu'à la poste du Louvre où Jean, d'une cabine, appellerait Mouni. Il lui dirait ce qu'elle voulait entendre, qu'il pensait sans arrêt à elle, qu'il était malheureux, qu'il avait des idées noires, etc. Mouni pousserait des gémissements, il entendrait Vava grogner derrière elle : « C'est *trrrop*, c'est *trrrop* ! Qu'il *rrrentre*, cet enfant ! » Eugène, poussé par Mouni, prendrait l'appareil.

« Reviens si tu le souhaites, mon garçon. Tu as déjà montré que tu étais courageux. Ne va pas au-delà de tes forces.

— Non, papa, pas question de lâcher. Je ne veux pas te décevoir », répondrait Jean. Cette comédie, qui se répétait chaque semaine, l'amusait beaucoup. Tandis qu'il parlait, il caressait Jacky, entré avec lui dans la cabine. Le jeu consistait à savoir s'il tiendrait jusqu'à la fin du coup de téléphone.

Alors, en métro s'il pleuvait, à pied par beau temps, ils regagneraient la petite chambre sous les toits et se remettraient au lit jusqu'au lendemain matin, grignotant, pour se restaurer, des biscottes sur lesquelles ils étaleraient une boîte de pâté de foie achetée au passage.

Pour la première fois de sa vie, Jean se sentait nécessaire. Jacky s'en remettait à lui pour tout. « Toi qui es intelligent », disait-il. Ou « Toi qui es instruit », « Toi qui sais ». Jacky lui avait appris les gestes de l'amour, mais depuis il lui laissait l'initiative. Il était comme un gros bébé entre ses bras, ronronnant sous les câlins. De voir cette masse de chair non seulement offerte mais dépendante excitait Jean au plus haut point. Mais sachant que Jacky était fiancé, que tôt ou tard leur liaison prendrait fin, il ne se crut pas obligé de l'aimer.

Au bout d'un mois environ, il se mit de nouveau à regarder les garçons. Fort de l'expérience acquise, il les vit différemment. Non pour les contempler subrepticement, mais pour les posséder. Jacky ne s'en offusqua pas. Au contraire, il lui enseigna comment appâter sa proie, comment la balader, comment la ferrer. En guise de travaux pratiques, il choisit, presque au hasard, l'un des serveurs de la brasserie alsacienne qu'ils fréquentaient le dimanche. Bizarrement, il venait de Castres, avait un fort accent du Sud-Ouest et, en douce, dénigrait la choucroute, spécialité maison, pour mieux vanter les mérites d'un bon cassoulet. Taillé comme une armoire à glace, il ne déplaisait pas à Jean qui, sans beaucoup chercher, l'avait surnommé *Cassoulet*.

« Il te botte ? avait demandé Jacky.

— Tu es fou. Il va nous tuer.

— Ah bon ? Tu vas voir. »

Il héla Cassoulet qui accourut. Il les avait à la bonne et si le patron avait le dos tourné leur servait en cachette, à la fin du repas, une rincette de mirabelle. Une fois précédente, il s'était étonné de les voir toujours seuls.

« Ces messieurs désirent ? demanda Cassoulet.

— On voulait te dire. Tu sais pourquoi on est toujours tous les deux ?

— Non. Pourquoi ?

— Parce qu'on est ensemble. »

Cassoulet écarquilla les yeux.

« Ensemble, tu veux dire...

— Oui, oui. C'est ce que je veux dire. »

Cassoulet, stupéfait, se laissa tomber sur la banquette en moleskine.

« Ah ben ça... ! »

Dès qu'il eut un peu récupéré, il demanda, tout émoustillé :

« Qui fait la femme ? »

Dit avec son accent, c'était irrésistible. Jean et Jacky éclatèrent de rire, bientôt rejoints par Cassoulet qui se leva pour aller chercher la bouteille de mirabelle et trois verres.

Il disposait de deux heures entre le service de midi et celui du soir. Ils lui donnèrent leur adresse. Peu après quatre heures, on frappa à la porte. C'était lui. Il se montra tout à fait à la hauteur de leurs espérances, bien qu'il jurât ses grands dieux que c'était la première fois. Ils le prièrent toutefois de cesser de parler, car son accent les faisait tordre de rire et les déconcentrait.

Ce qui ne l'empêcha pas de hurler son contentement à chaque coup de rein : « Oh con ! Oh con ! »

Au travail, rien n'avait changé. Les mickeys continuaient à tricoter des jambes en espérant échapper aux assauts des pue-des-pieds et des chiens-chiens. Quant à Jacky, il fustigeait plus que jamais les lopettes, les tafioles, les pédoques, tous ces *pédérastres* qu'il avait en horreur. On n'y faisait même plus attention.

Mme Paulette nourrissait une affection grandissante pour son petit you-you. À croire qu'elle avait le béguin. On riait dans son dos, elle s'en fichait bien.

Elle demanda à revoir ses dessins, les étala sur sa table, un soir après le travail, et en fit trois piles. Elle commença par la première, la plus épaisse.

« Ça, dit-elle, tu peux te torcher le derrière avec. Ça vaut rien du tout. »

Elle prit la deuxième, qui contenait cinq ou six dessins.

« Ça, c'est un peu mieux. Mais c'est de la copie.

— De la copie ? Pas du tout, je vous assure !

— Allons, ne me dis pas le contraire. Ça, Madeleine Vionnet. Regarde, la coupe en biais, ça trompe pas... Et là, c'est Doucet, j'ai commencé chez lui à dix-huit ans, alors tu parles... »

Elle laissait tomber les dessins les uns après les autres.

« Là, Mme Chanel... Là, Jeanne Lanvin... Tout ça, c'est du déjà-vu. Je ne dis pas que tu as triché, mon petit you-you. Mais tu n'as rien inventé. À part... »

Elle saisit l'unique dessin qui restait sur la table.

« Ça, c'est pas mal... Oui, ça, c'est bien. Il y a de l'idée. »

Il reprit espoir.

« Est-ce que vous croyez... Enfin, est-ce que je pourrais...

— Quoi ?

— Montrer ce dessin au patron ? »

Mme Paulette le regarda comme s'il délirait.

« Tu es devenu fou, mon petit you-you !

— Puisque vous m'avez dit que c'était bien.

— C'est un artiste, le patron. Il se fiche bien de ce que font les autres. Il crache sur tout le monde, il n'y a que lui qui a du talent. Alors toi, tu imagines...

— Mais...

— Allez, je veux plus entendre des bêtises pareilles. »

Le dimanche suivant, pour se faire pardonner, elle l'invita au Parc des Princes. Le Racing recevait le FC Sète. Les deux équipes se disputaient la troisième place, ça promettait. Avant le match, ils allèrent déjeuner dans un boui-boui où Mme Paulette avait ses habitudes. On l'accueillit à bras ouverts. Elle présenta Jean : « C'est mon you-you, mon petit youpin préféré ! » Tout le monde s'esclaffa. Sacrée Paulette ! Il lui fallait des jeunes maintenant, des Juifs par-dessus le marché ! « Remarque, dit l'un des hommes accoudés au comptoir, il paraît que c'est meilleur quand... » Comme l'avait fait Bigorne, il émit un petit sifflement, tandis que, de l'index et du majeur, il figurait un ciseau. Les rires redoublèrent.

Debout au milieu du bistrot, Jean n'en revenait pas. Comme il avait été nigaud ! *You-you* n'était pas l'équivalent de l'inoffensif *niou-niou* dont Yvonne Camoin gratifiait son fils débile. You-you voulait dire youpin, youtre. C'était une insulte.

« Ben quoi, mon you-you ? dit Paulette. Y a pas de honte. Viens t'asseoir. Tu veux un apéritif ? »

Il s'efforça de faire bonne figure, prit un Cinzano, mangea avec appétit, se montra aimable et drôle tout au long du repas. Il était comme après un accident quand, sérieusement blessé, on se persuade que c'est trois fois rien, qu'on s'en remettra vite. La douleur commença à se faire sentir pendant le match. Mme Paulette, enthousiaste, le bourrait de coups chaque fois que Gusti Jordan, la perle du Racing, transperçait les lignes adverses. Jean réagissait à contretemps. Bien qu'il fût en sueur, il avait très froid et, le col relevé, serrait à deux mains les revers de son veston.

« Ça va pas ? Tu as l'air tout chose », s'inquiéta Mme Paulette.

À la mi-temps, tandis que les spectateurs se ruaient vers les buvettes, il se leva brusquement et se mêla au flot.

« Où vas-tu ? » cria Mme Paulette.

Il ne répondit pas, dévala les gradins, sortit du stade et, sitôt dehors, vomit longuement, comme il avait vomi dans les W-C infâmes du restaurant où son père et lui avaient déjeuné avec Bigorne à leur arrivée à Paris. C'était de voir son père humilié qui l'avait bouleversé. Aujourd'hui, c'est lui qui n'avait pas osé réagir, de même qu'il n'avait pas osé avouer qu'il était juif durant ses années de lycée – et bien lui en avait pris, car il aurait subi le supplice quotidien qu'avait enduré Choukroun et dont il s'était rendu complice.

Mais de quel droit, aussi, lui imposait-on d'être juif ? Pourquoi lui avait-on assigné une identité dont il ne voulait pas ? Il avait fait sa bar-mitsvah contraint et forcé. Durant la cérémonie, sans motif aucun, il avait été saisi d'une de ces érections involontaires qui le mettaient au supplice. Après quoi, sourd au bourdonnement des prières, il n'avait pensé qu'à une chose : rentrer le plus vite possible à la maison, s'enfermer dans sa chambre et, comme un possédé, en de furieux va-et-vient du poignet, ramener un peu d'ordre dans ses pensées.

Lorsque, plus jeune, pour Pessah ou Roch Hachana, il était obligé d'accompagner son père à la grande synagogue de la rue Breteuil, voir ces bouches d'où suintait un peu de salive remuer toutes ensemble lui soulevait le cœur. Il devinait, sous les costumes noirs, le linge trop longtemps porté et soupçonnait son père lui-même de n'être pas très propre. Depuis, bien qu'il repoussât l'idée de toutes ses forces – qu'il en saisît parfaitement le caractère odieux, qu'il la combattît dès qu'elle lui venait à l'esprit –, il ne pouvait s'empêcher d'associer les Juifs, sa famille comprise, lui aussi peut-être en dépit des douches et des parfums, à l'odeur suspecte qui, le samedi, flottait dans l'air rue Breteuil.

Il prit le métro pour rentrer. Sa tête bourdonnait, il avait du mal à respirer. Gare Saint-Lazare, il se trompa dans les correspondances, partit en sens inverse, dut revenir sur ses pas. Et toujours il pensait à Mme Paulette, cette femme qui pourtant avait été bonne pour lui, mais qui, sans doute renseignée par Bigorne, n'avait pas hésité à lui apposer une étiquette infamante sur le front – youtre, youpin – sans penser à mal, comme une chose absolument normale. Lui aurait-on dit qu'elle était antisémite qu'elle aurait protesté. Elle aurait dit : « Ben tiens, c'est la meilleure ! Ça m'apprendra. Trop bon, trop con. »

Comment pourrait-il se retrouver face à elle, lundi matin ?

« Alors, mon you-you, qu'est-ce qui t'a pris au stade ? Je me suis fait du mauvais sang, tu sais. »

Arrivé chez lui, Jean fourra en hâte toutes ses affaires dans sa valise et, sans bien savoir ce qu'il faisait, laissant la clé sur la table, courut gare de Lyon où il attrapa un train de justesse.

Le lendemain à l'aube, après une nuit sans sommeil, Jean était de retour à Marseille.

En cinq mois passés dans la maison de couture, il n'avait aperçu Jean Patou que trois fois. La première fugitivement, comme une ombre menaçante. Mme Paulette était entrée en hâte dans l'atelier où Jean s'était incrusté entre deux courses. Le patron était dans les parages, il avait intérêt à dégager. Il s'était sauvé, osant à peine jeter un coup d'œil vers l'homme en costume gris, cigarette aux doigts, dont la silhouette se précisait au bout du couloir, tout à fait semblable à l'idée qu'il s'en était faite d'après ses portraits.

La deuxième fois, c'était lors du défilé d'automne où les coursiers clientes avaient été réquisitionnés pour distribuer les programmes et guider les invités vers leur place.

La directrice des salons annonçait à haute voix le nom des modèles : *Pour vous seule*, *Black and White*, *Rêverie*... Jean était ébloui. Comme si toutes les silhouettes patiemment collées dans ses albums depuis qu'il avait douze ans s'étaient soudain animées. À force d'observer les ouvrières de l'atelier flou et de noter chaque détail, son regard s'était aiguisé. Il fourmillait d'idées et se donnait trois ans pour lancer sa collection.

Debout, légèrement en retrait, les bras croisés, Jean Patou assistait au défilé, l'air de s'ennuyer un peu. Il n'avait pas besoin, pour savoir ce que valait son travail, de l'approbation de ce public dont il connaissait depuis longtemps la frivolité et l'inconstance. Déjà il songeait à la suite.

C'étaient du moins les pensées que lui prêtait Jean.

Aurait-il un jour l'audace de l'aborder ? Oserait-il, malgré les mises en garde de Mme Paulette, sortir ce dessin qu'il gardait dans sa poche, soigneusement plié, dans l'espoir de le lui montrer ?

L'occasion s'était enfin présentée. Un après-midi, Bigorne l'avait convoqué d'urgence. Il avait une mission de la plus haute importance à lui confier : se rendre au domicile privé du patron, rue de la Faisanderie, pour récupérer une série de dessins corrigés de sa main. Pointilleux, Bigorne avait contrôlé son col de chemise, le pli de son pantalon, et lui avait fait tendre les mains pour vérifier que ses ongles étaient propres. « Et surtout, lui avait-il recommandé, pas de familiarité, on se tient à trois pas, on salue...

— Saluer ? Mais je ne sais pas !

— Je ne te parle pas d'un salut militaire, imbécile ! Tu dis "bonjour, monsieur", ou "bonjour, patron". Allez, file. »

Rue de la Faisanderie, derrière un mur anonyme, se cachait un hôtel particulier précédé d'une cour gravillonnée. Le maître d'hôtel guida Jean à travers les pièces de réception et le laissa sur le perron qui, à l'arrière, donnait sur un jardin.

« Monsieur vous attend », dit-il.

Autant les salons art déco, anguleux et rigides, lui avaient déplu, autant le jardin l'enchanta par sa fantaisie. Ni parterres ni massifs, aucun ordre apparent. Les fleurs de toute espèce semblaient avoir poussé au petit bonheur, jetant leur dévolu sur un bout de terrain sans rien demander à personne. Mais le hasard n'y était pour rien. Un célèbre paysagiste avait savamment pensé ce prétendu fouillis. Le jardin de Jean Patou, cent fois photographié, était une référence.

Allongé sur une méridienne en toile bise, abrité du soleil par un parasol, le maître – qui se vantait de ne pas savoir tenir un crayon – travaillait sur les croquis exécutés selon ses indications. Il griffonnait en marge des indications de matière ou de couleurs, rectifiait un détail, se risquait parfois à suggérer d'un trait une modification plus importante.

Jean s'était approché et se tenait à distance respectueuse, comme le lui avait recommandé Bigorne. Mais, de crainte de déranger, il n'osait dire ni « bonjour, monsieur », ni « bonjour, patron ». Patou, de son côté, ne semblait pas avoir remarqué sa présence. Vêtu d'un pantalon noir et d'un pull de fine laine à col montant, chaussé d'escarpins bicolores, il ressemblait à Fred Astaire dans *Carioca*. Jean l'observait, subjugué. Il aurait tant voulu lui ressembler !

Au bout d'un instant, Patou inséra les croquis dans une enveloppe qu'il lui tendit sans même le regarder. « Voilà », lâcha-t-il. Jean saisit l'enveloppe. Il hésitait. Allait-il sortir le dessin de sa poche ? C'était le moment ou jamais. Patou, surpris, lui jeta un coup d'œil.

« Vous attendez quelque chose ?

— Non, non, je...

— Eh bien, allez. »

Il alluma une cigarette sans plus s'occuper de lui.

L'enveloppe à la main, Jean fit demi-tour et remonta l'allée vers le perron, mortifié d'avoir laissé passer sa chance. Son insouciance reprit vite le dessus. Il se dit qu'il trouverait une autre occasion.

On était un jeudi. Le dimanche, il allait au stade avec Mme Paulette. Le soir, sur un coup de tête, il prenait un train pour Marseille. Trois ans plus tard, Jean Patou mourut à quarante-huit ans d'une crise d'apoplexie. Il n'y eut jamais d'autre occasion.

20

Le soleil tapait fort sur la terrasse. C'était l'heure la plus chaude. Felicita s'était endormie, sa grosse tête pendait sur sa poitrine comme un fruit trop mûr. Lové dans les bras d'Anselmo, Dino somnolait, le bec entrouvert. Du jardin en contrebas montait la voix de Gina qui parlait avec les hommes revenus de Nice, la camionnette vide et les poches remplies.

Jean se leva. Sur le rebord en ciment qui ceinturait la terrasse, il prit un chapeau de paille à large bord et en couvrit la nuque de Felicita. Il aurait bien poussé sa *ouature* à l'abri de la courte zone d'ombre que faisait la maison, près des murs, mais les pieds de Felicita reposaient lourdement sur le sol et freinaient tout mouvement.

« Je les connais bien, moi, vos compatriotes. Ah ça, pour les connaître... », fit Anselmo dans son dos, comme s'il reprenait le cours d'une conversation brièvement interrompue.

Jean se retourna, surpris. C'était la première fois qu'il entendait le son de sa voix, hormis quand il s'emportait contre Felicita.

« Mes compatriotes ?

— Oui. Les Juifs. Vous êtes juif, pas vrai ?

— Je suis français. Ce sont les Français, mes compatriotes.

— Oui, enfin, je me comprends. »

Jean vint s'asseoir en face de lui. Il ne voulait pas paraître hostile.

« Donc, vous avez connu des Juifs ? dit-il.

— Pardi, au début de la guerre, à Haïfa, quand les Anglais nous ont bloqués en Palestine, avec le *Patria*. Un jour, deux bateaux sont arrivés d'Europe, bourrés de Juifs. Ah, fallait les voir ! Ça chantait, ça gueulait, c'était la Terre promise. Tu parles, ils ont vite compris ! Les Anglais ont dit : on a bien assez de Juifs ici. Interdiction de débarquer. C'est là qu'ils ont décidé de les envoyer à l'île Maurice.

— Pourquoi l'île Maurice ?

— Faut croire qu'il y avait de la place là-bas. Mais l'île Maurice, c'est pas la porte à côté. Leurs bateaux, c'était déjà un miracle qu'ils aient pas coulé en route.

— Alors ?

— Alors, nous les Français, on était là, à nous tourner les pouces depuis le mois de juin. *Toc !* Ils ont transféré tout le monde sur le *Patria*. Deux mille passagers d'un seul coup. Un lit pour quatre, un chiotte pour cinquante, presque rien à manger. Des fruits gâtés, du pain moisi, une eau qu'on aurait pas fait boire à un chien. Et cinq cents soldats anglais qui montaient la garde jour et nuit. »

Anselmo s'interrompit, l'air rêveur. Un sourire mauvais lui vint au bord des lèvres.

« Remarquez, reprit-il, on en profitait, nous. On faisait un peu de commerce, vous m'avez compris. Moi, j'étais aux cuisines, j'avais accès au magasin, j'étais bien placé. Et puis les femmes, y en avait des jolies et elles avaient faim comme les autres. Alors voyez, même que j'étais pas un prix de beauté... »

Il ricana. Jean baissa la tête. Il aurait dû s'indigner, mettre fin à la conversation. Mais c'est précisément ce dont il s'était toujours montré incapable : exprimer une opinion, prendre parti, s'opposer. D'ailleurs, il avait envie de connaître la suite. Anselmo racontait bien. Cet homme, qu'il croyait stupide, avait des choses à dire. S'il se taisait, pensa Jean, c'était par lassitude ou par mépris, pour manifester son indifférence. Mais peut-être aussi par ruse. On oubliait sa présence, on s'épanchait devant lui sans précaution, comme s'il s'était agi d'un meuble. Lui, assis sur son banc, les yeux fixés sur le large, attendait son heure. Les comptes se régleraient en bloc. Pourquoi lui avait-il parlé des Juifs, *ses compatriotes*, sinon pour lui adresser un avertissement, lui faire comprendre qu'il savait à quoi s'en tenir ?

Dino se dressa tout à coup et battit des ailes. Un mauvais rêve, sans doute. Avec une infinie délicatesse, Anselmo caressa sa tête du pouce pour le calmer. Rassuré, Dino ferma ses paupières comme on rabat un store.

« On pouvait pas prendre la mer sans préparatifs, reprit Anselmo. Il fallait s'organiser un minimum, construire des bat-flanc dans les cales, agrandir la cuisine, remplir les soutes à charbon, embarquer des vivres, enfin tout ce qu'il faut pour naviguer un mois avec un bateau chargé à ras bord. Les Anglais étaient partout, sur les quais, sur le pont, à contrôler les allées et venues. On disait que la Haganah tenterait l'impossible pour empêcher le bateau de quitter Haïfa.

— La Haganah ?

— C'est vous le Juif et c'est moi qui dois vous dire ce qu'est la Haganah ? Une organisation juive qui se battait pour l'indépendance de la Palestine.

— Un État juif ? Personnellement, je n'y crois pas, assura doctement Jean qui ne s'en était jamais préoccupé et n'avait pas la moindre opinion à ce sujet.

— Eux, si. La preuve, le matin du 25 novembre 1940, j'étais sur le quai en train de compter des caisses de viande en conserve quand tout d'un coup j'ai entendu *boum !* Le temps de lever la tête, j'ai vu le bateau se coucher sur le côté avec un trou énorme dans la coque. La Haganah avait réussi à introduire une bombe à bord. Mais soit la charge était trop forte, soit elle était pas placée au bon endroit, toujours est-il qu'au lieu de provoquer une petite avarie, juste pour retarder le départ, ces idiots ont coulé le bateau.

— Il y a eu des victimes ?

— S'il y a eu des victimes ? Des centaines ! En un quart d'heure le bateau s'est retourné, il était plus question de sauver personne. Les Anglais pensaient qu'à une chose, empêcher les survivants de s'échapper. Au fur et à mesure que ceux qui savaient nager arrivaient sur le quai, les soldats les chopaient et les enfermaient dans des hangars.

— Et vous, qu'est-ce que vous êtes devenu ?

— Moi ? Ça vous intéresse de savoir ? »

Il se versa le fond de vin qui restait du déjeuner et se préparait à reprendre son récit quand Gina fit irruption sur la terrasse.

« Qu'est-ce que tu racontes, toi ? On les connaît, tes histoires », dit-elle, puis, se tournant vers Jean : « Et vous, monsieur Jean, ne traînez pas ici. Moins on vous voit dehors, mieux on se porte. »

Elle prit la carafe d'eau sur la table, mouilla son mouchoir et, allant vers Felicita, passa le linge humide sur ses épaules et son cou. La jeune fille tenta d'écarter sa main.

« Oui, ma fille, oui, mon cœur, laisse-moi faire. Tu vas rôtir au soleil, ma pauvrette », dit-elle. Puis, la forçant à lever les pieds, elle traîna la *ouature* à l'ombre.

« Vous avez fini ? Je peux débarrasser ? » demanda-t-elle à Jean. Il acquiesça de la tête. Et tandis qu'elle retirait l'assiette et les couverts, elle le mit en garde. Ses gars, qui avaient passé la matinée à Nice, s'étaient fait une belle frayeur. Alors qu'ils livraient un client, rue Pastorelli, trois policiers en civil leur étaient tombés dessus. Le petit Giordano avait oublié ses papiers. Il était très brun, les cheveux frisottés, un nez qui lui tombait dans la bouche au point qu'on l'avait surnommé *Nasone*. « Tu es juif, toi, ça paraît clair », avait dit un policier. Nasone avait répondu qu'il n'était pas juif du tout, qu'il était baptisé, avait fait sa communion, qu'il était même parrain de son neveu, le fils de son frère aîné. Mais plus il se défendait, plus ses camarades certifiaient sur tous les tons que Giordano, promis juré, n'était pas juif, plus la méfiance des policiers redoublait. Chaque argument l'enfonçait un peu plus. Finalement, deux d'entre eux l'avaient entraîné dans un coin de porte où il avait dû se déculotter. Constatant l'évidence, les policiers s'étaient excusés : « On est bien obligés de se méfier, vous comprenez ? »

Nasone était rentré profondément humilié. « Si encore j'étais juif », protestait-il. Les deux gars qui l'accompagnaient trouvaient aussi que, décidément, ça allait trop loin. On disait que dix trains avec leur plein de Juifs étaient déjà partis de Nice vers une destination inconnue. Certains riverains se plaignaient. Les cris qui s'échappaient des wagons les incommodaient. « À toute heure du jour et de la nuit, admettez que ce n'est pas bien agréable », avait écrit une femme au commissaire du quartier.

« Alors vous voyez, commenta Gina, c'est pas le moment de faire le malin.

— Je n'ai pas peur », affirma Jean. Les mauvaises nouvelles ne l'atteignaient pas, il se croyait à l'abri. Prévoir, anticiper n'était pas dans son tempérament. Son inconscience lui servait de bouclier. Ce qui permettait à Mouni – qui à ce moment même, à Beaulieu-sur-Dordogne, terminait son repas en dégustant une tasse de vrai café – de dire à son amie Yvonne : « Jean, je ne m'en fais pas pour lui, il s'en sortira toujours. Son père le disait, il a la baraka. »

Gina ne l'entendait pas de cette oreille. Elle s'insurgea.

« Vous n'avez pas peur ? Tant mieux pour vous ! Mais nous, vous y pensez ? C'est qu'on prend des risques, faudrait pas l'oublier !

— Vous serez dédommagée, je vous l'ai promis. Faites-moi confiance. J'attends un règlement d'un moment à l'autre. »

Elle se vexa. Il s'agissait bien d'argent ! Malgré vingt ans passés ici, eux, les Borzone, restaient des nouveaux venus, des étrangers, des intrus. Plus grave encore, des intrus qui avaient réussi. Ça, c'était impardonnable. Ils étaient à la merci d'un voisin jaloux.

Jean baissa la tête. Il ne savait que répondre. À l'évidence, elle avait raison.

« Si je peux être utile à quelque chose, rendre service, dit-il d'une voix mal assurée.

— Utile ? Qu'est-ce que vous savez faire ?

— Je sais coudre.

— Allez, monsieur Jean, débarrassez-moi le plancher. J'ai besoin de personne pour coudre. »

Et comme il s'engageait dans l'escalier, elle lui cria d'en bas : « Pas de bêtise, hein, monsieur Jean ? Vous bougez pas d'ici, compris ?

— Ne vous inquiétez pas, Gina. Je vais dormir un peu. »

Quand il entra dans la chambre, là-haut, il trouva Aldo assis sur le lit, en slip, en train de se couper les ongles des pieds. Il ne savait pas s'y prendre, ça se voyait tout de suite. Le manque d'habitude.

« La vache, tu parles d'un sport !

— Pousse-toi. Je vais t'aider », dit Jean.

Il s'assit à côté d'Aldo et s'empara des ciseaux.

« Pose ton pied sur mes genoux. Non, pas comme ça. Tourne-toi un peu. Voilà.

— Tu sens rien ? demanda Aldo.

— Sentir quoi ?

— Mes pieds, tu sens pas ? »

Jean renifla. « Non, je sens rien.

— Ben voilà. Tu sens rien.

— Tu t'es lavé les pieds ? s'exclama Jean.

— Pas que les pieds. Tout.

— Au bassin ? J'ai rien entendu.

— Je voulais te faire la surprise. J'ai fait doucement. »

Jean, ému, l'attira vers lui.

Il le couvrit de baisers, voulut le basculer. Aldo se tortilla pour se libérer.

« Non, faut que j'en garde un peu pour Lucette. C'est une gourmande. Elle aime le biberon. »

Il éclata d'un gros rire. Ce rire qui, d'habitude, agaçait Jean, qu'il trouvait vulgaire, pas de son milieu. On ne riait pas ainsi, rue Paradis. Lorsque par hasard Mouni laissait échapper une réflexion tant soit peu osée, elle masquait sa bouche de la main et, la tête inclinée, pouffait en silence, seulement trahie par un léger tressautement des épaules. Mais alors, d'où lui venait cette attirance pour les êtres frustes, qui mangeaient les coudes sur la table et poussaient la nourriture du pouce ? Qui pétaient bruyamment et déclaraient après : « Ouf! ça va mieux » ? Qui parlaient comme ça leur venait, qui disaient : « C'est qui qu'a sonné ? » ou « C'est-y pas ton frère ? », manière de s'exprimer strictement bannie rue Paradis qui en laissait l'usage au populo. Pourquoi, élevé dans ce cocon, les seuls garçons qu'ait jamais aimés Jean depuis Jacky, le tout premier, à Paris – et même avant lui, Georges Mascart, son camarade de classe –, pourquoi ces garçons étaient-ils tous sortis du même moule ? Pourquoi, dès les premiers beaux jours, négligeant le déjeuner, prenait-il sa Delage et roulait-il vers les rochers, peu après Nice, face à la cimenterie ? Gris de poussière, les ouvriers, à l'heure de la pause, dévalaient la colline pour se jeter à l'eau, nager quelques brasses, puis s'étendre avec délice sur les pierres surchauffées. Un peu à l'écart, les yeux mi-clos, feignant l'indifférence, Jean les observait. Beaucoup se baignaient nus, s'exhibant sans la moindre pudeur. Dans le creux des roches, les immondices déposées par les vagues fermentaient, il y avait toute une maturation, une moisissure dont les exhalaisons puissantes affolaient Jean et s'accordaient à ses désirs. Mais dans le regard qu'il posait sur ces corps mâles, il y avait autre chose que de la convoitise. Une interrogation, un appel, l'attente d'une révélation. Comme s'il pressentait confusément que la vraie vie était de leur côté, du côté de ce peuple dont on lui avait appris dès l'enfance à se défier. Quelque chose en lui refusait pourtant de prendre au sérieux les sentiments qu'il éprouvait et de les nommer pour ce qu'ils étaient. Il était dans l'exacte position du fils de famille qui s'éprend d'autant plus volontiers de la bonne ou d'une employée de bureau qu'il se sait promis à un beau mariage. Sauf que ce qui était dans l'ordre des choses pour le fils de famille devenait, dans son cas, parfaitement absurde. Il n'y aurait jamais de mariage. Seule Mouni y croyait encore. Lorsqu'elle percevait, sur le visage de Jean, un certain air de contentement, vite elle se confiait à Vava, tout émotionnée : « Il y a anguille sous roche ! » Vava, quant à elle, se doutait depuis longtemps que Jean n'éprouvait aucune attirance pour les femmes. La nature avait fait une erreur d'aiguillage, c'était un *inverti*. Elle en avait vu d'autres, dès l'enfance, parmi les artistes qui se gobergeaient chez son père, à Cracovie. À commencer par le peintre Arkadiusz Piskorski, toujours flanqué d'un triste bonhomme boutonné jusqu'au col dont on disait qu'il le punissait de ses frasques en le fouettant jusqu'au sang.

Libérale dans ce domaine – c'était bien le seul –, Vava souhaitait de tout cœur que son Jean adoré rencontre un bon garçon avec qui il ferait sa vie et qui le rendrait heureux, quel qu'il soit. Hélas, son ouverture d'esprit n'allait pas jusqu'à aborder avec son petit-fils un sujet aussi périlleux. Si elle avait osé lui parler, Jean se serait sans doute débarrassé plus tôt de cette étrange cécité qui lui faisait considérer son goût pour les êtres grossiers comme une fantaisie d'ordre purement sensuel, une sorte de perversion qui excluait tout attachement durable. Il se réservait pour un amour à sa hauteur, un amour de son rang. Mais dans les soirées qu'il s'obligeait à fréquenter par nécessité professionnelle – pour que son nom figure en bonne place, le lendemain, dans la chronique mondaine de *L'Éclaireur de Nice* –, avait-il déjà rencontré ce compagnon bien né, élégant, raffiné, présentable en un mot ? Était-ce parmi les jeunes gens qui fréquentaient le très sélect cercle des nageurs de Nice qu'il dénicherait l'oiseau rare ? Pourquoi sacrifier Aldo au profit de ces petits gommeux ? Parce qu'ils plairaient à Mouni ? À quoi bon ? Aldo ou d'autres plus acceptables, il faudrait d'abord lui avouer ses goûts.

Et pourquoi pas ? Qui l'en empêchait ? Il n'avait que trop tardé. Par crainte de décevoir sa mère, pour ne pas la blesser. Par lâcheté surtout. Et aussi parce que quelque chose en lui refusait d'admettre comme irrévocable son attirance pour les garçons. Un jour peut-être, il s'en corrigerait, il rentrerait dans le rang. Il serait comme tout le monde. Là était son erreur. Pour la première fois de sa vie, dans cette chambre, tandis qu'Aldo s'habillait pour son rendez-vous, lui qui, depuis l'âge de dix-sept ans, avait connu quantité d'amants, osa s'avouer qu'il était pédéraste.

Il se sentit à l'instant délivré d'un poids, libre d'aimer.

La guerre ne durerait pas éternellement, on pourrait à nouveau faire des projets, entreprendre. Il créerait sa propre griffe, Jean Costa, haute couture, Aldo serait pour lui ce que l'ancienne ordonnance, Maurice Le Bolzer, avait été pour Jean Patou : solide comme un roc, fidèle jusqu'au sacrifice. Les artistes, s'ils tiennent à leur peau, doivent avoir leur exact contraire à côté d'eux. Crédule, frivole, Jean était la proie rêvée des filous. Aldo le protégerait de lui-même. Sous ses dehors naïfs, c'était un malin, il voyait loin, comme sa mère.

Plus Jean réfléchissait, plus il s'enthousiasmait. Il alla vers Aldo qui se coiffait devant la glace et l'enlaça.

« Arrête, je vais être en retard, il est déjà trois heures, dit Aldo, impatienté.

— Reste avec moi, j'ai besoin de te parler.

— Je peux pas, Lucette m'attend.

— Lucette, Lucette... Qu'est-ce que tu as besoin d'aller la voir, cette grosse Juive !

— Elle est pas grosse.

— Mais elle est juive.

— Comme toi. Juif, pas juif, je m'en fous bien pas mal.

— Reste avec moi.

— Ah bon ? Et l'argent ? Qui le gagne, l'argent ? »

Jean l'agrippa. « Reste, dit-il encore.

— Lâche-moi. Quel pot de colle ! »

Son ton avait changé. Comme s'il avait senti que Jean, désormais, lui appartenait, qu'il n'avait plus à quémander, qu'il avait gagné la partie. Devenu légitime, il en tirait immédiatement les conséquences.

Il se dégagea d'un coup d'épaule et sortit en claquant la porte.

Jean eut brusquement la certitude qu'il ne le reverrait jamais. Ou pas avant très longtemps, beaucoup trop tard, lorsqu'ils ne seraient plus les mêmes et que leur relation aurait perdu tout sens. Une fois encore, il avait laissé passer l'occasion.

Il faisait une chaleur effroyable. Pas une goutte d'eau dans la chambre. Un reste de café froid stagnait au fond du bol qu'Aldo avait posé sur le plancher. Jean le porta à ses lèvres et aspira une gorgée qu'il recracha, pris de nausée. Il ressentit un élancement à la base du crâne, puis un autre, puis un troisième, plus rapproché. Il fallait à tout prix qu'il dorme s'il voulait enrayer la migraine qui s'annonçait. Il se jeta sur le lit. À peine avait-il fermé les yeux qu'il fut gagné par le sommeil.

En bas, sur la terrasse, Felicita, sortie de sa torpeur, s'agita de nouveau. On entendit comme un bourdonnement, entrecoupé de gloussements. C'était sa façon de chanter. Gina l'encouragea depuis la cuisine où elle triait du linge : « Chante, ma fille, chante. Oui, mon cœur, oui, mon trésor », et elle reprit avec elle. Il y eut un moment d'harmonie. Mais Felicita, prise de transe, se dressa soudain, la *ouature* restant fixée à ses reins comme une collerette. Déséquilibrée par son poids, elle retomba en hurlant, tandis que Gina se précipitait pour lui porter secours.

Réveillé brutalement, Jean attrapa sa montre restée sur la table de nuit. Il avait dormi à peine quelques minutes. Mais ce court répit avait suffi à chasser le sentiment d'accablement qui l'avait saisi après le départ d'Aldo. Il était de nouveau Jean Costa, jeune, beau, talentueux, chéri par sa mère, vénéré par sa grand-mère, promis à toutes les réussites. Il avait la baraka, les balles pouvaient siffler à ses oreilles, elles ne l'atteignaient pas. Cloîtré dans cette chambre étouffante, il ressentit le besoin de sortir à l'air libre et d'éprouver sa force. La carte-lettre de Madeleine Colardo était posée sur la table de nuit, à côté de sa montre. Il la relut attentivement, analysant chaque point. Que disait-elle, au fond ?

1) Corinne Malassis était passée à la boutique pour avertir que son mari rentrerait de Vichy au début de l'après-midi – ce qui signifiait qu'il était à Nice en ce moment même, ou sur le point d'y arriver. Elle aurait pu se contenter de téléphoner ou d'envoyer un petit mot par un commis. Non, elle s'était déplacée en personne, certainement à la demande expresse de Malassis. Preuve de l'importance qu'il accordait à sa démarche.

2) Malassis désirait voir Jean le jour même pour « régler leur affaire », autrement dit s'acquitter du bada, accompagné d'une contre-lettre qui prévoyait l'éventuelle restitution du bien à son légitime propriétaire « en cas d'abrogation des dispositions en vigueur ». À n'en pas douter, Malassis était dans d'excellentes dispositions. Peut-être essaierait-il, en dernière minute, d'obtenir un rabais sur le montant du bada, il y aurait discussion, marchandage, il faudrait lâcher quelques milliers de francs. Mais l'essentiel était acquis.

3) Dernier point, et non le moindre, tenant compte de la situation, Malassis proposait de venir jusqu'à Jean pour lui épargner tout désagrément. Fidèle à son attitude depuis le début de l'Occupation, il se gardait bien de trancher pour un camp ou pour l'autre, tenait la balance égale et se montrait avant tout désireux d'arranger tout le monde.

Il avait beau lire et relire, Jean ne comprenait pas ce qui pouvait motiver les craintes de Madeleine Colardo. « Je n'ai pas du tout confiance dans ces gens-là. Surtout, méfiez-vous ! Pas d'imprudence ! » avait-elle écrit et souligné. Mais encore une fois, pourquoi, alors qu'il attendait depuis des jours le paiement du fameux bada, ferait-il la fine bouche quand Malassis proposait de lui apporter la somme sur un plateau ? Ça ne tenait pas debout.

Jean sauta du lit et se prépara en hâte. Le temps d'aller à Bendejun, de se rendre à la poste, d'attendre la communication, puis que Malassis prenne la route et grimpe jusqu'au village, il ne serait pas loin de six ou sept heures. Malassis avait bien précisé *avant ce soir*. Il n'y avait pas une minute à perdre.

Vêtu de frais, précédé du léger parfum citronné de son eau de Cologne, Jean quitta silencieusement la chambre et prit, à droite de l'escalier, la petite porte qui ouvrait sur un débarras. Tout au fond, par une échelle, on accédait à la grange et de là il était possible de rejoindre la route en passant inaperçu.

Quelques minutes plus tard, il marchait d'un bon pas vers Bendejun, ravi d'avoir déjoué la surveillance tatillonne de Gina.

21

Au printemps 1937, Eugène fit une première crise cardiaque.

C'était un matin ordinaire, Gaston, son chauffeur, l'attendait au pied de l'immeuble en lustrant la voiture avec une peau de chamois. La porte s'ouvrit, Eugène apparut sur le seuil, sa serviette en cuir à la main. Subitement, il s'écroula, haletant, le regard vide, la main crispée sur la poignée de la serviette d'où s'échappaient des liasses de papiers qui s'éparpillèrent sur le trottoir. Gaston, sans perdre une minute, l'emmena directement à l'hôpital. Huit jours plus tard, il était sur pied. Mouni insista pour qu'il prenne un repos complet loin de Marseille où il aurait vite fait, sous n'importe quel prétexte, de se précipiter au bureau. Un hôtel de bon standing, Les Flots bleus, venait d'ouvrir à Anthéor, sur la Corniche d'Or. Il y séjourna deux semaines. Les premiers jours, il crut devenir fou. Il tournait en rond, l'inaction lui pesait. Il n'aimait pas lire, d'enragés bridgeurs lui avaient proposé de se joindre à eux mais il détestait les cartes. Il essaya la pêche. Après quelques tentatives infructueuses, il remisa son matériel tout neuf au fond d'un placard et n'y toucha plus.

Au fil des jours, il trouva un plaisir inattendu à ne rien faire. Il s'attardait au lit, consacrait un temps fou à sa toilette, se faisait monter les journaux et prenait un petit déjeuner tardif sur son balcon en les épluchant de la première ligne à la dernière. Puis il s'étendait dans un transat et regardait la mer, libéré de cette sensation de menace qui pesait sur lui depuis toujours. L'absence de sa femme et de sa belle-mère le délivrait des regards apitoyés qu'elles échangeaient dès qu'il ouvrait la bouche. Il pouvait penser sans contrainte et converser avec lui-même - parfois à haute voix, si ses voisins de chambre ne se prélassaient pas eux-mêmes sur leur balcon.

Il aurait cinquante-huit ans dans quelques mois, il était temps d'envisager l'avenir. Les affaires marchaient moins bien, la demande avait changé. Le beau, le solide, le durable, tout le monde s'en fichait. On voulait du tape-à-l'œil pour pas cher. Eugène avait du mal à suivre. Heureusement, durant les années fastes, il avait pris ses précautions, convertissant en immeubles, villas et appartements les bénéfices appréciables que lui rapportaient le magasin de la rue Tapis-Vert et son portefeuille de représentation. Mais cette époque était depuis longtemps révolue et, pour maintenir le train de vie qu'exigeait Mouni, Eugène s'était vu contraint de vendre pièce par pièce les plus beaux fleurons de son patrimoine. Cela ne pourrait pas durer, il fallait stopper l'hémorragie.

Allongé dans son transat, le regard vagabondant sur les courbes harmonieuses de la baie, il songea à Ray, son aîné, et vit en lui un recours.

Après une adolescence chaotique, Raymond, qui avait traîné sans aucun résultat de pensions en boîtes à bachot, fut mis en demeure de chercher un travail, peu importe lequel. Il n'y mit aucun enthousiasme, préférant passer ses après-midi dans les bars derrière la Canebière – le Sun, l'Acapulco –, avec une bande de jeunes gens aux revenus inavouables.

Un jour, alors qu'il venait de se lever, Eugène trouva Raymond dans l'ombre du couloir, la mine défaite, qui demandait à lui parler.

« Je t'écoute, dit Eugène. Qu'est-ce que tu as à me dire ?

— Pas ici, fit Raymond à voix basse. Dans ton bureau. »

Dès la porte refermée, Raymond fondit en larmes.

Eugène le dévisagea, stupéfait. Il n'avait jamais vu son fils pleurer, même lorsqu'il le battait à s'en fatiguer le bras. Même la fois où, à la demande formelle de Mouni, il l'avait enfermé toute une nuit dans la cave, à l'âge de six ans, pour le punir d'avoir dérobé une part de clafoutis dans le garde-manger. Il posa une main sur son épaule.

« Allons, dis-moi. C'est sûrement moins grave que tu ne le crois.

— Oh si, c'est grave », répondit Raymond en reniflant.

Ça l'était, en effet. Pierrette, son amie du moment – une fille très ordinaire, selon Mouni –, était enceinte de quatre mois.

« Ah, dit Eugène. Eh bien... » Il hésita un peu, se reprit. « Nous allons faire le nécessaire. Cette fille a sûrement besoin d'argent. On veillera à ce qu'elle ne manque de rien. »

Raymond le fixa, sidéré. Eugène crut, non sans vanité, qu'il était soulagé de voir son père aborder la situation avec sang-froid, là où il attendait des reproches et des cris. Il se trompait sur toute la ligne.

« Papa, dit Raymond d'une voix douce, je l'aime. Je veux l'épouser. »

Eugène entrevit aussitôt la chaîne d'ennuis qui allait suivre. Le pire qu'il pouvait imaginer fut encore bien inférieur à ce qu'il endura. La nouvelle réveilla chez Mouni une blessure encore vive. Ainsi Raymond s'était montré aussi maladroit que son père, enfantant par erreur. Et maintenant toute la famille allait subir l'opprobre d'une mésalliance. Sa belle-fille, cette gourgandine, s'appellerait Pierrette, prénom commun s'il en était, l'enfant à naître serait, qu'elle le veuille ou non, son petit-fils ou sa petite-fille. Elle en pleurait de honte.

Il fallut parer au plus pressé. Les parents de la jeune femme tenaient un bar-tabac avenue des Chartreux. Eugène leur rendit visite. Il fut accueilli fraîchement. Car si mésalliance il y avait selon les Costa, Pierrette étant d'un *petit milieu*, il y avait tout autant mésalliance selon les Vachon, du fait que Raymond était juif. Que leur fille ait fauté, ils n'en faisaient pas une histoire. Ce sont des choses qui arrivent. Mais avec un Juif, c'était dur à avaler. « Moi, je fais pas de politique, disait M. Vachon, mais j'aime pas les Juifs. C'est mon droit, non ? » Les deux pères tombèrent d'accord sur un point : le mariage se ferait en toute discrétion. Les Vachon possédaient un cabanon à Cabriès, un village perché sur les collines autour de Marseille. C'était à la fois proche et suffisamment lointain pour garantir l'anonymat. Après la mairie, on écourterait, et pour cause, la partie religieuse. Une simple bénédiction nuptiale suffirait. Le curé était un brave homme, il fermerait les yeux sur la confession du mari. Eugène céda sans discuter. Aucun rabbin, si brave homme soit-il, n'accepterait de marier un Juif avec une goy. Pour le déjeuner, ce serait à l'abri des regards, dans la cour ombragée du petit restaurant sur la place – très correct au dire des Vachon. Eugène offrit de prendre les frais en charge, maladresse qui faillit faire capoter l'accord. M. Vachon y vit une preuve d'arrogance. Il insista pour payer sa part à égalité. Eugène fit prudemment marche arrière.

Le mariage eut lieu un mois plus tard. Mairie, église et repas de noce, tout fut bouclé en un temps record. À peine fit-on une photo pour immortaliser l'événement. Au moment où le photographe appuya sur le bouton, Mouni et Vava, sans se consulter, détournèrent la tête. Auraient-elles pu tourner le dos qu'elles l'auraient fait.

Pour Raymond, marié, bientôt père d'un petit garçon, il n'était plus question de gaspiller son temps à boire, fumer et jouer aux cartes. En attendant mieux, Eugène lui proposa de travailler à ses côtés, rue Tapis-Vert. C'était une manière déguisée de l'aider tout en donnant satisfaction à Mouni qui, à longueur de journée, lui reprochait son indulgence. « Il est temps qu'il comprenne qu'on n'a rien sans rien », argumentait celle qui, de toute sa vie, n'avait jamais travaillé.

Contre toute attente, Raymond – Ray, comme l'appelait son père lorsqu'ils étaient en tête à tête – manifesta très vite un vif intérêt pour la gestion du magasin. Il s'étonna de constater que son père menait ses affaires en dépit du bon sens. Il laissait la bride sur le cou à ses employés, se faisait carotter par les fournisseurs et n'osait pas réclamer à ses créanciers les traites impayées. « Que veux-tu, s'excusait-il, je n'ai pas l'âme d'un garde-chiourme. Du moment que ça rentre... » Voulant dire par là qu'il gagnait bien assez – trop, peut-être. Ray s'aperçut avec surprise que son père était mal à l'aise avec l'argent et craignait par-dessus tout de paraître cupide.

Ce genre de scrupule n'effleurait pas Raymond. Brimé depuis l'enfance, son caractère s'était endurci. Il avait une revanche à prendre. Il proposa à son père de faire un peu de ménage dans la baraque. « Ma foi, dit Eugène, si ça te fait plaisir. » Il lui laissa carte blanche. En fait de ménage, ce fut un sacré coup de balai. Trois employés, parmi les plus anciens, prirent immédiatement la porte, la moitié des fournisseurs se retrouva sur le carreau et les mauvais payeurs, au tribunal. Eugène, coincé entre deux feux, tenta de plaider la cause des uns et des autres. Mais Ray ne céda pas. Avait-il carte blanche, oui ou non ? Dès ce moment, Eugène sentit qu'il était hors course. En toute justice, il aurait dû être le premier à valser. Il conservait sa place par faveur spéciale.

Ray, mine de rien, étendit progressivement son domaine. Depuis toujours, Eugène mettait un point d'honneur à tenir rigoureusement ses comptes. Pas un centime ne sortait, pas un n'entrait en caisse sans passer en écriture. Pareil pour les impôts qu'il réglait avant terme. C'était au point que le percepteur lui suggérait à mots couverts des dispositions avantageuses, comme un joueur magnanime désigne à son partenaire la combinaison qui lui a échappé. Rue Tapis-Vert et dans le quartier avoisinant, les commerces de textile étaient à touche-touche. Ray s'aboucha avec ses confrères et apprit d'eux les saines pratiques grâce auxquelles les bénéfices s'inscrivaient en pertes dans leur déclaration de revenus. Eugène désapprouvait mais n'osait rien dire. De même qu'il ferma les yeux lorsqu'il s'aperçut que Ray, grâce aux amis douteux qu'il s'était faits dans les bars du quartier de l'Opéra, s'approvisionnait, sans facture et sans passage en douane, en marchandises de provenance incertaine et de qualité discutable. C'était un à-côté, l'essentiel du stock restait de première qualité, mais Eugène devait admettre qu'il y avait une clientèle pour ces articles aux couleurs criardes qui lui rappelaient ses années d'apprentissage à Bab El Oued, place des Trois-Horloges, dans la mercerie-bonneterie de son père Moïse Costa.

Les comptes se redressèrent peu à peu, Eugène put respirer. Mais toute la fierté qu'il avait placée dans la conduite de ses affaires s'était envolée. Il n'était plus M. Costa, qui ne devait rien à personne, qui n'avait pas eu besoin, pour réussir, d'avoir recours aux sales petites combines et tripatouillages de toutes sortes en usage dans la profession. Désormais, lorsque son chauffeur le déposait cours Belsunce et qu'il remontait la rue Tapis-Vert à pied, saluant de part et d'autre les commerçants debout sur le seuil de leur boutique, il croyait lire dans leurs yeux la satisfaction de voir son orgueil rabaissé et devinait leurs commentaires : « Tu as beau avoir un chauffeur, habiter rue Paradis et prendre de grands airs, tu es comme nous maintenant, Costa. Un petit Juif qui traficote ! »

On ne le vit plus au magasin. Il limita ses activités à son portefeuille de représentation, abandonnant le commerce de détail à Raymond. Quant à lui, installé à l'arrière de sa toute nouvelle Citroën Traction Avant, un plaid sur les genoux, il visitait ses clients, poussant vers Nîmes, Avignon, Valence et, sur la côte, de Toulon à Monaco.

Sa crise cardiaque, le repos forcé qui s'ensuivit, les longues matinées passées à méditer sur son balcon, le regard vagabondant sur les courbes harmonieuses de la baie, firent mûrir sa réflexion. Il télégraphia à Raymond et lui demanda de le rejoindre.

Ray arriva le lendemain vers onze heures. Ils s'installèrent au soleil pour prendre l'apéritif. Raymond attendait avec anxiété le moment où Eugène en viendrait au fait et préparait déjà sa défense. Il avait un certain nombre de choses à se reprocher, des opérations sous le manteau, des ventes escamotées à son seul profit et autres entourloupes dont il était coutumier, non pas tant pour les gains qu'il en tirait, mais parce que c'était dans sa nature. Coupable d'être né, éternel puni, dissimuler, tromper, mentir sans raison, à tout hasard, avaient été ses seuls moyens de défense. Son caractère avait gauchi, le pli était pris. Mais à cet instant, Eugène, d'excellente humeur, ne nourrissait aucune pensée malveillante à son égard. Tout au contraire, il s'émerveillait de voir assis en face de lui ce garçon de vingt-cinq ans, son fils, bâti en force, les épaules larges, chez qui tout exprimait l'autorité, l'esprit de conquête, la ruse et ce soupçon de filouterie qui lui avait manqué à lui, Eugène, pour asseoir sa réussite.

Ils passèrent à table et, sans attendre que les hors-d'œuvre soient servis, Eugène exposa son plan. Il avait décidé de céder à Ray le magasin et de conserver pour lui-même le seul portefeuille de représentation – ce qui revenait, en d'autres termes, à entériner l'état de fait actuel. En échange, et jusqu'à extinction de sa dette, Ray verserait chaque mois à son père une somme fixe assortie d'un pourcentage. Parallèlement, Eugène et le reste de la famille quitteraient Marseille pour s'établir à Nice, dans l'appartement qu'il venait d'acquérir boulevard Carabacel. Plus petit, moins cossu que celui qu'ils occupaient à Marseille, mais tout de même très bien. Au passage, on réduirait le train de vie, tout à fait excessif. Plus de chauffeur, on l'engagerait à la course, plus de nurse, Irène allait sur ses douze ans, on la gardait par habitude. Ne resteraient qu'une femme de chambre et une cuisinière, celle-ci indispensable, Mouni étant incapable de faire cuire un œuf dur.

Raymond ouvrit de grands yeux.

« Maman est d'accord ? » s'étonna-t-il.

Depuis qu'il travaillait au magasin, il s'était rapproché de sa mère. Plus exactement, ils avaient conclu une sorte de trêve. Mouni n'avait pas abandonné ses préventions envers son fils aîné, des années d'hostilité ne s'effacent pas si facilement. Mais elle appréciait de voir que Raymond appliquait dans les affaires les recettes qu'elle-même préconisait depuis des années, reprochant à Eugène de *faire du sentiment*, de se refuser à *tailler les branches mortes*, bref, dans ce domaine comme dans bien d'autres, de se montrer faible et irrésolu. Une raison plus profonde incitait Mouni à revoir son comportement. Elle réfléchissait souvent à ce qu'il adviendrait si Eugène disparaissait. Il avait onze ans de plus qu'elle et sa récente crise cardiaque n'était pas faite pour la rassurer. Qui prendrait soin d'elle après la mort de son mari ? Certainement pas Jean, bien trop imprévisible. Pas Irène non plus, une fille et de surcroît encore très jeune. À sa grande surprise, Raymond avait fait preuve de qualités insoupçonnées. Elle pourrait toujours compter sur lui, d'autant qu'à l'image de beaucoup d'enfants maltraités, il voulait à tout prix se faire aimer de celle-là même qui l'avait tant fait souffrir.

Mouni fit l'effort d'inviter sa femme, Pierrette, la *gourgandine*, et de se pâmer devant leur marmot qu'elle trouvait affreusement laid. Mais le signe manifeste de leur rapprochement fut que Mouni se mit à l'appeler familièrement Ray, comme le faisait Eugène. Ça ne coûtait pas grand-chose et cela suffit à lui assurer définitivement les bonnes grâces d'un fils qu'elle continuait à rejeter en secret.

« Tu en as parlé à maman ? » répéta Raymond tandis que le serveur disposait sur la table les œufs mimosa et les filets d'anchois. Eugène attendit qu'il eût fini pour répondre.

« Ta mère, répondit Eugène, je sais comment la prendre. Je lui dirai que c'est comme ça et pas autrement. Il faudra bien qu'elle s'y fasse. »

Raymond sourit intérieurement en pensant au nombre incalculable de fois où il avait vu son père céder au moindre battement de cils de Mouni. L'affaire était loin d'être réglée. Mais il garda pour lui ses réflexions. À tout hasard et pour meubler les silences, il discuta du montant du fixe et du pourcentage. Eugène renâclait à lâcher des chiffres, Raymond insista, ils se prirent au jeu et ce n'est qu'au dessert qu'ils finirent par s'entendre.

Contrairement aux doutes de Raymond, Eugène persévéra dans ses projets et plaça Mouni devant le fait accompli, comme il l'avait fait lorsqu'il s'était agi de quitter Alger pour Marseille, ou d'envoyer Jean seul à Paris. Vava fut pour beaucoup dans la facile victoire qu'il remporta. Elle adorait Nice, qu'elle trouvait bien plus distinguée que Marseille. Jacob, son père, y avait plusieurs fois séjourné. « C'est tout à fait comme Odessa », disait-il. Les Juifs y étaient nombreux et il régnait selon lui dans les deux villes une forme de mélancolie typiquement slave, un sentiment de fragilité qui rendait d'autant plus précieux les instants de bonheur qu'on y vivait.

Ils déménagèrent à la fin de l'été.

Le nouvel appartement, boulevard Carabacel, comportait quatre chambres. Jean disposait de la sienne, mais elle était si petite qu'il était hors de question d'y caser son mannequin en bois, sa machine à coudre, le miroir sur pied et les innombrables revues de mode qui déjà rue Paradis débordaient des placards et s'empilaient jusque sous son lit. À plus forte raison, il lui était impossible de recevoir dans cet espace où la porte tapait contre le lit. Or, tout juste débarrassé du service militaire, Jean avait déclaré qu'il était désormais couturier et, pour se faire la main, avait proposé ses services aux sœurs et aux petites amies de ses anciens camarades de classe. Il les accueillait dans sa belle chambre à deux fenêtres, rue Paradis. « Monsieur est dans son atelier », avait mission d'annoncer la domestique qui leur ouvrait la porte. Pour se donner de la prestance, Jean revêtait une blouse blanche, comme en portait Jean Patou lors des essayages. Les jeunes femmes, très intimidées, se croyaient chez le médecin et n'osaient protester quand il leur exposait ses vues, généralement contraires aux leurs. Il cherchait avant tout à surprendre et ne réussit qu'à choquer. Les robes qu'il confectionnait finissaient roulées en boule au fond d'un placard. Une cliente de gagnée était à coup sûr une cliente de perdue.

Ce galop d'essai lui en apprit beaucoup. Il comprit qu'on n'habillait pas les femmes sans leur consentement et cessa de confondre fantaisie et extravagance. Le déménagement pour Nice tomba on ne peut mieux. C'était comme lorsqu'on entame un cahier neuf à l'école, une nouvelle chance, l'occasion de repartir de zéro. Et ce fut une autre chance que sa chambre soit trop exiguë pour qu'il puisse y exercer son activité. Avec son flair habituel, Jean dénicha, près du marché aux fleurs, un grenier dont il fit deux pièces. L'une d'elles, suffisamment vaste et bien éclairée par des châssis en verre dépoli, mérita cette fois pleinement le terme d'atelier. Bien sûr, pour y accéder, il fallait grimper trois volées d'escalier plutôt raides, mais la vue était si belle de là-haut, dominant les toits et plongeant vers la mer par-dessus les constructions basses du cours Saleya, que les visiteurs en oubliaient leurs efforts pour s'extasier devant ce spectacle inouï.

En quittant Marseille, Mouni avait dû renoncer à prendre le thé deux fois par semaine avec Yvonne Camoin, tantôt chez Castelmuro, tantôt chez Linder ou au Poussin bleu. Depuis, elles s'écrivaient de longues lettres en attendant la semaine de vacances qu'elles s'étaient promis de prendre ensemble l'été suivant. Grâce aux relations de son mari, Yvonne avait des amis partout. Elle aiguilla Mouni vers deux de ses connaissances à Nice, Paquette Monin et Line Verdelan, qui, lui avait-elle assuré, avaient les idées larges et ne nourrissaient aucun préjugé hostile aux Israélites. Le bruit courait d'ailleurs que Paquette Monin était née Weisbrot. Insinuation malveillante, rétorquait son entourage. Weisbrot était le nom du second mari de sa mère et Paquette n'avait rien à voir avec cette pièce rapportée.

Mouni pouvait être charmante quand elle y voyait son intérêt. Elle fit la conquête de l'une et de l'autre et bientôt prit le thé avec ces dames à la Pâtisserie impériale où les gâteaux ne valaient pas, loin de là, ceux de Castelmuro, mais où se regroupait, chaque après-midi, ce qui se faisait de mieux en matière de relations sociales. Au bout de quelques mois, Mouni connaissait tout le monde et retrouvait, mieux qu'à Marseille, ville irrémédiablement plébéienne, l'atmosphère de luxe indolent qu'elle avait tant aimée dans l'Algérie coloniale.

On discutait mode, nouveautés. Line Verdelan et Paquette Monin avaient le même couturier, Gilbert Malassis dit Gil Chardin. Elles s'en plaignaient. Il était trop classique, il manquait de *peps*. Mouni en profita pour avancer discrètement les pions de Jean. « Je crois qu'il a du talent, disait-elle, le regard baissé. J'aimerais bien avoir votre avis. » Pour lui être agréable, elles firent l'ascension de l'immeuble étroit derrière le marché aux fleurs et furent éblouies lorsqu'elles parvinrent au sommet, le souffle court, et que Jean leur ouvrit la porte de son atelier inondé de soleil. L'immense canapé recouvert de tissu rouge, qu'il avait récupéré pour presque rien lors de la rénovation de l'Opéra de Nice, conférait immédiatement à ce lieu un aspect singulier, théâtral, artiste qui les séduisit, de même que les fleurs disposées un peu partout et la volière où pépiaient deux perruches. On était loin de la lourde décoration *à la Pompadour* du salon d'essayage qui faisait la fierté de Malassis, rue Dalpozzo.

Jean, tirant la leçon de son échec à Marseille, avait renoncé à la blouse et s'habillait selon sa fantaisie, des chemises à jabot, de larges cravates nouées à la diable, des breloques au poignet. Il était désormais lui-même, un mélange d'arrogance et d'extrême gentillesse, une joie de vivre affichée, une façon de sourire qui mettait en valeur ses dents, qu'il avait très blanches et bien plantées. Et s'il se gardait de toute attitude provocante – d'autant qu'il détestait les folles –, il était clair, pour quiconque d'un peu avisé, qu'il était homosexuel et n'en éprouvait nulle honte. Paquette Monin et Line Verdelan s'en rendirent compte immédiatement. Pourtant, à leur dernière rencontre, Mouni avait fait état d'une liaison féminine qui, d'après elle, paraissait sérieuse et conduirait peut-être à un mariage. Elles la plaignirent le temps de descendre un étage, avant d'éclater de rire un peu plus bas. Les mères sont toutes les mêmes. Aveugles quand il s'agit de leur progéniture, tout particulièrement de sexe mâle. Quant à elles, qui se voulaient modernes, elles professaient que chacun faisait ce qu'il voulait de ses fesses et partageaient l'idée commune suivant laquelle les couturiers – comme les coiffeurs – étaient pour la plupart homosexuels, raison pour laquelle ils connaissaient si bien les femmes.

Leur rire clair se mêlait au claquement de leurs sandales tandis qu'elles dégringolaient l'escalier en se moquant de cet empoté de Malassis à qui, très probablement, manquait ce vice indispensable.

Dans les jours qui suivirent, Jean reçut commande, à titre d'essai, de tenues d'après-midi. Pas trop habillées, pour tous les jours, avaient-elles précisé.

Paquette Monin était rousse et très belle. Jean conçut pour elle une robe en lin de couleur grège d'une extrême simplicité. Seule fantaisie, un entrelacs en jour Venise qui faisait autant de petites fenêtres indiscrètes ouvertes sur son corps. Ce détail lui coûta les yeux de la tête, mais quitte à en être de sa poche – à son niveau d'endettement, une poignée de billets supplémentaire ne changeait pas grand-chose –, autant mettre toutes les chances de son côté. En complément, il lui conseilla un maquillage léger, à l'exception d'un rouge à lèvres carmin qui, associé à sa chevelure flamboyante, illuminerait la robe.

Pour Line Verdelan, qui souffrait de son physique un peu hommasse, il imagina un tailleur vert bouteille de coupe militaire, discrètement relevé d'un motif pied-de-poule. Ce qui allait à l'encontre des efforts déployés par Malassis pour la féminiser, à grand renfort de tulle et d'organdi. D'abord inquiète, elle se laissa convaincre, allant jusqu'à se faire couper les cheveux pour adopter une coiffure *à la garçonne* qui s'accordait bien mieux à sa personnalité. Jean, comme à son habitude, s'était laissé guider par son intuition, découvrant par hasard un principe qu'il ne cessa d'appliquer par la suite et qui fit son succès : ne jamais tenter de corriger, chez la femme qu'il habillait, un défaut réel ou supposé. Trop petite, trop grande, trop forte, trop maigre, trop sévère, ça ne voulait rien dire. Ce qui comptait, c'était le style. Chacune avait le sien. Le rôle du couturier consistait à le révéler. Le maquillage, la coiffure, les accessoires, une certaine façon de se tenir y contribuaient à l'égal du vêtement.

Les tenues *pas trop habillées* de ses premières clientes obtinrent un succès fou. On les trouvait intrigantes, chics sans avoir le côté empesé des créations de Malassis. Les deux femmes semblaient tout à coup s'être affirmées, comme si une simple robe avait suffi à les changer. C'était particulièrement net dans le cas de Line Verdelan, embarrassée d'un corps qui lui faisait honte. Redessinée d'un seul trait, sa nouvelle silhouette, épurée, bravache, ne manquait pas de séduction. Le nom de Jean Costa commença à circuler dans les salons, les proches amies des deux pionnières prirent l'adresse du jeune prodige. Mais dans cette société figée d'entre les deux guerres, on ne changeait pas facilement d'habitudes. Il y avait des traditions à respecter, des susceptibilités à ménager, tout un environnement social qui poussait au statu quo. La bourgeoisie, inquiète, serrait les rangs. Pour le bal des Petits lits blancs, Paquette Monin, malgré ses promesses, fit confiance une fois encore à Gilbert Malassis.

Trompé par les commentaires élogieux qui avaient accueilli ses premières créations, Jean tomba de haut. Pendant de longs mois, son atelier déserté servit essentiellement à accueillir ses conquêtes masculines – nombreuses et socialement disparates – qui appréciaient, d'où qu'elles viennent, le moelleux du grand canapé rouge.

Ce canapé devint son refuge. Il restait allongé des journées entières, fumant cigarette sur cigarette – des Craven « A » à bout liège exclusivement – et se nourrissant de café au lait, en attendant sans trop y croire que retentisse la sonnerie du téléphone qu'il avait fait installer pour répondre à l'afflux de commandes. Mais si un appel le tirait de sa rêverie, c'était le plus souvent par erreur.

Parfois, si Jean l'avait laissée sans nouvelles plusieurs jours de suite, Mouni tentait sa chance. Alors il s'agaçait : « Dépêche-toi, je suis occupé. Je t'ai bien dit de ne pas me téléphoner quand je travaille. » Pour donner le change, il plaquait sa main sur le combiné et, haussant la voix, s'adressait à une interlocutrice imaginaire : « Excusez-moi, chère madame, je suis à vous tout de suite ! » Mouni n'était pas dupe. Lorsqu'il venait déjeuner boulevard Carabacel, toujours vêtu avec le plus grand soin, la mine épanouie, le sourire étincelant, avec des fleurs pour sa mère, des douceurs pour Vava, un excellent cigare pour son père, une babiole pour Irène, Jean ne parvenait pas à la tromper. À peine était-il là depuis dix minutes qu'elle savait à quoi s'en tenir. Ça n'allait pas fort.

Par l'intermédiaire de son cercle d'amies, Mouni apprit qu'un gala de bienfaisance aurait lieu deux mois plus tard dans les salons de l'hôtel Negresco au profit des œuvres de secours de la ville. La femme du maire mobilisait la bonne société, on cherchait des lots et des attractions. Mouni eut un trait de génie. C'est d'elle que vint l'idée d'organiser un défilé de couture où les modèles présentés seraient vendus aux enchères. Mais au lieu d'en faire elle-même la proposition, elle eut l'habileté de la suggérer à Paquette Monin qui était un peu sotte et s'en attribua le mérite. Mieux encore, c'est Paquette qui soumit au comité le nom d'un jeune couturier, Jean Costa, un garçon bourré de talent qu'elle présenta comme sa découverte. Mouni fit mine de soulever des objections : « Une si lourde responsabilité, croyez-vous qu'il en sera capable ? C'est encore un enfant... » On se récria. Place aux jeunes ! Elle céda.

Jean se lança dans l'aventure à corps perdu. Le temps pressait, chaque minute comptait. Du jour au lendemain, l'escalier à pic qui menait à son pigeonnier fut encombré d'un va-et-vient continuel. Il apparut bien vite que l'opération allait coûter un prix fou. Combien au juste ? Jean n'en savait rien. Il dépensait sans compter l'argent qu'il n'avait pas. Mouni, tout à la fierté de voir son fils dans la lumière, n'avait pas prévu que les frais du défilé seraient considérés comme un don par le comité, au même titre qu'un célèbre restaurateur fournissait gratuitement le buffet, un négociant en vin la boisson, un loueur de matériel les tables et les chaises. Elle régla les premières dépenses sur ce qu'elle appelait *ses petites économies*. Si rondelettes soient-elles, Mouni réalisa qu'au rythme auquel s'amoncelaient les factures, son trésor de guerre n'y suffirait pas.

La mort dans l'âme, Jean se risqua à solliciter auprès des organisateurs un concours financier. On le toisa avec mépris. C'était bien d'un Juif. Offrir par-devant et présenter la note par-derrière. Personne n'exprima les choses en ces termes, mais les dames qui le reçurent ne prirent pas la peine de dissimuler leurs sentiments. Il n'insista pas.

« Mon petit, s'alarma Mouni, nous n'y arriverons jamais. Si au moins je savais combien tout ça allait nous coûter... »

Jean se gardait bien de répondre. Il virevoltait, fiévreux, et harcelait les deux couturières qui travaillaient sans discontinuer de huit heures du matin à onze heures du soir. Comme il dessinait mal – mais sur ce point, Jean Patou, son maître, ne valait pas mieux et s'en vantait –, ses indications prêtaient à confusion. On faisait, on défaisait au gré de son inspiration. C'était un énorme gâchis. Lorsque Mouni, de plus en plus inquiète, le suppliait de se poser un peu et de discuter sérieusement, il la serrait dans ses bras et, l'étouffant sous les baisers, la suppliait : « Maman, s'il te plaît, ne gâche pas tout ! »

L'une des couturières venait de Paris. Elle s'appelait Madeleine Colardo. Comment avait-elle atterri là, Jean ne savait plus. Il passait tant de monde, tout allait si vite, peut-être s'était-elle présentée comme modèle mais n'avait pas été retenue. Alors elle avait dit qu'elle savait coudre et Jean l'avait prise à l'essai. Autant Mireille, sa collègue, était volubile, autant Madeleine pouvait rester des heures sans dire un mot, se contentant de hocher la tête quand Mireille, rouspéteuse de nature, la prenait à témoin. Mais les rares fois où elle intervenait, ses remarques tombaient juste. Jean prit l'habitude de chercher son regard lorsqu'il pataugeait, incapable d'exprimer ce qu'il ressentait. Il avait dix idées à la seconde, mais manquait d'un minimum de bagage technique, malgré les heures passées à regarder travailler les ouvrières, rue Saint-Florentin.

Loin de l'aider, Mireille l'enfonçait un peu plus. Madeleine, au contraire, prenait un crayon et faisait un rapide croquis qu'elle lui tendait comme une bouée de sauvetage :

« Quelque chose comme ça ? demandait-elle.

— Mais oui ! s'exclamait Jean, ravi. C'est exactement ça. »

Mireille protestait. « Il fait son artiste, mais qui se tape le boulot ? C'est toi ! Ah, je peux pas le saquer, celui-là... »

Un soir où Mireille, qui avait un fiancé, avait demandé à partir plus tôt, Jean resta en tête à tête avec Madeleine. Il lui proposa une tasse de thé et vint s'asseoir à ses côtés tandis qu'elle cousait.

« Finalement, je ne sais rien de vous, fit-il pour rompre le silence.

— C'est qu'il n'y a pas grand-chose à raconter », répondit Madeleine de ce ton égal qui obligeait ses interlocuteurs à tendre l'oreille tant elle parlait bas.

Elle avait travaillé dix ans à Paris chez Jeanne Lanvin, d'abord simple ouvrière puis seconde d'atelier. Très appréciée par Madame, elle était sur le point de prendre la tête de l'atelier tailleur. Hélas, sa mère, avec qui elle avait toujours vécu, souffrait d'une forme d'asthme particulièrement sévère. Son état empirant, les médecins lui avaient recommandé de quitter Paris pour s'établir au soleil.

« Et vous l'avez suivie ?

— Elle ne peut pas vivre sans moi. »

Jean devina qu'elle ne disait pas tout. Travailler chez Jeanne Lanvin était un privilège, diriger un atelier, une consécration. On n'abandonnait pas sa place sans y être contraint. Il pressentait un drame plus profond et bien plus douloureux. Des jalousies, une cabale dont elle aurait été victime, ou peut-être une faute. Ça jasait beaucoup dans ces maisons de couture et on passait vite du rang de chouchou à celui de proscrite. Mais il était trop égoïste pour s'intéresser durablement à la vie des autres et c'est par politesse plus que par curiosité qu'il avait questionné Madeleine. Pourtant, au lieu d'en rester là, il demeura assis à côté d'elle, la regardant coudre, buvant son thé à petites gorgées, se sentant étrangement apaisé à son contact.

Elle n'était pas vraiment féminine, bien qu'assez jolie. Jean ne percevait pas chez elle ce besoin de séduire qui le mettait mal à l'aise chez les femmes. L'idée lui vint qu'elle pourrait devenir une amie, mais il la connaissait trop peu et ce terme d'amie impliquait une intimité dont il n'avait pas le goût. Une personne de confiance plutôt qu'une amie, quelqu'un à qui parler sans précaution, une partenaire. C'est à ce titre qu'il s'adressa à elle lorsqu'il reprit la parole, un instant plus tard.

« Croyez-vous que nous serons prêts, Madeleine ?

— Non, je ne le pense pas », répondit-elle sans hésiter.

Il fut ébahi par sa franchise. Pourtant, sa question, par le simple fait qu'il la posât, impliquait à la fois un espoir et un doute. Mais il était tellement habitué aux artifices de la conversation mondaine - prêcher le faux pour savoir le vrai, prétendre une chose tout en suggérant le contraire - qu'il avait interrogé Madeleine dans le seul but qu'elle lui réponde : « Quelle question ! Nous serons prêts, voyons, ça ne fait aucun doute. »

Il resta silencieux un long moment. Madeleine cousait, indifférente. Il était presque minuit. Au-dehors, on entendit s'écraser une bouteille jetée d'un étage. Il ne faisait pas bon se promener la nuit dans ces ruelles obscures.

« Mais alors, s'emporta soudain Jean, à quoi ça sert que vous cousiez ? Vous travaillez pour rien.

— Je travaille pour gagner ma vie. » Elle marqua un temps, puis ajouta : « Et aussi parce que j'aime ce que vous faites. »

Il se leva, alluma une cigarette et se mit à arpenter l'atelier à pas précipités.

« Alors, c'est fichu ? dit-il.

— Si nous continuons à travailler comme ça, oui, je le crains.

— Mais quoi faire ?

— Arrêter de se disperser, s'organiser un peu, se concentrer sur les modèles les plus simples et les moins coûteux... »

Jean haussa les épaules. « Un défilé au rabais, fit-il, méprisant. Ah non, merci bien.

— Alors il n'y aura pas de défilé du tout », répliqua tranquillement Madeleine.

Il alla vers la fenêtre, jeta son mégot dans la rue et resta penché un instant, respirant l'air vif qui venait de la mer toute proche.

« Vous m'aideriez ?

— À quoi ?
— À faire ce que vous dites.
— Si vous me le demandez.
— Je vous le demande. Mais par où commencer ?
— Oh, c'est bien simple. Il suffit de s'y mettre. »

Ils passèrent le reste de la nuit assis devant la table rustique que Jean avait eu tant de mal à faire hisser jusqu'au grenier, s'efforçant de sélectionner, non sans tractations, quinze modèles parmi les trente initialement envisagés par Jean. Celui qui suscita la plus vive controverse fut la robe du soir en velours de soie et satin noir qui devait tellement plaire à Lucie Felder.

« Je ne l'aime pas, fulminait Jean. Mais alors pas du tout.

— Vous avez tort, insistait Madeleine. C'est une merveille. Elle aura un grand succès.

— Peut-être, mais je la déteste », s'entêtait Jean.

Finalement, Madeleine obtint gain de cause. La robe fut repêchée de justesse.

Le choix fait, Madeleine établit, selon les indications qu'elle parvint à arracher à Jean, des croquis d'exécution auxquels il promit, la mort dans l'âme, de se conformer strictement.

« Je ne pourrai plus rien changer ?

— Plus rien.

— Vous êtes un monstre. »

Il était six heures du matin. Ils tombaient de sommeil. On entendait le roulement des charrettes à bras qui apportaient les fleurs au marché voisin. Jean proposa à Madeleine de s'étendre sur le canapé rouge pour prendre deux heures de repos. Elle accepta. Tandis qu'il se jetait tout habillé sur son lit, il entendit, très proche, sa respiration régulière. Il songea que c'était la première fois de sa vie qu'il dormait dans la même pièce qu'une femme et cette pensée le fit sourire.

Dès le lendemain, Madeleine prit en main la fabrication. On en fit plus en deux jours que durant la quinzaine précédente. Rétrogradée, Mireille manifesta sa mauvaise humeur, mais elle était brave fille et, après avoir ostensiblement boudé toute une matinée, elle se lassa et reprit son babillage et ses médisances.

Madeleine avait rapidement chiffré les dépenses à engager. Elle présenta ses comptes à Jean. Sans s'attarder sur le détail auquel il ne comprenait rien, il sauta à la dernière page. À la vue du total, il s'étrangla.

« Que ça reste entre nous ! Ne dites rien à personne ! » supplia-t-il. Ce fut une nouvelle bataille et une nouvelle victoire pour Madeleine. À quoi bon se voiler la face ? L'argent ne tomberait pas du ciel. Jean, à bout d'arguments, fut bien forcé de mettre Mouni au courant de la situation.

« Surtout, pas un mot à ton père ! » réagit-elle, affolée.

Dans cette famille, le mensonge constituait toujours le premier recours. S'il ne résolvait rien, il permettait au moins de gagner du temps. Et qui sait quel miracle pourrait survenir entretemps ?

Ils mirent Vava dans la confidence. À leur grande surprise, la vieille dame prit la nouvelle avec bonne humeur. « *Trrrès* facile ! rugit-elle. Je vais vendre mon diamant ! » Mouni et Jean se regardèrent, interloqués. Un diamant ? Qu'est-ce que c'était que cette histoire ? Pressée de questions, Vava expliqua qu'à la mort de sa mère, trente ans plus tôt, elle avait hérité d'une bague de toute beauté que Mme Cohn avait réussi à sauver lorsque son mari avait été ignominieusement chassé de Pologne. Depuis, à l'insu de tous, Vava conservait ce bijou en prévision d'une possible catastrophe et, bien qu'elle ait traversé beaucoup d'épreuves, elle attendait le désastre ultime pour s'en séparer. C'était l'occasion ou jamais. Que pouvait-il y avoir de pire que de voir son Jean, ce garçon si prodigieusement doué, qu'elle chérissait depuis sa naissance, obligé de renoncer pour une misérable question d'argent alors qu'il tenait enfin sa chance ? Jean, en larmes, tomba à ses pieds, Mouni se répandit en actions de grâces, ils firent un tel tapage qu'Eugène, réveillé de sa sieste, apparut soudain à la porte du salon, les cheveux en bataille, le pantalon déboutonné. On lui mentit. C'était si facile. Il repartit se coucher en les traitant de toqués.

La vente du diamant se fit par l'intermédiaire de l'indispensable Paquette Monin. Elle mit Vava en rapport avec un bijoutier qui admira le travail des orfèvres polonais et en offrit un bon prix. Trois semaines plus tard, dans les salons du Negresco, entre un numéro de chiens savants et une démonstration de danse acrobatique, le défilé plut énormément. La vente aux enchères, particulièrement animée, rapporta presque autant que le buffet. Pas un sou ne revint à Jean, mais il était lancé. Pendant le cocktail, alors qu'il savourait sa victoire, un homme l'aborda. Très grand, il se tenait un peu voûté, comme si sa taille l'embarrassait et qu'il s'efforçait de la ramener à des proportions raisonnables.

« Je m'appelle Gilbert Malassis, je ne sais si mon nom vous dit quelque chose », fit-il en lui tendant sa patte chaude et potelée. Jean la saisit et eut un instant l'impression que Malassis allait la lui laisser en gage, car il ne manifestait aucune intention de la récupérer.

« Je tenais à féliciter un jeune confrère à qui je prédis un bel avenir, poursuivit-il. Tout n'est pas encore au point, il y a encore un peu de... comment dire ? Maladresse n'est pas le mot... Enfin, vous me comprenez, n'est-ce pas... ? »

Son haleine sentait la vanille, un léger duvet blond ourlait sa lèvre, il avait une voix de tête peu accordée à sa carrure.

« J'ai beaucoup à apprendre, je le sais.

— Voilà. Mais vous possédez l'essentiel. Le talent. Car sans talent... »

Il reprit sa main qu'il rangea dans la poche droite de son pantalon.

« Bref, conclut-il, si vous avez besoin d'un conseil ou bien, je ne sais pas... Quoi qu'il en soit, n'hésitez pas. »

Il s'éloigna, vite accaparé par des connaissances. Jean se demanda s'il avait produit bonne impression. À ce moment, une femme l'aborda. Elle s'appelait Lucie Felder. C'était elle qui, un instant plus tôt, avait poussé les enchères jusqu'à l'absurde pour acquérir la fameuse robe en velours de soie que Jean avait voulu éliminer du défilé.

« Il faut que nous parlions tous les deux, dit-elle. J'ai de grands projets pour vous. Allons nous asseoir. »

Il la suivit. De ce moment, sa vie changea.

22

Bendejun, jusqu'à des années récentes, n'était qu'un hameau. Pour la moindre démarche, on allait au bourg, plus bas dans la vallée. La population s'en plaignait, cette dépendance heurtait sa fierté. Par suite d'obscurs marchandages électoraux, on finit par lui donner satisfaction et Bendejun fut proclamée commune de plein exercice. Mais en dehors d'un maire et d'un conseil municipal, la sécession si ardemment revendiquée eut peu de conséquences. Pas d'école, pas de bureau de poste, pas de commerce hormis un café-épicerie qui vendait aussi du tabac et les journaux de Nice. L'administration, après bien des réclamations, consentit à mettre un téléphone public à la disposition des habitants et installa l'appareil chez une femme dont la maison, située à égale distance de la mairie et de l'église, parut tout indiquée. Elle s'appelait Fernande, gardait, en plus des siens, trois gosses en nourrice, et lorsqu'on venait téléphoner, il fallait supporter les piaillements de la marmaille. Entre les imprécations de Fernande qui distribuait fessées et torgnoles pour les faire taire et les grésillements de la ligne, on pouvait s'estimer heureux si on parvenait à capter de temps à autre un mot ou deux. Qui aurait osé protester ? Fernande était d'un caractère rugueux, mieux valait éviter de se la mettre à dos.

Quand elle vit arriver Jean sur le coup de trois heures, elle le regarda d'un drôle d'air. Personne ne venait téléphoner à cette heure-là. On restait chez soi, persiennes fermées, en attendant que la chaleur tombe. Fernande en profitait pour faire sa lessive au lavoir, car il n'y avait pas l'eau courante dans la maison. Jean dérogeait aux usages.

Elle l'avait vu quelquefois descendre du car sur l'esplanade. Il ne lui avait pas plu. Avant même qu'il ouvrît la bouche, elle le mit en garde : les communications étaient quasiment interrompues depuis le matin. C'était la croix et la bannière pour obtenir un numéro. Elle l'engageait à revenir en fin d'après-midi ou tôt le lendemain.

« Essayez tout de même », dit Jean.

Elle souffla, tourna la manivelle. Il y eut un déclic.

« Jeannine ? Allô, Jeannine, tu m'entends ? »

Elle indiqua le numéro. « Combien d'attente ?... Je comprends, tu peux pas dire... » Et, se tournant vers Jean : « Ça peut être long. Je maintiens ?

— Oui, maintenez. J'attendrai.

— Pas ici. Dehors. Il y a un banc. Je vous appellerai.

— Je vais faire quelques pas.

— Pas loin, alors. J'ai pas envie de courir vous chercher. »

Jean sortit sur la placc. Le soleil frappait durement le gravillon blanc qu'on avait répandu dans l'attente d'une couche de bitume. Il eut un éblouissement et porta la main à son front. L'espace d'un instant, il crut qu'il allait tomber. Mal assuré sur ses jambes, il se dirigea vers le passage qui longeait l'église et donnait sur la vallée. Une fontaine en faux marbre surmontée d'une statuette de la Vierge était scellée dans le mur. Jean trempa son mouchoir sous le filet d'eau fraîche qui coulait du robinet et, le nouant aux quatre coins, s'en fit un couvre-chef avec le faible espoir de calmer la douleur qui de nouveau vrillait ses tempes. C'était peine perdue. Si une migraine s'annonçait, il savait, comme son père avant lui, que rien ne pourrait l'entraver. Soudain, il eut la certitude qu'il devait absolument renoncer à son coup de téléphone. Il était encore temps. Il suffisait qu'il fasse demi-tour et demande à Fernande d'annuler la communication. Dans l'état où il se trouvait, incapable d'aligner deux idées à la suite, c'était une folie d'affronter Malassis. « Surtout, méfiez-vous ! Pas d'imprudence ! » lui avait écrit Madeleine. Et Gina à son tour l'avait mis en garde : « Pas de bêtise, hein, monsieur Jean ? Vous bougez pas d'ici, compris ? » Recommandations qu'il avait sciemment ignorées.

Oui, décidément, c'était la seule chose à faire : rentrer le plus vite possible chez les Borzone, s'enfermer dans sa chambre et, tous volets fermés, s'étendre sur le lit et n'en plus bouger. Plus tard, la crise passée, il aviserait. Mais au moment même où il croyait sa décision prise et se persuadait de son bien-fondé, au lieu de prendre le chemin du retour, Jean alla s'asseoir sur le muret qui ceinturait l'esplanade pour guetter le signal de Fernande.

Il faisait une chaleur accablante. Le tombereau qui appartenait à la mairie et servait à toute sorte d'usages était rangé devant l'église, entouré du drap noir bordé de franges argentées dont on garnissait ses ridelles les jours d'enterrement. Pourtant, aucune rumeur de prières ou de chants ne venait de l'intérieur du bâtiment. Peut-être la cérémonie funèbre n'était-elle pas commencée ou déjà finie et on attendait une heure plus clémente pour conduire le défunt au cimetière.

Un chien déboucha du passage. Il avançait à pas prudents. Arrivé au centre de la place, il observa attentivement le tombereau puis reprit sa route et se perdit dans les broussailles.

Assis sur le muret, le mouchoir humide noué sur sa tête, Jean ne quittait pas des yeux le rideau en perles de buis qui protégeait des mouches le logement de Fernande, prêt à accourir malgré son extrême faiblesse dès qu'elle apparaîtrait sur le seuil. Car il était certain qu'elle n'hésiterait pas à couper la communication s'il n'obtempérait pas immédiatement. Et alors, tout serait à recommencer. Malgré les élancements qui lui arrachaient par moments des gémissements involontaires, Jean avait hâte d'engager la partie décisive. Vainqueur ou battu, il fallait en finir.

Cinq ans s'étaient écoulés depuis le jour où Gilbert Malassis avait glissé pour la première fois sa main molle dans la sienne et lui avait soufflé au visage son haleine vanillée. Au premier coup d'œil, il avait repéré chez Jean ce dont lui-même était privé : l'inspiration, l'audace et cette dose de je-m'en-foutisme à quoi on reconnaît un artiste. Dès cet instant, il avait rêvé d'une association qui unirait le besogneux et le farfadet. Il s'y était employé de toutes les façons possibles, avec l'entêtement des médiocres. Les événements l'avaient servi, mais Jean avait su déjouer tous les pièges et résister autant qu'il l'avait pu. La vente sur le point de se conclure, le bada, la promesse de restitution future étaient les dernières étapes de cette longue approche.

Grâce aux capitaux de Lucie Felder, la marraine-fée, et à l'apport d'Eugène, l'ancien magasin de lingerie de la rue Gubernatis avait été acquis en avril 1939. Restait à l'adapter à sa nouvelle destination. Les artisans levèrent les bras au ciel. Le gros œuvre était à reprendre, la mezzanine menaçait de s'effondrer. Électricité, plomberie, chauffage, rien n'avait été fait depuis le début du siècle. Ils en avaient pour des mois.

Sylviane, la compagne de Lucie, avait suivi dans sa jeunesse des études d'architecture, sans jamais exercer par la suite. Profondément dépressive, elle passait de longues heures au musée océanographique de Monaco où elle copiait les différentes espèces marines sur un carnet de croquis. Pour la distraire, mais aussi parce qu'elle avait décrété une fois pour toutes que Sylviane avait un goût parfait, Lucie lui confia la responsabilité des travaux.

Au moment de vendre, les précédents propriétaires leur avaient parlé de caves au sous-sol. Ils n'y allaient jamais, disaient-ils, et en avaient même perdu la clé. Ce fut toute une affaire pour y accéder. À la lueur d'une lampe de poche, ils aperçurent, au bas de l'escalier, un amoncellement de détritus, papiers, chiffons, meubles et accessoires qui s'étaient fracassés en tombant les uns sur les autres, comme si on les avait simplement jetés du haut. Il fallut déblayer pour se frayer un passage. C'est alors qu'apparut, en fait de caves, une sorte de petit théâtre avec une piste circulaire et des gradins en demi-lune garnis de banquettes. L'odeur de moisi prenait à la gorge, les miroirs étaient piqués, les toiles d'araignées couraient entre les girandoles, le velours des sièges avait nourri les rats. Pourtant, tout semblait miraculeusement préservé et prêt à revivre.

Jean, Lucie, Sylviane et les artisans en restaient pétrifiés, comme des spéléologues qui, au hasard d'une galerie, découvrent une salle ornée de peintures rupestres. Parmi les hommes, les plus âgés, qui avaient bourlingué et connaissaient la vie, échangèrent un regard complice. C'était un bobinard, un claque, un boxon. Pendant qu'on consommait dans les étages, on se rinçait l'œil au sous-sol. Les anciens propriétaires avaient condamné, sans oser le détruire, ce lieu de perdition, vivant durant trente-cinq ans avec l'enfer sous leurs pieds et entrouvrant à peine la porte pour y jeter pêle-mêle leurs rebuts.

Emballé, Jean comprit tout de suite quel profit il pourrait tirer de l'endroit. C'est là qu'il organiserait ses présentations et ses défilés. On viendrait autant pour le lieu que pour la collection. Sa clientèle huppée serait trop contente de s'encanailler sans risque. Lucie et Sylviane s'enflammèrent à leur tour. L'aménagement du petit théâtre devint le centre de leur préoccupation. Il fallut que Jean leur rappelle qu'on devait aussi penser aux ateliers, au salon d'essayage, au hall d'exposition, enfin à tout ce qui faisait la vie d'une maison de couture. L'expérience acquise chez Jean Patou lui donnait une certaine assurance dans ce domaine. Il fit preuve d'un sens pratique insoupçonné et se multiplia, surveillant le chantier sans abandonner son atelier sous les toits. Car sa clientèle s'était beaucoup étoffée depuis que Lucie Felder avait pris sa carrière en main. Non seulement celle-ci avait attiré dans son sillage nombre de ses amies, mais elle s'était montrée sévère avec lui, fustigeant sa paresse, moquant ses dessins informes, lui enseignant la rigueur. Élevé par Mouni et Vava dans l'adoration de sa petite personne, il s'était complu dans l'idée que le moindre de ses actes méritait attention. Elle l'humilia, le mit en quarantaine, lui montra à quel point il pouvait être faible et stupide. Il se révolta, il y eut entre eux des scènes épouvantables, il jura vingt fois qu'il ne mettrait plus jamais les pieds chez elle. Mais il revenait toujours, repentant, les bras chargés de cadeaux. « Vous êtes ma marraine-fée, disait-il, je vous pardonne tout. » Elle se moquait encore. « Bien aimable à vous. Mais la prochaine fois, évitez de m'apporter des fleurs. J'en ai plein mon jardin. » Il s'agenouillait devant elle, posait la tête sur ses genoux. Elle caressait ses cheveux soyeux, sans la moindre équivoque. Lucie aimait aussi peu les hommes que Jean aimait les femmes, mais elle appréciait leur compagnie. « Vous avez le talent, Jean. Il vous manque le caractère, disait-elle, rêveuse.

— Vous ne me connaissez pas.

— Peut-être. Démontrez-moi le contraire. »

Les travaux durèrent toute la fin du printemps et une partie de l'été. Ça n'en finissait plus. Les artisans se plaignaient des contrordres, les dépenses crevaient tous les plafonds, Jean lui-même finit par s'inquiéter. Lucie le rassura. « Je paierai, ne vous occupez pas de cela. » Sylviane était heureuse, c'est tout ce qui comptait pour elle. Pendant cette période, Madeleine Colardo fut d'une aide précieuse. Elle aurait pu s'offusquer du rôle croissant de la marraine-fée. Bien au contraire, elle jouait l'apaisement lorsque Jean revenait furieux après l'une de leurs disputes.

Fin juillet, Jean demanda un rendez-vous à Gilbert Malassis. C'était la première fois qu'il mettait les pieds dans le bureau tendu de velours parme dont le couturier était si fier.

« On me dit que vous avez entrepris des travaux pharaoniques », attaqua Malassis. Il y avait de l'aigreur dans sa voix. Une réunion du comité des entreprises de haute couture de la Côte d'Azur s'était tenue la veille au soir. Ça avait chauffé dur. Pour qui se prenait ce jeune blanc-bec sorti de nulle part qui s'apprêtait à ouvrir en plein Nice une boutique de mode sans leur aval ?

« Sorti de nulle part ? hurla un membre influent. Vous êtes bien bons, mes amis. Sorti du ghetto ! »

On l'approuva chaudement. Ce luxe ostentatoire, cette impudence, cette façon de dire « Ôte-toi de là que je m'y mette », c'était typique. Le plus acharné fut un certain Kremer, qui exerçait à Cannes et n'avait rien trouvé de mieux que de troquer son prénom, David, contre celui d'Harold. « Ça fait anglais, ça plaît », se justifiait-il. Ça faisait surtout beaucoup moins juif. Harold Kremer avait une raison très personnelle d'en vouloir à Jean. Deux de ses meilleures clientes, amies personnelles de Lucie Felder, l'avaient laissé choir au profit du nouveau venu. Il n'était pas le seul dans ce cas. Plusieurs et non des moindres, à commencer par Malassis, avaient subi le même affront. Ce n'était pas encore une hémorragie, mais pas de doute, la citadelle était assiégée. Il était temps de réagir.

Jean ne pouvait pas tomber plus mal. Il rendait précisément visite à Malassis pour lui dire qu'il souhaitait adhérer au comité et solliciter son parrainage.

« Mais, mon petit bonhomme, ça ne se fait pas comme ça ! Il faut des références..., s'étrangla Malassis.

— J'en ai ! J'ai travaillé à Paris chez Jean Patou ! »

Jean s'abstint de mentionner qu'il y était employé en qualité de coursier.

« Peut-être, je ne dis pas le contraire, mais ça ne suffit pas. Il faut... il faut... » Il s'arrêta net. Personne n'aurait pu préciser ce qu'il fallait. Le comité n'avait aucune autorité légitime. Ses membres étaient choisis par cooptation, par pur copinage.

Jean n'insista pas. Ce refus fouettait son ambition. Rester en marge, jouer les trublions n'était pas un mauvais calcul. Un jour, on viendrait le supplier d'entrer au comité et il se paierait le luxe de refuser.

Ils n'avaient plus rien à se dire. Malassis se leva pour le raccompagner. Au moment de s'engager dans l'escalier en colimaçon qui menait au rez-de-chaussée, il y eut un chassé-croisé. Le passage était étroit. Tandis que Malassis s'apprêtait à le précéder, Jean crut qu'il lui faisait signe de passer en premier. Si bien qu'ils se retrouvèrent brièvement coincés l'un contre l'autre, poitrine contre poitrine. Jean, par ruse ou par coquetterie, laissa la situation se prolonger d'une fraction de seconde. Il sentit alors que Malassis, au lieu de se dégager, s'abandonnait imperceptiblement. Ce frôlement insistant qui permettait, sans se déclarer tout à fait, de juger s'il y avait attirance ou pas, constituait une technique d'approche des plus courante dans les lieux de rencontre, dancings ou jardins publics. La réaction de Malassis ne laissait aucune place au doute. Contrairement à ce que pensaient Paquette Monin et Line Verdelan, il n'était pas dépourvu de ce vice indispensable, selon elles, au bon exercice de sa profession.

Les travaux prirent fin dans les derniers jours du mois d'août. Pour Lucie Felder, il paraissait évident que la boutique porterait le nom de son créateur : Jean Costa, et pendant longtemps Jean n'avait pas envisagé qu'il pût en être autrement. Mais sa conversation avec Malassis et l'hostilité qu'il sentait monter autour de lui l'incitèrent à la prudence. Inscrire « Jean Costa » sur l'enseigne serait perçu comme un coup de force, une provocation intolérable.

Jean attendit le dernier moment pour faire peindre le nom qu'il avait choisi. Le samedi qui précéda l'ouverture, il organisa une petite fête dans les locaux tout neufs. Un voile masquait l'enseigne. Juste avant de déboucher le champagne, Jean demanda aux invités de se grouper devant la boutique et pria les deux commanditaires, Lucie Felder et son père, de tirer sur le cordon. Le nom apparut, en lettres rouges sur fond gris : Sylviane. C'était, par l'entremise de sa compagne, rendre un juste hommage à la marraine-fée.

Sylviane ouvrit ses portes le lundi 4 septembre 1939.

La veille, dimanche 3 septembre à dix-sept heures, la France était officiellement entrée en guerre avec l'Allemagne, ce qui n'empêcha pas la foule, à la nuit tombée, d'envahir la jetée-promenade pour savourer dans une ambiance de kermesse la fraîcheur bienvenue après une journée étouffante.

L'atelier comptait trois ouvrières, Mireille, pompeusement baptisée *première*, et deux nouvelles recrutées avec le plus grand soin par Madeleine Colardo qui était tout à la fois chef du personnel, vendeuse, comptable et avant tout *autre soi-même* de Jean. Le carnet de commandes débordait, les ouvrières se mirent au travail à la première heure. Jean exultait. Il disposait d'un minuscule bureau qui donnait sur un jardinet à l'arrière de l'immeuble. Là se trouvaient rassemblés les fétiches accumulés depuis son adolescence : le mannequin en bois offert pour ses quinze ans, les piles de journaux de mode cent fois feuilletés, sa table à dessin et, pendue au-dessus telle une icône, la photographie de Jean Patou assis sur le rebord de son bureau, modèle d'élégance et de désinvolture.

Dévoré de curiosité, Malassis laissa passer un délai de rigueur, puis, n'y tenant plus, se présenta le jeudi chez Sylviane pour ce qu'il appelait une visite de courtoisie. Jean le reçut avec déférence et multiplia les égards. Il lui fit faire le tour des locaux, lui montra l'atelier, le salon d'essayage, son bureau, le jardinet à l'arrière avec ses trois arbres : un figuier, un grenadier et un palmier qui prospéraient miraculeusement dans cet espace étriqué et ombreux. Malassis s'extasiait. « Voilà, voilà, répétait-il. Eh bien, voyez-vous, c'est tout ce qui me plaît, tout ce côté... comment dire ?

— Mais c'est très bien chez vous aussi. Votre bureau, cette couleur parme tout à fait inattendue...

— Vous trouvez ? Oui, peut-être. Mais ça n'a pas ce côté... ce côté... Le mot ne me vient pas. »

Il n'osait pas dire *artiste*, de crainte de paraître un peu bébête, mais bien sûr, c'est le mot qu'il avait à l'esprit, synonyme d'une fantaisie qui lui était étrangère.

Jean avait réservé pour la fin la descente à la cave. Il ouvrit la porte et précéda Malassis dans l'escalier. Arrivé en bas, dans la pénombre, il marqua un temps, comme il l'avait fait quelques semaines plus tôt dans le bureau du couturier, au moment où ils s'étaient retrouvés brièvement poitrine contre poitrine. Là, dans cette fraction de seconde en trop, il décela de nouveau chez Malassis un trouble, une attente à laquelle il mit fin brutalement en abaissant une manette qui, d'un coup, fit jaillir l'électricité. Le petit théâtre apparut, rétabli à grands frais dans son décor d'origine. Malassis s'avança jusqu'au garde-corps qui ceinturait la piste et resta figé, les yeux écarquillés, comme un gosse devant une vitrine de Noël.

« Là, là, mon cher Jean... Vous me permettez de vous appeler Jean, n'est-ce pas ?

— Je vous en prie.

— Eh bien, Jean, laissez-moi vous dire... Je suis littéralement soufflé ! »

Il l'était et bien plus encore. Ce lieu soigneusement dissimulé, encore tout imprégné de débauche, excitait puissamment son imagination et rejoignait ses rêves intimes, sales et délicieux.

Dès cet instant, Malassis eut une certitude : un jour, le petit théâtre lui appartiendrait. Sans perdre une minute, il entreprit les travaux d'approche.

« Ah, Jean, il me vient une idée... Vous et moi, nous pourrions... » Il agitait alternativement ses mains potelées, suggérant un échange. « Vous comprenez ? »

Jean le regarda, surpris. Se pouvait-il qu'il se découvre aussi vite ? Il s'en voulait de l'avoir provoqué. Repousser ses avances équivaudrait à s'en faire un ennemi. Quant à lui céder, il ne voulait même pas y penser. Heureusement, Malassis précisa ses intentions et, bien qu'elles aient de quoi surprendre, Dieu merci, il ne s'agissait pas de coucherie.

« Que diriez-vous d'une association ? Nous sommes complémentaires, nous pourrions, voyez-vous... nous épauler...

— C'est très généreux de votre part, monsieur Malassis.

— Gilbert, Gilbert, je vous en prie !

— C'est très généreux, Gilbert. Mais je ne m'attendais pas... Je viens à peine... Enfin, vous comprenez... »

C'était à son tour de bégayer. Malassis l'attrapa familièrement par le bras.

« Prenez votre temps. Je ne suis pas pressé. »

Les victoires à la hussarde n'étaient pas son style. Il préférait la longue traque, l'embuscade, et ne détestait pas les incidents de parcours qui l'obligeaient, chemin faisant, à revoir ses plans. Si tout se déroulait comme prévu, où était le plaisir ?

La semaine suivante, comme plusieurs millions d'hommes en France, Jean fut mobilisé et rejoignit à Barcelonnette le régiment de chasseurs alpins où il avait fait son service militaire. Il se souvenait encore de son émerveillement quand il avait découvert, lors de son incorporation, cette concentration de jeunes hommes gonflés de désirs. Il n'y avait qu'à choisir, il ne s'en était pas privé. Cinq ans plus tard, il retrouva, près des cuisines, les mêmes renfoncements propices aux rencontres. Après une semaine passée à marcher au pas autour du quartier commença une longue période d'oisiveté. En l'absence de combats, on ne savait que faire de ces hommes. Jean posa une permission de trois jours qu'il obtint sans difficulté. Il comprit qu'on n'était pas pressé de le revoir et prit l'habitude de venir montrer le bout de son nez de temps à autre, puis de filer dès sa permission tamponnée.

Il entreprit d'organiser, mi-novembre, un premier défilé et dessina, avec l'aide de Madeleine Colardo, une collection qu'il baptisa *Effort de guerre*. Ensemble, ils conçurent des modèles qui devaient beaucoup au style Patou : des lignes économes, des matières brutes, des coloris francs. Une élégance qui cherchait avant tout à se faire oublier. Si elle choqua certaines, sa collection fit sensation. Lorsque vinrent les premières restrictions, ce qui dérangeait alors devint la règle. En se démarquant de la mode, Jean l'avait précédée.

Pour l'occasion, il avait revêtu son uniforme de chasseur alpin – un uniforme savamment retouché qui lui prenait la taille et mettait en valeur sa carrure. Naturellement, il avait laissé au vestiaire le béret à larges bords surnommé *la tarte* avec lequel, quoi qu'on fasse, on avait l'air d'un imbécile. Fourragère à l'épaule, ses galons de caporal sur la manche, il rayonnait. Cette touche patriotique, accordée au thème du défilé, levait les scrupules que ce public favorisé aurait pu nourrir. On était là presque par devoir, pour montrer qu'on gardait le moral, que l'arrière tiendrait bon quoi qu'il arrive.

Ce fut, pour Jean, le début d'une période faste. Le carnet de commandes se garnit encore, Madeleine engagea deux ouvrières supplémentaires. Lucie Felder venait régulièrement au magasin pour distraire Sylviane qui, passé l'excitation des travaux, était retombée dans une profonde mélancolie. Le succès, indéniable, ne renflouait pas les comptes pour autant. « Par pitié, ne me parlez pas d'argent ! Ça coûtera ce que ça coûtera », répliquait Jean lorsque Madeleine tentait de le freiner.

Après le défilé, Malassis attendit trois jours avant de rendre visite à Jean. Il en parla comme s'il y avait assisté. « Mes yeux et mes oreilles étaient dans la salle », glissa-t-il, laissant entendre, comme une mise en garde, que rien ne lui échappait.

Passé ce préambule, il reparla association.

« Voyez-vous, je sais mettre mon orgueil dans ma poche quand c'est nécessaire. Je viens à vous comme les Bourgeois de Calais, en chemise, pieds nus et la corde au cou. Est-ce suffisant pour que vous m'écoutiez ? »

Jean le regarda, troublé. Quel drôle de bonhomme !

« Vous savez, le temps presse, insista Malassis. La guerre est là. Nous allons vivre des choses... Ah, mon ami, des choses...

— Je suis optimiste, dit Jean.

— Oh ! je vois... *On ira pendre notre linge sur la ligne Siegfried*... Eh bien, Jean, je vous parie que les soldats allemands seront à Paris avant même que les nôtres aient fini d'enrouler leurs bandes molletières. Et une fois là, pour les déloger...

— Supposons. Mais quel rapport avec notre association ?

— Vous ne voyez pas ? En temps de guerre, on a besoin d'amis, de soutiens, d'alliés ! C'est la lutte pour la vie, *struggle for life*, comme disent les Anglais. Il va falloir jouer des coudes, les places seront chères. D'autant que vous partez avec un handicap...

— Un handicap ? Je ne comprends pas.

— Vous êtes juif. Personnellement, ça m'indiffère, mais beaucoup de mes confrères... Ils ne perdront pas une occasion de vous scier les pattes.

— Je m'en suis toujours fichu et j'ai bien l'intention de continuer.

— Bien sûr, bien sûr. Mais tout de même... »

Il pencha la tête sur le côté comme un oiseau frileux.

« Croyez-moi, Jean. J'ai un don pour prévoir les catastrophes. »

23

Le 10 mai 1940 à l'aube, la Wehrmacht envahit les Pays-Bas et la Belgique et, contournant la ligne Maginot, fonça vers Sedan à travers le massif des Ardennes. Jean rejoignit son régiment toutes affaires cessantes. Pendant une semaine, il ne se passa pas grand-chose. La guerre, pourtant déclarée huit mois plus tôt, avait pris tout le monde par surprise. Au vu des nouvelles en provenance du front, on pouvait comprendre que l'état-major hésite à envoyer des troupes fraîches là où celles qui étaient sur place avaient renoncé à combattre. Puis il parut évident que l'Italie se préparait à son tour à entrer en guerre. Tenir les Alpes devenait un impératif stratégique. Jean et son bataillon furent déplacés en Tarentaise où trois forts défendaient les hautes vallées. La section de Jean fut affectée au fort de la Redoute-Ruinée, à 2400 mètres d'altitude. Il faisait un temps splendide, on entendait siffler les marmottes, les journées se passaient torse nu à prendre le soleil sur les bastions. Jean s'était débrouillé pour caser, moyennant trois paquets de Craven « A », un phonographe portatif dans le camion de l'intendance. C'était un excellent danseur, il apprit le swing à ses camarades sur les disques de Jack Hylton et de Glenn Miller.

Mais quand l'Italie attaqua pour de bon, il fallut ranger le phono et les disques et faire face à l'assaut de troupes deux fois supérieures en nombre. La bataille des Alpes avait commencé. Et tandis que la France, par la bouche d'un vieux maréchal, annonçait le 17 juin qu'elle capitulait, des combats furieux opposèrent Italiens et Français sur toute la ligne de fortifications qui, de Grenoble à Menton, séparait les deux pays.

Le fort où se trouvait Jean, en surplomb du col du Petit-Saint-Bernard, constituait une cible essentielle pour les troupes italiennes. Malgré les tirs d'artillerie et les bombardements aériens, la garnison tint bon jusqu'au 3 juillet, soit une semaine après l'armistice franco-italien du 24 juin. Au cours des deux semaines que dura le siège, Jean se fit remarquer par sa bravoure. Ce n'est pas qu'il fût courageux, mais il aimait par-dessus tout qu'on l'admire. Il se distingua particulièrement en se portant volontaire lors d'une sortie destinée à faire diversion pour permettre à une colonne d'appui d'accéder au fort. Cet exploit assit définitivement son prestige. Il fut cité à l'ordre du régiment.

De retour à Nice, il trouva une ville soulagée. Certes, il n'y avait pas de quoi se réjouir, la France était battue, mais quoi ? On l'avait bien cherché. Le Front populaire, cette abomination, avait mis le pays à genoux. Les Allemands s'étaient contentés de cueillir un fruit gâté. Eugène se réjouissait de voir Philippe Pétain, *son chef*, parvenu à la tête de l'État. Il allait mettre un peu d'ordre dans cette pagaille, comme il l'avait fait en 1917, lorsque, en père inflexible mais juste, il avait stoppé net les mutineries.

Sitôt démobilisé, Jean avait repris ses activités brièvement abandonnées pour servir la patrie. La clientèle affluait de nouveau, on commandait pêle-mêle les tenues d'été dont on avait différé l'achat et les modèles d'automne en prévision de la rentrée. L'atelier tournait à plein régime, Sylviane se portait on ne peut mieux. Enhardi par son épopée militaire, Jean s'estimait capable d'imposer sa griffe, Jean Costa, avec ou sans l'accord du comité des entreprises de haute couture de la Côte d'Azur. Mais alors, il faudrait repeindre l'enseigne, gommer le nom de Sylviane au risque d'offenser la marraine-fée. Il hésitait.

Un soir, alors que la famille Costa se mettait à table, le téléphone sonna boulevard Carabacel. À cette époque, et pour longtemps encore, on se servait du téléphone avec parcimonie. Un appel, surtout à une heure tardive, était synonyme de mauvaise nouvelle. Eugène se leva pour décrocher l'appareil posé sur un guéridon, dans le salon. Mouni, Vava et Irène, anxieuses, tendaient l'oreille. C'était Raymond.

« J'ai besoin de te parler, annonça-t-il sans préambule.

— Un souci ?

— Voyons-nous.

— Tu ne peux rien me dire au téléphone ?

— Je préfère venir.

— Quand veux-tu ?

— Le plus vite possible. Demain.

— Faut-il que ce soit important !

— Ça l'est. À demain, papa. »

Eugène raccrocha, perplexe. Il reprit sa place à table et plongea sa cuillère dans la soupe.

« Bon appétit », dit-il, puis, conscient des regards qui pesaient sur lui, il ajouta : « C'était Raymond. Il fera un saut à Nice demain. Rien de grave. Des papiers à signer. »

Il garda le silence durant le reste du repas.

On n'avait pas vu Raymond à Nice depuis un an. Il avait grossi mais, curieusement, son embonpoint, au lieu d'accentuer sa jovialité naturelle, lui donnait un surcroît d'autorité. Eugène, intimidé, l'introduisit dans son bureau. Et tandis que son fils aîné s'installait dans un fauteuil, il constata, à sa façon de se tenir, bien à l'aise, les deux bras posés à plat sur les accoudoirs, que celui-ci ressemblait de plus en plus à son propre père, Moïse Costa. Il se sentit très vieux tout à coup, mis de côté, déjà remplacé. Impression qui s'accentua quand Raymond prit la parole. Il parlait en chef de famille.

« Que penses-tu de la situation ?

— Eh bien, que te dire ? hésita Eugène, pris de court. Il y a du bon et du mauvais, comme toujours. Enfin, dans l'ensemble, on s'en tire pas trop mal, tu ne trouves pas ?

— Qui s'en tire pas trop mal ?

— Nous, les Français. Je parle en général.

— Nous les Français peut-être, mais nous les Juifs ? insista Raymond.

— Je comprends à quoi tu fais allusion, mais nous ne sommes pas concernés. Il s'agit des Juifs étrangers, pas des français. Et uniquement en zone occupée, note bien. Le Maréchal a fixé des limites, il fait ce qu'il peut, le malheureux. »

Raymond alluma une cigarette, aspira une bouffée, rejeta longuement la fumée.

« Papa, tu es naïf, finit-il par lâcher. Français, étrangers, nous sommes juifs. Ton maréchal ne va pas en rester là, crois-moi.

— Tu exagères.

— Peut-être. En attendant, j'ai pris mes précautions.

— Ah ?

— J'ai divisé l'affaire en trois sociétés distinctes que j'ai vendues à des amis sûrs, des bons Français garantis pure origine. Une vente fictive, tu t'en doutes. Tout reste à moi, mais plus rien ne m'appartient. C'est inattaquable, acté devant notaire avec contre-lettre à l'appui.

— Tu aurais pu m'en parler !

— Rien ne m'y obligeait.

— Tout de même. Par correction.

— Il ne s'agit plus de correction, papa. Il s'agit de sauver ce qui peut l'être. Il n'y a pas une minute à perdre et je te conseille de mettre tes biens en sûreté le plus vite possible. De quoi vivrez-vous si vous perdez tout ?

— Oh, mes biens, c'est un grand mot...

— Oui, tes biens. Tes immeubles, le magasin que tu as eu la faiblesse d'offrir à Jean...

— Pardon, ce n'était pas un cadeau, c'était un investissement !

— Qui te coûte combien chaque mois ? Ne me dis pas que Jean est bénéficiaire.

— Pas encore. Mais ça viendra. Son affaire marche très bien. Ton frère m'étonne.

— Raison de plus. Fais comme moi, vends tes parts à une personne de confiance. Tu les récupéreras le moment venu. »

Eugène, ébranlé, fixait Raymond. Comme tout cela était

compliqué, comme c'était triste et moche. En quittant l'Algérie, il avait cru laisser toute menace derrière lui, et voilà que ça recommençait. Il sentit monter les larmes. Depuis quand n'avait-il pas pleuré ? Peut-être depuis ce jour lointain, dans le taxi qui l'emmenait gare de Lyon, après qu'il eut abandonné Jean, un gamin de dix-sept ans, devant l'hôtel Scribe, boulevard des Capucines. Alors, comme aujourd'hui, il s'était senti faible et inutile.

Raymond se pencha et saisit la main de son père. Un geste rare entre eux. Mouni, dès l'origine, avait découragé toute effusion.

« Papa, écoute-moi, je t'en prie », dit Raymond doucement.

Eugène se racla la gorge.

« Donne-moi une cigarette, veux-tu ? »

Il fumait peu, un cigare de temps à autre, qu'il avait du mal à finir. Raymond sortit son étui en argent, son briquet, alluma la cigarette de son père. Eugène aspira rapidement deux ou trois bouffées qu'il rejeta aussitôt, comme un gosse qui fume pour la première fois.

« Eh bien, Ray, je te promets... *pfft, pfft*... Je te promets... *pfft, pfft, pfft*... d'y réfléchir. Voilà. Es-tu rassuré ? »

Il laissa passer quelques jours et décida tout compte fait de se ranger à l'avis de Raymond. Pour le magasin de Jean, uniquement pour le magasin. Les immeubles, on verrait plus tard. Il ne voulait pas céder à la panique. On ne fait jamais rien de bon dans la précipitation. Jean, consulté, se gaussa des angoisses de son frère aîné, un trouillard de première, un planqué. Il se désintéressa de l'opération et donna tout pouvoir à son père pour agir comme il l'entendait.

Lucie Felder, la marraine-fée, interrogea son homme de loi. Bien qu'elle fût de nationalité suisse, rien ne s'opposait, selon lui, à ce qu'elle acquière les parts d'Eugène et devienne officiellement propriétaire du magasin. C'était la solution la plus simple. Eugène fournit en sous-main l'intégralité des fonds nécessaires et, par un simple jeu d'écriture, les récupéra une fois la vente acquise. Une contre-lettre détaillait minutieusement les conditions de l'opération. Elle fut signée devant Maître Beaugrenet du Chariol, un notaire dont le nom à lui seul suffisait à dissiper tout soupçon.

Quelques jours plus tard, alors que la transaction n'avait pas encore été inscrite au registre du commerce, Malassis se présenta chez Sylviane pour l'une de ces *visites de courtoisie* qu'il affectionnait, jamais tout à fait désintéressées mais dont on mettait un long moment à deviner le but. On parla de la température, élevée mais encore supportable, des touristes, étonnamment plus nombreux que l'année précédente, des prix qui augmentaient sans raison car, pour l'instant, on trouvait de tout sans difficulté, etc. « Oui, oui... Bien sûr... Tout à fait d'accord... », disait Jean de temps à autre. Il n'écoutait pas.

Une phrase, tout à coup, éveilla son attention.

« Jean, allons ! répétait Malassis avec insistance. Vous êtes inquiet, ne me dites pas le contraire... »

Il s'était rapproché, Jean pouvait sentir, tandis qu'il parlait, les effluves vanillés qui s'échappaient de sa bouche – sans doute les bonbons qu'il suçait pour camoufler une haleine chargée.

« Inquiet ? Pardonnez-moi, fit-il précipitamment, inquiet de quoi, exactement ? Je ne suis pas certain de comprendre...

— Jean, Jean, Jean… ! Revenez sur terre… Je vous parlais des mesures qui sont prises à l'encontre des Juifs… Et croyez bien, j'ai mon opinion là-dessus. Il y aurait beaucoup à dire, beaucoup… Mais enfin, c'est ainsi, inutile d'épiloguer. Nous sommes en zone libre, les autorités observent encore… je dirais, une certaine tolérance… Mais tôt ou tard, les entreprises juives… » Il eut un geste fataliste. « Pas besoin d'insister, n'est-ce pas ? »

Jean acquiesça de la tête. Ainsi Raymond s'était montré perspicace et la vente fictive du magasin était tombée à point nommé.

« Ce qui nous ramène à nos petites affaires, enchaîna Malassis.

— Nos petites affaires ?

— L'association que je vous propose depuis un an. Elle vous mettrait à l'abri. Je serais le propriétaire en titre, vous resteriez dans l'ombre. Je ne dis pas que ce soit agréable, je ne le dis pas, non, non, non. Mais quoi, en temps de guerre, il faut bien faire quelques concessions. J'ai des appuis, sans me vanter, je pèse un certain poids. On vous fichera la paix, je m'en porte garant. Et financièrement, vous ne perdriez pas un centime. Alors, qu'en pensez-vous ? »

Il était très excité. Il croyait toucher au but. Jean doucha son enthousiasme.

« C'est que… vous arrivez trop tard. Je viens de revendre mes parts à mon associée, Mme Felder. »

Malassis eut un haut-le-corps.

« Sans me le dire ? C'est une trahison !

— Je n'entendais plus parler de rien. J'ai pensé que vous aviez abandonné l'idée. Mme Felder m'a fait une offre, j'avais besoin d'argent. Et puis entre nous, moi, les affaires... J'ai sauté sur l'occasion.

— Ah ça, vous avez fait une bourde, vous n'avez même pas idée, mon petit ami ! »

Il éprouvait le plus grand mal à se maîtriser. Mais c'était un coureur de fond. Il ne renonçait jamais. Il pensa au petit théâtre et s'apaisa aussi vite qu'il s'était emporté.

« Bon, écoutez, Jean, nous n'allons pas nous fâcher, n'est-ce pas ? Le moment viendra où vous serez bien content de me trouver. Allez, sans rancune. »

Il se leva, tendit la main à Jean. Celui-ci la saisit et, sans réfléchir, exerça du bout des doigts sur sa paume une caresse imperceptible. C'était une autre de ses techniques d'approche, un discret signal auquel la proie convoitée réagissait ou non. Eût-il été plus audacieux, Malassis y aurait répondu par une pression analogue. Mais son attirance pour les hommes restait informulée. Et la seule expérience qu'il ait connue dans ce domaine, hâtive, honteuse, lui laissait un trop mauvais souvenir pour qu'il souhaitât la renouveler. La frustration lui convenait, ses rêveries brûlantes étaient sans risques. Elles suffisaient à le satisfaire.

Il bégaya de vagues adieux et s'en fut.

L'arrière-saison fut splendide. On se baigna jusqu'au mois de novembre. Chaque jour, peu avant midi, Jean roulait vers la cimenterie, à la sortie de Nice. La sirène de l'usine sonnait l'heure du déjeuner, les ouvriers couraient vers la mer en arrachant leurs vêtements. Allongé sur les pierres brûlantes, Jean admirait leurs corps nus.

Il sortait de l'ennui et des doutes qui avaient accompagné

son jeune âge. Les cartes étaient rebattues, tout pouvait arriver.

À peine éprouva-t-il un léger pincement le jour où l'une de ses plus fidèles clientes, Jeanine Rouvère, lui dit en plein essayage : « Il paraît que vous êtes juif, monsieur Costa. Est-ce vrai ?

— En effet. Qu'est-ce que ça change pour vous ?

— Rien. Mais j'aurais aimé le savoir. C'est une question de correction. »

Elle se rhabilla en silence.

« Finalement, je n'aime pas cette robe, dit-elle au moment de partir. Elle... enfin vous voyez.

— Eh bien, ne la prenez pas, chère madame. Ça n'a aucune importance. »

Il ne la revit plus.

24

La cloche le réveilla. On sonnait le glas. Un homme apparut sur le seuil de l'église. Il jeta un coup d'œil vers la place, fit signe à Jean qui se leva, indécis. Était-ce à lui qu'il s'adressait ? Il le rejoignit.

« Pourriez-vous nous donner un coup de main ? Nous ne sommes que trois pour sortir le cercueil.

— Bien sûr.

— Votre mouchoir...

— Pardon ? »

L'homme tapota sa tête. Jean, confus, arracha précipitamment le mouchoir qui, maintenant sec, était resté noué sur son crâne. Ils pénétrèrent ensemble dans l'église. À l'intérieur se trouvaient le prêtre en habits sacerdotaux, un paysan – sans doute le conducteur du tombereau – et un garçon d'une douzaine d'années.

« Ma mère était sauvage, c'est rien de le dire. Quand on vit seul, on meurt seul, dit l'homme, comme pour s'excuser du peu d'affluence.

— Je comprends. »

Ils prirent chacun une poignée du cercueil – une caisse

en bois blanc – et sortirent lentement de l'église. La cloche sonnait toujours. Bien qu'il ait été taillé au plus juste, le cercueil dépassait du tombereau. L'homme posa la main dessus, prêt à le retenir s'il basculait. Le cortège se mit en route pour le cimetière. Le paysan menait le cheval par la bride, le jeune garçon fermait la marche, les mains dans les poches.

« Merci, monsieur, dit le prêtre. Sans vous, on n'y arrivait pas. » Il rentra dans l'église et en referma les portes.

Depuis sa maison, de l'autre côté de la place, Fernande avait assisté à toute l'opération. Jean la rejoignit.

« Elle a eu ce qu'elle méritait, la garce ! proféra-t-elle en suivant des yeux le maigre cortège qui s'éloignait.

— Des nouvelles de ma communication ?

— Rien de rien. Si j'étais vous, je reviendrais demain. »

De nouveau, Jean fut tenté d'abandonner. Mais la migraine le tenaillait, il était si fatigué qu'il aurait été incapable de faire la route en sens inverse. Autant attendre que la chaleur retombe.

« Alors, vous maintenez ?

— Je maintiens.

— En attendant, vous bloquez la ligne », fit-elle d'un ton rogue.

De toute évidence, les usagers ne se bousculaient pas, mais elle ne pouvait pas s'empêcher de sortir des vacheries.

Assommé de fatigue, le crâne broyé par d'affreuses douleurs, Jean se laissa tomber sur le banc à côté de la porte et ferma les yeux. Jamais il n'avait éprouvé pareille détresse. Pourtant, tout à l'heure, dans la chambre moite, chez les Borzone, tout lui avait paru si clair. Il aimait Aldo, il oserait parler à Mouni. Ses affaires réglées, qui sait dès ce soir, il partirait pour Beaulieu avec lui. Par quel moyen échapperait-il aux contrôles, se risquerait-il à prendre le train, emprunterait-il une voiture ? Et pour commencer, Aldo accepterait-il de le suivre ? Rien n'était moins sûr, mais Jean sautait à pieds joints cette étape et s'imaginait déjà pénétrant dans la paisible salle à manger de l'hôtel Fournier, Aldo sur ses talons. À la table du fond, la meilleure, celle d'où l'on avait une si jolie vue sur la Dordogne, Mouni, Vava et Irène déjeuneraient en compagnie d'Yvonne Camoin.

« Aldo, mon compagnon, lancerait-il, l'air dégagé.

— Bon appétit, tout le monde », ferait Aldo en se dandinant d'une jambe sur l'autre, très gêné.

Mouni redoutait plus que tout un scandale. Elle les inviterait à s'asseoir. Et sans doute, passé le premier choc, serait-elle soulagée de pouvoir enfin s'avouer ce qu'elle avait toujours su.

Aldo, Aldo, Aldo...

Il se souvint de leur étreinte, à l'arrière de la Delage, le soir où ils s'étaient rencontrés, au couvent Sainte-Marie.

« Surtout, soyez sages, mes enfants ! » avait recommandé le Monseigneur en les raccompagnant. Car il avait prévu ce qui ne manquerait pas de se passer entre le sémillant couturier et le paysan mal dégrossi et, tandis qu'il refermait la grille derrière la voiture dont les feux disparaissaient dans la nuit, son imagination s'échauffait. Il rejoignit vite Mme de Fontanges qui, pensant la soirée achevée, s'était retirée dans sa chambre. Elle dut renfiler en hâte l'aube blanche à liseré bleu qu'il aimait tant souiller.

La première fois que Jean vit l'évêque, il fut surpris par son élégance. Il portait une soutane noire, un mantelet fileté de rouge, une ceinture violette et, délicatement posée sur ses cheveux argentés, une calotte qui, hormis la couleur, n'était guère différente de la kippa que mettait son père pour se rendre à la synagogue - mais dont, en Juif libéral, il se dispensait et dispensait ses fils le reste du temps, y compris les jours de shabbat. L'évêque venait d'entrer dans la boutique, avec à son bras une grande femme au visage chevalin qu'il traitait avec beaucoup d'égards. C'est Mireille qui les reçut. Effarée, elle les fit asseoir dans le salon d'essayage et courut chercher Jean.

« Il y a un drôle de curé qui demande à vous voir, fit-elle. Il est avec une dame.

— C'est pour une quête ? Tenez, donnez-lui ça. »

Il sortit deux billets de sa poche.

« Il m'a dit : "Je veux voir M. Costa."

— Il fallait lui demander son nom.

— Un curé, j'ai pas osé. »

Il descendit au rez-de-chaussée où l'évêque l'accueillit avec le plus parfait naturel, comme s'il était on ne peut plus courant pour un prélat d'accompagner une dame chez un couturier.

« Merci de nous recevoir, dit-il en se levant. Permettez-moi de vous présenter une grande amie, Mme de Fontanges. Il semblerait que l'un de vos modèles lui ait tapé dans l'œil. »

Il se pencha vers elle :

« Très chère, je vous cède la parole. Vous expliquerez ça bien mieux que moi...

— Eh bien, reprit-elle, il s'agit d'une robe droite, avec deux poches ici... » Elle plaqua ses mains à hauteur des seins. « Et des gros boutons, vous savez, *pof, pof, pof*... là, comme ça. Je voudrais la même.

— *Pof, pof, pof*, c'est très clair, plaisanta l'évêque.

— Oh, vous... Toujours à vous moquer.

— Je vois très bien, coupa Jean. Bien sûr, ce ne sera pas tout à fait la même robe, chacune est un modèle unique. Je l'adapterai à votre physique, j'apporterai quelques petits changements. »

Elle eut un pauvre sourire.

« Mon physique... Parlons-en, de mon physique. »

L'évêque soupira. « Très chère, vous avez une fâcheuse tendance à vous déprécier. » Et, se tournant vers Jean, il répéta, comme s'il traduisait d'une langue étrangère :

« Elle a une fâcheuse tendance à se déprécier.

— Nous allons prendre vos mesures, fit Jean. S'il vous plaît, Mireille. »

Elles disparurent dans la cabine d'essayage, laissant les deux hommes en tête à tête. Il ne fallut pas longtemps à l'évêque pour comprendre à qui il avait affaire. Il invita Jean à passer une soirée au couvent Sainte-Marie dont il était l'hôte.

« J'ai mes vendredis, c'est mon jour, comme Mme Verdurin avait ses... Ses quoi, au fait ? Lundis, jeudis... ? Mais peut-être n'avait-elle aucun jour en particulier ? »

Il interrogea Jean du regard. Celui-ci baissa les yeux, embarrassé. Qui donc était cette Mme Verdurin ?

« Bref, le vendredi, je réunis quelques amis. Vous verrez, on ne s'ennuie pas. Et la nourriture est de tout premier ordre. Ce qui n'est pas à négliger en ce moment, n'est-ce pas ? »

Mgr de Chassy, selon ses dires, descendait d'une vieille famille apparentée à Aliénor d'Aquitaine. Personne n'était allé vérifier, de même que personne n'avait mis en doute son long séjour au Liban où, par décision du pape en personne, il avait été nommé évêque en mission spéciale auprès des chrétiens maronites. C'est grâce à son intercession, affirmait-il en toute modestie, que le général Gouraud, haut-commissaire français au Levant, était parvenu à pacifier les relations tumultueuses entre les dix-huit communautés religieuses que comptait le pays. De retour en France, le diocèse l'avait autorisé à se retirer au couvent Sainte-Marie à Vence, superbe bâtiment du XVIIe siècle où il disposait, dans un coin isolé du parc, d'une ancienne folie rénovée à son intention. Il faisait office de chapelain, les sœurs l'adoraient, flattées d'avoir à leur seul usage un évêque pour célébrer la messe et les confesser. Il s'était découvert sur le tard une passion pour l'horticulture et veillait particulièrement sur quelques pieds de vigne dont il se targuait d'obtenir chaque année une dizaine d'hectolitres d'un vin acide et pauvre en tanins. Ses devoirs sacerdotaux accomplis, le jardin arrosé, son dîner lentement dégusté, il passait la soirée dans sa bibliothèque à lire des ouvrages historiques parmi lesquels s'égaraient quelques revues érotiques abondamment illustrées qu'il faisait venir d'Angleterre.

À la mort de son mari, dix ans plus tôt, Mme de Fontanges avait vendu sa magnifique villa du Mont-Boron et pris pension au couvent Sainte-Marie, auquel elle avait abandonné l'essentiel de ses revenus, qui n'étaient pas minces. Sans prendre le voile, elle en observait les règles. Elle avait conservé de son ancienne vie l'habitude de se faire confectionner, à l'automne et au printemps, deux tenues de saison qu'elle rangeait soigneusement dans son placard. Les rares amies qu'elle fréquentait encore la tenaient au courant des tendances de la mode. De là son incursion chez Sylviane.

À l'arrivée du Monseigneur, mère Jeanne-Élisabeth, la supérieure, avait assigné à Mme de Fontanges le rôle de gouvernante chargée de tenir sa maison, veiller à son linge et ses habits, accueillir ses visiteurs et assurer son secrétariat. Elle s'était consacrée à sa tâche avec humilité, secondée par sœur Calixte, une paysanne à peu près idiote qui servait de bonne et de cuisinière, et par Pedro, le sacristain, qu'on appelait en renfort pour les gros travaux. Mme de Fontanges s'aperçut vite que Mgr Montbrun de Chassy attendait d'elle d'autres services, bien plus embarrassants, d'autant qu'elle manquait de pratique sinon d'appétits. Elle s'en était ouverte à mots couverts à la mère supérieure, qui avait soupiré. N'était-ce pas le destin des femmes ? Et puisque, seule dans ce couvent, elle ne s'était pas officiellement donnée à Dieu, qui pourrait mieux qu'elle consentir à ce sacrifice ?

Elle s'y était résignée, puisant dans son avilissement un plaisir insoupçonné. Le vendredi soir, Mgr de Chassy réunissait autour d'un excellent dîner quelques amateurs de chair mâle, des nobliaux du coin, des gens de sa condition, et deux ou trois vigoureux jeunes gens recrutés par Pedro. Mme de Fontanges savait recevoir, les verres étaient toujours pleins, on repassait les plats au bon moment et il n'y avait pas un blanc dans la conversation. Tandis que les jeunes, trop heureux, s'empiffraient, on vantait entre gens du monde les mérites du dernier ouvrage d'Henry Bordeaux ou discutait de sa proposition qui faisait grand bruit : démanteler la tour

Eiffel pour servir à l'effort de guerre allemand. Le Maréchal, semblait-il, y était favorable.

« Le Maréchal est un sombre crétin. Je le tiens de mon ami le général Gouraud, que j'ai bien connu au Liban », tranchait le Monseigneur.

Personne n'osait protester, bien que la plupart des convives fussent des partisans convaincus de l'Ordre nouveau.

Le dessert savouré, les alcools servis, on jouait à des petits jeux, charades, devinettes, ce fameux *tipoter* auquel tout le monde s'adonnait : « Peut-on tipoter en mangeant ? — Non. — Est-ce qu'on peut tipoter seul ? — Oui, mais c'est moins amusant », etc. Puis on passait à d'autres plaisirs. Et tandis que Mme de Fontanges se retirait pour revêtir l'aube blanche indispensable, Mgr de Chassy désignait l'élu du jour. Celui-ci se levait, tout faraud, un peu ivre, et allait, accompagné des ricanements de ses camarades, s'acquitter de la tâche pour laquelle il avait déjà touché un acompte et qui, en plus du reliquat, lui rapporterait peut-être un bon pourboire s'il se montrait imaginatif et fougueux.

Restés seuls, les invités avaient le choix : s'isoler avec l'un des garçons restants ou terminer tranquillement la soirée en sirotant le remarquable cognac que le Monseigneur disait tenir de ses propriétés familiales en Charente.

Pendant ce temps, dans une chambre éclairée par deux flambeaux - cela, Jean l'avait appris d'Aldo qui se bidonnait en le racontant -, le Monseigneur, assis dans une cathèdre, assistait aux ébats du jeune promu avec Mme de Fontanges, parée de son vêtement immaculé que le garçon pouvait froisser, tacher, déchirer autant qu'il le voulait, mais qu'il avait interdiction de lui retirer. C'était l'unique règle, le reste était laissé à sa fantaisie.

« Et lui, tu comprends, il se machine pendant que nous, et allez donc ! Hardi petit !

— C'est tout ?

— Quoi, c'est tout ?

— Il finit bien par vous rejoindre ?

— Charlot ? Penses-tu. Il se machine, c'est tout. Ah ! le salaud... »

Le temps virait à l'orage. On entendait de sourds grondements vers le col, là où les forêts de châtaigniers venaient buter sur la roche. Fernande s'époumonait après les enfants qui, réveillés de leur sieste, galopaient en tous sens. Le rideau cliqueta, elle apparut sur le seuil, le visage luisant de sueur.

« Vous pouvez me rendre un service ? Je dois m'absenter cinq minutes. »

Elle tenait à la main un plat recouvert d'un torchon à carreaux. Son dîner du soir qu'elle allait mettre à cuire dans le four du boulanger.

« Jetez un coup d'œil aux enfants, des fois qu'ils feraient des bêtises.

— Les enfants ? Certainement. Mais si le téléphone sonne ?

— Venez, je vous montre. »

Jean la suivit à l'intérieur. Elle se planta devant le commutateur.

« Vous baissez le clapet, ici. Et la fiche, la rouge, vous l'enfoncez, comme ça. C'est pas compliqué. »

Sur le seuil, elle se retourna. « Je fais vite. »

Jean se retrouva seul avec les enfants. Il y en avait cinq, trois garçons et deux filles. Le plus jeune marchait à peine, le plus âgé devait avoir sept ans. Ils étaient sales au possible, attifés à la diable, le visage mâchuré, les genoux écorchés. Les plus petits avaient le cul à l'air. Ça évitait d'avoir à les changer lorsqu'ils s'oubliaient. Ils le fixaient, muets, comme s'ils jaugeaient sa capacité de riposte. Dieu qu'il les détestait! Il leur tourna le dos. Aussitôt les enfants reprirent leurs jeux, qui consistaient essentiellement à se poursuivre en poussant des hurlements sauvages.

Il régnait dans la pièce une odeur d'urine et de lait suri. Jean avait très soif. La vaisselle s'entassait dans l'évier. Pas moyen de trouver un verre propre. Un enfant s'agrippa à sa jambe.

« Bon-bon ! Bon-bon ! » implora-t-il, le visage levé vers lui.

Jean agita la jambe pour s'en débarrasser. Le petit tomba assis par terre et se mit à pleurer. Jean hésita. Que faire en pareil cas ? Il fouilla dans sa poche et trouva une pièce de dix centimes, de celles qui avaient un trou au milieu. L'enfant s'en saisit et courut se réfugier dans un coin, entre le buffet et le mur, les doigts serrés sur son trésor. Les autres avaient trouvé une sauterelle égarée dans la maison et s'employaient à la dépecer. La paix régnait pour un instant.

Jean tira une chaise qu'il installa près du commutateur. Quelle chance ce serait que le téléphone sonne et qu'il attrape la communication au vol ! Il le souhaitait et le redoutait en même temps. Car alors il faudrait trancher définitivement : s'en remettre à Malassis et conserver une chance de toucher le bada, ou multiplier les précautions au risque de le lasser. Et alors, quel serait le recours ? À quelle autorité s'adresser pour faire respecter un accord qui, pour le moment, restait purement verbal ? N'avait-il pas repoussé toutes ses propositions depuis trois ans ? Inlassablement, Malassis était revenu à la charge, manifestant, on ne pouvait pas dire le contraire, une indéniable loyauté. Témoignant même d'un certain courage, comme lorsqu'il était venu l'avertir, courant 1942, qu'il faisait l'objet d'une dénonciation et lui en apportant la preuve.

Datée de juillet, la transcription du texte, tapée à l'encre violette, disait ceci :

> *M. Costa, de race juive, s'est fait acheter il y a quelques mois un magasin par une vieille dame suisse. Le magasin de couture nommé « Sylviane » est au nom de la femme qui habite 5, rue d'Angleterre où elle vit en compagnie d'une autre dame. Aux dernières nouvelles, ce M. Costa serait sur le point de se faire baptiser par un soi-disant Monseigneur qui fréquente comme lui des jeunes gens à mœurs à part. Pour que l'acte soit valable, il sera daté de 1940. Je signale ces faits parce que c'est mon devoir, mais je sais bien que c'est inutile, rien ne sera fait.*

Le fonctionnaire qui avait procédé à la transcription avait griffonné en marge une note personnelle :

> *Il s'agit peut-être du fameux Monseigneur du domaine de Vence nommé « Notre-Dame ». C'est un prêtre, d'esprit tel qu'il est mieux de se taire.*

Jean parcourut la lettre et éclata de rire.

« Une “vieille dame” suisse, Lucie ne va pas du tout apprécier ! Quant à me faire baptiser, j’ai bien assez d’une religion. Non, non, je vous assure, dit-il en rendant la lettre à Malassis, tout ça est ridicule...

— Ridicule ou pas, vous avez tort de prendre la chose à la légère. Une procédure est lancée, l’enquête suit son cours. D’ici peu, vous aurez un administrateur provisoire sur le dos. Enfin, Jean, réfléchissez...

— Réfléchir ? Surtout pas ! Je prends les choses comme elles viennent, chaque jour qui passe est un jour de gagné. En attendant, je vis. Et puis dites-moi, quelle est la solution ? Courir les bureaux, plaider ma cause ?

— Bonté divine, la solution, vous l’avez devant vous ! s’emporta Malassis. Je ne suis pas Mme Felder, moi ! Je ne suis pas suisse, je ne me donne pas en spectacle en embrassant une autre dame à bouche que veux-tu sous les fenêtres de mes voisins ! Je préside la section haute couture du comité d’organisation du vêtement, je suis inattaquable !

— Après tout, pourquoi pas ? dit Jean machinalement. Je vais y réfléchir. »

Malassis soupira. « Comme si vous en aviez le temps... » Il lui prit les mains. « Jean, je vous en prie, réveillez-vous ! C’est l’ami qui vous parle.

— Et c’est l’ami qui vous répond, fit Jean en exerçant du bout des doigts une discrète pression sur ses mains potelées.

— Ah, Jean... Si vous vouliez, nous ferions de grandes choses ensemble... », se lamenta Malassis, troublé.

Tout se passa comme Malassis l’avait prévu. Moins d’une semaine plus tard, un administrateur provisoire était nommé.

Il s'appelait Honoré Picole. C'était un ancien artisan taxi tombé en faillite. Désœuvré, amer, il s'était reconnu dans les diatribes enflammées de Joseph Darnand, lui-même propriétaire d'une entreprise de transport et responsable de la Légion française des combattants dans les Alpes-Maritimes. Toujours disponible, il faisait la claque dans les meetings, tamponnait les cartes d'adhérents, recueillait les cotisations et secouait vigoureusement la tête si le chef regardait dans sa direction. Bref, c'était un élément sûr. À ce titre, il profita de l'appui du mouvement lorsqu'il soumit sa candidature au poste d'administrateur de biens juifs. Il fut admis haut la main, au point de se voir confier l'épineux dossier Sylviane. Il n'en demandait pas tant. Tout ce qu'il souhaitait, c'était toucher ses émoluments et en faire le moins possible. Certes, il n'aimait pas les Juifs, mais il se trouve que sa maîtresse, prénommée Violette, l'était par sa mère. Ça l'obligeait à certains compromis.

Il rappliqua un beau matin rue Gubernatis, intimidé comme un écolier le jour de sa première rentrée des classes. On l'accueillit avec déférence. Il y fut particulièrement sensible. Lucie Felder, en grande toilette, s'était déplacée pour l'occasion, Jean se montra aussi délicieux qu'il pouvait l'être, ils lui firent parcourir toute la boutique, du salon de réception avec son coin bar en acajou à l'atelier où les ouvrières se levèrent à son entrée. Le circuit se termina au sous-sol par la visite du petit théâtre qui impressionna vivement l'ancien chauffeur de taxi. Puis on s'installa dans le bureau de Jean pour discuter sérieusement. Honoré Picole exposa du mieux qu'il put les contours de sa mission. Il ressortait de ses propos embrouillés qu'il était chargé de procéder à la mise en vente du bien réputé avoir été cédé fictivement – le mot, qu'il ignorait quarante-huit heures plus tôt, lui plaisait tant qu'il l'employa plusieurs fois – et de confier de façon indiscutable – « Indiscutable, n'est-ce pas, j'insiste sur ce point » – la direction du magasin à son nouveau propriétaire.

« Autrement dit, conclut Jean d'un ton suave, vous m'invitez à débarrasser le plancher ?

— Croyez-le bien, je n'ai rien contre les Israélites, monsieur Costa. Ça vient de là-haut... »

Il fit un geste du doigt vers le plafond et, par-delà, vers un ciel administratif d'où pleuvaient des ordres qui le dépassaient.

« Dites-moi, monsieur Pickles, intervint alors Lucie Felder, est-ce que vous iriez faire vos achats dans un magasin où il n'y aurait rien à vendre ? »

Elle prononçait, Dieu sait pourquoi, son nom à l'anglaise, ce qui donnait à peu près *Pickles*, comme les légumes macérés dans du vinaigre.

Picole l'observa d'un air soupçonneux, flairant un piège.

« Tiens, je serais trop bête, finit-il par répondre.

— Eh bien, sans M. Costa, ce commerce n'est qu'une coquille vide. Les clientes viennent ici parce qu'elles veulent être habillées par lui et par lui seulement. Vous comprenez, monsieur Pickles ?

— Parbleu ! C'est pas difficile. »

Il réfléchit rapidement. Bien que novice, il savait déjà, instruit par ses collègues, qu'on gagnait peu à faire du zèle et beaucoup à fermer les yeux. Il pressentit qu'il aurait tout intérêt à se montrer accommodant.

« Moi, je suis pour que tout le monde s'entende, conclut-il.

— Et nous de même, monsieur Pickles », approuva Lucie Felder.

Ils se tournèrent vers Jean, quêtant son approbation.

« Oui, oui, tout à fait », opina-t-il distraitement.

Ils s'entendirent d'autant mieux qu'avec l'arrivée des Italiens, en novembre 1942, s'ouvrit une période de relative tolérance vis-à-vis des Juifs. Non pas que l'administration française relâchât sa pression, mais les autorités d'occupation – calcul politique ou convictions individuelles – s'employaient à la tempérer.

Eugène mourut en décembre. Un matin, Mouni le vit étendu à ses côtés, lui qui se levait d'ordinaire avant tout le monde. Une ultime crise cardiaque l'avait emporté dans la nuit.

Jean n'avait jamais réalisé à quel point il était attaché à son père. Au cimetière, Raymond et Irène durent le retenir chacun par un bras. Il voulait se jeter dans la tombe. Tout le monde se figura qu'il faisait son intéressant. « Ce Jean, ce Jean ! Quel comédien... », pensa Mouni elle-même. Elle se trompait. Jean souffrait terriblement. Eugène disparu, il lui semblait qu'il avait perdu son seul soutien, le seul être qui l'ait vraiment compris, qui l'acceptait tel qu'il était, faible et médiocre, et ne l'en aimait pas moins. Si différent, si peu démonstratif, s'abritant derrière un ton d'ironie forcée, comme pour mieux marquer tout ce qui les séparait. Mais si patient, si indulgent. Comme cette fois où, prévenu par téléphone, il avait dû se rendre, au petit matin, à une convocation de la police. Jean et d'autres individus avaient été surpris au cours de la nuit en situation équivoque dans les jardins

Albert-Ier. Amenés au commissariat, terrifiés et honteux, ils avaient dû remplir un formulaire. À la case « personne pouvant répondre de vous », Jean avait indiqué son père.

Il se souvenait du moment où, les formalités accomplies, ils s'étaient retrouvés sur le trottoir. Le ciel était d'une pureté extraordinaire, il faisait un peu de vent, son père avait relevé le col de son manteau. Il avait sorti de sa poche un petit sac en papier qu'il lui avait tendu. À l'intérieur, encore tièdes, une brioche au sucre et un croissant.

Épisode qui rejoignait, dans sa mémoire, le souvenir de leur voyage à Paris, l'embarras de son père lorsque Bigorne avait beuglé en plein restaurant : « C'est mon pote, c'est mon p'tit Juif ! » Et leur séparation, le lendemain, boulevard des Capucines, quand Jean l'avait serré dans ses bras.

« Allez... allez... Mon fils, allez... », avait-il dit.

Maintenant qu'Eugène était mort sans qu'il ait pu lui dire au revoir, cette phrase qui n'en était pas une, cette émotion vite contenue lui restaient comme un poids sur le cœur. Pendant plusieurs mois, Jean se sentit terriblement seul. Il s'était disputé avec Aldo qui, depuis l'arrivée des troupes italiennes, militait pour le rattachement du comté de Nice à l'Italie et défilait en ville en hurlant des slogans : *Nizza nostra ! Nizzé sino a la morte !*

« Tu peux pas comprendre, disait Aldo. Tu es juif.

— Et alors ?

— Ben, les Juifs, ils ont pas de patrie. Tu connais le pays des Juifs, toi ? La Juivie ? »

C'était trop bête. Jean cessa de le voir.

Pour la première fois de sa vie, il songea au suicide. Mais aurait-il le courage de Georges Mascart, son copain de classe, qui à quinze ans s'était précipité dans le vide ? Il en doutait. La peur de souffrir le paralysait.

C'est à peu près à cette époque qu'il fit la rencontre de Joseph Rolnik, le petit compagnon. Bien des soirs, oubliant qu'il s'était juré, en le quittant la veille, de mettre fin à une liaison qui ne menait à rien, il le retrouvait près du jardin Albert-Ier et l'emmenait dîner. Le pâle adolescent mangeait avidement, n'omettant jamais de vider la corbeille de pain dans ses poches avant de quitter le restaurant. Puis ils allaient par les rues sombres, échangeant des baisers. Jamais le petit compagnon n'avait consenti à monter chez Jean. Comme s'il redoutait que se mettre nu et coucher dans un lit n'officialise une relation qu'il voulait furtive. Peut-être s'estimait-il moins coupable ainsi.

Honoré Picole passait presque chaque jour chez Sylviane. Il débitait des fadaises aux ouvrières, s'asseyait dans le bureau de Jean et le regardait dessiner ou prenait ses quartiers dans le salon de réception pour lire son journal. Ce qui lui permettait, si ses supérieurs lui demandaient des nouvelles du dossier Sylviane, de répondre sans mentir qu'il suivait l'affaire de près. Du reste, sauf lorsqu'il s'agissait de boutiques ou d'ateliers modestes dont le propriétaire, clairement identifiable, était dépossédé du jour au lendemain, les ventes de biens juifs s'enlisaient souvent dans des procédures tarabiscotées. Certains fonctionnaires traînaient sciemment des pieds, la minutie chipoteuse de l'administration faisait le reste. Une signature oubliée par-ci, un nom mal orthographié par-là suffisaient à gripper la machine. Honoré Picole excellait à ce jeu. À titre d'encouragement, Lucie Felder lui glissait de temps à autre une enveloppe.

Violette, sa maîtresse juive, n'avait jamais été aussi bien habillée. Pour elle, brune de peau, l'œil charbonneux, un peu gitane côté paternel, Jean confectionnait des jupes à volants rouge sang ou des tailleurs cintrés qui la faisaient ressembler à un matador. Honoré Picole, enchanté, enfouissait le dossier Sylviane encore plus bas sous la pile. Il disait : « Vous voyez, monsieur Costa, comme je le répète souvent, il y a toujours moyen de s'entendre. » Et pour mieux l'en convaincre, il le bourrait de tapes dans les côtes.

« Hein que j'ai raison ? Pas vrai, monsieur Costa ?

— Tout à fait, monsieur Picole. »

Jean, une fois ses croquis rendus, n'avait pas grand-chose à faire. Madeleine prenait tout en charge. Parfois, elle l'agaçait. Si seulement elle avait pu commettre une petite erreur de temps à autre ! Par dépit, pour l'éprouver, il lui faisait des reproches qu'elle ne méritait pas. L'instant d'après, pris de remords, il s'excusait, lui offrait des fleurs ou un parfum acheté au marché noir. À peine faisait-elle appel à lui pour les essayages, quand elle jugeait que la cliente méritait des égards particuliers. Mais depuis peu il éprouvait du dégoût à voir ces dames se déshabiller. Leurs dessous n'étaient pas beaux à voir. Le linge douteux, les odeurs fades, les élastiques détendus des culottes qui bâillaient sur les cuisses. Sans doute jugeaient-elles que ça n'avait pas grande importance de s'exhiber ainsi devant lui. Pour leur amant, même pour leur mari, elles auraient fait l'effort de se laver, de se poudrer, de se parfumer, de choisir leur meilleur linge. Lui ne comptait pas comme homme à leurs yeux.

Le seul domaine où Madeleine se déclarait impuissante, c'était les approvisionnements. Dans le textile comme ailleurs, chacun rivalisait de combines. Les voitures circulaient de nuit, tous phares éteints, les coffres remplis de coupons négociés au prix fort. Jean refusait obstinément d'utiliser les matières synthétiques, fibranne, rayonne et autres ersatz. Il voulait du beau, de l'authentique. C'était sa manière à lui de résister, disait-il. À contrecœur, il fit appel à Raymond et se rendit à Marseille pour prendre livraison de deux grosses valises - soie, crêpe, satin, taffetas - qu'il s'était obstiné à vouloir transporter lui-même. « Tu sais bien, j'ai la baraka ! » avait-il affirmé à son frère qui n'aurait eu aucun mal à les faire convoyer grâce aux amitiés nouées du temps où il fréquentait les bars du quartier de l'Opéra. Le vent tournait, le milieu marseillais était divisé. On pariait sur la Résistance ou sur l'occupant. Les amis de Raymond s'étaient rangés dans le second camp, il leur avait emboîté le pas. Si son frère avait la baraka - et en effet, Jean rentra à Nice par le train sans que personne s'avise de contrôler ses deux valises -, lui avait toujours su miser sur le bon cheval.

Après cette équipée qui l'avait tiré pour quelques heures de son morne ennui, Jean sombra de nouveau dans l'apathie. Comment s'extirper du milieu étriqué des élégances niçoises ? Créer sa propre griffe, se faire un nom à Paris ? Inutile d'y penser. Il était juif.

Il s'était lié d'amitié avec un maquilleur prénommé Alex qui travaillait aux studios de la Victorine. Alex était marié et formait un couple parfait avec sa femme. Mais il aimait aussi les hommes et se permettait un extra de temps à autre.

Il recherchait avant tout des types *bien bâtis* mais pas trop stupides, avec qui on pouvait discuter. Ils n'étaient pas nombreux à Nice. Jean était tout à fait son genre. Ils se rencontraient au bar du Negresco, allaient voir courir les chevaux à l'hippodrome du Var, couchaient ensemble quelquefois, mais le plus souvent bavardaient tranquillement devant un verre. De nombreuses productions étaient tournées sur la côte. Les studios ne désemplissaient pas. Alex travaillait alors sur un film de Marc Allégret, *Félicie Nanteuil*, d'après un roman d'Anatole France. Il proposa à Jean d'assister au tournage. Il lui présenterait Micheline Presle. Qui sait, peut-être pourrait-il lui montrer quelques-unes de ses créations. Encore fallait-il qu'elle soit dans un bon jour. Avec elle, on ne savait jamais, tantôt charmante, tantôt une vraie peste. À sa décharge, elle n'avait que vingt ans. Son rapide succès avait de quoi lui tourner la tête.

C'était l'occasion qu'attendait Jean. Il s'empressa d'accepter. Au jour dit, Alex le fit entrer en catimini sur le grand plateau. Le décor figurait une rue de Paris avec ses boutiques, un chapelier, un marchand de vin, un fleuriste. C'était une scène de nuit, on arrosait constamment les faux pavés qui luisaient sous les lumières rasantes. Pour figurer le brouillard, un accessoiriste promenait une sorte d'ostensoir. Une odeur d'encens flottait dans l'air. Suivi en travelling, Louis Jourdan raccompagnait chez elle sa maîtresse, Félicie, sous le regard de l'amant évincé, Claude Dauphin, fou de jalousie. Un fiacre suivait le couple. On reprenait sans cesse la scène. Comme par un fait exprès, le cheval, qui s'était montré docile lors des répétitions, n'en faisait qu'à sa tête depuis que la caméra tournait. Les acteurs s'impatientaient, l'assistant engueulait le cocher qui se défendait comme un beau diable. Une voiture à cheval, expliquait-il, c'était pas comme une automobile. Il ne suffisait pas d'appuyer sur l'accélérateur ou sur le frein. Personne ne l'écoutait. On en était à la huitième prise. Micheline Presle annonça qu'elle en ferait une dernière, mais pas plus. Qu'ils se débrouillent.

Dissimulé derrière le décor, Jean l'observait avec attention. Il la trouva très mal habillée. Avec sa robe à damier noir et blanc, on aurait dit qu'elle était en deuil. Le col l'engonçait, son immense chapeau, hérissé d'un buisson automnal, jurait comme un jardin mal entretenu.

Par chance, à la huitième prise, le cheval dûment sermonné par son maître s'arrêta pile à la bonne place. Le cameraman leva le pouce : « Aux œufs ! » lança-t-il. Ce qui, dans son argot, semblait signifier que le plan était enfin dans la boîte. L'atmosphère se détendit d'un seul coup. Micheline Presle consentit à sourire, Alex l'approcha et lui présenta Jean.

« Je dois me changer. Venez dans ma loge », dit-elle.

Il la suivit. Il avait apporté une dizaine d'esquisses qui, pensait-il, pourraient lui plaire. Il les étala sur la table de maquillage. Elle y jeta un coup d'œil et parut intéressée.

« Celle-là, peut-être. Ou celle-ci. Mais vous savez, c'est Marcel Rochas qui m'habille à la ville.

— Je tente ma chance.

— Faisons un essai. Je ne peux rien vous promettre. »

L'habilleuse lui donna ses mesures. Il revint chez Sylviane et se mit au travail. La jeune comédienne lui laissait une impression mitigée. Il ne parvenait pas à la caractériser. Elle affichait une attitude hautaine, un peu méprisante, à vrai dire, elle n'était pas très sympathique. Mais sous ce masque rigide, derrière cette bouche qui faisait la moue, il devinait une grande fragilité et comme un appel au secours. Il crayonna de multiples dessins, en déchira beaucoup, se reprit. Finalement, il imagina une sorte de marinière fermée au col par un nœud bouffant, auquel il associa une jupe droite en crêpe bleu nuit. Madeleine adora ses croquis, elle y apporta quelques corrections techniques et mit aussitôt le modèle en fabrication. Jean la chargea des premiers essayages. Elle revenait du studio avec de bonnes nouvelles. Micheline Presle était ravie. Rochas s'acharnait à la vieillir. Avec cette robe, elle paraissait enfin son âge.

Jean revint pour le dernier essayage. Il s'attendait à récolter des compliments, l'accueil fut des plus froid. Une femme se trouvait avec Micheline Presle. Elle avait un visage pointu et des cheveux séparés par une raie au milieu. C'était Ira Belline, la créatrice des costumes qui lui avaient tant déplu. « Une peau de vache, méfie-toi. C'est la nièce d'Igor Stravinsky », avait prévenu Alex, comme si l'un expliquait l'autre. Jean savait à peine qui était Stravinsky et n'avait jamais entendu une seule note de lui.

Micheline Presle enfila la robe, se planta devant le miroir sur pied, tourna sur elle-même, la mine boudeuse.

« Oui..., dit-elle. Bof... »

Elle s'isola près de la fenêtre avec Ira Belline, elles chuchotèrent un instant. Puis elle revint vers Jean.

« Non, franchement, je ne suis pas convaincue. C'est pas, comment vous dire... ? » Déjà elle retirait la robe. « Oh, et puis il n'y a rien à dire. Elle ne me plaît pas, voilà. Vous pouvez la reprendre. Elle fera sûrement une heureuse. »

Elle lui tendit la robe en paquet.

Jean était stupéfait. Il avait l'impression d'être congédié comme un domestique qui n'a pas donné satisfaction après une période d'essai.

« Je l'ai faite pour vous. Je vous l'offre », dit-il en repoussant sa main.

Il salua et quitta la loge.

Deux mois plus tard, comme il passait devant un kiosque à journaux, il remarqua, accroché par deux épingles à linge, le magazine *Vedettes*. Micheline Presle était en couverture. Elle portait la robe de Jean. Pas tout à fait la même cependant. Quelqu'un - Ira Belline ? - avait supprimé le nœud bouffant qui fermait le col de la marinière. Elle avait perdu cette touche enfantine qui en faisait le prix.

Sylviane, la compagne de Lucie Felder, s'était mise, sans raison précise, à détester Nice, l'hôtel particulier de la rue d'Angleterre, la France en général. Selon elle, rien n'allait plus depuis qu'elle avait accepté - quelle idiote ! - de quitter la Suisse pour rejoindre Lucie dans cette ville où régnait une insupportable odeur d'ail et de friture. C'était devenu une obsession, elle ne sortait plus, vivait volets fermés. Pensant la distraire, Lucie l'emmena passer deux semaines à l'hôtel de Paris, à Monte-Carlo. Ce fut pire. Dans la première chambre qu'on leur donna, elle crut entendre un bourdonnement, ou plus exactement un sifflement, un grésillement permanent. « Ça me rend folle, disait-elle. Tu n'entends pas ? *Bzzz...*

— Oui, peut-être. Tu as raison », répondait Lucie pour lui faire plaisir.

On les changea trois fois d'étage, côté mer, côté cour. Rien n'y fit. Toujours ce grésillement. Elles écourtèrent leur séjour et rentrèrent à Nice. Un médecin prescrivit un traitement à base de benzédrine. Pendant quelques semaines, Sylviane parut aller mieux. Puis elle fut reprise par ses hantises. Nice lui faisait horreur, il fallait couper tout lien avec cette ville maudite. Il en allait de sa vie.

Lucie Felder conclut un accord avec elle. Elles quitteraient Nice et n'y reviendraient plus jamais. Mais en échange, Sylviane acceptait d'entrer pour un séjour de longue durée dans une clinique – très réputée, très coûteuse, très bien fréquentée – au bord du lac de Locarno. « Je ne suis pas malade ! protesta Sylviane. C'est cette ville, cette sale ville ! Dès que nous serons parties, j'irai mieux. »

Lucie ne céda pas. Sylviane finit par capituler. Aussitôt Lucie entreprit de liquider ses biens, ses avoirs, tout ce qui la rattachait à Nice. C'était dans son caractère. Quand une chose était passée, elle n'y pensait plus.

Gilbert Malassis fut le premier au courant. Rien ne lui échappait. « J'ai mes antennes », répétait-il. Ou : « Mes antennes me disent... » En l'occurrence, ses antennes l'avaient averti que le petit théâtre, qu'il convoitait depuis si longtemps, était enfin à sa portée. Il s'empressa de pousser ses pions. Lucie accepta de lui vendre ses parts sans même consulter Jean. Il avait un pied dans la place.

En août 1943, ses antennes vibrèrent de nouveau. Bien en cour auprès des occupants, il cultivait ses relations avec les officiers et les diplomates italiens dont il habillait les épouses. Par eux, il suivait l'évolution de la situation en Italie depuis la chute de Mussolini, le 25 juillet. Des tractations étaient engagées avec les Alliés. Si un armistice intervenait, ce qui semblait probable, ce serait la fin de l'occupation italienne dans les Alpes-Maritimes et le remplacement des troupes italiennes par les troupes allemandes. La fragile protection dont bénéficiaient les Juifs volerait aussitôt en éclats.

Muni de cet argument, il rendit une nouvelle fois visite à Jean. Il n'y avait plus à hésiter. Déjà propriétaire d'une part de l'entreprise, personne ne trouverait à redire à ce qu'il se porte acquéreur du restant. Le prix offert serait loin d'atteindre la valeur réelle du bien, et la somme, comme le prévoyait la loi, resterait bloquée sur un compte à la Caisse des dépôts et consignations. Mais, et c'est là que Jean, pour la première fois, entendit parler du bada, Malassis s'engageait à verser en liquide - « en liquide, vous m'entendez, Jean ? » - un complément destiné à compenser son manque à gagner. Non pas totalement, compte tenu des circonstances, mais en grande partie. Il n'obtiendrait jamais mieux ailleurs.

« M'avez-vous bien compris, Jean ? Faut-il que je répète ? Vous m'avez l'air, pardonnez-moi, complètement dans la lune !

— Mais non, je comprends très bien.

— Ma proposition, je peux l'affirmer, est particulièrement, comment dirais-je, correcte, voilà le mot. N'allez pas dire que je profite de la situation. J'ai été suffisamment patient, admettez-le. J'aurais pu vingt fois vous mettre à genoux.

— Laissez-moi un peu de temps pour...

— Réfléchir ? le coupa Malassis. Eh bien, je vous dis non ! Il faut vous décider, là, tout de suite. J'attends votre réponse ! »

Comme cela arrivait souvent lorsqu'il devait prendre une décision, l'esprit de Jean galopait d'une idée à l'autre sans parvenir à se fixer. Il pensa à Georges Mascart entrouvrant la porte du wagon et sautant dans le vide.

Qu'avait-il ressenti durant cette fraction de seconde où il avait plané au-dessus des maisons ouvrières ? Peut-être s'était-il dit : « Mais pourquoi, pourquoi ? Quel con ! »

Il entendit la voix de Malassis qui le pressait.

« Jean, je vous le répète, vous n'aurez pas de meilleure offre. Jean, vous m'écoutez ?

— C'est d'accord », fit-il soudain. Pour en finir. Parce qu'il en avait assez.

Il aurait pu dire le contraire et sans doute aurait-il été mieux inspiré.

25

La mère de Fernande était morte en 1920. Tout ce qu'elle possédait – un peu de linge, une robe de rechange, son missel – était allé à sa fille, avec les sous, trois fois rien, déposés sur son livret de Caisse d'épargne. Mais le vrai trésor qu'elle laissait, c'était sa boîte à boutons. En vérité, une boîte à biscuits dont le couvercle représentait une portée de chiots dans un panier capitonné. Il y en avait des milliers, de toute forme et de toutes les couleurs, boutons à trous, boutons à queue, en bois, en nacre, en porcelaine. À la fin de sa vie, devenue sénile, elle pouvait passer des heures devant sa boîte à brasser les boutons qu'elle faisait ruisseler entre ses doigts.

Fernande reprit le flambeau. Elle enrichit la collection au point qu'elle dut se procurer une nouvelle boîte pour remplacer la première, pleine à ras bord. Posées l'une sur l'autre, les deux trônaient sur le manteau de cheminée, excitant la convoitise des enfants. Laissés à la garde de Jean, ils en profitèrent.

Le plus grand posa un escabeau sur une chaise et escalada l'échafaudage pour atteindre les boîtes. Il les tenait déjà dans ses mains lorsqu'il entendit le rideau de perles cliqueter dans son dos. C'était Fernande qui revenait de chez le boulanger. De saisissement, il perdit l'équilibre et lâcha les boîtes. Une pluie de boutons fusa dans toutes les directions. Ils rebondirent sur le sol en crépitant tandis que l'enfant, tombé à terre, hurlait qu'il s'était cassé la jambe.

Jean, hébété, contemplait le désastre.

« C'est comme ça que vous les surveillez ? » rugit Fernande.

Elle retira l'une des savates qu'elle portait aux pieds et se mit à taper indistinctement sur tous ceux qui lui tombaient sous la main. Les enfants paraient aux coups en riant. Vite remis de sa chute, l'aîné menait la bande. Il fonçait sur Fernande comme un taureau furieux, puis l'esquivait au dernier moment en criant des « Olé ! ». Les autres reprenaient en chœur. Olé !

Dans le vacarme, c'est à peine si on entendit la sonnerie grêle du téléphone.

« Répondez ! cria Fernande. Vous voyez pas que je suis occupée ? »

Elle avait réussi à coincer le fauteur de troubles et lui administrait une correction soignée. Il mugissait comme un veau. Glissant sur l'épais tapis de boutons qu'il écrasait sous ses pas, Jean alla vers le commutateur, baissa le clapet et enfonça la fiche rouge comme Fernande le lui avait montré.

Il ne perçut d'abord qu'un brouillard lointain. Puis, plus distinctement, une voix masculine.

« Allô, allô, allô ? Jean ? Est-ce que vous m'entendez ? »

C'était Malassis.

« Jean ? s'énervait-il. Qu'est-ce que c'est que ces hurlements ? Vous êtes dans une ménagerie ? Allô, Jean, répondez, bon sang !

— Je suis là.

— À la bonne heure ! J'ai d'excellentes nouvelles pour vous. Il faut absolument qu'on se voie.

— Volontiers. Quand ?

— Comment ça ? Mais dès aujourd'hui ! Je croyais que vous étiez pressé !

— Je n'aurai pas d'autocar avant demain matin.

— Qui vous parle d'autocar ? Dites-moi où vous êtes, je vous rejoins d'un coup de voiture.

— Inutile de vous déplacer. Je peux très bien descendre à Nice.

— Descendre à Nice ! s'exclama Malassis. Vous tenez vraiment à vous jeter dans la gueule du loup ? Voyons, Jean, vous savez ce qui se passe ici ? Vous avez entendu parler de l'hôtel Excelsior ? Autant vous suicider tout de suite ! »

Il y eut un long silence. Malassis s'inquiéta.

« Jean... ? Jean... ? Où êtes-vous passé ? Allô ! Allô !

— Je suis toujours là.

— Vous ne me faites pas confiance, c'est ça ? Après tout ce que j'ai fait pour vous... Franchement, je suis déçu. »

Jean réfléchissait. Ces précautions étaient dégradantes. Il détestait avoir l'air d'un lâche.

« Vous connaissez Bendejun ? fit-il brusquement.

— Bendejun ? Parbleu, si je connais ! J'y ai passé toutes mes vacances quand j'étais enfant. Vous parlez d'une coïncidence ! Je suppose que l'église est toujours à la même place ?

— Toujours.

— Eh bien, retrouvons-nous à six heures devant l'église. Comme ça, vous n'aurez même pas besoin de me donner votre adresse. Vous êtes rassuré ? »

Il poussa un profond soupir.

« Ah, Jean ! Il m'en aura fallu, de la patience, avec vous... »

Il raccrocha brusquement. À moins qu'ils aient été coupés pour de bon, cette fois.

Dans la pièce étroite et sombre, le calme était revenu. Fernande et les enfants avaient conclu une trêve. Accroupis, ils ramassaient les boutons qui avaient roulé sous les meubles et les remettaient dans leur boîte. C'était un fichu travail.

« Puis-je avoir une autre communication ? » demanda prudemment Jean.

Fernande leva la tête.

« Vous, on peut dire... », commença-t-elle. Elle renonça à poursuivre et se leva.

« Quel numéro ?

— Le 12 à Beaulieu-sur-Dordogne.

— Département ?

— La Corrèze. »

Elle tourna la manivelle. Contre toute attente, sa collègue, à Nice, lui passa immédiatement l'hôtel Fournier. Jean y vit un heureux présage. Il demanda à parler à Mme Costa, de la part de son fils Jean. Au bout d'un instant, il eut Mouni au bout du fil. Elle était très excitée. Depuis peu, elle jouait au bridge. L'appel de Jean interrompait une partie. Il lui annonça sa venue dans les jours prochains. Le lendemain peut-être, s'il trouvait un train. Elle en profita pour écourter la communication. Puisqu'ils allaient se voir, inutile de s'attarder.

« Je viendrai peut-être avec un camarade, ajouta Jean.

— Entendu, mon chéri. Je retiendrai une chambre pour toi et une pour lui. »

Jean ne jugea pas opportun de préciser qu'une seule chambre suffirait. D'ailleurs, Mouni avait déjà raccroché.

Il demanda à Fernande combien il devait. Elle s'embrouilla dans ses calculs, rappela Nice car elle avait oublié de noter la durée de la première communication. Impatienté, Jean sortit un gros billet et le posa sur le commutateur.

« Ça devrait suffire », dit-il. Il avait hâte de se retrouver à l'air libre.

Fernande n'avait déjà pas une haute opinion de lui. Ce billet, qui couvrait au quintuple le prix des communications, lui apparut comme une insulte.

« Tous les mêmes ! » pensa-t-elle.

Elle s'en souviendrait.

Jean sortit sur la place. Deux heures le séparaient de son rendez-vous avec Malassis. Quoi faire d'ici là ? Reprendre sa place sur le muret face à l'église ? Ou retourner chez les Borzone et s'étendre un moment dans l'obscurité totale ? Il lui faudrait vingt minutes de marche pour regagner la maison et autant pour revenir. Mais il ne supportait pas l'idée d'attendre ici, dans la touffeur qui pesait sur le village silencieux. Et puis Aldo n'allait pas tarder à rentrer. Ses rendez-vous avec Lucette duraient rarement longtemps. Sitôt rassasiée, elle le flanquait à la porte.

Il se mit en route. Au début, c'était facile. On descendait par un chemin bordé de noisetiers, il faisait presque frais. Mais après le ruisseau, il fallait grimper en plein soleil. Arrivé à mi-pente, Jean fut soudain harcelé par un essaim de mouches minuscules qui vrombissaient autour de lui. On avait fait paître des bêtes la semaine précédente, c'est elles sans doute qui avaient attiré les insectes. Jean faisait des moulinets avec ses bras pour les éloigner. Ses mouvements désordonnés semblaient exciter leur fureur. Heureusement, elles se lassèrent. Ou peut-être avaient-elles atteint la limite de leur territoire et se trouvaient contraintes de faire demi-tour.

Il arriva épuisé en vue de la maison qu'il s'apprêtait à contourner quand Gina l'apostropha depuis la terrasse. Résigné, il obliqua vers l'escalier extérieur.

Gina l'attendait, les poings sur les hanches. Elle était en furie.

« Je vous avais bien dit de ne pas bouger !

— J'avais besoin de prendre l'air.

— À d'autres ! Vous vous payez ma tête ? »

Elle sortit de la poche de son tablier la carte-lettre de Madeleine. Jean l'avait laissée traîner sur la table de nuit. Dans l'après-midi, Gina s'était étonnée de ne pas le voir. Elle était montée vérifier. En lisant la lettre, elle avait compris qu'il était allé téléphoner au village.

« Et maintenant, qu'est-ce qu'on fait ? hurla-t-elle. Dites-moi un peu ! Les gendarmes vont débarquer, si ça se trouve, ils sont déjà en route !

— Pourquoi les gendarmes ? Croyez-moi, je ne risque rien et vous non plus. J'ai bien pris soin de ne pas dire où j'habitais.

— Parce que vous croyez que Fernande, cette salope, se gênera pour les renseigner ? » Elle hocha la tête, effarée. « Quelquefois je me demande si vous n'êtes pas complètement idiot ! »

Il y eut un instant de silence. Felicita, emprisonnée dans sa *ouature*, suçotait ses Crayolor. Une bave violacée barbouillait sa figure. Assis à sa place contre le mur, son mégot éteint collé au coin des lèvres, Anselmo paraissait indifférent. Gina parlait librement devant lui. Ils avaient grandi ensemble, c'était son mari. Malgré le mépris qu'il lui inspirait, elle lui faisait confiance. Il ne la trahirait jamais.

Sa colère retomba brusquement. C'était une femme d'action. Ce qui était fait était fait. Elle allait de l'avant.

« Je connais un endroit où vous cacher, reprit-elle. Vous resterez là-bas deux ou trois jours, le temps d'y voir clair. Après, on avisera.

— Mais c'est impossible ! s'exclama Jean. J'ai rendez-vous à six heures au village, je dois y être à tout prix ! »

Il se rapprocha de Gina, baissa la voix.

« J'attends une grosse somme. C'est ma seule chance de m'en sortir. Après, je vous jure, vous n'entendrez plus parler de moi.

— Le rendez-vous, bon, j'irai à votre place. En attendant, montez prendre un chandail. Les nuits sont fraîches où je vous mène. De mon côté, je mets des provisions dans un sac. »

Jean hésitait. Elle lui prit le bras. « Faites-le pour Aldo. Personnellement, je m'en fiche, mais s'il vous arrivait quelque chose, il me le pardonnerait pas. »

Depuis l'occupation de la zone libre, les paysans s'étaient vu imposer des réquisitions alimentaires. Tant de céréales, tant de légumes, tant de viande. Il fallait bien nourrir les troupes. Avec les Italiens, on parvenait toujours à s'arranger. Les soldats consommaient sur place, ils repartaient avec des saucissons dans leur musette, chacun y trouvait son compte.

Mais dès l'arrivée des Allemands, le système de collecte fut entièrement réorganisé. Plus moyen de tricher, quelques exécutions suffirent à mettre au pas les récalcitrants.

Bien avant que la guerre n'éclate, Gina, prévoyante, avait dissimulé des stocks ici et là. Elle avait ça dans le sang. Depuis l'origine des temps, les paysans des Pouilles multipliaient les caches pour échapper à l'impôt. On était bien plus pauvres à San Donato in Selva que dans l'arrière-pays niçois. Pas question, sur ces terres arides, de se laisser voler le peu qu'on avait. Pour les conserves, l'huile, le vin, c'était relativement simple. Lorsqu'il s'agissait de poules, de lapins et de chèvres, il fallait faire preuve de plus d'imagination. La garantie suprême contre la faim, le garde-manger sur pattes, c'étaient les cochons. Gina en élevait trois dans un lieu qu'elle avait soigneusement choisi, ignoré des chasseurs, éloigné des chemins qu'empruntaient parfois les randonneurs, si enfoui qu'il était oublié de tous. Pourtant, vingt ans plus tôt, une vieille femme y vivait encore. Morte à l'automne, on l'avait découverte seulement l'été suivant, aplatie et sèche comme un lézard écrasé au bord d'une route.

C'est là que Gina conduisait Jean. Il avait du mal à la suivre. Très vite après la maison, le chemin s'interrompait. Seul un œil exercé pouvait distinguer une sente à peine tracée. Ils arrivèrent bientôt au pied de la barrière granitique qui, vue depuis Bendejun, semblait infranchissable, mais que trouaient d'imperceptibles failles par lesquelles Gina se glissait sans jamais ralentir le pas. Le col franchi, on retrouvait la forêt. Au bout de cinq cents mètres environ, Gina obliqua. Ils empruntèrent un éboulis qui descendait en pente raide. De temps à autre, Gina se retournait pour vérifier que Jean la suivait. Il progressait prudemment, attentif à ne pas se tordre les pieds. L'air lui avait fait du bien, il n'avait plus mal à la tête. Il se sentait de nouveau dispos, presque heureux, délivré de ce poids qui l'oppressait depuis la veille au soir. Un refrain lui venait aux lèvres. C'était *The Umbrella Man*, le succès de Jack Hylton dont il jouait le disque à ses camarades quand il leur apprenait à danser, en juin 1940, au fort de la Redoute-Ruinée. Il se surprit à chantonner : *Toodle-uma-luma...* Gina le prit pour un fou. Chanter quand il était en si grand danger !

Une centaine de mètres plus bas, ils débouchèrent sur une étroite esplanade enchâssée dans un plissement rocheux. Pas moyen d'aller plus loin. De la maison, il ne restait qu'une ruine à la lisière de la forêt. Trois cochons noirs en sortirent, attirés par le bruit des pierres qui dégringolaient sous les pas des intrus. Ils paraissaient énormes. De quoi pouvaient-ils se nourrir ? Ils allèrent en trottinant vers Gina, le groin levé, espérant sans doute qu'elle tire de son tablier, comme elle le faisait d'habitude, une croûte de pain ou une poignée de maïs.

Le rez-de-chaussée de la maison, en partie préservé, était divisé en deux. D'un côté, l'abri des cochons, de l'autre, une pièce où l'on pouvait tout juste se tenir debout. Dans l'angle le plus sombre, une paillasse avec une couverture. Gina déballa les provisions qu'elle avait apportées.

« C'est pas grand-chose, mais vous pourrez tenir quelques jours. Il y a une source dans le bois, vous trouverez des bougies et des allumettes dans le tiroir. N'allumez pas de feu, ça pourrait attirer l'attention. Et maintenant, je m'en vais. J'ai juste le temps d'arriver au village avant six heures. »

Déjà elle repartait, coupant court aux paroles inutiles.

Jean resta seul. Les trois cochons avaient regagné leur abri. Il les entendait grogner de l'autre côté de la cloison. Il s'étendit sur la paillasse et ramena la couverture sur lui. Elle sentait fort la sueur. Cette odeur, qui aurait pu le dégoûter, lui parut douce. C'était une présence, un rappel d'humanité. Il ferma les yeux.

Le soleil passait peu à peu derrière le col du Férion. Gina marchait d'un bon pas. Au prochain lacet, elle apercevrait sa maison. De là, elle savait qu'à cette allure, elle atteindrait Bendejun en moins d'un quart d'heure. Mais quand elle eut tourné le coin, elle distingua, venant vers elle, une petite troupe guidée par Manu, l'un de ses journaliers avec qui elle avait eu des mots. Il y avait là Palmero, l'ancien maire, et son fils, un matamore, bête comme ses pieds, accompagnés de deux gendarmes de Châteauneuf. Palmero père et fils tenaient un fusil de chasse à l'épaule. Elle comprit vite de quoi il retournait. Ils étaient à la poursuite de Jean. Il fallait le prévenir. Vite, elle fit demi-tour et se mit à courir. Elle connaissait le chemin par cœur alors qu'ils hésiteraient à chaque embranchement, elle avait une bonne chance de les distancer. Le fils Palmero se lança sur ses traces. La chasse était sa principale activité, la seule où il se distinguait. Bien vite, il oublia la nature du gibier. Qu'il soit malin l'excitait. Tandis que Gina suivait le chemin, il coupa au travers des taillis. Il la dépassa, visa posément, appuya sur la détente. Elle s'écroula. Il marcha vers elle, attentif à ses mouvements. Souvent, les lapins restaient ainsi immobiles, puis au dernier moment, *pfft*, ils détalaient. Mais quand il l'atteignit, il constata qu'elle était morte.

Sur le moment, ça ne lui fit ni chaud ni froid. C'était le jeu. Les autres le trouvèrent en train de recharger tranquillement son arme.

« Putain, tu es con ou quoi ? » gueula l'un des gendarmes.

L'autre réfléchissait déjà à ce qu'il écrirait dans son rapport pour ménager le fils Palmero.

Palmero père se pencha sur Gina. Il siffla entre ses dents.

« Ben dis donc... » Il tourna la tête vers son fils qui, maintenant, tremblait de tous ses membres.

« Toi, tu perds rien pour attendre, bougre de couillon ! »

Puis, s'adressant aux gendarmes :

« En attendant, qu'est-ce qu'on fait ? Le Juif, on va pas le laisser filer ? »

C'était un doriotiste de la première heure. Battu aux municipales en 1935 par une liste de gauche, il en attribuait la faute aux Juifs qui, selon lui, *tiraient les ficelles*. Depuis, il réglait ses comptes.

Ils laissèrent l'un des gendarmes et le fils Palmero s'occuper du corps et filèrent sans tarder, conduits par Manu qui était censé connaître le chemin. Il se perdit en route. Incapables de trouver le passage qui permettait de franchir la barrière rocheuse, les deux hommes tournicotèrent pendant plus d'une heure. Lorsqu'ils arrivèrent en vue de la cabane, il faisait presque nuit.

Jean, brusquement réveillé, se redressa sur sa paillasse. Les cochons s'agitaient derrière la cloison. Il crut entendre un bruit au-dehors, une pierre qui roulait. Il se leva et alla vers la porte. À travers les planches mal jointes, il aperçut des ombres qui se déplaçaient avec précaution. Les cochons, sortis de leur abri, grattaient le sol, inquiets. Personne ne venait jamais les voir à cette heure.

Jean hésita. Il n'y avait aucun moyen de fuir, rester planqué en espérant passer inaperçu était absurde. Autant aller au-devant du danger. Il n'aurait pas aimé qu'on l'extirpe de sa cache comme un escargot de sa coquille. Il redressa la tête, passa la main dans ses cheveux pour les lisser, rentra sa chemise dans son pantalon. Puis il ouvrit la porte et s'avança sur le seuil. Il était mains nues, poitrine offerte, nullement menaçant. Pourtant son apparition sema la panique parmi les trois hommes venus l'arrêter. Ils hurlèrent en vrac : « À genoux ! », « Mains en l'air ! », « Pas un geste ! ». C'était l'affolement.

Jean croisa les bras et attendit. Il savourait l'instant. Mourir s'il le fallait, mais que ça ait de la gueule. Ils prirent son geste pour de la provocation et s'acharnèrent sur lui à coups de poing et de pied. Si bien qu'ils durent le soutenir, et même, sur la fin, le porter pour faire la route en sens inverse.

Le lendemain, les gendarmes conduisirent leur prisonnier à Nice. Il passa deux jours à l'hôtel Excelsior, consigné dans une chambre avec cinq autres malheureux. Deux dormaient dans le grand lit, un autre sur le lit d'enfant, les derniers sur des matelas au sol. On venait chercher tantôt l'un, tantôt l'autre pour des interrogatoires. Certains en revenaient mal en point, d'autres ne revenaient pas du tout. Ils étaient aussitôt remplacés.

Jean dormait la plupart du temps. Au début, il chercha le moyen de prévenir Madeleine Colardo. S'il y avait quelque chose à tenter, elle ferait l'impossible. Mais il renonça vite. L'hôtel était entouré d'un périmètre de sécurité, il était interdit d'ouvrir les fenêtres, les Allemands avaient coupé toute communication avec l'extérieur.

Il fut interrogé une seule fois, par un sous-officier qui parlait très bien le français et semblait prodigieusement s'ennuyer. Ramené dans la chambre, ses compagnons le questionnèrent : « Alors, comment ça s'est passé ? » Il ne sut que répondre. Ils le trouvèrent hautain, mauvais camarade, c'était peut-être un mouton que les Allemands avaient introduit parmi eux pour les espionner. Ils passèrent le mot aux nouveaux venus. On le tint à l'écart.

Le matin du troisième jour, il fut conduit dans le hall de l'hôtel rempli d'une foule apeurée. C'était exactement la scène que lui avait décrite M. Torteltaub, lorsqu'il l'avait rencontré boulevard Dubouchage. Un fonctionnaire, encadré par deux SS, égrenait des noms depuis l'escalier monumental. L'individu désigné rejoignait les rangs qui se formaient devant l'hôtel. Une fois atteint le nombre requis, la colonne se mettait en route. Certains portaient un sac, une valise. D'autres rien, comme Jean. Il y avait seulement quatre gendarmes pour convoyer environ cinquante personnes. Il aurait suffi que, sur un signal, tout le monde s'égaye et on n'en parlait plus. Mais nul n'y songeait, par crainte d'aggraver son cas. La colonne suivait des rues animées, traversait une place où se tenait un marché, grimpait la rampe qui conduisait à la gare PLM. Personne ne paraissait remarquer ce troupeau misérable. Comme dans ces rêves bizarres où l'on se voit vaquer à ses occupations entièrement dévêtu. La honte qu'on éprouve est redoublée par l'indifférence des autres. Vous êtes nu comme la main et tout le monde s'en fiche.

Jean quitta Nice le 20 octobre et arriva à Drancy le 23.

Il y séjourna un mois, au cours duquel il parvint à envoyer deux lettres, l'une à sa mère, l'autre à Madeleine Colardo. Aucune des deux n'arriva à destination. Sans doute la personne à qui il les avait confiées les avait-elle oubliées dans sa poche ou égarées, à moins qu'elle n'ait jamais eu l'intention de les expédier.

Il partit de la gare du Bourget le 20 novembre 1943, avec mille deux cents déportés dont cent cinquante enfants, par le convoi n° 62 à destination du camp d'extermination d'Auschwitz-Birkenau, en Pologne.

Sitôt averti, Raymond se démena pour savoir ce qu'était devenu son frère. Grâce à ses relations, il finit par apprendre, vers le mois de février 1944, qu'il avait été déporté. Il était vivant, il se portait bien, lui assura un fonctionnaire pour s'en débarrasser. Raymond transmit ces informations à Mouni, encore réfugiée à Beaulieu-sur-Dordogne. Elle pleura beaucoup. Pourtant, au fond d'elle-même, elle n'était pas vraiment inquiète. Jean s'en tirerait toujours. Il avait la baraka.

Vava se garda bien de la détromper. Mais elle était moins optimiste. Elle ne savait rien des camps, par contre elle connaissait bien la Pologne où elle avait grandi.

On n'aimait pas les Juifs, là-bas.

Juin 1945

Le café était rare et cher. Madeleine l'additionnait de chicorée. Chaque matin, elle en laissait une petite casserole pour Jean sur le fourneau à gaz. Elle partait peu avant huit heures pour attraper le train qui la menait gare Saint-Lazare. De là, plutôt que de prendre le métro, elle allait à pied vers son travail, sauf si elle était en retard. Non par sa faute, mais parce que les trains surchargés devaient attendre à chaque gare que les passagers parviennent à se glisser dans les wagons déjà combles. Le matériel était vétuste, les pannes se succédaient, les gens prenaient leur mal en patience. Ils disaient : « On a connu pire. »

Dès qu'il entendait la porte se refermer, Jean se tournait vers le mur et s'endormait enfin. Depuis son retour, il redoutait les nuits par-dessus tout. Le silence l'oppressait. Les toux, les raclements de gorge, les cris vite refoulés, le souffle puant des corps enchevêtrés, cette promiscuité qui lui avait tant pesé lui manquait à présent. Non pas qu'il la regrettât, mais son corps s'y était fait. Pendant quinze mois, la volonté de vivre l'avait porté. Les autres crevaient de faim, de froid, de maladie ou de désespoir, ils succombaient sous les coups ou les charges trop lourdes. Lui restait debout. On ne l'aurait pas. Le but atteint, sa volonté s'était affaissée d'un seul coup. Il n'était pas mort là-bas en une seule fois, comme par surprise, il mourait ici toutes les nuits, agonisant, le nez dans la boue, enfoui encore vivant sous d'autres cadavres, suppliant en vain qu'on le délivre. Il se réveillait avec l'horrible sensation d'étouffer et se demandait s'il avait hurlé pour de bon ou si c'était seulement dans son rêve. Madeleine dormait dans la chambre voisine. Il s'attendait à la voir surgir, effrayée. Mais rien ne se passait. Peut-être n'avait-il pas crié, finalement. Ou bien Madeleine, par discrétion, préférait ne pas intervenir. Depuis un mois qu'elle l'hébergeait, elle ne lui avait posé aucune question. Le matin, elle entrouvrait avec précaution la porte de sa chambre. Il gardait les yeux soigneusement fermés, s'appliquait à respirer régulièrement. Elle partait au travail, rassurée.

L'appartement donnait d'un côté sur le boulevard, de l'autre sur des pavillons entourés de petits jardins. Il y avait aussi une école, dont on voyait la cour grise, plantée de deux arbres. Une voiture passait de temps à autre, un retraité bêchait son potager, on entendait la lame de l'outil heurter les cailloux, la cloche de l'école sonnait les récréations à heure fixe. Alors les enfants emplissaient la cour de leurs jeux. Un peu plus tard, la cloche sonnait de nouveau et le silence retombait. Mais ce n'était pas le même silence que la nuit. Celui-ci était un silence familier, avec juste ce qu'il fallait de bruits pour le rendre inoffensif. À l'abri de ce cocon protecteur, Jean dormait parfois jusqu'à midi. Puis, mal réveillé, il faisait réchauffer son café et le buvait debout, devant la fenêtre, en fumant une cigarette. Madeleine était revenue un soir, triomphante, avec une cartouche de Craven « A » qu'elle avait achetée au marché noir. Elle s'était souvenue que c'était sa marque favorite et pensait lui faire plaisir. Jean n'avait pas fumé depuis son arrestation, en octobre 1943. De toutes les privations endurées, celle-ci n'avait pas été la plus pénible pour lui, contrairement à certains qui, pendant les premiers mois, en avaient tellement souffert qu'ils échangeaient le quart de leur ration quotidienne de pain contre quelques brins de tabac mélangés à de la sciure de bois. Il s'était remis à fumer pour ne pas décevoir Madeleine, si contente de sa trouvaille.

Le café bu, la cigarette achevée, il rinçait son bol et passait dans le cabinet de toilette, guère plus grand qu'un placard. Il n'y avait ni douche ni baignoire. On se lavait au gant, devant le lavabo. Un miroir était fixé au-dessus. S'admirer dans la glace avait toujours été l'une de ses occupations favorites. Mais s'il passait aujourd'hui de longs moments face au miroir, nu, grelottant de froid, c'était pour mieux se détester.

Jean regardait son corps et ne se reconnaissait pas. Lorsqu'il était passé à la visite médicale, tout juste descendu de l'autobus dans lequel, ahuris, muets, ils avaient traversé Paris depuis la gare de l'Est jusqu'à l'hôtel Lutetia, il pesait exactement 34 kilos et 800 grammes. « Il faudra sérieusement vous remplumer, mon vieux », avait dit le médecin. C'est probablement ce qu'il répétait à tous, autant pour dissimuler son émotion que pour signifier aux malheureux qui défilaient devant lui que tout espoir n'était pas perdu, qu'ils avaient peut-être une chance de retrouver un jour apparence humaine. Depuis, Jean avait gagné quelques grammes, peut-être même un kilo ou deux, mais il était encore loin de ressembler au type *bien bâti* qui plaisait tant à Alex, le maquilleur du studio de la Victorine. Pourtant ce n'étaient pas ses omoplates – deux moignons d'ailes dans son dos –, ni ses côtes saillantes ou son abdomen proéminent qui surprenaient Jean, c'était son visage.

Ses joues, conséquence imprévue de la dénutrition, avaient anormalement gonflé, ses yeux, entourés d'un bourrelet graisseux, paraissaient minuscules, tandis que ses oreilles, à l'inverse, pointaient de part et d'autre de sa tête, démesurément étirées. Le pire était ses dents, autrefois si belles, si blanches, qui lui faisaient un sourire magnifique sur une photo prise par Alex à l'hippodrome de Nice, en costume gris perle, rayonnant. Maintenant, elles étaient ternies, jaunes et comme rabattues vers le palais. Il se trouvait repoussant, l'exemple même du *visage hideux du Juif*, en tout point conforme aux caricatures accrochées sur les murs du palais des Fêtes à l'occasion de l'exposition qu'il avait visitée par curiosité au mois d'août 1942.

Le médecin, à l'hôtel Lutetia, lui avait recommandé de faire un peu d'exercice. Sans exagérer, à son rythme. Il n'en avait pas la force. À peine s'aventurait-il sur le balcon. Il était comme un chat d'appartement qui va sur le pas de la porte mais se garde bien de mettre une patte dehors. Après sa toilette, il retournait dans la cuisine et, si c'était l'heure, mangeait le plat que Madeleine avait laissé pour lui. Il mastiquait lentement chaque bouchée, habitude prise au camp pour faire durer le plus longtemps possible la mince ration quotidienne. Mais contrairement à tout ce qu'il aurait pu imaginer lorsqu'il rêvait de ripailles, il était vite rassasié. Madeleine, en rentrant le soir, ne lui faisait aucune remarque. Elle ne lui disait jamais : « Il faut vous forcer », ne commençait aucune de ses phrases par : « Vous devriez... » Elle ne lui demandait pas ce qu'il avait fait de sa journée, s'il était resté allongé sur son lit, s'il avait lu le journal ou allumé la radio. Elle savait d'instinct que ce qu'il avait vécu n'avait pas d'exemple et que par conséquent les remèdes à son état, s'il en existait, étaient à inventer. Tout conseil était vain. La seule aide qu'elle pouvait lui offrir était de l'abriter aussi longtemps qu'il le voudrait, sans rien attendre en échange, surtout pas des mots. Chaque matin, quand elle entrouvrait sa porte, elle s'attendait à trouver le lit vide. Elle n'en aurait été ni surprise ni déçue. Mais non, il était là, et sans doute l'y trouverait-elle encore en rentrant du travail.

Lorsque les ex-déportés étaient descendus des autobus boulevard Raspail, la plupart encore en tenue rayée, leur ridicule calot sur la tête, ils avaient dû franchir une foule – des femmes surtout – qui hurlait en brandissant à bout de bras photos et pancartes, avec l'espoir que les nouveaux arrivants auraient des nouvelles de proches parfois disparus depuis des années : Paulette Warschauer ! Leszkowicz Elias ! Kiki Teitelbaum !

Des scouts en uniforme faisaient la haie pour dégager le passage. Dans le hall sur lequel flottait une odeur de DDT, la cohue était encore pire. Reconverti en centre d'accueil, l'hôtel Lutetia menaçait d'exploser. Avant même la visite médicale, chacun devait comparaître devant un bureau militaire chargé de vérifier que d'anciens collabos, désireux de blanchir leur passé, ne s'étaient pas glissés parmi les rescapés. L'intention était louable mais les conséquences, désastreuses. En quelque sorte, il s'agissait d'apporter la preuve qu'on n'était pas un tricheur. Certains prenaient la chose avec philosophie. Une absurdité de plus. Mais beaucoup refusaient de répondre aux questions. Que risquaient-ils ? Qu'est-ce qui pouvait leur arriver de pire que ce qu'ils avaient déjà vécu ? Puis il y avait la visite médicale, l'épouillage, l'habillement. À chaque étape, l'attente s'éternisait. C'était beaucoup demander à des femmes et des hommes qui avaient déjà tant patienté. Finalement, muni de sa carte de déporté, ayant touché son pécule ainsi qu'un bon de transport, le désormais ancien déporté avait le choix entre séjourner une ou deux nuits à l'hôtel, dans l'une des chambres transformées en dortoir, ou sortir immédiatement.

Entre les deux, Jean n'avait pas hésité une seconde. En quelques enjambées, il avait franchi la porte et s'était retrouvé dehors. Sur sa carte, à la rubrique domicile, il avait fait inscrire : *Hôtel Scribe, Paris*. C'était là qu'il avait logé avec son père la première fois qu'il était venu à Paris, dix ans plus tôt. Comme souvent, l'idée lui était venue à l'instant même où la question lui était posée. Le fonctionnaire avait noté sans tiquer le nom du palace, comme il aurait écrit *Hôtel du Périgord* ou *Hôtel des Voyageurs*. À l'habillement, on lui avait remis la liste des vêtements qui lui étaient fournis : *1 chemise, 1 paire de chaussures cuir, 1 costume flanelle synthétique, 1 maillot de corps, 1 caleçon, 1 paire de chaussettes*. Après chaque pièce figurait la mention « usagé ». Le fait est qu'il n'y avait rien de neuf là-dedans. C'était même de l'usé jusqu'à la trame, du porté à n'en plus pouvoir. Il fit une boulette de la liste et la jeta dans le caniveau.

Face au Lutetia, à l'angle du square Boucicaut, il y avait une bouche de métro. Il s'y engouffra, anonyme et seul pour la première fois depuis vingt mois.

Jean sortit du métro devant les Trois-Quartiers, à la station Madeleine. Le mieux aurait été de chercher un bureau de poste et de tenter de joindre Mouni pour la prévenir de son retour. Mais c'était bien trop compliqué. Il n'avait aucune idée de l'endroit où elle se trouvait. Retournée à Nice ? Rentrée à Marseille, auprès de Raymond ? C'est lui qu'il aurait fallu appeler. Il n'y songea pas. Il suivait machinalement les boulevards qu'il avait empruntés avec son père, sachant qu'ils le mèneraient à l'hôtel Scribe. Mais qu'avait-il à faire là-bas ? Ce n'était pas avec les trois sous qu'il avait en poche qu'il pourrait se payer une chambre. Le portier ne le laisserait même pas franchir le seuil.

Il traversa le boulevard, longea la devanture d'un cinéma. On jouait *Les Enfants du paradis*. Un panonceau annonçait : *26e semaine d'exclusivité !* Jean étudia longuement les photos en vitrine, envisagea un instant d'entrer. La place coûtait 70 francs à l'orchestre, 100 au balcon. C'était à sa portée. Il s'avança vers la guérite vitrée. « Orchestre ou balcon ? » demanda la caissière. Il voulut répondre, mais aucun son ne sortit de sa bouche. La caissière s'impatientait. Il n'insista pas.

Peu après avoir passé l'Olympia, boulevard des Capucines, il distingua l'inscription *Old England* en lettres dorées sur la devanture imitation acajou d'un grand magasin, à l'angle du boulevard et de la rue Scribe, exactement face à l'hôtel. Il crut à une hallucination. Combien de fois avait-il entendu Sam Schusterman, son compagnon de paillasse à Auschwitz, vanter les mérites de cette excellente maison, ce temple du chic masculin – « Je parle du vrai chic, pas du chiqué, vous me comprenez, Jean, n'est-ce pas ? » – où il avait travaillé depuis l'âge de dix-huit ans jusqu'à son arrestation, le 12 août 1943, en plein magasin. Il ne s'était jamais déclaré comme Juif, n'avait jamais porté l'étoile jaune. Il en parlait comme d'une impardonnable faute de goût, de même qu'il aurait dit : « Des chaussettes bleues avec un pantalon beige, vous n'y pensez pas ! » Son identité avait fini par le rattraper. Il était parti pour Drancy en costume en prince-de-galles.

Bizarrement, Jean ne gardait aucun souvenir de ce magasin imposant qu'il avait forcément aperçu en entrant ou en sortant de l'hôtel avec son père. Il est vrai qu'il n'avait passé qu'une seule nuit au Scribe et que Paris n'était alors pour lui qu'une masse indistincte dont émergeaient seulement, comme sur un présentoir de cartes postales, quelques monuments célèbres rapidement entrevus.

Pour Sam Schusterman, *Old England* représentait tout autre chose qu'un employeur. C'était un monde à part, avec sa constitution et ses mœurs. On y parlait une langue tout à fait spéciale, désuète et fleurie, on ne s'exprimait qu'à voix basse, avec une extrême courtoisie. Le vouvoiement était de rigueur, même entre collègues. On communiait dans le culte du beau et de la qualité, étant entendu que l'ancien, le connu était, sauf rares exceptions, de beaucoup préférable à toute innovation.

« Si vous voulez une gabardine, n'hésitez pas, vous la trouverez chez nous, nulle part ailleurs, affirmait Sam. Appréciez-vous la gabardine, Jean ? Pour un connaisseur, je vous assure, il n'y a rien de plus agréable à porter qu'une belle gabardine. Évidemment, c'est un peu cher, mais quel confort ! »

Ce genre de discussion – en fait un monologue – avait lieu bien après l'extinction des lumières, au terme d'une journée éreintante, avec la perspective d'un lever avant l'aube et de trois heures passées debout dans le froid glacial sur la place d'appel. Ils étaient couchés, encastrés par nécessité l'un dans l'autre vu l'espace minuscule dont ils disposaient, tout en haut du châlit en bois à trois étages. En principe, il était formellement interdit de parler après le couvre-feu. C'était l'une des seules règles que le chef de bloc et les détenus s'accordaient à faire respecter. La nuit était trop précieuse pour qu'on en gaspillât une seule seconde. Mais personne, parmi les détenus, n'aurait osé demander à Sam Schusterman de se taire. Et les *Blockältester* eux-mêmes auraient hésité. Non pas que Sam bénéficiât à proprement parler d'un régime de faveur mais, arrivé au camp quatre mois avant Jean, il en avait rapidement compris l'absurde logique et s'était livré à un inventaire lucide de ses chances de survie. D'une façon imprévue, les règles en vigueur boulevard des Capucines se révélèrent extrêmement efficaces dans les marais de Silésie. Il vouvoyait tout le monde, s'exprimait à voix mesurée, ne perdait jamais son sang-froid, faisait preuve d'une courtoisie telle que les plus grossiers se tenaient à carreau, croyant à une ruse et lui supposant des accointances qu'il n'avait pas. Certes, Schusterman était petit, étroit d'épaules, il n'avait aucune expérience du travail manuel et n'aurait pas pesé lourd s'il avait dû se battre. En contrepartie, il avait toujours pratiqué le sport, en particulier la natation et le vélo, consacrant alternativement ses dimanches à l'une ou l'autre discipline. Cinquante longueurs de piscine une semaine, cent kilomètres à pédaler sur les routes d'Île-de-France la semaine suivante. Il y avait acquis l'habitude de l'effort et une grande résistance. Là où d'autres s'épuisaient sans résultat, il mesurait ses gestes au plus juste et, bon comédien, trouvait le moyen de prendre des pauses tout en paraissant s'activer. Il n'avait jamais bu, mangeait peu, ne fumait pas. La nostalgie, qui mieux que les privations ou les coups rongeait en quelques jours les plus solides, n'avait aucune prise sur lui. Il n'avait ni femme ni enfant, pas de famille proche, des camarades mais pas d'amis, personne qui lui manquât. Il regrettait seulement son travail chez *Old England* et son petit intérieur, un deux-pièces au bas de la rue des Martyrs. Sa vie de vieux garçon, en somme.

Accoutumé à la solitude, il conversait essentiellement avec lui-même. « C'est bien suffisant, disait-il. Et puis je suis encore celui avec qui je m'entends le mieux. » De temps à autre, des bribes affleuraient, détachées de tout contexte. Par exemple, il pouvait lâcher, alors qu'ils travaillaient côte à côte, enfoncés jusqu'à mi-jambe dans l'eau glacée, une phrase très bizarre comme : « Je ne sais pas vous, Jean, mais personnellement les clowns ne m'ont jamais fait rire... » Il n'attendait pas de réponse et poursuivait sa réflexion sans cesser de piocher.

Sam Schusterman avait faim et soif comme tout le monde, mais sa frugalité lui permettait de supporter mieux que d'autres l'extrême privation. Ainsi parvenait-il à économiser sur sa ration quotidienne la seule monnaie qui vaille au camp : le pain. Il l'utilisait essentiellement pour se tenir propre, soudoyant le *friseur* qui le rasait deux fois par semaine au lieu d'une, renouvelant régulièrement son linge, parvenant, par trocs successifs - du pain contre des cigarettes, des cigarettes contre de la graisse à chaussures, de la graisse à chaussures contre du fil à coudre - à disposer constamment d'une tenue de rechange miraculeusement lavée et repassée. Jean prit modèle sur lui.

Le port du calot affligeait Jean.

« Je n'ai pas une tête à chapeau, se plaignait-il.

— Qui vous a dit ça ?

— Des amis.

— Dans ce cas, je vous conseille de changer d'amis. »

Ils restaient l'un comme l'autre à la merci des coups, des courses effrénées en rentrant au camp après le travail, d'un SS ivre qui sortait son revolver et tirait au hasard pour faire rigoler son copain, de la dysenterie, du typhus, de l'extrême dénutrition et d'innombrables autres causes de mort programmées ou fortuites. Mais au moins avaient-ils, grâce à leur apparence, une meilleure chance d'échapper aux sélections, d'être dans la bonne file - gauche ou droite, on ne savait jamais -, celle qui permettait de continuer à croire qu'on allait s'en sortir.

Old England, à toute heure de la journée, ressemblait à une église entre deux messes. De rares fidèles, des habitués du lieu, recueillis et cérémonieux. Quand Jean pénétra dans le magasin, les vendeurs l'examinèrent d'un œil méfiant. Qu'est-ce que c'était que ce loustic ? L'un d'entre eux, un jeune, s'approcha et le saisit par le bras.

« Monsieur, s'il vous plaît...

— Ne me touchez pas ! » dit Jean en se dégageant.

Un vendeur plus âgé vint en renfort.

« Allons, monsieur, pas de scandale ! Veuillez sortir, je vous prie. »

Il le refoula vers la porte.

« Je suis un ami de Sam Schusterman », fit Jean.

Le type s'arrêta net.

« Chuchu ? dit-il, surpris. Vous avez de ses nouvelles ?

— Il est mort.

— Mort ! »

D'autres vendeurs s'approchèrent.

« Chuchu est mort. Ce monsieur vient de me le dire.

— Ça alors ! Mais comment ? »

Jean se sentit brusquement très faible. Il chancela. On lui proposa un verre d'eau qu'il refusa. Ils s'étaient groupés autour de lui, attendant des explications. Mais par où commencer ? Comment décrire le moment où celui qu'ils appelaient Chuchu, cet homme qu'ils avaient connu si commun, si routinier, lui avait échappé des bras et s'était laissé glisser dans la neige ? Une fois encore, la dixième depuis que l'immense ruban humain avait repris la route au petit matin, Jean s'était penché pour l'aider à se relever. Mais lui, sans se départir de son exquise politesse, avait refusé sa main. « Laissez-moi, Jean. Je n'ai plus de force. Vous êtes jeune, pensez à vous. Allez... » Déjà un SS s'avançait vers eux en hurlant.

« Allez, Jean, allez ! Je vous le demande. »

Il avait rejoint les rangs, laissant Sam recroquevillé dans la neige. Quelques secondes plus tard, un coup de feu claquait. Alors, il s'était mis à pleurer, pour la première et la seule fois depuis son arrestation. Et sous l'effet du vent qui fouettait son visage, les larmes gelaient au fur et à mesure qu'elles coulaient.

Non, une chose pareille ne se racontait pas. On l'enfouissait à jamais au plus profond de soi.

On apporta un fauteuil et voulut le faire asseoir.

« Alors comme ça, Chuchu est mort ? Racontez voir... »

Il les écarta et s'élança vers la porte.

Dans les mois qui suivirent la Libération, il y eut beaucoup de monde dans les rues. Comme si sortir de chez soi, sillonner la ville, s'installer à la terrasse des cafés ou faire la queue aux portes des cinémas était la meilleure manière de savourer la paix retrouvée. De retour à Paris, Madeleine avait retrouvé une place chez son ancien employeur, Jeanne Lanvin, rue du Faubourg-Saint-Honoré. Le soir, surtout s'il faisait beau, elle prenait, pour rejoindre la gare Saint-Lazare, le trajet légèrement plus long qui passait par l'Opéra. Rien ne la pressait, on ne l'attendait pas, elle en profitait. Elle aussi, parfois, s'arrêtait dans l'un des cafés qui jalonnaient sa route et commandait une limonade ou l'un de ces apéritifs qu'on servait dans de petits verres coniques, un Byrrh ou un Dubonnet. Tantôt elle sortait un magazine et un porte-mine de son sac et faisait des mots croisés, tantôt elle se contentait de regarder passer les gens. Jamais un homme ne l'abordait. Il y avait quelque chose dans son attitude qui décourageait les plus entreprenants.

Ce samedi, elle avait choisi le Café de la Paix, un endroit chic où les consommations coûtaient plus cher qu'ailleurs. C'était sa façon de marquer la fin de la semaine. Pour changer, elle avait pris un Martini. L'alcool, pourtant bien inoffensif, lui était monté à la tête, elle était un peu hébétée. Tout à coup, elle crut reconnaître, parmi le défilé des promeneurs, un visage familier. Elle regarda mieux et se dit qu'elle faisait erreur. C'était un homme d'une grande maigreur, son corps flottait dans un costume informe, sa tête semblait exagérément grosse. Pourtant, sous ses dehors minables, il manifestait une espèce d'arrogance qui lui rappelait irrésistiblement Jean. Comme il passait à sa hauteur, elle l'apostropha : « Jean ! » Il s'arrêta et tourna lentement son regard vers elle.

« Madeleine ? » murmura-t-il, incrédule.

Il avait demandé un thé avec une tranche de citron et s'était brûlé en avalant la première gorgée. Maintenant, il buvait lentement et luttait contre une terrible envie de pleurer. Mais il était loin le temps où il gaspillait ses larmes. Il avait appris qu'il fallait réserver les pleurs au désespoir extrême ou aux défaites irrémédiables.

Madeleine restait silencieuse. Rien ne pressait. De temps en temps, Jean disait : « Eh bien, Madeleine... Eh bien... », puis le silence retombait. Madeleine le rompit au moment où il aurait pu devenir embarrassant.

« C'est Malassis qui m'a annoncé votre arrestation. Vous aviez déjà quitté Nice. Il m'a dit qu'il avait tenté l'impossible pour vous faire libérer. Selon lui, vous aviez été très imprudent.

— J'ai suivi ses instructions à la lettre ! Je voulais descendre à Nice, c'est lui qui a préféré se déplacer.

— Vous lui avez donné votre adresse ? s'exclama Madeleine. Je vous avais dit de vous méfier ! Jean, vous êtes suicidaire ! »

Le mot lui avait échappé. Elle se mordit les lèvres. Mais Jean riait.

« Suicidaire ? Moi, Madeleine, suicidaire ! Allons, j'aime tant la vie !

— Vous n'aimez pas la vie, Jean. Vous aimez l'instant.

— Ah ? Oui, peut-être. Vous avez raison, Madeleine. Tenez, là, tout de suite, je me sens heureux, et pourtant... C'est curieux, n'est-ce pas ? »

Pour cacher son trouble, bien que sa tasse fût vide, il fit mine de finir son thé.

« Et ensuite, reprit-il, que s'est-il passé ?

— Malassis s'est enfermé dans votre bureau avec Honoré Picole. En sortant, il m'a dit : "Maintenant, ma petite Madeleine, c'est moi le patron. Je compte sur votre collaboration." »

Quelques jours plus tard, Madeleine lui avait remis sa démission. Trop content de s'en débarrasser, Malassis lui accorda trois mois de salaire. Mireille, la seconde d'atelier, ne demandait qu'à la remplacer. Jean avait laissé un grand nombre d'esquisses. Pendant des mois, la boutique tourna comme s'il était encore là. Les clientes y trouvèrent leur compte. Elles profitaient du talent de Jean sans avoir à passer par lui. C'était un parfait exemple d'aryanisation réussie.

« Je n'avais aucune raison de rester à Nice, reprit Madeleine. Je suis rentrée à Paris.

— Et votre maman ? Ses crises d'asthme ? » fit Jean, surpris.

Elle hésita un peu. « Maman est morte. »

Jean pensa tout à coup qu'il n'avait jamais vu cette mère dont Madeleine ne lui avait parlé qu'une seule fois. Avait-elle seulement existé ? La vie de Madeleine restait un mystère.

La nuit tombait. Les vitrines s'éclairaient une à une, les automobiles tournaient lentement sur la place. Au bar, un type en queue-de-pie s'installa au piano et se mit à jouer.

« Vous savez où loger ? demanda Madeleine.

— Je vous avoue que je n'y ai pas pensé.

— Venez chez moi. J'ai une chambre dont je ne fais rien. »

Elle régla les consommations et se leva. Il la suivit.

Gare Saint-Lazare, pour d'inexplicables raisons, le train était resté immobilisé plus d'une heure sur le quai. Dans les wagons bondés, chacun avait sa petite idée : avarie de machine, panne d'aiguillages, rupture de rails. Quelqu'un émit l'hypothèse d'un attentat. On lui cloua le bec. Il retardait. La guerre était finie, oui ou non ? À la demande de Madeleine, un jeune gars céda sa place à Jean. Il s'endormit à peine assis.

À présent, le train roulait entre des maisons grises. Les gares mal éclairées se succédaient, lâchant à chaque arrêt un petit paquet de voyageurs qui disparaissaient dans la nuit. Une place se libéra. Madeleine rejoignit Jean sur la banquette en bois. Il posa la tête contre son épaule.

Une fois à destination, il fallait encore marcher. La gare était située dans la ville basse. Pour atteindre l'immeuble où habitait Madeleine, on devait gravir une côte assez raide. Elle dut le soutenir.

Ils arrivèrent à dix heures passées. Le temps d'ouvrir la porte, il s'effondra.

Jean passa plusieurs jours dans un état de semi-conscience. Un médecin vint l'examiner. Il se déclara incompétent. Ce qu'il avait appris durant ses études, déjà lointaines, ne lui était d'aucune utilité devant un cas pareil. « Le corps ne va pas si mal, dit-il, la mécanique est encore bonne, mais c'est la volonté de vivre, comprenez-vous ? Sortir du lit, se laver, s'habiller, partir au boulot, ça semble aller de soi, mais pas du tout. Il faut un fichu courage pour se lever le matin. »

Il prescrivit de la Plasmarine, un fortifiant qu'il donnait aux enfants, pour la plupart un peu anémiés après la guerre. Ça rassurait les parents qui, tout de suite, leur trouvaient meilleure mine. Il refusa le billet que lui tendit Madeleine, comme autrefois le docteur Antoninos, lorsque Gina avait sorti son porte-monnaie après qu'il eut examiné Felicita. « Ce serait du vol, dit-il. Et puis je me doute de ce que votre mari a vécu. Vous me direz que je n'y suis pour rien ? Pas si sûr. Enfin, c'est une autre histoire. »

C'était un homme distrait. Il partit en mettant dans sa poche la petite cuillère qu'il avait empruntée en guise d'abaisse-langue.

Madeleine resta un instant rêveuse. Le médecin avait dit : « Votre mari. » Elle fut surprise de constater qu'elle en était secrètement heureuse. Se pourrait-il qu'elle soit amoureuse de lui ? Jean l'avait prise plusieurs fois pour confidente, elle connaissait ses goûts. Elle l'admirait pour son talent, mais il l'agaçait aussi. Il était faible, vaniteux, futile. Il manquait de persévérance, il dilapidait ses dons, il prenait des risques inutiles, par forfanterie et peut-être aussi par fascination pour la déchéance et la mort. Elle avait tellement craint de ne pas le revoir. C'est par dépit qu'elle l'avait qualifié de suicidaire. Comme on rudoie un enfant qui vient d'échapper sous vos yeux à un grave accident. N'a-t-il pas honte de vous avoir fait aussi peur ? Et maintenant, il était à sa merci, dépendant d'elle pour ses moindres gestes.

Elle demanda un congé qu'on lui accorda et, pendant deux semaines, elle veilla sur lui nuit et jour. Puis un matin, en se levant, elle le trouva dans la cuisine, assis sur une chaise, une couverture sur les épaules, tremblant de froid. On était en juillet, elle avait laissé la fenêtre ouverte toute la nuit pour faire courant d'air. Vite, elle la referma, puis elle alla chercher le petit radiateur électrique dont elle se servait à l'automne pour éviter d'allumer le chauffage central.

Quelques jours plus tard, elle retourna travailler.

Elle laissa passer un peu de temps avant de lui demander s'il souhaitait prévenir quelqu'un de son retour. Il ne répondit pas tout de suite.

« Peut-être, oui. Peut-être », finit-il par répondre.

Il réfléchit encore. « Ma mère, mais comment la joindre ? »

Elle n'insista pas. Le lendemain, elle trouva un bout de papier sur la table de la cuisine. Il avait dû réfléchir dans la nuit et noter le numéro de Raymond, à Marseille.

Madeleine n'avait pas le téléphone chez elle. Elle l'appela depuis un bureau de poste. Les communications n'avaient jamais été aussi mauvaises. On attendait des heures, souvent en vain. Madeleine dut s'y reprendre trois jours de suite. Enfin, elle eut Raymond au bout du fil.

« Je vous appelle de la part de votre frère Jean », dit-elle.

Il y eut un silence. Elle pouvait entendre sa respiration.

« Il est vivant ? demanda Raymond au bout d'un instant.

— Oui. Il habite chez moi, à Paris. »

Cette fois, le silence s'éternisa. Raymond pleurait.

« Excusez-moi..., fit-il. Jean et moi, nous n'avons jamais été proches, mais c'est mon petit frère, vous comprenez... »

Il lui donna des nouvelles. Vava était morte d'une congestion pulmonaire à Beaulieu-sur-Dordogne, peu après la Libération. Mouni habitait de nouveau Marseille avec Irène, qui avait repris ses études. L'appartement du boulevard Carabacel, à Nice, avait été saisi et vendu comme bien juif peu après l'arrestation de Jean. Une procédure de restitution était en cours, mais rien n'indiquait qu'elle aboutisse. Les textes étaient imprécis, les nouveaux propriétaires faisaient valoir leurs droits, on s'y perdait. De toute manière, Mouni ne voulait plus entendre parler de Nice. Elle avait fait une syncope le mois précédent et s'en remettait difficilement. Raymond ne pouvait pas lui annoncer brutalement le retour de Jean. Ils convinrent d'un rendez-vous téléphonique deux jours plus tard, délai qu'il mettrait à profit pour la préparer.

Mais quand il fut question de parler à sa mère, Jean dit à Madeleine : « Faites-le pour moi, voulez-vous ? Je ne m'en sens pas capable. » De quoi n'était-il pas capable ? De s'habiller, de sortir, d'aller jusqu'à la poste, d'attendre pendant des heures la communication ? Ou de raconter à sa mère, si peu que ce soit, ce qu'il avait vécu ? Car elle l'interrogerait forcément, elle demanderait si la nourriture était suffisante, s'il s'était fait des amis, neigeait-il beaucoup en hiver, le genre de questions qu'on pose à un permissionnaire. Et que répondrait-il ? Non, décidément, il n'y avait qu'une seule solution : la boucler, se calfeutrer, obturer toutes les brèches. Au camp, il avait connu des individus remarquables, croyants ou militants. « Il faut survivre pour témoigner », disaient-ils. Lui avait survécu parce qu'il aurait trouvé atrocement vulgaire de mourir de dysenterie. Il lui arrivait souvent de penser à Jean Patou. Comment se serait-il comporté à sa place ? Il se remémorait la photographie où le couturier posait, assis négligemment sur le rebord de son bureau, et l'imaginait élégant jusqu'au bout, uniquement soucieux de son apparence, défiant la mort par snobisme.

Avoir l'air, voilà ce qui importait. Le reste ne concernait personne.

Au téléphone, quand Madeleine parvint à la joindre, Mouni parut embarrassée. « Ce Jean, ce Jean... ! » répétait-elle. Elle lui en voulait un peu. Comme s'il lui avait fait une mauvaise blague. Les pleurs, elle les avait versés à contretemps, quand elle pensait qu'elle ne reverrait plus ce fils tant adoré. Peu à peu, elle s'était accoutumée à son rôle de mère douloureuse, comme elle avait tenu avec talent celui d'épouse de combattant pendant la guerre précédente. Maintenant qu'elle le savait vivant, tout était à refaire.

Quand Madeleine eut fini de lui rapporter sa conversation, Jean hocha la tête. « Pauvre maman ! » dit-il. Ce fut son seul commentaire. Au fond, il s'en fichait.

Raymond avait fait parvenir une jolie somme pour couvrir ses dépenses. L'argent était à sa disposition dans le tiroir du buffet. Un après-midi, sans en avoir parlé à Madeleine, Jean descendit jusqu'à la gare et prit le train pour Paris où il s'acheta un costume, des chemises, du linge et une paire de chaussures neuves. Ce n'était pas tout à fait la meilleure qualité, mais au moins serait-il le premier à les porter. À chaque boutique, il laissait le vêtement qu'il remplaçait. À la fin, lorsqu'il se regarda dans la glace, il se reconnut. Amaigri, la silhouette bizarrement arquée, ventre en avant, mais lui-même. Passage du Havre, il s'arrêta devant une parfumerie. Il vit en vitrine un flacon d'eau de Cologne Jean-Marie Farina, sa préférée, et ne put résister. Il ressortit du magasin parfumé comme un caniche. Ses achats lui avaient pris moins d'une heure. Il poussa jusqu'à l'avenue de l'Opéra. À l'angle de la rue Saint-Marc, un garçon lui lança un regard insistant. Jean le dépassa, hésita un peu, se retourna. Le garçon fit un signe. Il était blond, potelé, les yeux à fleur de peau, un peu campagnard. Jean s'approcha. Il n'avait jamais eu à payer pour faire l'amour. Mais pourquoi pas ? Cela lui épargnerait de lentes et ennuyeuses manœuvres d'approche. Et dans le cas, plus que probable, où la mécanique du désir, si longtemps assoupie, tarderait à se mettre en route ou même se refuserait à toute sollicitation, il n'en éprouverait nulle honte. Le garçon murmura un chiffre. Jean inclina la tête et le suivit.

Il ressortit de l'hôtel miteux où le garçon l'avait conduit vers six heures de l'après-midi et se dit qu'en faisant vite, il pourrait retrouver Madeleine au départ du train qui la ramenait chez elle après son travail. Posté au début du quai, il la guetta. Elle tardait à venir, il pensa qu'il l'avait ratée. Soudain, il l'aperçut. Comme elle passait à sa hauteur, il saisit son bras. Quand elle le vit dans son costume neuf, les chaussures rutilantes, et qu'elle respira la légère odeur citronnée de son eau de Cologne, elle comprit qu'elle l'avait perdu. Demain, dans quelques jours, il disparaîtrait. Elle l'avait eu tout à elle pendant deux longs mois. De quoi se plaindrait-elle ?

Entre l'instant où Jean avait fait face, en octobre 1943, aux trois hommes venus l'arrêter et celui où, libéré des camps, il était descendu du train gare de l'Est, il y avait un grand vide. Sur le coup, Jean n'avait eu qu'une pensée : Gina l'avait trahi. Elle était allée au rendez-vous, avait empoché l'argent en son nom, puis s'était rendue chez les gendarmes pour le dénoncer. Bien sûr, il n'excluait pas que Malassis ait joué un rôle douteux dans l'affaire. Mais, consciemment ou non, il avait minimisé sa responsabilité. Car alors il aurait dû admettre qu'il avait été naïf et inconséquent. Autrement dit, qu'il s'était fait pigeonner d'un bout à l'autre.

Depuis, Madeleine ne lui avait pas caché la hâte – la gloutonnerie, l'indécence – avec laquelle Malassis s'était installé dans la place sans même attendre que le train qui emmenait Jean vers Drancy ait quitté la gare. Patron et, plus important que tout, propriétaire du petit théâtre avec ses dorures, sa verroterie et ses murs tendus de rouge qui, depuis le premier jour, excitaient sa convoitise.

Le moment était venu, il fallait qu'il sache. Il prit l'argent de son frère dans le tiroir du buffet et partit pour Nice.

Les trains roulaient mal. Toute la nuit, les arrêts s'étaient multipliés. On entendait les cheminots parlementer sur le quai. Au petit matin, le nez collé à la vitre embuée, Jean vit enfin la mer. Le train avait deux heures de retard. Quand il arriva à Nice, l'autocar pour Bendejun était parti depuis belle lurette. Jean trouva une voiture de louage qui accepta de le conduire là-haut pour une somme raisonnable. Finalement, c'était une bonne solution. Ainsi, il n'aurait pas à faire la route à pied depuis le village jusqu'à la maison des Borzone. Le chauffeur, un vieil homme, conduisait le volant coincé contre sa poitrine, la tête à quelques centimètres du parebrise. Sans doute voyait-il mal. Fixé au tableau de bord, il y avait un vase étroit et pointu, avec un petit bouquet de fleurs fraîches. Jean se demanda si c'était lui ou sa femme qui les changeait chaque matin.

Ils atteignirent Bendejun peu après onze heures. Sur la place, Jean aperçut Fernande qui, sur le pas de sa porte, secouait un paillasson. Elle suivit la voiture des yeux. Peut-être l'avait-elle reconnu.

Passé le village, Jean guida le chauffeur. On était en plein été, l'herbe était roussie par le soleil. Ils empruntèrent le pont, gravirent le versant opposé. Du plus loin qu'il vit la maison, Jean comprit que des événements inhabituels s'étaient produits. Elle avait un air d'abandon qui ne trompait pas. Les volets étaient clos, le jardin, orgueil de Gina, disparaissait sous les ronces, la *ouature* de Felicita, démantibulée, gisait au milieu du chemin.

Le chauffeur se gara devant le porche.

« On dirait qu'y a personne », fit-il en s'épongeant le front.

Jean ouvrit la portière et s'avança d'un pas précautionneux. Par l'escalier latéral, il accéda à la terrasse. La table était toujours là, avec le banc contre le mur. Mais Anselmo avait disparu et avec lui toute trace de vie, à l'exception d'un tapotement lointain, si régulier qu'il passait d'abord inaperçu.

Jean s'approcha du parapet qui entourait la terrasse. En contrebas, près du lavoir moussu, il vit un homme qui bêchait un carré de légumes, seul espace encore cultivé au milieu du jardin en friche. Il prit le sentier qui menait au bassin. L'homme le vit venir et se redressa.

« Je me disais bien que j'avais entendu une voiture », fit-il. Il plissa les yeux. Le visage de Jean lui disait quelque chose.

« Je vous connais, non ? Vous êtes le monsieur qui... » Il s'arrêta net. Les morceaux épars s'étaient brusquement recollés. Il remua lentement la tête.

« Ça, on peut dire, vous en avez fait, du pétard ! »

Il plongea la main dans le bassin, récupéra la bouteille d'eau qu'il avait mise à rafraîchir – une ex-bouteille de bière à bouchon mécanique – et en but une rasade.

Il faisait office de gardien, expliqua-t-il. Il surveillait la maison qui, autrement, aurait été pillée de fond en comble. En échange, il disposait des terres, récoltait les fruits, vendangeait. Ça n'allait pas bien loin. Il souffrait du dos et restait parfois plusieurs jours sans pouvoir se lever.

« Aldo, on le voit plus. Quand je descends à Nice, je lui porte un panier de fruits, des œufs, un peu de légumes, enfin ce qu'il y a. »

Jean n'y comprenait rien. L'homme parlait comme s'il était parfaitement informé de ce qui s'était passé en son absence.

« Parce que Aldo habite à Nice ? s'étonna-t-il.

— Pardi ! Il fait le maçon, là-bas. Il a son entreprise.

— Aldo ?

— Vous étiez pas au courant ? Vous savez qu'il s'est marié, au moins ? »

Jean secoua la tête. Non, il l'ignorait. Comment aurait-il pu imaginer une chose pareille ?

« Même qu'il a un petit. Une fille. Il l'a appelée Gina, comme sa pauvre maman. »

Dans le Midi, quand on dit le pauvre untel, la pauvre une telle, c'est mauvais signe.

« Ça non plus, vous saviez pas ? » fit l'homme. Il hocha la tête. « Ah, il s'en est passé des choses, ici. Et pas jolies, jolies, oh non ! »

Il lui expliqua tout. Comment les gendarmes lancés sur ses traces avaient déboulé chez les Borzone. Comment Anselmo, trop heureux de prendre sa revanche sur Gina, leur avait indiqué l'existence de la cabane à cochons. Comment le fils Palmero, cet abruti, avait abattu Gina sans même réfléchir. Comment les gendarmes, contre toute évidence, avaient conclu à un regrettable accident. Ces mêmes gendarmes - oui, exactement les mêmes - qui, le 29 août 1944, au lendemain de la libération de Nice, étaient venus cueillir chez eux les Palmero père et fils pour les conduire en prison. Quant à Anselmo, son corps criblé de balles avait été déposé devant la gendarmerie, à Villevieille, avec une pancarte accrochée au cou : *Traître !*

Liquidé par des maquisards.

« C'est qu'elle était de la Résistance, Gina, commenta l'homme. Vous avez l'air surpris, mais oui, comme je vous le dis.

— Et Aldo ?

— Aldo, le malheureux, il a failli devenir fou. Pendant des mois il a pas mis le nez dehors. Puis un jour que j'étais passé vérifier s'il était encore vivant, il m'a dit je descends à Nice, occupe-toi de tout. Je lui ai demandé s'il comptait revenir, il m'a dit non, plus jamais.

— Mais les terres ?

— C'était l'affaire de Gina. Lui n'y connaissait rien.

— Et Felicita ?

— Placée chez les fous, à Pierrefeu. D'un côté, ça valait mieux. Sans sa mère, la malheureuse... »

Il y eut un silence. Jean réfléchissait. Le seul point encore obscur était de savoir qui l'avait dénoncé. Gina hors de cause, restait Malassis. Certes, il pouvait s'obstiner à soupçonner Fernande, l'un des ouvriers de Gina ou n'importe qui d'autre. Mais c'était tout simplement déraisonnable.

À présent, il avait hâte de se retrouver dans la voiture et de regagner Nice. L'homme n'avait plus rien à lui apprendre. Il s'en débarrassa dès qu'il put et reprit la route.

Peu avant Contes, au sortir d'un virage, le chauffeur freina brutalement. Une camionnette avait versé. Rupture d'essieu. Le chargement, des cageots de tomates, obstruait la chaussée. L'accident venait de se produire. Le conducteur, bien embêté, contemplait les dégâts. Le chauffeur se gara sur le côté et le rejoignit. Jean, qui somnolait à l'arrière, sortit à son tour. Il grimaça. Le soleil tapait dur, la migraine taraudait ses tempes, des éclairs orangés zigzaguaient devant ses yeux. Tandis que les autres parlementaient, il entreprit de ramasser les cageots pour dégager la route. Ils se précipitèrent. « Pas vous, monsieur, mettez-vous à l'ombre, on va le faire, nous autres. »

Il les regarda sans comprendre. Pourquoi « pas vous » ? Parce qu'ils jugeaient cette besogne indigne de lui ? Parce qu'ils ne le croyaient pas assez fort pour porter à lui seul un cageot de tomates ? Lui avait-on demandé son avis lorsqu'il s'était agi de déplacer à quatre, la peau à vif contre le métal gelé, un rail de chemin de fer ? De monter en courant, un bloc de pierre sur l'épaule, l'escalier qui menait à la surface depuis le fond de la carrière ? De pousser, immergé dans l'eau jusqu'à mi-cuisse, un wagonnet chargé de tourbe ? Pourquoi tant d'égards, brusquement ? Il poursuivit sa tâche, les autres l'imitèrent. Il travaillait au pas de course, comme s'il entendait encore les hurlements des kapos et craignait que les coups s'abattent sur sa nuque et ses épaules s'il ralentissait la cadence. C'était un peu ridicule de le voir faire. Il en prit conscience et se força à ralentir le rythme. Non, décidément, il y avait une coupure irrémédiable entre son ancienne vie et celle qui l'attendait désormais. Il se sentait dépossédé. La mort de Vava l'avait laissé indifférent, il retardait autant qu'il pouvait le moment de revoir Mouni, savoir qu'Aldo était marié et père de famille l'avait davantage étonné que meurtri. Quant à ses prétentions d'artiste, il lui suffisait de regarder ses mains, à présent déformées, rugueuses, un doigt de la main gauche écrasé, pour le ramener à la réalité. Il n'avait jamais été qu'un touche-à-tout sans génie, un talent médiocre, flatté abusivement par deux femmes que l'amour aveuglait.

Le bitume était rougi par la chair des tomates écrasées. Munis de genêts, le chauffeur de taxi et le conducteur de la camionnette déblayaient le plus gros. Assailli par d'insupportables bourdonnements d'oreilles, Jean s'était mis à l'abri sous un arbre, un peu à l'écart. Était-ce de le voir sous un angle différent, il reconnut soudain l'endroit où il se trouvait. C'était à peu de chose près celui où l'autocar qui le ramenait à Bendejun était tombé en panne, le jour où il avait appris l'arrestation de Joseph Rolnik, le petit compagnon. Il repensa au visage pensif du frêle adolescent sur le cliché à bords dentelés qu'il avait subtilisé dans la chambre où Joseph avait habité avec sa famille. Les SS n'avaient pas dû hésiter longtemps au moment du tri, quand les wagons déversaient sur le quai violemment éclairé leur cargaison d'hommes, de femmes et d'enfants. Joseph, si triste, si perdu quand, au petit jour, adossé au mur de l'église Sainte-Réparate, il attirait Jean vers lui et se blottissait dans ses bras. Il n'avait pas su le protéger, tout juste lui faisait-il l'aumône de ses caresses après l'avoir nourri dans un restaurant sans ticket. Quelle sorte d'homme avait-il été ?

Le vieux chauffeur s'approcha, un panier à la main. Sa femme lui avait préparé un casse-croûte. Il déballa ses provisions : une omelette aux poivrons, du fromage, un gâteau de riz. Le conducteur de la camionnette se joignit à eux. « J'offre les tomates », dit-il en riant.

Ils firent part à trois.

Jean était déjà passé trois fois devant l'entrepôt abandonné. Sur la façade, on distinguait, partiellement effacée, une inscription en lettres jaunes sur fond rouge : *Rigoletto – Cotillons, farces et attrapes, feux d'artifice.* Depuis que le taxi l'avait déposé à l'entrée du pont qui enjambait l'estuaire du Var, il tournait en rond dans les ruelles où les eaux usées couraient librement vers le lit du fleuve en contrebas. Il était sept heures du soir, les gens dînaient fenêtres ouvertes ou devant chez eux, la table sur le trottoir. Les radios diffusaient les couplets optimistes qu'on écoutait après guerre. Les hommes étaient en maillot de corps, les femmes en blouse, savates au pied. On entendait le bruit des couverts qui heurtaient les assiettes. L'homme, à Bendejun, lui avait dit qu'Aldo habitait en bordure de la nationale. « Tout le monde le connaît, là-bas. Vous n'aurez qu'à demander. » Jean l'avait à peine écouté. Il n'avait aucune intention de revoir Aldo. Pourtant, une fois en ville, il s'était fait déposer à Saint-Laurent-du-Var. Ça ne faisait pas l'affaire du chauffeur. Le vieil homme en avait plein les pattes. Jean faillit lui dire qu'il changeait d'avis. Mais c'était trop tard. Ils roulaient déjà sur la route du littoral.

De nouveau, au bout d'une rue, Jean aperçut l'enseigne délavée de l'entrepôt. Assise devant sa porte, une femme écossait des petits pois, une bassine sur les genoux. Elle l'interpella : « Vous cherchez quelque chose ? Ça fait plusieurs fois que je vous vois passer. »

Il lui demanda si elle savait où habitait M. Borzone.

« Vous y êtes », dit-elle en désignant l'entrepôt.

La guerre, peu propice aux farces et attrapes, avait eu raison des établissements Rigoletto. Aldo avait repris le bail sans se soucier de l'enseigne. Le logement donnait sur la cour, au centre du bâtiment, précisa la femme. Il suffisait de pousser la porte de l'entrepôt, qui n'était jamais fermée. Soulagé, Jean suivit ses indications. Il traversa d'abord un hangar où se trouvait du matériel de chantier ainsi que deux camionnettes en assez mauvais état. Sur les portières, de part et d'autre, une inscription : *Entp. Borzone – Maçonnerie, gros œuvre*. Puis il accéda à la cour avec ses platanes au centre et son air d'abandon. Au fond, une maison d'un étage. Un enfant pleurait. Un homme le consolait. Jean reconnut la voix. C'était Aldo. Il avança jusqu'aux arbres, à environ trente mètres de la maison. De là, il voyait mieux la terrasse, Aldo avec son éternel chapeau sur la tête, l'enfant dans sa chaise haute, une jeune femme qui sortait de la cuisine, une corbeille de fruits à la main. Elle posa la corbeille sur la table, prit l'enfant dans ses bras. Aldo alluma une cigarette et se leva. Il n'avait pas beaucoup changé. Peut-être avait-il minci. Son nouveau métier exigeait plus d'efforts physiques que le précédent. Il s'avança vers la balustrade en tirant sur sa cigarette, toujours du même pas traînant. C'est à ce moment qu'il aperçut Jean. Il s'immobilisa. La jeune femme était rentrée dans la maison avec l'enfant, sans doute pour le coucher. Aldo écrasa sa cigarette et se précipita vers l'escalier qui conduisait à la cour. Affolé, il agrippa Jean et le poussa à l'abri de la terrasse qui faisait auvent. « Qu'est-ce que tu fais ici ? Va-t'en, va-t'en ! Tu peux pas rester, c'est pas possible ! J'ai une femme, j'ai un petit, tu comprends, Jean ? » Il était comme un fou. Et puis soudain, il étreignit Jean et le couvrit de baisers.

« Jean, je croyais que tu étais mort, alors tu comprends... Jean, Jean... Ah, putain, c'est bête ! Va-t'en ! Va-t'en, Jean ! »

Mais au lieu de le chasser, il l'embrassait avec fureur. Sa voix devenait rauque, il criait presque. Au-dessus, la jeune femme, inquiète, se penchait à la balustrade.

« Aldo ! Mais qu'est-ce que tu fiches ? Aldo, tu n'es pas seul ? »

Jean se dégagea. La salive mêlée de larmes, l'odeur de vin et de tabac, cette chair molle qui autrefois l'avait tant excité, il en avait assez.

Sortant de sous l'auvent, il se montra.

« Bonjour, madame, je suis un ami d'Aldo. Nous nous sommes connus il y a longtemps, je passais lui dire bonjour », fit-il en levant la tête.

La jeune femme le regardait, ahurie. Elle était très jeune, heureusement. Plus expérimentée, elle se serait posé des questions. Aldo apparut à son tour et fit les présentations. Elle s'appelait Colette.

« Montez, venez prendre le café, dit-elle gentiment. Mais peut-être vous n'avez pas mangé ?

— Malheureusement, je ne peux pas m'attarder, je prends le train de nuit pour Paris et déjà... » Il jeta un coup d'œil à sa montre. « Oh, mon Dieu, j'ai juste le temps ! »

Il serra la main d'Aldo.

« Au revoir, mon grand. Bonne chance. » Et vers sa femme : « Au revoir, je suis content d'avoir fait votre connaissance. Aldo a fait un bon choix. »

Il le pensait sincèrement. Tandis qu'il s'éloignait, il entendit Colette qui disait, peut-être un peu fort à dessein :

« Dommage, il avait l'air chic, ton ami. »

Jean arriva à la gare dix minutes avant le départ du train. Il avait déposé à la consigne la valise emportée à tout hasard, au cas où il déciderait de prolonger son séjour. Mais au moment de tendre son ticket au préposé pour retirer son bagage, il changea d'avis sans aucune raison – du moins aucune dont il ait conscience, qui constitue un motif sérieux de bouleverser ses plans – et ressortit de la gare, les mains dans les poches. Il descendit vers la mer, flâna sur la promenade, dîna d'un beignet saupoudré de sucre. Puis il alla vers le jardin Albert-Ier, alors que le lent carrousel où se frôlaient les ombres commençait à tourner dans les allées. Il n'éprouvait rien de la fièvre qui, tant de fois, malgré ses bonnes résolutions, l'avait poussé à la nuit tombée vers ce lieu qu'il maudissait. Il avait seulement besoin de sentir autour de lui le réseau impalpable et dense des désirs entrecroisés. Vers trois heures du matin, il retourna vers la mer et s'étendit sur la plage enfin débarrassée des chevaux de frise qui en avaient si longtemps interdit l'accès. À sept heures, après avoir parfaitement dormi, il prit un bain glacé, puis courut boire un café dans un bar qui venait de lever son rideau. C'est alors qu'une idée lui vint.

Malassis aurait dû s'estimer heureux. Il avait traversé la guerre sans encombre, ménageant qui devait l'être, donnant à chacun l'impression qu'il était compris et secrètement protégé, virant discrètement de bord au bon moment. Unanimement salué pour son autorité bienveillante - souple dans la forme, ferme sur les principes -, il incarnait à merveille la figure très prisée, si pratique, du résistant de l'ombre. Ses pairs de la Côte d'Azur l'avaient unanimement reconduit à leur tête, il se rendait une fois par semaine à Paris où il exerçait depuis peu de hautes fonctions à la chambre syndicale, la ville de Nice lui avait attribué une médaille pour services rendus. Lesquels, mystère.

Quelque chose, pourtant, ne tournait pas rond dans sa vie.

« Je suis miné, disait-il.

— Crise de la cinquantaine, le rassurait son médecin, qui était aussi son meilleur ami. Dans quelques mois, tu n'y penseras plus. »

Les mois passaient et son état empirait.

Il avait conservé ses deux boutiques, Chardin, rue Dalpozzo, et Sylviane, rue Gubernatis. Sa clientèle restait solide mais des jeunes femmes qu'il habillait à ses débuts, il était passé insensiblement à l'âge mûr, puis aux mamies. La nouvelle génération ne trouvait plus chez Sylviane l'audace qui lui avait tant plu. Le stock de modèles laissé par Jean était depuis longtemps épuisé et Mireille, qui avait remplacé Madeleine, était bien incapable d'en concevoir de nouveaux. On se disputait une jeune modéliste qui avait fait ses classes chez Jacques Fath et se trouvait libre. Malassis avait tenté sa chance. Mais il s'y était mal pris, multipliant les ronds de jambe et lui soufflant au visage son haleine vanillée. Elle avait poliment décliné. Cet échec avait encore accentué sa mélancolie. Il avait définitivement déserté son bureau tendu de parme de la rue Dalpozzo pour le minuscule espace que s'était réservé Jean chez Sylviane, et passait là des heures entières, incapable de faire quoi que ce fût. Malassis n'avait rien changé à l'univers de Jean, sa table à dessin, le mannequin en bois, sa collection de journaux de mode, et même la photographie de Jean Patou assis de traviole sur son bureau. Si seulement Jean s'était montré plus raisonnable... Il lui en voulait. Pourquoi l'avoir poussé à de telles extrémités ? Il avait fait une excellente affaire, inutile de le nier. Mais à quoi bon les quelques dizaines de milliers de francs économisés ? Comme le lui avait dit Honoré Picole – s'attribuant sans scrupule une formule de Lucie Felder –, ce magasin, sans Jean, n'était qu'une coquille vide, et le petit théâtre au sous-sol, tous feux éteints, servait de nouveau de débarras.

Quand il était submergé par le cafard, Malassis sortait dans le jardinet où le grenadier, le figuier et le palmier continuaient de prospérer. Mais le mimosa qu'il avait planté n'avait rien donné. Pensif, il gratouillait le sol, les mains derrière le dos.

C'est ainsi que le trouva Mireille ce matin-là, si émue qu'elle parvenait à peine à respirer.

« Eh bien, Mireille, qu'est-ce qui vous arrive ? fit Malassis sans cesser de gratouiller.

— Devinez qui est ici ! »

Il n'hésita pas une seconde.

« Jean ? »

Elle le fixa, surprise. Comment avait-il deviné ?

Lui comprenait qu'il avait vécu depuis presque deux ans dans l'attente de ce moment. Exactement depuis qu'il avait raccroché le téléphone après avoir donné rendez-vous à Jean devant l'église, à Bendejun.

Il s'était tourné vers sa femme, quêtant son approbation.

« Je n'avais plus le choix, n'est-ce pas ? »

Corinne avait levé les yeux au ciel. Comme il était faible !

La Libération était venue, puis la fin de la guerre, le retour des déportés. Il avait épluché les journaux avec anxiété. C'étaient des couplets pleurnichards, des articles bâclés illustrés de photos grisâtres, toujours les mêmes. Il les avait longuement examinées, incrédule. Ces gens en pyjama rayé qui fixaient l'objectif derrière une rangée de barbelés lui semblaient avoir été déguisés pour la circonstance. On parlait d'une poignée de survivants, trois mille seulement pour combien ? Soixante, soixante-dix mille Juifs déportés ? Les chiffres variaient suivant l'opinion du journal. À partir de juillet, les retours se firent rares. Jean n'avait pas reparu.

Reviendra, reviendra pas ? Malassis souffrait de ne pas savoir. « C'est le passé, tout ça, cesse de ruminer », disait Corinne, exaspérée. Il pensa un temps faire des recherches. Son notaire parvint à l'en dissuader. Sa démarche pourrait ouvrir la voie à des demandes de restitution, voire à des poursuites. Mieux valait, selon lui, rester discret. Malassis se rangea à son avis, attitude adoptée par des milliers d'individus qui avaient acquis comme lui des biens juifs à vil prix et ne s'estimaient pas coupables pour autant.

« Qu'est-ce que je fais ? interrogea Mireille qui attendait des instructions. Il faut bien que je lui dise quelque chose ! »

Malassis ne répondit pas. Il avait espéré le retour de Jean autant qu'il l'avait redouté. Il s'y était longuement préparé, avait envisagé toutes les hypothèses, il connaissait son rôle à la perfection. Mais au moment d'entrer en scène, il était comme un acteur malade de trac qui supplie qu'on retarde le lever du rideau.

C'est alors qu'il entendit la voix de Jean.

« Excusez-moi, disait-il, je connaissais le chemin, je me suis permis d'entrer. »

Il se tenait sur le seuil du bureau dans son costume froissé, souriant, satisfait, conscient de son effet. Malassis comprit qu'il n'était plus temps d'hésiter. Tandis que Mireille s'éclipsait, il se précipita vers Jean et fourra sa main dans la sienne. Jean retrouva la désagréable impression de tenir un sexe flasque entre ses doigts.

« Jean, Jean, si vous saviez ! Ah, Jean... J'ai tout fait, tout. Et puis voilà, ça n'a servi à rien... » Il étouffa un sanglot. « Vous m'en voulez, n'est-ce pas ? Oui, je suis sûr que vous m'en voulez ! Vous vous dites... Eh bien, non, Jean, je vous assure. Non. »

Il avait toujours eu tendance à bégayer, à laisser ses phrases en suspens. Il en tirait parti, c'était devenu un truc, une astuce de vieux finassier.

« D'ailleurs, regardez, regardez... Rien n'a changé. Votre bureau, j'ai tout gardé... Un sanctuaire, un véritable sanctuaire... »

Jean ne l'écoutait pas. Il était allé vers le mannequin en bois et le caressait, ému. Les souvenirs, qui le fuyaient depuis son retour, affluaient subitement : sa chambre d'adolescent rue Paradis, son premier atelier, à Nice, derrière le marché aux fleurs, la vente aux enchères dans les salons du Negresco. Et Vava, égoïste, ridiculement orgueilleuse, dure avec les humbles, mais si bonne pour lui.

Malassis, derrière lui, jacassait.

« Je vous trouve... comment dire ? Un peu maigri, ça oui. Mais dans l'ensemble, plutôt... Bien.

— Bien ? Vraiment ? »

Il s'empressa de battre en retraite.

« Vous avez souffert, oh ! je sais. J'ai tout vu, les photos... Horrible ! Cela dit, croyez-moi, avec les Boches dans nos pattes, ça n'a pas été rose ici non plus. Mais pas de comparaison ! Aucune comparaison, non, non, non ! »

Malassis vint se planter à quelques centimètres derrière lui.

« Vous êtes revenu, c'est l'essentiel. Ne pensons qu'à l'avenir, n'est-ce pas, Jean ? » murmura-t-il.

Il posa les deux mains sur ses épaules. Jean se raidit.

« D'abord, poursuivait Malassis, régler une fois pour toutes cette affaire de bada qui n'a que trop traîné. Bien malgré moi, croyez-le. Je vous dois de l'argent, vous l'aurez dès demain. »

Jean se retourna.

« Vous plaisantez, je suppose ?

— Comment cela ? Ah, je vois, vous espériez un petit supplément ? *Pretium doloris*... Allons, on peut en discuter. Vous avez l'idée d'une somme ? »

Malassis jubilait. La partie était engagée. Il se retrouvait sur le terrain qu'il affectionnait.

« Une somme ? fit Jean, déconcerté.

— Oui, vos prétentions. »

Jean lâcha un chiffre exorbitant. Le premier qui lui était passé par la tête. Malassis le regarda, ahuri, puis éclata de rire.

« Voyons Jean, c'est de la folie !

— Prenez-le comme vous voulez. C'est ça ou... Enfin, vous comprenez. »

Il improvisait.

« Non, Jean. Sincèrement, je ne comprends pas. À moins que... Jean, ne me dites pas que vous me faites chanter ?

— J'appelle ça une réparation.

— Mon petit, vous me semblez bien tendre pour jouer les gros durs. Pas à la hauteur, pas du tout. J'ai agi en toute légalité. Je ne suis pour rien dans votre arrestation. Et, sachez-le, je me suis démené comme un diable pour obtenir votre libération. Beaucoup de gens peuvent en témoigner.

— Beaucoup de gens peuvent témoigner du contraire. »

Jean continuait à improviser, comme si une voix intérieure lui dictait les bons gestes et les mots qui faisaient mouche. Il fit le tour du bureau et s'installa à son ancienne place.

« Réfléchissez. D'après vous, pourquoi ai-je attendu si longtemps avant de venir vous voir ? J'ai des témoins, j'ai rassemblé des preuves, je sais exactement ce qui s'est passé. »

L'argument avait porté. Malassis parut ébranlé. Jean bluffait, il en aurait mis sa main au feu. Mais peut-être disait-il vrai. C'était un négociateur avisé. Il savait qu'à un certain point de la discussion, il fallait calmer le jeu, ne pas cabrer l'adversaire, laisser reposer.

Il s'assit en face de Jean, sortit son étui à cigarettes et le lui tendit. Ils fumèrent un instant en silence.

« Écoutez, reprit Malassis. Je suis prêt à faire un effort. Mais je n'ai pas non plus l'intention de me laisser plumer sans réagir. Procédons par étapes. D'abord, le bada. Je vous l'ai dit, vous l'aurez dès demain, en liquide, et j'ajouterai à la somme convenue, disons... un supplément confortable. Pour le reste, soyez raisonnable, ce sont des choses dont on discute posément, entre gens bien éduqués. »

Jean sentit que ses nerfs, tendus à l'extrême, menaçaient de le lâcher. Pour un peu, il aurait dit à Malassis : « Tout ça, c'est de la blague. N'y pensez plus. » Mais il était allé trop loin pour se déjuger. Malassis lui donna rendez-vous chez lui le jour suivant, à l'heure du café. L'affaire exigeait un minimum de discrétion.

Un instant plus tard, Jean se retrouvait, encore tout étourdi, sur le trottoir, rue Gubernatis.

« J'ai gagné, se répétait-il. Mais oui, j'ai gagné ! »

Plus il allait, plus il s'exaltait, plus il se trouvait fortiche.

Ça lui avait semblé si facile.

Ah, il l'avait bien eu, ce vieux saligaud !

Le lendemain, lorsque Jean arriva dans la belle villa de Cimiez, le plateau était prêt, les tasses, le sucrier, des chocolats dans une coupe en argent. Il suffisait d'allumer la mèche sous la cafetière à double ballon de verre. Les deux hommes s'installèrent dans les fauteuils Chesterfield.

Jean éprouvait un étrange malaise. Il avait l'impression que son fauteuil était plus bas que celui qu'occupait Malassis. C'était pourtant exactement le même. Le silence, aussi, l'oppressait. On ne voyait personne alentour, il ne percevait aucun mouvement dans la maison. Malassis l'avait prévenu que son épouse avait un rendez-vous qu'elle n'avait pas pu déplacer. Elle le priait de l'excuser.

Il sortit de sa poche une enveloppe gonflée de billets et la lui tendit.

« Le bada. Augmenté, comme promis, d'une somme dont vous n'aurez pas à vous plaindre. Vérifiez si vous le souhaitez. »

Jean fit un signe de la main. C'était inutile. Il saisit l'enveloppe.

« Quant au reste, dit Malassis tandis qu'il versait le café, il est encore temps pour vous de faire marche arrière. Vous voyez, je vous tends une perche. Saisissez-la et tout est oublié. »

Jean restait silencieux. Malassis l'observait.

« Jean, ne soyez pas ridicule. Vous savez bien que je ne céderai pas. »

C'était la phrase à ne pas dire.

« Moi non plus », fit-il. Il se leva.

Malassis avait-il appuyé sur un bouton dissimulé sous le tapis ? Ou suivait-on la conversation depuis la pièce voisine ? La porte du salon s'ouvrit brusquement, deux hommes apparurent. Ils portaient des costumes identiques, comme s'ils en avaient acheté deux pour le prix d'un.

« Constatez, messieurs, dit Malassis. Cet homme a tenté d'abuser de mon amitié. Je viens de lui remettre une forte somme sous la contrainte. Vous la trouverez dans l'enveloppe qu'il tient à la main. »

Et en effet, Jean, dans une pose un peu ridicule, gardait l'enveloppe serrée sur sa poitrine.

Les deux policiers s'approchèrent de lui, les bras légèrement écartés pour lui faire barrage. On aurait dit des voleurs de poules.

« Inutile de vous passer les menottes, n'est-ce pas ? dit l'un d'eux. Vous allez nous suivre bien gentiment. »

Malassis secoua la tête.

« Avouez que vous n'avez pas volé une bonne tape sur les doigts, mon petit Jean. Il ne faut pas laisser les enfants jouer avec des allumettes », conclut-il tandis que les policiers l'emmenaient.

Les tribunaux étaient surchargés, on condamnait au petit bonheur. Dans les prisons, les prévenus s'entassaient à six ou huit par cellule, princes du marché noir et traficoteurs à la petite semaine étaient logés à la même enseigne, les bandits avérés côtoyaient les petites frappes, les collabos authentiques se mélangeaient au tout-venant, ni plus ni moins pétainiste que le voisin qui l'avait dénoncé. Les bagarres étaient fréquentes, quand ce n'étaient pas des batailles rangées sous l'œil indifférent des gardiens. Un seul point parvenait à réconcilier tout le monde : la haine des Juifs, unanimement désignés comme responsables de l'infortune des uns et des autres.

Jean avait l'expérience des camps. Il n'espérait rien de personne et s'endormait le soir avec la certitude que le lendemain serait pire. À nouveau, survivre était sa seule ambition. Il concluait, au gré des circonstances, des alliances tactiques, ne faisait partie d'aucun clan, parlait le moins possible. Dans ce monde où chacun débitait sa petite histoire du réveil au coucher, son silence en imposait. Les vrais caïds – ils étaient peu nombreux – ne perdaient pas non plus leur temps en vantardises. L'un d'eux, un certain Tatakis, qui pendant l'Occupation avait très bien vécu d'un trafic de viande, le prit sous sa protection. « Toi, je t'ai repéré ! » lui dit-il un jour, sans autre explication. Jean répondit : « Ah ? » Leur échange en resta là, mais jusqu'à ce que Tatakis soit mystérieusement libéré sans jugement, quelques semaines plus tard, Jean bénéficia d'une relative tranquillité.

Raymond lui avait procuré un avocat. Il s'appelait Rozenbaum. Exclu du barreau de Marseille en janvier 1942 avec dix de ses collègues juifs, il avait passé la guerre à Périgueux, caché sous un faux nom, à peser des clous et mesurer du grillage à poules dans une quincaillerie. « Votre cas est emblématique, lui déclara Rozenbaum la première fois qu'il lui rendit visite au parloir. J'en ferai une question de principe ! » Jean comprit tout de suite que ça ne collerait pas.

Le jour du procès, trente-cinq affaires étaient inscrites. Le tribunal siégeait sans désemparer depuis neuf heures du matin. Il était près de midi quand le président appela les parties. Il annonça qu'il avait la ferme intention d'en finir avant le déjeuner.

« Il s'agit d'une tentative de chantage caractérisée. L'accusé a été surpris la main dans le sac. Flagrant délit, en somme. » Et, se tournant vers Jean, il tonna :

« Vous n'avez pas honte, monsieur ? »

Rozenbaum demanda la parole. Il fit valoir que son client avait passé deux ans de sa vie dans un camp de concentration, soumis, du seul fait qu'il était juif, à un traitement barbare. C'était un miracle qu'il en ait réchappé. N'était-il pas naturel qu'il demande réparation ?

« Si je vous comprends bien, Maître, il suffirait d'être juif pour avoir tous les droits ? À ce compte, je me convertis immédiatement ! » ironisa le président.

Sa repartie fit beaucoup rire. Rozenbaum tenta vainement de remonter la pente. Un bourdonnement continu couvrit ses paroles. Il s'était mis la salle à dos. Ces Juifs, tout de même ! À peine tirés d'affaire, les voilà qui plastronnaient pire qu'avant.

C'est alors que Malassis - costume gris perle, cravate crème, ses cheveux soigneusement ramenés en arrière - leva la main. Il voulait faire une déclaration.

« Ce n'est pas l'usage. Vous parlerez quand vous serez interrogé.

— Ça prendra seulement une minute et nous gagnerons beaucoup de temps, monsieur le président. »

Il s'avança vers la barre, sortit une feuille de papier de sa poche, chaussa posément ses lunettes. Moitié lisant, moitié improvisant, il déclara que, dans un but d'apaisement, il était disposé, s'il était encore temps, à retirer sa plainte. Après tout, M. Costa avait déjà passé quatre mois derrière les barreaux. La leçon n'était-elle pas suffisamment cuisante ? Après des années de haine et de division, la France devait se rassembler. À chacun de faire un pas vers son ennemi d'hier. Pour sa part, il pardonnait volontiers, sans arrière-pensée ni rancune. Au tribunal d'apprécier.

Il replia son bout de papier et regagna tranquillement sa place. Il y eut des applaudissements. Le président se frotta le nez. Tout ceci était parfaitement irrégulier, mais qu'est-ce qui ne l'était pas, à commencer par sa propre situation ? La justice d'après-guerre boitillait, autant l'accompagner dans ses errements. Le reste était affaire d'emballage. On saurait bien trouver les mots qui préserveraient les apparences.

Il avait faim. L'estomac, en dernier recours, lui imposa sa décision.

Jean ressortit du tribunal à la fois libre et condamné. La peine était couverte par la durée de sa détention provisoire. Il avait interdiction d'exercer une quelconque activité commerciale pour une durée de trois ans. Sur les marches du palais de justice, Malassis lui tendit la main. Il refusa de la serrer. Non par principe, il n'éprouvait aucun ressentiment particulier à son égard, mais parce qu'il redoutait de subir une fois encore le contact de sa chair molle.

Il n'avait nulle part où aller. L'appartement qu'habitaient Mouni et Irène à Marseille, boulevard de la Corderie, était petit et malcommode. Il aurait pu dormir provisoirement sur le canapé du salon, mais pour accéder aux toilettes et à la salle de bains, il fallait traverser les chambres. D'ailleurs, Mouni ne le lui avait pas clairement proposé. La perte de Vava l'avait beaucoup diminuée, comme si elle poursuivait sa vie amputée d'une partie d'elle-même. Elle avait des absences. Elle disait : « Je ne sais plus ce que je fais. » Parfois, lorsqu'elle courait après un mot, le nom d'un proche, une date, elle cherchait des yeux cette femme qu'elle avait toujours vue à ses côtés. « Si Vava était là », soupirait-elle.

Avec Jean, quelque chose s'était rompu. Il l'avait déçue, la confiance aveugle qu'elle avait en lui s'était émoussée. « Ton frère est un raté », avait-elle confié à Irène un soir d'abandon.

Et comme Irène protestait, elle rectifia : « Je veux dire un faible. » L'épisode Malassis, rocambolesque, lui avait fortement déplu. De quoi avons-nous l'air ? se plaignait-elle. Il lui semblait que son amie de toujours, Yvonne Camoin, lui témoignait une certaine froideur. Les goûters chez Castelmuro s'étaient espacés. Elle s'estimait déclassée par sa faute. Jamais Eugène n'aurait permis une chose pareille. Elle mettait à présent sur un piédestal ce mari qu'elle avait tant rabaissé.

Raymond avait racheté, tout autour du magasin rue Tapis-Vert, quantité de boutiques où il entreposait la marchandise. Son stock, comme il disait, qui gonflait sans cesse et lui permettait d'inonder le marché au moment propice, avant tout le monde et au meilleur prix. La moitié de la rue lui appartenait. L'une de ces boutiques, un ancien commerce de produits orientaux, comportait, au premier étage, un petit logement meublé encore tout imprégné d'odeurs d'épices. Jean demanda à Raymond s'il pouvait l'habiter quelque temps. Raymond protesta. Ce gourbi ? Jamais de la vie ! Il aurait honte d'y loger son frère. Et que diraient les employés ? Jean insista. C'était l'affaire de quelques mois, le temps de se retourner. Raymond finit par céder, comme il avait cédé quand Jean lui avait demandé de travailler au magasin, à l'échelon le plus bas, homme à tout faire. Il était prêt à monter un commerce pour Jean, une boutique de mode qui lui permettrait de se relancer. Certes, il avait interdiction d'exercer, mais on trouverait toujours le moyen de contourner la décision du tribunal. Jean avait refusé. C'était beaucoup trop tôt. Au printemps peut-être, ou mieux, à la rentrée. En attendant, il déchargeait les ballots qui, par des filières plus ou moins douteuses, parvenaient de Turquie, du Liban ou de bien plus loin. Il s'institua gestionnaire du stock, déplaçant la marchandise d'un entrepôt à l'autre, la classant avec un soin maniaque, interdisant à quiconque d'y toucher. On le voyait transporter seul des charges énormes. « Il est marteau, disaient ses collègues. Il est mûr pour le cabanon. » Mais après tout, c'était le frère du patron. Si ça lui faisait plaisir...

À midi, il déjeunait d'une part de pizza ou d'une rissole à la viande achetée chez le boulanger. Le soir, il prenait ses repas dans un restaurant du cours Belsunce, toujours le même. On lui servait le menu, il mangeait ce qu'il y avait. Les journées se succédaient, toutes pareilles. Sa seule sortie de la semaine, invariablement le jeudi, était avec sa sœur Irène. Avec elle, Jean redevenait le garçon qu'il avait été, charmant, drôle, attentionné. Ils allaient au cinéma, dont ils raffolaient tous les deux. Jean la laissait choisir le film. Ensuite, ils dînaient chez Basso, au bas de la Canebière. C'était leur petit luxe. Ils virent deux fois *Le Diable au corps*. Jean trouva Micheline Presle embellie. La vie d'étudiante convenait parfaitement à Irène, elle désirait avant tout oublier les années d'occupation, son adolescence volée, le poids incessant de sa mère et de sa grand-mère. Elle faisait rire Jean, elle lui racontait ses flirts. Parfois, elle le taquinait. « Mais toi, alors ? Tu as bien des aventures ! » Il répondait : « Non, figure-toi. Pas la moindre. » Comme pour le reste, il disait : « Plus tard », ou : « On verra », ou il se contentait d'un geste vague. Elle n'insistait pas. Après tout, elle s'en fichait. C'est elle et elle seule qui comptait maintenant. Il y avait tant à rattraper.

Le 2 avril 1947, Marseille connut un coup de froid comme il s'en produisait rarement, même en plein hiver. La température descendit jusqu'à 2° au-dessous de zéro. Le petit appartement de Jean était glacial. Il y avait du givre sur les vitres. Jean n'avait jamais allumé le radiateur à gaz qui se trouvait dans la chambre. Il était ventru, chromé, il ressemblait à un jukebox. Un tuyau en caoutchouc rosâtre le reliait à un robinet scellé dans le mur. Sur le devant, protégé par une grille métallique, se trouvait une rampe qu'il fallait enflammer pour que l'appareil se mette en route. Jean s'agenouilla, sortit son briquet et tourna la clé au-dessus du robinet. Il y eut un *pof!* Vite, Jean alluma le briquet. Mais au moment où il approchait la flamme du brûleur, le briquet lui échappa des mains et glissa sous l'appareil. Il se mit à plat ventre, tendit la main, le briquet était hors d'atteinte. Il repoussa légèrement le radiateur pour pouvoir l'attraper. Dans le mouvement qu'il fit, le tuyau, usé, comme émietté, devenu poreux, se déchira au niveau de la bague de cuivre par laquelle il était fixé au brûleur. Le gaz, brusquement libéré, s'échappa en sifflant. À ce moment, il aurait été très simple pour Jean de tourner la clé du robinet d'arrivée. Mais il ne le fit pas. Il se releva et resta un instant immobile, écoutant le chuintement du gaz, humant son odeur âcre. Il savait parfaitement ce qui était en train de se passer. Une fois encore, le hasard avait décidé pour lui. Un événement s'était produit, un accident ménager tout à fait banal, l'enchaînement de circonstances fortuites : un froid aigu au mois d'avril, le givre sur les vitres, la présence dans la chambre d'un radiateur dont plus personne ne s'était servi depuis des années, l'usure du tuyau. Qu'un seul de ces éléments eût fait défaut, il se serait couché comme tous les soirs. Le lendemain, de bonne heure, on l'aurait vu déménager l'un des entrepôts dont il avait la garde pour le transvaser dans un autre sans raison apparente. Mais voilà, le froid était venu, il avait voulu allumer ce vieux radiateur et maintenant le gaz envahissait lentement la chambre. Ses oreilles bourdonnaient, une douleur lancinante vrillait ses tempes. Il reconnut les signes familiers. C'étaient les prémices d'une affreuse migraine. Jean connaissait l'unique remède, celui qu'utilisait son père avant lui : faire le noir complet, s'allonger, fermer les yeux, attendre. Auparavant, il prit soin d'étaler le couvre-lit au bas de la porte qui donnait sur le minuscule salon attenant. De l'air passait dessous.

Il pensait. Les visages se succédaient. Jacky, Aldo, Madeleine Colardo, Lucie Felder sa marraine-fée, Gina tirée comme un lapin pour avoir voulu le protéger, Mme Paulette, qui l'appelait *mon petit you-you* et qu'il avait plaquée sans un mot d'explication dans les travées du Parc des Princes, Joseph, le petit compagnon, mort avant d'avoir vécu, tant d'autres encore. Tous ceux qu'il avait négligés, qui lui avaient semblé insignifiants, dont il avait cru pouvoir se passer.

Un seul être, sans qu'il puisse expliquer pourquoi, avait immédiatement forcé son respect, un seul qu'il n'avait pas trahi ou déçu. Un étranger, quelqu'un qui n'était rien pour lui, Sam Schusterman, dont il avait partagé la paillasse pendant plus de cinq cents nuits à Auschwitz, tout en haut d'un châlit à trois étages.

« Ces nazis sont des idiots », lui avait dit un jour Sam tandis qu'ils mangeaient leur soupe, un litre d'eau tiède où flottaient quelques filaments de légumes. « Ils veulent se débarrasser des Juifs, et plus ils en tuent, plus ils en fabriquent. Regardez, moi par exemple, avec mon père socialiste, qui vomissait les rabbins. Aucune éducation religieuse. Pas plus juif que musulman, bouddhiste ou chrétien. Tout juste circoncis parce que ma mère y tenait. Croyez-vous que j'oserais dire que je ne suis pas juif? » Il désigna d'un geste la plaine gelée, les centaines d'hommes, comme des brindilles noirâtres sur la neige, accablés de froid, de peur et de coups. D'humiliation, surtout.

« Ce serait une honte, n'est-ce pas, Jean ? »

Un peu plus tard, tout en raclant son assiette pour recueillir la moindre parcelle de nourriture qui aurait pu rester accrochée au fond, Sam avait murmuré : « Des clowns, croyez-moi. De véritables clowns. »

Jean n'avait pas souvent vu de clowns. Mouni refusait de l'emmener au cirque lorsque l'un d'eux, Pinder, Bouglione ou Les Frères Amar, plantait son chapiteau sur l'esplanade de la Bourse. On y croisait le *populo*, l'air sentait la friture, on risquait d'attraper la coqueluche ou des impétigos. Un jour pourtant, Ernestine, la nurse de Jean, au lieu de l'emmener jouer dans les jardins du cours Pierre-Puget où elle s'ennuyait à mourir, l'avait traîné aux Dames de France pour admirer les illuminations. C'était dans les quinze jours qui précédaient Noël. Le magasin avait engagé un clown pour divertir les enfants. Il avait le visage blanc, de grandes lèvres rouges, ses dents, par contraste, paraissaient terriblement jaunes. Jean se dit qu'il devait sentir mauvais.

À un moment, sans doute au moyen d'une poire qu'il actionnait depuis sa poche, des ballons se gonflèrent au bout de ses énormes chaussures et éclatèrent avec un claquement sec. Terrorisé, Jean se mit à hurler. Ernestine sortit en hâte du magasin en lui faisant jurer de ne rien dire à Mouni.

« Si tu parles, je dirai que tu es un menteur et tu seras puni sévèrement ! »

La nuit d'après, il n'avait pas pu dormir, Mouni était restée à son chevet. « J'ai peur ! » disait-il. « Mais de quoi, mon chéri ? » l'interrogeait Mouni.

Il sanglotait. « Peur ! Peur ! Horriblement peur ! »

Plus jamais il ne supplia Mouni de l'emmener au cirque.

Les minutes passaient. Le sifflement du gaz lui parvenait, atténué. Il ressentit une douleur fulgurante à l'arrière du crâne. Mais il ne s'inquiéta pas. La migraine finissait toujours par passer. L'idéal consistait à se couvrir le visage d'un linge humide. Il aurait fallu qu'il se lève. Il n'en avait plus la force. Il se tourna sur le côté, replia ses jambes, se pelotonna comme lorsqu'il était enfant et qu'il avait froid dans son lit.

Il se souvint du clown aux Dames de France, des ballons qui éclataient au bout des chaussures trop grandes et des lèvres trop rouges sur sa figure d'un blanc plâtreux. Il frissonna. Non, décidément, lui non plus les clowns ne le faisaient pas rire.

Il s'endormait doucement. Dans un moment, il n'allait plus souffrir. Soudain, il pensa à Dino, le coq d'Anselmo. Qu'était-il devenu ? Les maquisards l'avaient-ils fusillé en même temps que son maître ? Avaient-ils jeté sa dépouille sur le parvis de la gendarmerie, à Villevieille, le désignant, comme Anselmo, à la vindicte publique : *Traître !*

Mais peut-être Anselmo avait-il eu le temps de le jeter à terre et l'animal s'était-il enfui ? Dans ce cas, il n'avait pas dû lui survivre longtemps. Habitué à passer ses journées dans les bras de son maître, picorant dans son assiette et dormant la plupart du temps, amolli, sans défense, les renards et les fouines s'étaient vite emparés de cette proie facile.

Ou bien, hypothèse la plus probable, l'un des justiciers l'avait récupéré, sanguinolent, et l'avait emporté chez lui roulé dans un journal pour s'en faire un fricot.

Il se renseignerait. Quelqu'un devait savoir.

Remerciements

Des remerciements affectueux vont à ma tante Jacqueline Stora, à qui je dédie ce livre.

Un immense merci à mon éditrice, Dorothée Cunéo. Sans elle, je ne l'aurais pas écrit.

À Lény, ma première lectrice.

Merci à Jean-Louis Panicacci, historien de la Seconde Guerre mondiale dans les Alpes-Maritimes, dont j'ai maintes fois consulté les ouvrages. Merci également à Alain Bottaro et aux archives départementales des Alpes-Maritimes.

J'ai puisé de précieux renseignements dans la monographie de Dominique Veillon, *La Mode sous l'Occupation*, ainsi que dans le magnifique album d'Emmanuelle Polle, *Jean Patou, une vie sur mesure*. Je tiens toutefois à préciser que les situations comme la plupart des personnages liés, dans mon livre, à la maison de couture Jean Patou, sont de pure imagination.

Merci à Anna Khachaturova pour ses multiples suggestions.

À Gérard Guégan, Olivier Curchod, Alain Jomy pour leur lecture critique et amicale.

Merci enfin à Luc Béraud, Jean-Marc Berlière, Marc Chalavons, David Korn-Brzoza, Claudine Vergnes, Ludovic Stora, auprès de qui j'ai trouvé, en cours de route, aide et encouragements.